ROBERT K. KESSLER & TOM SHACHTMAN

ICH JAGTE HANNIBAL LECTER

Die Geschichte des Agenten, der 20 Jahre lang Serienmörder zur Strecke brachte

Aus dem Englischen
von Peter Pfaffinger

Deutsche Erstausgabe

WILHELM HEYNE VERLAG
MÜNCHEN

HEYNE ALLGEMEINE REIHE
Nr. 01/8564

Redaktion: Dr. Uta Vogel

Printed in Germany 1993
Umschlaggestaltung: Atelier Ingrid Schütz, München
Satz: (1653) IBV Satz- und Datentechnik GmbH, Berlin
Druck und Bindung: Elsnerdruck, Berlin

ISBN 3-453-06432-1

Für meinen engen Freund und Schwager, der in seinem dreiunddreißigjährigen Polizeidienst auf den Straßen von Chicago viele Ungeheuer bekämpft hat.

Streifenpolizist Frank P. Graszer,
Polizeibehörde Chicago, Dienstmarkennummer 4614,
gedient vom 13. Juli 1953 bis zum 11. Mai 1986,

geboren am 3. Oktober 1928,
gestorben am 24. Dezember 1990

Robert K. Ressler

Wer mit Ungeheuern kämpft, mag zusehen, daß er nicht dabei zum Ungeheuer wird. Und wenn du lange in einen Abgrund blickst, blickt auch der Abgrund in dich hinein.

Friedrich Nietzsche
Jenseits von Gut und Böse
Aphorismus 146

Inhalt

1
Der Vampir von Sacramento

Russ Vorpagel war eine Legende beim FBI. Der knapp zwei Meter große und hundertzwanzig Kilo schwere gelernte Jurist und Experte für Sexualverbrechen und Bombenentschärfung war von der Mordkommission von Milwaukee zur FBI-Außenstelle in Sacramento gestoßen. Dort wurde er Koordinator der BSU *(Behavioral Sciences Unit – Abteilung für Verhaltensforschung)* und führte bei lokalen Polizeibehörden der gesamten Westküste Schulungen zum Thema Sexualverbrechen durch. Seine Kompetenz war unbestritten.

Am Abend des 23. Januar 1978, einem Montag, erreichte Russ der Anruf eines kleinen Reviers nördlich von Sacramento. Eine zweiundzwanzigjährige Frau war auf bestialische Weise ermordet worden. Ihr Mann, der Wäschereifahrer David Wallin, vierundzwanzig, war gegen sechs Uhr von der Arbeit in sein kleines Mietshaus zurückgekehrt und hatte im Badezimmer die Leiche seiner im dritten Monat schwangeren Frau Terry mit zerfetztem Unterleib aufgefunden. Schreiend rannte er zu einem Nachbarn, der sofort die Polizei alarmierte. Beim Eintreffen der Beamten stand Wallin noch so sehr unter Schock, daß er kein Wort hervorbrachte. Der erste Polizist, der die Verstümmelte zu Gesicht bekam, wurde, wie er später berichtete, noch Monate danach von Alpträumen verfolgt.

Nachdem sie sich ein erstes Bild gemacht hatten, wandten sich die Beamten an Russ um Hilfe. Und der rief mich bei der FBI-Akademie von Quantico an. Obwohl mich seine Darstellung zutiefst erschütterte, war ich brennend an diesem Fall interessiert, sah ich doch darin eine Chance, den Mörder anhand eines psychologischen Täterprofils praktisch auf frischer Tat zu überführen. Normalerweise waren die Spuren längst verwischt, wenn die BSU in Kenntnis gesetzt wurde. In Sacramento dagegen waren sie noch frisch.

In den Zeitungen stand am nächsten Tag zu lesen, Terry habe gerade den Müll vor das Haus tragen wollen, als sie offenbar im Wohnzimmer überfallen wurde. Spuren eines Kampfes zogen sich von der Vordertür bis zum Schlafzimmer hin. Unter anderem hatten die Ermittler zwei Patronenhülsen gefunden. Der Mörder hatte der Frau sämtliche Kleider vom Leib gerissen und ihr den Unterleib aufgeschlitzt. Ein Motiv für diese Tat konnten die Polizisten nicht erkennen. Raubmord schlossen sie aus, denn nichts war entwendet worden.

Tatsächlich war alles noch viel schlimmer, doch, so erklärte mir Russ, wollte man eine Panik in der Bevölkerung vermeiden und verschwieg deshalb die Einzelheiten. Viele halten die Polizisten fälschlicherweise für abgebrühte und herzlose Menschen, die möglichst viel Dreck vor der Öffentlichkeit ausbreiten, um sich dem Steuerzahler gegenüber in ein rechtes Licht zu rücken. In diesem Fall konnte man das wirklich nicht behaupten.

Es gab noch einen anderen Grund für die Zurückhaltung von Informationen: Bestimmte Tatsachen, die nur dem Mörder bekannt waren, sollten nicht an die große Glocke gehängt werden, denn bei Verhören von Verdächtigen erwiesen sie sich später möglicherweise als wertvoll.

Verschwiegen wurde der Öffentlichkeit folgendes: Von der Brust bis zum Nabel klaffte eine riesige Messerwunde, aus der Teile der Eingeweide hervorquollen. Einige innere Organe waren ganz herausgeschnitten worden. Manche Körperbestandteile fehlten. Die linke Brust wies mehrere Stichwunden auf, in denen der Mörder mit dem Messer herumgewühlt hatte. In den Mund hatte er seinem Opfer Tierkot gestopft. Allem Anschein nach hatte er Blut in einem Joghurtbecher aufgefangen und getrunken.

Die Polizisten, die selbst zutiefst verstört waren, standen vor einem Rätsel. Bei Russ Vorpagel schrillten darüber hinaus sämtliche Alarmglocken. Aufgrund seines Wissens über derartige Sexualmorde stand für ihn bereits fest – wie für mich übrigens auch – daß der Mörder von Terry Wallin wieder zuschlagen würde, wenn wir nicht rasch handelten. Die extreme Grausamkeit seines Vorgehens ließ kaum einen anderen Schluß zu. Ein solcher Täter beschränkt sich nie auf einen Mord. Wir mußten mit einer ganzen Serie rechnen. Ich hatte ab Montag der folgenden Woche wieder eine Schulung an der Westküste durchzuführen, doch wir verabredeten uns für den Freitag davor. Ich sollte Russ (auf Kosten der Steuerzahler versteht sich) bei den Ermittlungen helfen. Zum erstenmal bot sich mir die Gelegenheit, am Ort des Verbrechens selbst ein Täterprofil zu erstellen, eine Aufgabe, auf die ich gespannt war. Russ und ich waren freilich so vom erneuten Zuschlagen des Mörders überzeugt, daß wir in den Tagen bis Freitag hin- und herfaxten und ich ihm ein vorläufiges Profil lieferte. Die Erstellung von Verbrecherprofilen war damals eine relativ junge Wissenschaft (oder Kunst), eine Methode, von kleinsten am Tatort vorgefundenen Details, dem Opfer selbst und anderen Indizien die Beschreibung eines unbekannten Verbrechers abzuleiten.

Hier nun im Original das Profil des mutmaßlichen Schlächters, wie ich es damals teilweise in nicht unbedingt grammatisch korrekten Stichpunkten skizzierte:

Männlich; weiß: zwischen 25 und 27 Jahren alt; schlank, wenn nicht unterernährt. Lebt in verwahrloster Behausung; Beweismittel werden in seiner Wohnung zu finden sein. War wegen psychischer Erkrankung in Behandlung; hatte höchstwahrscheinlich Probleme mit Drogen. Einzelgänger, der weder mit Frauen noch mit Männern enge Beziehungen eingeht; verbringt seine Zeit größtenteils allein in seiner Behausung. Arbeitslos. Bezieht möglicherweise Behindertenrente in der einen oder anderen Form. Wenn er nicht allein lebt, dann bei seinen Eltern, was allerdings ungewöhnlich wäre. Kein Militärdienst; vorzeitiges Scheitern in College oder High School wahrscheinlich. Leidet vermutlich an einer oder mehreren Formen einer paranoiden Psychose.

Für diese so präzise Beschreibung des möglichen Mörders hatte ich eine Vielzahl von Gründen. Obwohl die Erstellung solcher Täterprofile noch in den Kinderschuhen steckte, hatten wir bereits genügend Gewaltverbrechen analysiert, um zu wissen, daß Sexualmorde – und diese Bluttat war einer, auch wenn nichts auf eine Vergewaltigung hindeutete – normalerweise von Männern an Mitgliedern der gleichen Rasse begangen werden, also von Weiß an Weiß und von Schwarz an Schwarz. Die große Mehrheit der Sexualmörder sind Männer weißer Hautfarbe zwischen zwanzig und vierzig. Allein schon deswegen können wir von vornherein große Teile der Bevölkerung ausschließen, wenn wir an die Aufklärung solch abscheulicher Verbrechen herangehen. Da in dieser Gegend ausschließlich Weiße lebten, war ich mir noch sicherer, daß der Täter ebenfalls ein Weißer sein mußte.

Als nächstes stellte ich Überlegungen über die große Trennlinie an, die wir bei der BSU damals zu ziehen begonnen hatten. Es handelt sich um die Unterscheidung nach Tätern, die in ihren Verbrechen eine gewisse Logik erkennen lassen und solche, deren Denkprozesse für einen normalen Menschen zunächst nicht nachvollziehbar sind. Die einen nannten wir planvoll und die anderen planlos vorgehende Verbrecher. Bei der Analyse der Tatortfotos und Polizeiberichte wurde mir schnell klar, daß hinter diesem Verbrechen kein systematisch denkender Mensch steckte. Ein solcher hätte sein Opfer bewußt ausgewählt, hätte methodisch gemordet und wäre peinlich darauf bedacht gewesen, keine Spuren zurückzulassen. Nein, so wie sich der Tatort mir darbot, hatten wir es mit einem Geisteskranken in fortgeschrittenem Stadium zu tun, dessen Verwirrung sich in seinen Taten spiegelte.

So verrückt wie der Mann, der Terry Wallins Leiche zerfetzte, wird man nicht über Nacht. Nach etwa acht bis zehn Jahren ist eine Psychose so weit fortgeschritten, daß sie zu einem sinnlosen Gemetzel wie diesem führt. Die ersten Anzeichen einer paranoiden Schizophrenie zeigen sich um die Zeit der Pubertät herum. Addiert man, ausgehend von dieser Erkenntnis, zehn Jahre dazu, kommt man auf einen Mörder Mitte zwanzig. Recht viel älter konnte er meiner Meinung nach nicht sein. Dafür hatte ich zwei Gründe: Zum einen sind die meisten Sexualmörder unter fünfunddreißig, und zum anderen hätte sich die Krankheit bereits in einer

Kette von anderen bizarren und ungeklärten Bluttaten manifestiert. Etwas derart Abscheuliches war in der letzten Zeit jedoch nicht aus der näheren Umgebung bekannt geworden. Das wiederum wertete ich als zwingenden Hinweis darauf, daß der Gesuchte zum erstenmal gemordet hatte. Die anderen Details meines Täterprofils ergaben sich zwangsläufig aus der Annahme, es handle sich um einen Schizophrenen, sowie aus meinen psychologischen Studien.

Die Gewißheit, daß es sich um einen sehr dünnen Menschen handeln mußte, verdankte ich unter anderem meiner Auseinandersetzung mit den Untersuchungen von Dr. Ernst Kretschmer aus Deutschland und Dr. William Sheldon von der Columbia University, die sich beide mit Körpertypen befaßt hatten. Sie sahen einen engen Zusammenhang zwischen Körperbau und Mentalität eines Menschen. Nach Kretschmers Auffassung neigen schmächtige Personen (Astheniker) zu einer eher introvertierten Form der Schizophrenie. Sheldon war zu ähnlichen Ergebnissen gekommen, und ich hielt sie für schlüssig. Die immerhin fünfzig Jahre alte Lehre von den Körpertypen gilt bei den heutigen Psychologen als veraltet – zu Unrecht, wie ich glaube. Meiner Erfahrung nach hat sie sich in der Mehrheit der Fälle als zutreffend erwiesen. Zumindest hat sie mich bei meinen Überlegungen über den Körperbau eines geisteskranken Serienmörders oft auf die richtige Spur gebracht.

Die Annahme, daß wir es mit einem Klappergestell zu tun hatten, erschien mir ebenfalls ganz logisch. Introvertierte Schizophrene essen kaum etwas, kümmern sich nicht um die richtige Ernährung und vergessen oft ihre Mahlzeiten. Genauso vernachlässigen sie ihr Äußeres und achten nicht auf körperliche Hygiene. Und wer würde schon mit einem solchen Menschen zusammenleben wollen? Folglich mußte es sich um einen Alleinstehenden handeln. Das paßte auch zu meiner Annahme, daß seine Wohnung verdreckt war und er nie bei der Armee gewesen sein konnte, denn dort haben auffallend disziplinlose Bewerber keine Chance. Auch ein Studium an einem College hätte dieser Mann nie und nimmer durchgestanden. Vor seinem geistigen Verfall mochte er höchstens noch die High School abgeschlossen haben. Seine Probleme reichten in die Zeit der Pubertät zurück. Wenn er überhaupt einen Beruf ausübte, dann einen weniger qualifizierten, den eines Hausmeisters vielleicht oder eines Müllsammlers in öffentlichen Anlagen. Für Botengänge war er bereits zu introvertiert. Höchstwahrscheinlich führte er das Dasein eines Einsiedlers und bezog eine Behindertenrente.

Ich hatte noch andere Überlegungen angestellt, nahm sie aber nicht in mein Profil mit auf. So traute ich diesem Mörder durchaus zu, daß er einen Wagen fuhr. Das müßte aber eine vergammelte Rostlaube sein, in der Äbfälle von Fastfoodpäckchen wild durcheinander lagen. Ferner nahm ich an, daß der Täter in der Nähe des Opfers lebte, denn er war mit Sicherheit zu verwirrt, um eine längere Strecke zurückzulegen, ein brutales Verbrechen zu begehen und danach einfach heimzufahren. Eher war er zu Fuß zum Tatort gekommen und auch so geflüchtet. Aus all diesen Gründen glaubte ich, daß er kurz zuvor, und zwar nicht viel länger als ein Jahr, aus einer psychiatrischen Anstalt entlassen worden war und daß sich seitdem die Bereitschaft zur Gewalt in ihm aufgestaut hatte.

Russ suchte mit meinem Profil die umliegenden Polizeireviere auf, und von dort schwärmten sofort Beamte zur Fahndung nach Verdächtigen aus. Dutzende von Polizisten klingelten an Haustüren, führten Telefonate und so weiter. Das Echo in den Medien war gewaltig. Vor allem auf zwei Fragen konzentrierte sich das Interesse: Wer hatte die junge Frau ermordet? Und – was noch rätselhafter war – aus welchem Grund nur?

In den nächsten Tagen wurden weitere Einzelheiten bekannt. Terry Wallins war Angestellte des Staates Kalifornien gewesen und hatte am Tag ihrer Ermordung frei gehabt. Am Morgen war sie zu einem Supermarkt in der Nähe ihres Hauses gegangen und hatte einen Scheck eingelöst. Nun wurden Spekulationen darüber angestellt, ob der Mörder das beobachtet hatte und ihr bis nach Hause gefolgt war.

Gegen 13.30 Uhr hatte ihre Mutter das Telefon lange klingeln lassen, aber niemand hatte abgehoben. Zu dem Zeitpunkt war Terry laut gerichtsmedizinischem Befund bereits tot. Der Leichenbeschauer hatte aber auch die Vermutung geäußert, daß einige Stichwunden dem Opfer vor dessen Tod beigebracht worden waren. Davon erfuhr die Öffentlichkeit allerdings nichts. Statt dessen gaben die mit dem Fall beauftragten Beamten über die Medien bekannt, daß der Mörder wahrscheinlich Blutflecken auf dem Hemd hatte, und baten jeden, der einen solchen Mann gesehen hatte, sich unter einer eigens dafür eingerichteten Nummer zu melden.

Am Donnerstag schreckte ein weiteres grauenvolles Verbrechen die Einwohner im Norden Sacramentos auf. Gegen 12.30 Uhr wurden in einem Vorort drei Leichen aufgefunden. Der Tatort lag etwa eine Meile vom Haus der Wallins entfernt.

Die Toten waren Evelyn Miroth, sechsunddreißig, ihr sechsjähriger Sohn Jason und Daniel J. Meredith, zweiundfünfzig, ein Freund der Familie. Vermißt wurde darüber hinaus Mrs. Miroths zweiundzwanzig Monate alter Neffe Micheal Ferrriera. Es wurde vermutet, daß der Täter ihn verschleppt hatte. Alle drei Opfer waren erschossen worden. Evelyn war ähnlich wie Terry Wallin zerfetzt worden. Der Mörder war allem Anschein nach mit Evelyns rotem Kombi entkommen. Der Wagen wurde wenig später in der Nähe des Hauses gefunden. Wieder war kein Motiv zu erkennen. Evelyn war die geschiedene Mutter von drei Kindern. Eins lebte beim Vater, das dritte war zum Zeitpunkt der Bluttat in der Schule gewesen.

In der Zeitung wurde Sheriff Duane Low mit den Worten zitiert, das seien ›die bizarrsten und sinnlosesten Morde, die ich in achtundzwanzig Dienstjahren erlebt habe‹. Evelyn Miroth hatte in der Nachbarschaft Kinder gehütet. Deshalb hatten sie die meisten Mütter und Kinder gut gekannt. Niemand konnte sich einen Grund für diese schreckliche Tat vorstellen. Eine Freundin der Toten vertraute einem Reporter an: »Mir ist zum Heulen zumute. Aber ich habe auch schreckliche Angst. Das hätte ja genauso bei uns geschehen können.«

Die Bewohner des Viertels saßen am Abend vor dem Fernseher, um neue Einzelheiten zu erfahren. Danach strömten sie auf die Straße und diskutierten aufgeregt den Fall. Die Atmosphäre an diesem Abend war gespenstisch. Es war neblig; Polizei- und Notarztwagen standen herum; und keiner wußte, ob der Mörder nicht bald wieder zuschlagen würde. In den Medien war von Schüssen die Rede gewesen, doch niemand hatte welche gehört.

Die Leute hatten Angst. Obwohl die Polizei, um einer allgemeinen Hysterie vorzubeugen, die schrecklichsten Einzelheiten nicht nach außen weitergab, sickerte doch genug durch, daß viele ihre Häuser verbarrikadierten. Manche packten sogar ihre Autos voll und verließen die Gegend.

Russ Vorpagel rief mich gleich an, als er die Nachricht erhielt. Natürlich waren wir entsetzt, aber von Berufs wegen konnten wir uns solche Gefühle nicht lange leisten. Gefragt war die schnellstmögliche Lösung des Rätsels. Aus der Sicht des Spurenermittlers erbrachte das zweite Verbrechen wichtige neue Informationen und die Bestätigung dessen, was wir bereits über den Mörder wußten. Am zweiten Tatort – erneut wurden nicht sämtliche Einzelheiten bekanntgegeben – waren der Mann und der Junge erschossen, jedoch nicht geschändet worden. Der Täter hatte lediglich Merediths Autoschlüssel und Brieftasche an sich genommen. Evelyn Miroth dagegen war noch bestialischer zugerichtet worden als das erste weibliche Opfer. Sie wurde nackt auf dem Bett aufgefunden. In ihrem Kopf steckte eine Kugel, und aus dem Unterleib waren durch zwei kreuzförmige Einschnitte die Eingeweide teilweise hervorgequollen. Ihre inneren Organe waren herausgeschnitten worden, und der ganze Köper einschließlich Gesicht und Analgegend war mit Stichwunden übersät. Ein Rektalabstrich ergab eine beträchtliche Menge Sperma. Im Laufstall, in dem normalerweise die Babys herumkrabbelten, die Evelyn hütete, wurden ein blutgetränktes Kissen sowie eine von einem Durchschuß stammende Kugel gefunden. Im Badezimmer entdeckte die Polizei rot gefärbtes Wasser, Hirnmasse und Kot. Auch hier hatte der Mörder anscheinend Blut getrunken. Auffällig war, daß er den gestohlenen Kombi in der Nähe mit im Zündschloß steckendem Schlüssel und offen stehender Tür verlassen hatte. Das Baby war noch nicht entdeckt worden, aber angesichts des vielen Bluts im Laufstall bestand kaum noch Hoffnung, daß es lebte.

Jetzt stand es zweifelsfrei fest: Dieser Mann würde wieder zuschlagen, und zwar bald, wenn wir ihn nicht vorher dingfest machten. Unter dem wachsenden Druck verbesserte ich anhand der neuen Informationen mein erstes Profil. Die sexuelle Komponente war nun nicht mehr zu übersehen. Die Zahl der Opfer pro Verbrechen wuchs, die Gewalt eskalierte. Mehr denn je war ich davon überzeugt, daß es sich bei dem Schlächter um einen geistesgestörten jungen Mann handelte, der zu Fuß gekommen und zu Fuß weitergeflüchtet war, nachdem er das Auto hatte stehen lassen. Das schlug sich im überarbeiteten Profil insofern nieder, als ich nun schrieb, der wahrscheinliche Täter sei ›ledig und lebt allein. Seine Behausung liegt im Umkreis von maximal einer Meile um den verlassenen Kombi.‹ Meiner Ansicht nach war der Mörder so wirr im Kopf, daß er gar nicht auf die Idee gekommen war, er habe etwas zu verbergen, und den Wagen wahrscheinlich sogar in der unmittelbaren Nähe seiner Wohnung abgestellt hatte. Besondere Betonung legte ich noch einmal auf sein verwahrlostes Äußeres und das zu erwartende Durcheinander in seiner Behausung.

Ich erklärte Russ, daß dieser Mann vor seinem ersten Mord wahrscheinlich bereits Fetischdiebstähle in diesem Gebiet verübt hatte und wir die Spur seiner Verbrechen bis in seine Kindheit zurückverfolgen konnten, sobald wir ihn hatten. Als Fetischdiebstähle bezeichnen wir Einbrüche, bei denen der Täter anstelle von Schmuck oder anderen Wertgegenständen meist zum Zwecke der Selbstbefriedigung Frauenbekleidung mitnimmt.

Mit dem neuen Profil in der Hand zogen über fünfundsechzig Polizisten los. Es war eine unglaubliche Menschenjagd. Im Umkreis von einer halben Meile um den verlassenen Kombi befragten sie die Leute in ihren Häusern und auf den Straßen, ob sie einen verwahrlosten dürren jüngeren Mann gesehen hatten. Der Kreis wurde noch enger gezogen, als die Polizei erfuhr, daß auf einem Sportplatz in der Nähe des Fluchtautos ein Hund erschossen und aufgeschlitzt worden war.

Zwei Leute glaubten, den roten Kombi zum fraglichen Zeitpunkt fahren gesehen zu haben, aber auch unter Hypnose erinnerten sie sich nur an einen blonden Mann weißer Hautfarbe hinter dem Steuer. Der vielversprechendste Hinweis kam von einer Frau Ende Zwanzig. Ihr war ein, zwei Stunden vor dem Mord an Terry Wallin in einem Einkaufszentrum in der Nähe des Tatorts ein ehemaliger Klassenkamerad über den Weg gelaufen. Sie war ganz entsetzt über sein Erscheinungsbild gewesen – verwahrlost, fast bis zum Skelett abgemagert, blutverschmiertes Sweatshirt, gelbliche Kruste um den Mund, eingefallene Augen. Er wollte ein Gespräch mit ihr anfangen, und als er am Türgriff rüttelte, war sie weggefahren. Sie hatte sich auf den Aufruf hin, jeder, der einen jungen Mann mit blutverschmiertem Hemd gesehen habe, solle sich melden, an die Polizei gewandt. Sie nannte auch seinen Namen. Er hieß Richard Trenton Chase und hatte 1968 mit ihr zusammen die High School verlassen.

Mittlerweile war es Samstag. Chases Adresse war schnell ermittelt. Er wohnte nicht einmal einen Häuserblock von der Stelle entfernt, wo der Kombi gefunden worden war. Der Sportplatz lag eine Meile nördlich, das Einkaufszentrum eine Meile südlich von seinem Haus. Die Polizei bezog rings um das Gebäude Stellung und wartete. Noch war er nur einer von sechs Verdächtigen. Die Beamten riefen wiederholt bei ihm an, doch er hob nie ab. Am Spätnachmittag beschlossen sie, ihn mit einer List herauszulocken. Da sie wußten, daß er einen Revolver hatte und vor noch mehr Gewalt nicht zurückschrecken würde, handelten sie mit äußerster Vorsicht. Einer ging zum Hausverwalter und tat so, als ob er telefonieren müsse, während die anderen zum Schein den Rückzug antraten. Kurz darauf tauchte Chase mit einer

Schachtel unter dem Arm in der Tür auf und sprintete auf seinen Wagen zu. Damit verriet er sich. Die Polizisten rannten ihm nach und rissen ihn zu Boden.

Im Handgemenge fiel sein Revolver aus dem Holster. Obwohl sie ihn schon hatten, versuchte er etwas in seiner Gesäßtasche zu verbergen – Daniel Merediths Brieftasche. Diese war nicht das einzige belastende Material: die Schachtel war vollgestopft mit blutgetränkten Lumpen. In seinem Kleinbus, einer gut zwölf Jahre alte Schrottkiste, die innen mit alten Zeitungen, Bierdosen, Milchtüten und Stoffetzen übersät war, hatte er einen verschlossenen Werkzeugkasten, ein Schlachtmesser und blutverschmierte Gummistiefel liegen lassen. In seiner Wohnung – etwas Verdreckteres kann man sich kaum vorstellen – fanden die Polizisten mehrere Tierhalsbänder, drei Rührschüsseln voller Blut sowie Zeitungsberichte über seinen ersten Mord. Überall lagen schmutzige Kleider herum, einige davon mit Blutflecken. Im Kühlschrank standen Teller mit Körperbestandteilen, und in einer Schüssel hatte er menschliche Hirnmasse aufbewahrt. In einer Küchenschublade sichergestellte Messer stammten aus dem Haus der Wallins. An der Wand hing ein Kalender, in den er für die Tage seiner zwei Verbrechen ›Heute‹ eingetragen hatte. Für den Rest des Jahres 1978 hatte er sich, auf alle zwölf Monate verteilt, vierundvierzig Tage mit demselben Wort vorgemerkt. Hätte er tatsächlich noch vierundvierzig Bluttaten begangen? Gott sei Dank werden wir es nie erfahren.

Bei der Polizei war man ungemein erleichtert. Daran, daß er der Mörder war, bestand nicht der geringste Zweifel, denn das Belastungsmaterial war zu eindeutig. Alle waren dem FBI dankbar und gratulierten mir zu meinem Profil. Einige meinten sogar, allein das Profil hätte den Ausschlag gegeben. Das stimmt so natürlich nicht. Es stimmt nie. Profile können keine Mörder fangen. Das tun immer noch die Polizisten, oft mit unermüdlicher Hartnäckigkeit, oft mit Hilfe der Zivilbevölkerung und ein bißchen Glück. Mein Profil war ein Hilfsmittel, das in diesem Fall dazu beitrug, den Kreis der Personen, unter denen der Schlächter zu finden war, stark einzugrenzen. Habe ich Chase fangen helfen? Mit Sicherheit! Und darauf bin ich auch stolz. Habe ich ihn persönlich gefangen? Nein!

Die Tatsache, daß Chase so genau dem von Russ Vorpagel und mir erstellten Profil entsprach, verschaffte mir in zweifacher Hinsicht Genugtuung: Zuallererst hatte es zur Verhaftung eines bestialischen Mörders beigetragen, der anderenfalls zweifellos weitere Bluttaten begangen hätte. Und zweitens war nun die BSU ein gutes Stück vorangekommen. In Zukunft konnten wir auf diesen Erfahrungen aufbauen, wenn es darum ging, anhand von Spuren am Tatort Rückschlüsse auf den Verbrecher zu ziehen. Wir sahen uns immer besser in der Lage, unsere Kunst der Profilerstellung (ich sage bewußt Kunst, denn so weit, daß man von einer Wissenschaft sprechen konnte, waren wir damals noch nicht) zu verfeinern.

In den Wochen und Monaten nach Chases Verhaftung verfolgte ich alles, was über diesen eigenartigen Mann ans Tageslicht kam. Noch am Tag seiner Festnahme wurde er mit einem bis dahin ungeklärten Verbrechen in Zusammenhang gebracht, das in der Nähe der anderen zwei Tatorte begangen worden war. Tatsächlich stellte sich heraus, daß ich mich mit meiner Mutmaßung, Terry Wallin sei das erste Opfer gewesen, getäuscht hatte. Am 28. Dezember 1977 kehrten ein gewisser Ambrose Griffin und seine Frau vom Einkaufen zurück und luden gerade ihr Auto aus, als Chase vorbeigefahren kam und zwei Schüsse abgab. Einer traf Griffin tödlich in der Brust. Ballistische Untersuchungen ergaben, daß die Kugel nur aus Chases Revolver stammen konnte, mit dem er auch seine anderen Opfer erschossen hatte.

Auf Chase trafen zudem Beschreibungen eines unbekannten Täters zu, der in der Nachbarschaft eine Reihe von Fetischdiebstählen begangen hatte. Zahlreiche Entführungen von Hunden und Katzen wurden nun ebenfalls geklärt. Die in seiner Wohnung entdeckten Halsbänder konnten von den Eigentümern eindeutig identifiziert werden. Wahrscheinlich befriedigte er mit der Tötung dieser Tiere seine perversen Triebe. Ob er auch ihr Blut getrunken hat, können wir heute nicht mehr nachweisen.

Per Computer spürte man noch einen anderen Vorfall auf, der sich Mitte 1977 in der Gegend von Lake Tahoe ereignet hatte. Dort hatte ein indianischer Polizist einen Mann verhaftet, nachdem ihm dessen blutverschmierte Kleider aufgefallen waren – Chase. In seinem Wagen hatte er danach Schußwaffen und einen mit Blut gefüllten Eimer gefunden. Weil es sich um Rinderblut gehandelt hatte, war Chase damals mit einer Geldbuße davongekommen. Die Blutspuren auf seinem Hemd hatte er mit einem Mißgeschick bei der Hasenjagd erklärt.

Reporter und der Untersuchungsrichter mit seinen Leuten fingen nun an, in Chases Leben herumzuwühlen. Nach und nach wurde seine ganze traurige Vergangenheit enthüllt. Der 1950 geborene Richard Trenton Chase stammte aus einer in bescheidenen Verhältnissen lebenden Familie. Er war der einzige Sohn und galt überall als liebes und gehorsames Kind. Im Alter von acht Jahren war er vorübergehend Bettnässer. Seine eigentlichen Probleme fingen etwa vier Jahre später an, als es zu heftigen Streitereien zwischen seinen Eltern kam. Seine Mutter warf seinem Vater vor, er betrüge sie, wolle sie vergiften und nehme Rauschgift. Bei seiner Vernehmung erklärte der Vater, daß Richard diese Auseinandersetzungen mitbekommen hatte. Ein Team von Psychologen, die die ganze Familie untersuchten, glaubte später in Mrs. Chase den klassischen Fall einer ›aggressiven... feindseligen... provozierenden‹ schizophrenen Mutter zu erkennen. Trotz unaufhörlicher Konflikte hielt die Ehe noch fast zehn Jahre. Dann wurde sie doch geschieden, und Mr. Chase heiratete eine andere Frau.

Mit einem IQ von 95 galt Chase als durchschnittlicher Schüler. Er hatte auch Freundinnen, die Beziehungen endeten aber jedesmal, wenn es zum ersten Geschlechtsverkehr kommen sollte – er war impotent. Chase hatte weder enge Freunde noch Bezugspersonen außerhalb der Familie. Die mit seiner Untersuchung beauftragten Psychologen meinten, daß sein Geisteszustand sich ab dem zweiten Jahr an der High School verschlimmert habe. In dieser Zeit wurde er ›rebellisch und störrisch, verlor jeden Ehrgeiz und ließ sein Zimmer verkommen. Er rauchte Marihuana und fing an zu trinken.‹ Eine ehemalige Freundin sagte aus, er habe sich ›nur noch in der Acid-Szene rumgetrieben‹. 1965 wurde er wegen Besitzes von Marihuana verhaftet und zu Aufräumarbeiten in öffentlichen Anlagen verurteilt.

All diese Einzelheiten wurden ausführlich in den Zeitungen diskutiert. Viele Journalisten und Leser fühlten sich deswegen in ihrer Ansicht bestätigt, Chase habe seine Morde unter dem Einfluß von Drogen verübt. Das sah ich ganz und gar nicht so. Auch wenn Rauschgift Chases Abgleiten in die geistige Umnachtung begünstigt haben mag, seine Morde hatten damit nichts zu tun. Wir wissen inzwischen, daß Drogen zwar bei vielen Serienmördern eine gewisse Rolle spielen, aber nicht der auslösende Faktor für ihre Bluttaten sind. Die wahren Gründe liegen tiefer und sind ungleich komplexer.

Trotz seiner fortschreitenden Geisteskrankheit schaffte Chase 1969 den Schulabschluß und fand für mehrere Monate einen Job. Es sollte der einzige bleiben, den er länger als ein, zwei Tage behielt. Er fing im selben Jahr zu studieren an, kam jedoch bald mit dem Lehrstoff nicht mehr mit, und war auch, wie sich Bekannte erinnerten, dem sozialen Druck auf dem Campus nicht gewachsen. 1972 wurde er in Utah wegen Alkohols am Steuer festgenommen. Das muß ihn schwer getroffen haben, denn danach gab er das Trinken auf. Trotzdem ging es weiter bergab mit ihm. 1973 wurde er wegen unerlaubten Waffenbesitzes und Widerstands gegen die Staatsgewalt verhaftet. Bei einer Party hatte er einem Mädchen ständig an den Busen gegrabscht und war hinausgeworfen worden. Als er zurückkam, hielten ihn ein paar Männer bis zum Eintreffen der Polizei fest. Bei der Auseinandersetzung rutschte eine Pistole aus seinem Hosenbund. Er kam noch einmal mit einem blauen Auge davon. Das Verfahren wurde wegen Geringfügigkeit eingestellt, und gegen Bezahlung einer Strafe von fünfzig

Dollar durfte er heimgehen. Da er nicht in der Lage war, sein Geld selbst zu verdienen, wohnte er abwechselnd bei seinem Vater und seiner Mutter, die auch für seinen Lebensunterhalt aufkamen.

1976 wurde Chase in eine psychiatrische Klinik eingewiesen, nachdem er sich Kaninchenblut in die Venen gespritzt hatte. Das Gericht bestellte das Sozialamt zum Vormund und nahm so den Eltern die Verantwortung ab. Schon damals war ein einzelner mit der Betreuung von Chase heillos überfordert. Wenn ein Geisteskranker für unmündig erklärt wird, heißt das auch, daß der Staat die Kosten für seine Behandlung übernimmt, denn ansonsten würden bis auf die ganz reichen Familien die meisten in den Ruin getrieben.

In der Klinik war Chase der Schrecken aller Krankenschwestern. So fing er Vögel im Gebüsch und biß ihnen den Kopf ab. Wiederholt wurde er mit blutverschmiertem Gesicht und Hemd aufgegriffen. In seinem Tagebuch beschrieb er, was das Töten und der Geschmack von Blut für ihn bedeuteten. Allein seinetwegen kündigten zwei Schwesternhelferinnen. Für das Personal hieß er bald nur noch Dracula.

Seine bizarren Verhaltensweisen hatten alle einen Grund, zumindest sah er das so. Er glaubte, er werde langsam vergiftet und sein Blut verwandle sich in Pulver. Nur fremdes Blut könne ihm darum das Leben retten.

Einmal wiesen die Ärzte einen Pfleger an, Chase über Nacht mit einem anderen Patienten zusammenzulegen. Der Mann weigerte sich mit der Begründung, daß er für nichts garantieren könne und er seinen Job nicht verlieren wolle, wenn etwas geschah.

Dank Medikamenten schien sich Chases Zustand zu stabilisieren, so daß ein Psychiater seine Entlassung in eine offene Behandlung für angebracht hielt, um Platz für schwerere Fälle zu schaffen. Dazu merkte der Pfleger später an: »Wir haben Alarm geschlagen, als wir erfuhren, daß er entlassen werden sollte, aber es half nichts.« (Die Familien von Chases Mordopfern haben später die für die Entlassung verantwortlichen Psychiater auf Schadensersatz in beträchtlicher Höhe verklagt.)

1977 wurde Chase aus der Klinik entlassen. Die Verantwortung für ihn übernahm nun vorwiegend seine Mutter. Sie besorgte ihm auch eine Wohnung – dieselbe, in der er später verhaftet wurde. Manchmal besuchte er sie, aber die meiste Zeit verbrachte er allein in seiner Behausung. Als Freigänger bezog er eine Arbeitsunfähigkeitsrente. Er brüstete sich gern damit, daß er es nicht nötig habe, zu arbeiten. Einen Teil der Rechnungen beglich sein Vater. Er versuchte sich seinem Sohn anzunähern, lud ihn zu Wochenendausflügen ein und kaufte ihm Geschenke.

Frühere Bekannte, denen er nach der Entlassung aus der Klinik gelegentlich über den Weg lief, berichteten, Chase habe anscheinend nur noch in der Vergangenheit gelebt. Von Begebenheiten in der Schule sprach er so, als wären sie gerade erst geschehen und lägen nicht acht bis zehn Jahre zurück. Dann wiederum erzählte er von fliegenden Untertassen, UFOs und einer Nazi-Mafia, die angeblich an der Schule operiert hatte und immer noch hinter ihm her war.

Als seine Mutter ihm einmal Vorhaltungen wegen der Unordnung in seiner Wohnung machte, ließ er sie nicht mehr herein. Wenig später kam es zu dem Vorfall bei Lake Tahoe. Als sein Vater ihn abholte, tat er das Ganze als einen Jagdunfall ab.

Dieser Zwischenfall ereignete sich im August 1977. Von da an bis zum ersten entdeckten Mord lassen sich Chases zunehmender geistiger Verfall und sein eskalierendes kriminelles Verhalten so gut nachzeichnen, daß wir uns eingehend damit beschäftigen sollten.

Im September brachte Chase nach einem Streit mit seiner Mutter ihre Katze um. Im Oktober kaufte er beim Tierschutzverein zwei Hunde für jeweils fünfzehn Dollar. Am 20. Oktober stahl er Benzin im Wert von zwei Dollar. Als ihn ein Polizist deswegen anhielt, wirkte er ruhig, stritt alles ab und durfte weiterfahren. Mitte November antwortete er auf eine Anzeige eines Labradorhalters, der Welpen zu verkaufen hatte. Er verhandelte so hartnäckig mit ihm, daß er schließlich zwei für den Preis von einem bekam. Noch im selben Monat stahl er einen Hund. Als der Besitzer per Zeitungsannonce um Hilfe bei der Suche bat, rief er dort anonym an und belästigte die Leute. Bei der Polizei häuften sich von da an Anzeigen wegen vermißter Haustiere – allesamt aus demselben Viertel.

Am 7. Dezember 1977 bestellte Chase in einem Waffengeschäft den Revolver. Er mußte lediglich ein Formular ausfüllen und erklären, daß er noch nie wegen einer psychischen Erkrankung in Behandlung gewesen war. Bis ihm der Revolver ausgehändigt werden konnte, mußte er noch bis zum 18. Dezember warten. In der Zwischenzeit kümmerte er sich um die Neuzulassung seines Wagens und erledigte noch andere Sachen, die klares Denken erfordern. Er sammelte Zeitungsartikel über einen Würger in Los Angeles und markierte Inserate, in denen Hunde zum Schenken angeboten wurden. Sein Vater nahm ihn zwischendurch zum Weihnachtseinkauf mit, und er durfte sich ein Geschenk aussuchen. Er entschied sich für einen orangefarbenen Parka, den er von dem Tag an unablässig trug.

Am 18. Dezember konnte er dann den Revolver abholen. Er kaufte mehrere Schachteln Munition dazu und fing sogleich zu schießen an. Als erstes feuerte er auf das Haus einer Familie namens Phares. Einen Tag später schoß er durch das Küchenfenster der Familie Polenske, als Mrs. Polenske gerade abspülte. Die Kugel zischte durch ihre Haare. Kurz danach beging er den Mord an Ambrose Griffin, der genau gegenüber den Phares wohnte. Keinen von den Schüssen hatte Chase aufs Geratewohl abgegeben. Analysen vor dem Anwesen der Griffins bestätigten, daß man sehr genau anlegen mußte, wollte man von einem fahrenden Auto aus nicht in einen von den vielen Bäumen vor dem Haus schießen. Bei Griffin hatte er genau getroffen, Mrs. Polenske hatte den Anschlag mit sehr viel Glück überlebt.

Am 5. Januar 1978 kaufte Chase den *Sacramento Bee*. Den Leitartikel, der den Mord an Griffin als ›Folge sinnloser Schießwut‹ brandmarkte, schnitt er aus und bewahrte ihn auf. Am 10. Januar kaufte er drei weitere Schachteln Munition. Am 16. Januar steckte er aus lauter Wut eine Garage in

Brand, weil jemand aus der Nachbarschaft die Musik zu laut aufgedreht hatte.

Für den 23. Januar, den Tag, an dem er Terry Wallin ermordete, konnte die Polizei Chases Handlungen minutiös rekonstruieren. Am frühen Morgen unternahm er einen Einbruchsversuch, ging aber in Deckung, als die Bewohnerin des Hauses ihn vor dem Küchenfenster erblickte. Eine ganze Weile hockte er wie erstarrt auf der Veranda, bis sie die Polizei rief. Da ergriff er die Flucht. Wenige Minuten später drang er in ein Haus in der Nähe ein, wurde vom Eigentümer ertappt und suchte das Weite. Der Mann rannte ihm auf die Straße nach, war aber nicht schnell genug. So ging er ins Haus zurück, um festzustellen, was überhaupt fehlte. Chase hatte mehrere wertvolle Gegenstände gestohlen, seinen Stuhlgang auf einem Kinderbett verrichtet, in eine Schublade mit Kleidungsstücken uriniert – abartige Verhaltensweisen, wie sie typisch für Fetischdiebe sind. Eine Stunde später sprach Chase die ehemalige Schulkameradin vor dem Supermarkt an – und erweckte ihren Argwohn.

Sie erkannte ihn zunächst nicht wieder. Er trug ein blutbeflecktes Hemd, hatte eine gelbe Kruste um den Mund und hatte sich auf erschreckende Weise verändert. Erst als er sie fragte, ob sie mit auf dem Motorrad gesessen hatte, als ihr damaliger Freund tödlich verunglückt war, dämmerte ihr etwas. Sie verneinte und fragte ihn nun nach seinem Namen. Da gab er sich zu erkennen. Sie wich immer weiter zurück und entfernte sich schließlich mit dem Vorwand, sie müsse zur Bank gehen. Er wartete, bis sie herauskam und folgte ihr zu ihrem Auto. Als er Anstalten machte, die Beifahrertür aufzureißen, drückte sie blitzschnell das Schloß herunter und jagte mit Vollgas davon. Wenige Minuten später lief er über die Veranda eines Hauses hinter dem Einkaufszentrum. Der Eigentümer sah das und schrie, er solle gefälligst verschwinden. Chase erwiderte, er nehme ja nur eine Abkürzung, verließ das Grundstück und drang in das nebenan liegende Haus von Terry Wallin ein.

Erst Mitte 1978 wurde die Leiche des vermißten Kindes – ebenfalls in der Nähe von Chases Wohnung – entdeckt. Im Gefängnis hatte er sich beharrlich ausgeschwiegen. Es kam noch zu mehreren Verzögerungen, bis der Prozeß ein Jahr später in Palo Alto beginnen konnte. In der Zwischenzeit gewann ein Psychiater Chases Vertrauen wenigstens insoweit, als er sich ihm ein bißchen öffnete und auf die Frage, ob er denn weiter getötet hätte, ein bemerkenswertes Geständnis ablegte:

Beim erstenmal war es eher eine Art Zufall. Ich wollte dann wegfahren, aber das ging nicht mehr, weil der Keilriemen gerissen war. Ich mußte eine Wohnung finden. Mutter wollte mich zu Weihnachten nicht bei sich haben. Sonst konnte ich an Weihnachten immer zu ihr kommen und mit ihr, meiner Oma und meiner Schwester quatschen. Aber dieses Jahr ließ sie mich nicht rein, und da habe ich vom Auto aus geschossen und irgendwen getroffen. Beim zweitenmal hatten die Leute viel Geld, und da wurde ich neidisch. Die Lady sah mich, und da habe ich sie erschossen – na ja, so bin ich zu ein bißchen Blut gekommen. Und dann bin ich in ein anderes Haus rein. Da war eine ganze Familie. Ich habe sie alle erschossen. Jemand hat mich dort gesehen. Und dann sah ich dieses Mädchen da. Sie rief die Polizei, aber die haben mich nicht gekriegt. Curt Silvas Freundin – er ist bei einem Motorradunfall ums Leben gekommen, wie noch ein paar andere von meinen Freunden, und da dachte ich eben, daß ihn das Syndikat auf dem Gewissen hat, weil er bei der Mafia war und Drogen verkauft hatte. Seine Freundin hatte ihn doch gekannt – und ich wollte etwas von ihr erfahren. Sie sagte, daß sie verheiratet ist und mit mir nicht reden will. Das ganze Syndikat scheffelte Geld, indem es meiner Mutter den Auftrag gab, mich zu vergiften. Ich kenne sie alle, und sie landen bestimmt noch vor Gericht – ich muß nur noch alles auf eine Reihe kriegen.

Der Prozeß begann Anfang 1979. Am 6. Mai charakterisierte die Reporterin Iris Yang Chase im *Sacramento Bee* folgendermaßen: »Der Angeklagte wirkt völlig abgestumpft. Glanzloses, strähniges braunes Haar, tiefliegende trübe Augen, bleich und nur aus Haut und Knochen bestehend. Seit viereinhalb Monaten kauert Richard Trenton Chase, der in wenigen Wochen neunundzwanzig wird, Tag für Tag auf seinem Stuhl und spielt mit den Unterlagen auf dem Tisch vor ihm oder starrt mit leerem Blick in das kalte Neonlicht an der Decke.«

Zum Prozeß kam es nur, weil die Staatsanwaltschaft sich auf keinen Kompromiß einließ und kategorisch die in Kalifornien wiedereingeführte Todesstrafe verlangte. Die Verteidigung vertrat die Auffassung, Chase sei geistesgestört und darum verhandlungsunfähig, woraufhin die Anklage konterte, zur Zeit seiner Verbrechen sei er ›gerissen genug‹ gewesen, um nun dafür zur Verantwortung gezogen werden zu können. Chase wurde Mord in sechs Fällen vorgeworfen – Terry Wallin, die drei Menschen in Mrs. Miroths Wohnung, das tote Baby und Ambrose Griffin. Die Geschworenen befanden ihn nach nur wenigen Stunden Beratung in allen sechs Punkten für schuldig. So verurteilte ihn der Richter zum Tode.

Chase kam ins Gefängnis von San Quentin, wo der elektrische Stuhl auf ihn wartete.

Ich war weder mit dem Urteil noch mit dem Verfahren an sich einverstanden. Zur gleichen Zeit hatte der ehemalige San Franciscoer Rathausangestellte Dan White Bürgermeister Mosconi und Supervisor Harvey Milk ermordet. White konnte mit der Behauptung, der ständige Verzehr von billigem Fraß habe ihn in den Wahnsinn getrieben, den Kopf aus der Schlinge ziehen und wurde wegen verminderter Schuldfähigkeit in eine psychiatrische Anstalt eingewiesen. Chase dagegen, der eindeutig geisteskrank war, sollte auf dem elektrischen Stuhl sterben.

Zusammen mit George Conway habe ich Chase 1979 im Todestrakt von San Quentin aufgesucht. Conway, ein überaus charmanter, bestens aussehender Bursche, der immer schnell einen Draht zu den Häftlingen herstellte, war der Verbindungsmann des FBI zu den kalifornischen Gefängnissen.

Der Besuch bei Chase nun gehört zu den eigenartigsten Erfahrungen meines Lebens. Schon beim Betreten des Gefängnisses umfing mich eine bedrückende, beängstigende Atmosphäre. Die ließ mich auch nicht los, als wir, nachdem man unzählige Stahltüren hinter uns zugeknallt hatte, endlich im Interviewraum Platz nahmen. Ich kannte ja genügend Gefängnisse, aber das hier war von allen das unheimlichste. Irgendwann dachte ich, es gäbe kein Zurück mehr.

Um zum Todestrakt zu gelangen, mußten wir mehrere Aufzüge benutzen. Die sonderbarsten Geräusche begleiteten uns auf dem Weg. Aus den Zellen kam ein ständiges Ächzen und Stöhnen. Stammten diese Laute noch von Menschen? Wir saßen bereits im Interviewraum, als wir Chase über den Gang schlurfen hörten. Man hatte ihm Fußeisen angelegt, und die schepperten bei jedem Schritt. Handschellen schränkten seinen Bewegungsspielraum zusätzlich ein. Ich dachte unwillkürlich an Marleys Geist in Charles Dickens' *Ein Weihnachtslied*.

Der nächste Schock war seine Erscheinung. Auf einen befremdlich aussehenden, spindeldürren Mann mit langem pechschwarzem Haar hatte ich mich ja gefaßt gemacht, nicht aber auf seine Augen. Ich werde sie nie vergessen können. Sie glichen denen des Hais in dem Film *Der weiße Hai* – keine Pupillen, sondern nur schwarze Flecken. Der Mann hatte einen bösen Blick, und der sollte mich noch lange nach dem Interview nicht loslassen. Mich beschlich ein Gefühl, daß er mich gar nicht richtig sehen konnte, daß er durch mich hindurch stierte. Sein Verhalten war alles andere als aggressiv, vielmehr saß er völlig passiv da. Zwischen den Händen hielt er eine Plastiktasse, zu deren Zweck er sich zunächst nicht äußerte.

Da er schon rechtskräftig verurteilt war, konnte ich mir das bei den meisten Interviews mit Mördern übliche Gesäusel sparen. Normalerweise muß ich sehr viel Überzeugungsarbeit leisten, bis ich das Vertrauen eines Verbrechers gewinne und er die Befangenheit ablegt. Chase und ich führten in Anbetracht seines Geisteszustands von Anfang an ein relativ lockeres Gespräch. Er gab seine Morde zu, behauptete aber, er hätte sie nur begangen, um sein eigenes Leben zu retten. Gegenwärtig arbeite er an seiner Berufung. Die wolle er damit begründen, daß er schon kurz vor dem Tod gestanden und nur getötet habe, um sich das für sein überleben nötige Blut zu beschaffen. Ansonsten wäre er nämlich an einer Seifenschalenvergiftung gestorben.

Auf meinen Einwand, ich hätte von dergleichen noch nie gehört, klärte er mich auf: »Jeder hat doch eine Seifenschale. Wenn man die Seife hochhebt und die Unterseite trocken ist, dann ist alles gut. Ist aber alles glitschig, dann heißt das, daß man eine Seifenschalenvergiftung hat.« Nun wollte ich wissen, wie sich eine solche Vergiftung äußere. Er erklärte mir, sie verwandle das Blut langsam in Pulver. Das fresse den Menschen dann von innen heraus auf und raube ihm seine Energie und Handlungsfähigkeit.

Dem Leser mögen Chases Auslassungen lächerlich oder rettungslos verrückt vorkommen, als ich mich damit jedoch konfrontiert sah, mußte ich angemessen reagieren. Ich durfte weder entsetzt noch angewidert wirken, sondern mußte seine Erklärung als das hinnehmen, was sie war – die Erläuterung der Gedankengänge eines Mörders. Die Grundregel ist die: Man tut seine Auslassungen nicht als wirres Geschwätz ab, sondern ermuntert ihn zum Weiterreden. Die normale Reaktion ›Unsinn! So was wie eine Seifenschalenvergiftung gibt es doch gar nicht!‹ wäre ein Fehler gewesen. Genauso wenig hätte ich sagen dürfen: ›O ja, genau! Ich kenne auch ein paar Leute mit Seifenschalenvergiftung.‹ Folglich akzeptierte ich seine Erklärung und verzichtete auf jeden Kommentar.

Auch als er mir eröffnete, er sei Jude und zeitlebens wegen seines Davidssterns auf der Stirn von den Nazis verfolgt worden, wich ich von meiner Regel nicht ab, obwohl ich genau wußte, daß er wirres Zeug redete. Natürlich hätte ich ›Erzählen Sie mir doch nicht so was!‹ rufen können oder: ›Ach, ist der schön! So einen hätte ich auch gerne!‹ Beide Reaktionen hätten meiner Absicht geschadet. Ich konnte nun mal keinen Davidsstern sehen und rechnete andererseits damit, daß Chase mir eine Falle stellen wollte, um zu testen, wie weit ich bereit war, ihm zu folgen. Woher hätte ich denn wissen sollen, ob er nicht plötzlich sagte, der Stern sei gar nicht auf der Stirn, sondern auf dem Arm oder der Brust? In dieser Situation erklärte ich ihm, ich hätte meine Brille nicht dabei und könne in dem trüben Licht nicht richtig sehen, würde ihm aber gern glauben. Als nächstes kam er mit der Behauptung daher, die Nazis stünden in Kontakt mit UFOs, die ständig über der Erde schwebten und ihn per Telepathie zum Mord aufforderten, damit er mit dem Blut der Opfer das eigene erneuern könne.

Am Schluß des Gesprächs faßte er seine Argumentation noch einmal zusammen: »So ist das also, Mr. Ressler. Sie verstehen doch jetzt sicher, daß ich aus reiner Notwehr getötet habe.«

Die vielleicht wichtigste Information erhielt ich, als ich ihn fragte, nach welchen Gesichtspunkten er sich seine Opfer ausgesucht hatte. Vor mir hatten ihn schon andere interviewt, und immer hatte er sich in Schweigen gehüllt, mir aber brachte er so viel Vertrauen entgegen, daß ihm die Auskunft nicht schwer fiel. Stimmen hatten ihm eingegeben, es sei an der Zeit zu töten. Darum ging er auf die Straße und rüttelte an fremden Türen. Wenn sie zugesperrt waren, lief er weiter, wenn sie sich öffnen ließen, trat er ein. Auf meine Frage, warum er nicht eingebrochen sei, wo es ihm doch ein so dringendes Anliegen gewesen sei, meinte er: »Ach, wissen Sie, wenn eine Tür zugesperrt ist, dann heißt das doch, daß man nicht willkommen ist.« Wie schmal war doch der Grat zwischen denen, die entronnen waren, und denen, die unter den Händen von Chase eines schrecklichen Todes gestorben waren!

Schließlich wollte ich wissen, was es mit der Tasse in seiner Hand auf sich habe. Sie sei der Beweis dafür, daß man ihn im Gefängnis vergiften wolle, erklärte er mir. Er schob sie zu mir herüber. Ich erblickte eine gelbliche schleimige Substanz, die ich später als den Rest von mit Käse überbakkenen Maccaroni identifzierte. Er bat mich, die Tasse mitzunehmen und in unserem Labor untersuchen zu lassen. Ich sah sie als ein Geschenk an, das ich nicht zurückweisen durfte.

Dem Gespräch mit Chase verdankte ich einige für die BSU sehr nützliche Erkenntnisse. Sie verhalfen uns, unser in Ansätzen bereits bestehendes Porträt des planlos vorgehenden Täters zu überprüfen und zu vervollständigen. Chase paßte nicht nur in das Muster, er verkörperte es mehr als jeder andere mir bis dahin bekannte Verbrecher. Insofern war er ein klassischer Fall.

In San Quentin war Chase ständig den Sticheleien seiner Mithäftlinge ausgesetzt. Sie drohten ihn umzubringen, wenn er ihnen nahe genug kam, und forderten ihn zum Selbstmord auf.

Sobald sich der Aufruhr über das Todesurteil einigermaßen gelegt hatte, rieten die für Chase zuständigen Psychologen dringend zu seiner Verlegung nach Vacaville. Da er ›chronisch psychotisch, wahnsinnig und unzurechnungsfähig‹ sei, gehöre er in ein Gefängnis mit einer gut ausgestatteten psychiatrischen Abteilung für geistesgestörte Verbrecher. Dieser Vorschlag fand meine volle Unterstützung.

In dem Glauben, das FBI würde das Gefängnisessen chemisch analysieren, überhäufte Chase Conway und mich in dieser Zeit mit Briefen. Sie beschäftigten sich alle mit dem gleichen Thema. Er müsse nach Washington kommen, wenn seine Berufung Erfolgsaussichten haben solle. Außerdem würde es das FBI sicher interessieren, daß UFOs nicht nur bei den jüngsten Flugzeugabstürzen eine Rolle gespielt hätten, sondern auch bei Luftabwehrraketen, wie sie der Iran gegen die Vereinigten Staaten einsetze. ›Das FBI kann die UFOS doch bestimmt über Radar orten‹, schrieb er mir, ›und nachweisen, daß sie mich verfolgen. Sie sind Sterne, die in der Nacht durch eine Art kontrollierte Kernschmelze zum Leuchten gebracht werden.‹

Es sollte seine letzte Botschaft an mich sein. Kurz nach Weihnachten 1980 wurde er tot in seiner Zelle im Gefängnis von Vacaville aufgefunden. Um ihn etwas gefügiger zu machen, hatte man ihm täglich Tabletten gegen seine Halluzinationen gegeben. Die hatte er gehortet und nun alle auf einmal eingenommen. Manche nannten es Selbstmord, andere halten es bis heute für ein Unglück. Ihrer Meinung nach hat Richard Trenton Chase all diese Tabletten geschluckt, um die Stimmen zum Schweigen zu bringen, die ihn zum Morden getrieben hatten und ihn auch danach bis zu seinem Tod quälten.

2
»Wer mit Ungeheuern kämpft...«

Ein Ungeheuer trieb in Chicago sein Unwesen, und ich platzte vor Neugierde. 1946 war das. Ich war damals ein Dreikäsehoch von neun Jahren. Weil mein Dad bei der *Chicago Tribune* als Wachmann arbeitete, hatten wir stets eine Ausgabe daheim herumliegen. Im Sommer davor hatte ich bereits in der *Tribune* über den Mord an einer verheirateten Frau mittleren Alters in einem Mietshaus gelesen. Bis Dezember war es ein Einzelfall, doch dann wurde eine ehemalige Marinehelferin in einem Hotel umgebracht. Mit dem Lippenstift des Opfers hatte der Mörder auf den Spiegel geschrieben: ›Um Himmels willen, faßt mich, sonst gibt es noch mehr Tote! Es ist stärker als ich.‹ Aufgrund von Indizien, die für die Veröffentlichung in der Zeitung zu abstoßend waren (und deren Brutalität ich damals nicht ansatzweise erahnen konnte), stellte die Polizei einen Zusammenhang zwischen den zwei Verbrechen her.

Die *Tribune* brachte ständig neue Reportagen über den Fall heraus und setzte ihre Reporter auf alle möglichen Spuren an. Kurz nach dem Jahreswechsel geschah ein drittes Verbrechen, das der allgemeinen Auffassung nach allerdings nichts mit den vorangegangenen zu tun hatte. Die sechsjährige Suzanne Degnan war aus der Wohnung ihrer Eltern verschleppt und getötet worden. Teile ihrer Leiche fand man in der Kanalisation des Stadtteils Evanston. Ganz Chicago war über diesen abscheulichen Mord entsetzt, und viele Eltern sorgten sich um die Sicherheit ihrer Kinder. Ich fragte mich: Was ist das nur für ein Mensch, der kleine Mädchen umbringt und zerstückelt? Ein Ungeheuer? Ist das überhaupt ein Mensch? Als Neunjährigem fehlten mir die Begriffe für solche Greueltaten, aber mit meiner üppigen Fantasie malte ich mir die Jagd nach Suzannes Mörder aus. Wahrscheinlich fürchtete ich mich, und diese Tagträume waren meine Art, damit fertig zu werden. Noch größer als die Angst freilich war wohl meine Faszination.

Am Samstag ging ich damals oft ins Kino. In einem der Filme fand ich ein Vorbild, das ich unbedingt nachahmen wollte – eine Privatdetektei. Im Sommer 1946 gründete ich zusammen mit drei Freunden die Agentur RKPK. Sie hatte ihr Büro in einer Garage und verfügte über einen ›Kriegswagen‹, einen Leiterwagen, den wir den ›RKPK-Express‹ nannten. Wenn wir nicht ermittelten, transportierten wir mit dem Gefährt Einkäufe – pro Lieferung bekamen wir einen Vierteldollar. Mit dem Erlös konnten wir die Kosten unserer Agentur decken. Wie bei den meisten Privatdetektiven in den Filmen reichte die Auftragslage nicht für die Büromiete. Im Sommer '46 verfolgten wir zwei Schwerpunkte: Detekivkleidung – Hüte und lange Mäntel – anziehen und Verdächtige beschatten, denen wir an der Bushaltestelle auflauerten. Wir versuchten, wie die Männer vom FBI, die damals in ganz Amerika als Helden galten, oder wie Sam Spade auszusehen. Wenn ein Vater oder älterer Bruder aus der Nachbarschaft mit seiner Aktentasche aus dem Bus stieg, war er unserer Hauptverdächtiger im Mordfall Suzanne Degnan. Wir verfolgten ihn bis zu seinem Haus und bezogen dort, rund um das Grundstück verteilt, Stellung, bis es an der Zeit für die Wachablösung und einen Vergleich unserer Notizen war. Die Männer rätselten über die Spinner mit ihren langen Mänteln, doch was wir wirklich vorhatten, fanden sie nie heraus.

William Heirens wurde im selben Sommer verhaftet. Ich war überrascht, weil er neben den zwei Frauen auch das kleine Mädchen ermordet hatte. Als Grund gab er an, daß sie ihn bei Einbrüchen überrascht hatten. Er hatte jeweils sexuelle Motive für seine Diebestouren gehabt. Einzelheiten wurden gemäß der damals herrschenden Moral nicht veröffentlicht. Mit meinen neun Jahren wußte ich noch sehr wenig über Sex. So tat ich diesen Teil des Falls mit einem Achselzucken ab. Als Erwachsener sollte ich allerdings weitaus mehr als der Durchschnittsbürger über die sogenannten Fetischdiebstähle erfahren. Seinerzeit faszinierte mich an Heirens vor allem sein Alter – er war Student an der Universität von Chicago und mit siebzehn Jahren nicht sehr viel älter als ich. Im Laufe des Verfahrens stellte sich heraus, daß er, um seine Aufdeckung zu vermeiden, nach jeder Bluttat zu durchaus rationalem Handeln fähig gewesen war. Still und unauffällig war er in sein Studentenwohnheim zurückgegangen und hatte sich nie etwas anmerken lassen. Seine Verhaftung war eher einem Zufall zu verdanken. Ein dienstfreier Polizist wurde herbeigerufen, als Heirens nach einem mißglückten Einbruch fliehen wollte. Es kam zu einem Handgemenge, und der Beamte hatte großes Glück, daß Heirens Pistole zweimal Ladehemmung hatte. Ein zweiter herbeigeeilter Polizist schlug Heirens schließlich mit einem herumstehenden Blumentopf bewußtlos. In seinem Zimmer wurden bei seinen Einbrüchen und den Morden erbeutete ›Souvenirs‹ sichergestellt. Das *Time Magazine* nannte den Fall Heirens den ›Krimi des Jahrhunderts‹ und staunte über die Zahl der aus ganz Amerika nach Chicago geschickten Gerichtsreporter. Nach Heirens Verhaftung änderten wir jungen Burschen die Spielregeln. Wir observierten die Bushaltestelle und warteten auf Heirens, den gefährlichen Mörder, um ihn bis zu seinem Schlupfloch zu verfolgen.

Unser Fantasiespiel und die Detektei lösten sich noch im selben Sommer in Luft auf. Dennoch zogen mich in den kommenden Jahren Heirens selbst und andere Verbrecher seines Kalibers weiter in ihren Bann. So wuchs ich in das hinein, was heute einen wesentlichen Teil meiner Arbeit ausmacht, die Verfolgung von Kriminellen und der Versuch, sie zu verstehen.

An der High School war ich bestenfalls Durchschnitt. Von den Fächern interessierte mich keines übermäßig, und mit dieser lässigen Einstellung studierte ich auch zwei Jahre lang am College von Chicago. Dann ging ich zur Army, heiratete und wurde nach Okinawa beordert. Doch auch im Fernen Osten bezog ich regelmäßig die *Chicago Tribune.* So erfuhr ich in einer Sonntagsbeilage von der Existenz einer Fachschule für Kriminologie und Polizeiverwaltung im Staat Michigan. Das klang ganz gut. Ich bewarb mich, wurde genommen und begann nach dem Ende meiner zweijährigen Dienstzeit eine neue Ausbildung. Ich hatte meine Leidenschaft für das Polizeiwesen entdeckt. Plötzlich wurden meine Noten kontinuierlich besser, und nach der Zwischenprüfung wurde ich zum Graduiertenstudium zugelassen. Das dauerte bei mir jedoch nur ein Semester, denn ich ging wieder zur Army. War ich vorher Unteroffizier der Reserve gewesen, bekleidete ich nun den Rang eines Offiziers.

Ich hatte mich um eine Anstellung bei der Chicagoer Polizei bemüht, hatte mir jedoch vorhalten lassen müssen, daß an ›überqualifizierten‹ Leuten keinerlei Interesse bestand, denn ›die bringen doch nur Unruhe in den Laden‹. Der Dekan unserer Schule verfügte zwar über Beziehungen zur Polizeibehörde, aber das Beste, was man mir anbieten konnte, war der Posten eines Streifenbeamten, wie ich von meinem Schwager Frank Graszer in einem vertraulichen Gespräch erfuhr. Dafür freilich hätte bereits die High School mehr als gereicht. Ich lehnte ab, auch wenn Frank mich weiter in meinem Interesse an der Arbeit der Polizei bestärkte. Die Army bot mir andererseits einen Leutnantsposten bei der Militärpolizei in Deutschland an. Die Stelle reizte mich, zumal meine Frau und ich beide deutscher Abstammung sind. Die Gelegenheit ließen wir uns nicht entgehen. Wir zogen in das Land unserer Vorväter.

Ich hatte Glück und wurde Kommandeur einer Einheit der Militärpolizei in Aschaffenburg. Bei einer Garnisonsstärke von 8000 Mann war ich praktisch der Polizeichef einer deutschen Kleinstadt von 45000 Einwohnern. Morde, Einbrüche, Brandstiftungen, kurz, ich war mit allem konfrontiert, was der Polizei unterkommt.

Als ich nach vier Jahren die Army wieder verlassen wollte, wurde mir ein neues verlockendes Angebot unterbreitet. Ich sollte Kommandant der Militärpolizei, der *Criminal Investigation Division* (CID) in Fort Sheriden in unmittelbarer Nähe von Chicago werden. Das hieß Ermittlungen in Zivil und die Verantwortung für die militärische Gerichtsbarkeit in den fünf benachbarten Bundesstaaten. Ich war nun zuständig für die Bereiche Chicago, Detroit, Milwaukee, Minneapolis-St. Paul und so weiter. Im Gegensatz zur allgemein vorherrschenden Meinung über das Militär – daß innerhalb einer solchen Mammutorganisation Talent und Motivation auf der Strecke bleiben – hat die Army durchaus Methoden zur Schaffung von Anreizen für gute Leute entwickelt. Sie verfolgt aufmerksam ihre Entwicklung und bietet ihnen interessante Posten an. Auf diese Weise hatte ich mir ihr Wohlwollen zum zweitennmal verdient.

Wie ich später erfuhr, ähnelte mein neuer Beruf dem des Leiters einer FBI-Außenstelle. Meine Leute trugen Zivil und waren jeder mit einem Sonderausweis, einer Dienstmarke und einer 38er ausgestattet. Wir stimmten uns häufig mit den örtlichen Polizeidienststellen und dem FBI ab. In Aschaffenburg hatte ich als Lieutenant die Stelle eines Captains besetzt, in Fort Sheriden versah ich, obwohl dem Rang nach eigentlich nur Oberleutnant, die Aufgaben eines Majors.

Einer unserer wichtigsten Fälle erforderte die enge Zusammenarbeit mit dem Federal Bureau of Narcotics (FBN, der späteren Drug Enforcement Agency – *amerikanische Drogenpolizei)*. Ich hatte die Aufgabe, mehrere FBN-Agenten in einen Drogenhändlerring einzuschleusen. Sie sollten sich als chronische Unruhestifter in der Army ausgeben, die in Fort Worth auf ihr Disziplinarverfahren warteten. Die Infiltrierung gelang uns, war allerdings mit einigen Gefahren für die verdeckten Ermittler verbunden. Ihre Verschleppung, Ausplünderung und Ermordung war bereits abgemachte Sache, als wir im letzten Moment davon erfuhren. Es kam zu einem Finale wie aus dem Kino. Sämtliche Angehörige des Forts mußten vor einem allgemeinen dreitägigen Urlaub zum Appell antreten, während meine Einheiten und die von FBN und FBI, alle bis an die Zähne bewaffnet, das Gelände umzingelten. Sodann traten die Undercover-Leute hervor und hefteten sich ihre Marken an die Brust. Zusammen mit dem Kommandanten schritten sie die Reihen ab und deuteten auf die Rauschgiftdealer, die unverzüglich abgeführt wurden.

Meine Perspektiven nach diesem Fall waren glänzend, allerdings wollte ich ins Zivilleben zurück und meine Arbeit lieber beim FBI fortsetzen. Als Kommandeur bei der CID gab ich oft genug Partys für die verschiedenen Polzeibehörden, darunter natürlich auch das FBI.

Unser Aufgabengebiet ähnelte damals auch oft dem des FBI. Es war Anfang der sechziger Jahre, und in den Universitäten kam es zu den ersten Unruhen und Aktivitäten gegen das Establishment. Das Feuer griff auch auf die jungen Soldaten über. Meine Agenten erhielten darum den Auftrag, sich in die Gruppen einzuschleichen, die Störaktionen planten, und ihre Ergebnisse zu melden – nicht nur mir, sondern auch dem FBI. Damit die Leser nicht glauben, hier seien Wichtigtuer am Werk gewesen, sei mir der Hinweis gestattet, daß eine dieser Gruppen Sprengstoff gestohlen hatte und von uns an der Zerstörung militärischer Ziele gehindert wurde. Als ich Jahre später zum FBI ging, bekam ich Gelegenheit, all die alten Akten durchzusehen. Wie ich feststellen mußte, hatte das Chicagoer Büro des FBI den ganzen Ruhm für eine Arbeit eingeheimst, die eigentlich meine Ermittler von der CID geleistet hatten – ein erster und einigermaßen schockierender Einblick in die Praktiken des FBI. Insider nannten das ein Einbahnstraßensystem: Das FBI nahm von allen anderen Ermittlungsbehörden, gab aber nie und unter keinen Umständen etwas zurück.

Das Ende meiner Dienstzeit stand bevor, und ich streckte meine Fühler nach einem neuen Tätigkeitsfeld im Polizeidienst aus, da kam die Eskalation im Vietnamkrieg dazwischen. Keiner von den höheren Rängen durfte die Army verlassen. Aber mir wurde ein interessantes Angebot unterbreitet. Jemand hatte meine Personalakte durchgelesen und festgestellt, daß ich ja ein Semester in einem Graduiertenstudiengang absolviert hatte. Nun wollte die Army mir unter Beibehaltung meiner Bezüge die Vollendung dieser Ausbildung ermöglichen, vorausgesetzt ich verpflichtete mich danach für weitere zwei Jahre. Nun, ich hatte eine Frau und zwei Kinder. So gesehen war es ganz gut, wenn ich im Staat Michigan blieb. Ich nahm also an.

Mein Studium war mit einem Geheimauftrag verbunden. Als verdeckter Ermittler hatte ich mich unter den Anti-Vietnamaktivisten umzuhören. Ich spielte einen frustrierten Ex-

Soldaten, ließ mir lange Haare wachsen und nahm an allen möglichen Versammlungen und Friedensmärschen der Neuen Linken teil. In einer Campuszeitung zeigt mich sogar ein Foto mit langen Haaren und meiner Tochter auf den Schultern. Wir protestierten damals gegen Versuche des CIA, Studenten zu rekrutieren. Ich würde zu gerne wissen, ob dieses Bild auch in den CIA-Akten gelandet ist.

Meiner Meinung nach wußten diese ›radikalen‹ Demonstranten nicht, wovon sie redeten. Sie hatten keinen Militärdienst absolviert, hatten keine Ahnung davon, wie es bei der Army zuging, aber sie waren fest davon überzeugt, daß die Army ihr persönlicher Feind war. Ich hatte den Eindruck, sie wollten oft einfach nur aus Spaß an der Freude Unruhe stiften. Ein Psychologiedozent trieb sich ebenfalls bei diesen Versammlungen herum und versuchte die Studenten zu Protestveranstaltungen zu überreden. Er schlug ihnen sogar vor, sie sollten sich massenweise als Reserveoffiziere verpflichten und nach Möglichkeit das System unterwandern. Im Unterricht sollten sie dort durch möglichst dumme Fragen den Ablauf stören und nach Vollendung der Ausbildung den Kriegsdienst verweigern. Bald wurde diesem Dozenten nahegelegt, er möge sich woanders eine Stelle suchen.

Die Zeit am College verging wie im Flug. Probleme hatte ich nicht. Zu meinen Komilitonen zählte übrigens Ken Joseph, der damals bereits einen höheren Posten beim FBI von Lansing, Michigan innehatte. Ken machte nach dem Abschluß noch seinen Doktor, ich dagegen kehrte vertragsgemäß zur Army zurück.

Zunächst diente ich ein Jahr lang als Chef der Militärpolizei in Thailand, danach wurde ich stellvertretender Kommandant in Fort Sheriden. Mittlerweile war ich zum Major befördert worden und erwog ernsthaft eine Fortsetzung meiner Karriere bei der Army. Meine Freunde beim FBI überredeten mich aber dazu, eine vor dem Studium eingereichte Bewerbung zu erneuern. Mit zweiunddreißig Jahren erschien mir diese Alternative 1970 nicht mehr so attraktiv wie drei Jahre davor. Trotzdem reizte mich das FBI weiterhin. Ich bewarb mich und wurde genommen. Obwohl meine Vorgesetzten mich halten wollten und mir eine weitere Beförderung anboten, hatte mich die Aussicht, Special Agent beim FBI zu werden, so in ihren Bann gezogen, daß ich alle Vernunftgründe beiseite schob und die Army verließ.

Vom Dienstantritt an gab es Ärger beim FBI. In einem Brief war mir mitgeteilt worden, ich solle mich an einem Montagmorgen zur Schulung im alten Postamt einfinden. In gespannter Vorfreude stürmte ich um zehn vor acht ins Gebäude. Niemand da. An der Tür klebte lediglich ein Zettel. Eine Änderung hatte sich ergeben. Wir waren ins Justizgebäude verlegt worden. Ich rannte unverzüglich los. In der Vorhalle nahmen mich Instruktoren in Empfang. Als sie meinen Namen erfuhren, erklärten sie mir, daß dicke Luft herrsche und ich mich schon mal auf einiges gefaßt machen könne.

Die Einweisung war bereits in vollem Gange. Der Dozent leierte bei meinem Eintreten eine Litanei über Renten- und Versicherungsangelegenheiten herunter. Er unterbrach seinen Vortrag und belehrte mich, ich sei zu spät gekommen. Davon ließ ich mich nicht einschüchtern. Im Gegenteil, verteidigte ich mich, ich sei zehn Minuten zu früh dran gewesen, nur hätte mir keiner etwas von der Raumänderung mitgeteilt. Da er sein Pulver verschossen hatte, schickte er mich zum nächsten hohen Tier.

So marschierte ich zum stellvertretenden Ausbildungsleiter Joe Casper, einem alter Kumpel des Direktors. J. Edgar Hoover lebte damals noch und saß fest im Sattel. Trotz seines Spitznamens ›das Gespenst‹ (den er der Comic-Figur Casper the Friendly Ghost verdankte) war der Vizedirektor alles andere als freundlich. Weil er es wissen wollte, wiederholte ich den Grund für meine Verspätung. Das Gespenst versuchte mir weiszumachen, daß alle per Post in Kenntnis gesetzt worden seien. Ich aber nicht, entgegnete ich. Ich hätte erst durch den Anschlag im alten Postamt davon erfahren. Dennoch verlangte er, ich solle meinen Irrtum sowie

Befehlsverweigerung eingestehen. Dazu war ich nicht bereit. Ich klärte ihn darüber auf, daß ich dank meiner jahrelangen Dienstzeit bei der Army genug über Befehle wisse, und zwar von beiden Seiten, als Untergeordneter wie auch als Vorgesetzter. Ich hatte das Gefühl, der Mann würde vor Wut platzen, als er mir mit der fristlosen Entlassung drohte. Das sei vielleicht das Beste für alle Seiten, versetzte ich, wenn beim FBI lauter Haarspalter am Werke seien, die erst mit allen Mitteln neue Leute anwarben und dann von ihrer Führung nichts verstünden. Bei der Army würden sie mich mit Handkuß wieder nehmen.

»Heben Sie Ihre Scheißhand!« blaffte Casper und ließ mich den Diensteid leisten. Er riet mir, ›in Zukunft das Maul zu halten‹ und drohte zum Schluß: »Wir werden Sie im Auge behalten.« Es war ein typischer Einschüchterungsversuch. Freilich war ich etwas älter, etwas erfahrener und in Sachen militärische oder paramilitärische Verwaltung etwas beschlagener als die üblichen Berufsanfänger und gab eben nicht klein bei. Dennoch hinterließ diese Erfahrung einen schalen Nachgeschmack. Zwanzig Jahre lang, vom ersten Tag im Amt bis zu meinem Ausscheiden, sollte ich gegen die Behördenmentalität, das sture ›Streng nach Vorschrift‹ ankämpfen.

›New Agents Class 70-2‹, so hießen wir Dienstanfänger. Unsere Ausbilder waren erfahrene Beamte Mitte vierzig. Sie strebten Posten in der höheren Verwaltung an. Voraussetzung dafür war die erfolgreiche sechswöchige Schulung von uns Rekruten. Für sie gelte eben: ›Hohes Risiko, aber hohe Belohnung‹, erzählten sie uns. Aber sie könnten ihre Beförderung vergessen, wenn sie lauter Flaschen ausbildeten.

Der eine von ihnen, Joe ›O.C. Joe‹ O'Connell hatte sich durch seinen Einsatz im Kampf gegen das organisierte Verbrechen einen Namen gemacht. Wegen einer Abhöraktion war er auf zig Millionen Dollar Schadensersatz verklagt worden (Das Verfahren wurde später eingestellt.), wirkte aber nicht übermäßig besorgt. Zur richtiggehenden Macke artete dagegen seine Abneigung gegen die ›Täter mit den weißen Kragen‹ aus, wie er die Beamten in der Hauptverwaltung wenig liebevoll nannte. Diese hielten uns gelegentlich Vorträge über Gesetzesüberschreitungen, die in den Bereich des FBI fielen. Kaum waren sie wieder weg, empfahl uns O.C. Joe, alles, was wir mitgeschrieben hatten, wegzuwerfen, er würde uns schon richtig auf die Prüfung vorbereiten. Wer mit dem Stoff nicht zurechtkomme und Hilfe brauche, solle sich an ihn wenden. Wenn ich heute an die Zeit damals zurückdenke, merke ich, daß diejenigen, die tatsächlich O.C.s Hilfe in Anspruch genommen haben, ganz einfach, weil sie sie bitter nötig hatten, die Erfolgsleiter schnell erklommen und einen bequemen Bürojob bekamen, während viele von den wirklich guten Leuten immer noch die gefährlichen Einsätze absolvieren mußten.

Der andere Ausbilder, Bud Abbott, bekam von uns wegen seiner Nervosität den Spitznamen ›Shakey‹ verpaßt. Ihn beunruhigte O.C. Joes Privatkrieg gegen das Establishment. Weil die zwei die Verantwortung für unsere Klasse teilten, konnten sie nur gemeinsam aufsteigen oder eben nicht. Folglich fürchtete Shakey, ein eher konventioneller Beamter, O.C. Joe würde ihm mit seinen Eskapaden noch einen Strich durch die Rechnung machen. Schließlich wurden sie doch befördert. Woraus ich schließe, daß die Mächte in den oberen Etagen mit unseren Leistungen einigermaßen zufrieden gewesen sein müssen.

Nach der Ausbildung arbeitete ich mehrere Jahre als Special Agent in Chicago, New Orleans und Cleveland. In dieser Zeit entstand auch die neue FBI-Akademie in Quantico, Virginia gewissermaßen als Vermächtnis von J. Edgar Hoover, der das neue Zentrum als weltweit richtungsweisend für die Ausbildung von Polizisten gepriesen hatte.

Ken Joseph wurde die Aufgabe übertragen, bei der Ausarbeitung der Lehrpläne mitzuwirken, und 1974 eiste er mich aus Cleveland los. Bei der FBI National Academy (FBINA) spielte ich zunächst den Babysitter für die zum Lehrgang nach Quantico beorderten Polizisten. Jeder Dozent betreute etwa fünfzig Leute während eines mehrmonatigen Schulungsprogramms. Die Arbeit machte mir so viel Spaß, daß ich im Juni 1974 beschloß, noch eine Weile zu bleiben. Nicht nur das akademische Milieu, auch die herrliche Landschaft hatten es mir angetan. Abgesehen davon, so sagte ich mir, würden sich ein paar Jahre an der Akademie bestimmt nicht schlecht machen, wenn ich in der Hierarchie des FBI Managements weiter oben landen wollte. Und noch ein Faktor lockte mich: die im Aufbau begriffene *Behavioral Sciences Unit (Abteilung für Verhaltensforschung).* Damals bestand sie im Prinzip aus zwei in Ehren ergrauten Beamten, Howard Teten und Pat Mullany. Die beiden unterrichteten immer gemeinsam. Der fast zwei Meter große, spindeldürre Teten und der untersetzte, gerade mal einssiebzig messende Mullany wirkten wie ein Komikergespann. Teten war der Stille, der Methodische, während Mullany zur schnellen, zupakkenden Sorte gehörte. Den größten Teil ihrer Zeit widmeten sie dem Unterricht. Hin und wieder analysierten sie aber auch Gewaltverbrechen und erarbeiteten ein ›Täterprofil‹ der in Frage kommenden Person mit ihrem wahrscheinlichen Aussehen und Verhaltensmuster. Von ihnen lernte ich einiges, und als sie nach ein paar Jahren den Dienst quittierten, übernahm ich ihre Aufgabe.

Das Erstellen von Täterprofilen bedeutete einen kontinuierlichen Lernprozeß. Gleichzeitig diente es meinem Bestreben, die Psyche des Gewaltverbrechers zu begreifen. Diesem Ziel näherte ich mich auch teils in privaten Studien, teils in meinen Vorlesungen über die Psyche abnormer Täter an. Menschen, die ohne jede Gewinnabsicht Verbrechen an anderen verüben, unterscheiden sich grundlegend von normalen Kriminellen, denen es nur um Geld geht. Triebmörder, Vergewaltiger oder Sittenstrolche sind nicht auf Geld aus. Auf perverse, doch bedingt nachvollziehbare Weise suchen sie emotionale Befriedigung. Sie sind anders, aber in meinen Augen höchst interessant.

Die Spannbreite meiner Fächer reichte von der Psychologie Abnormaler bis hin zu Interviewtechniken. Dabei fand ich heraus, daß ich einen ganz passablen Lehrer abgebe. Und daß mir das Unterrichten Freude macht. Für bestimmte Themen mußten wir auf Exkursion gehen, bisweilen sogar nach Übersee fliegen. Es war immer interessant, und wir lernten eine Vielzahl von Persönlichkeiten aus dem internationalen Polizeiwesen kennen.

Anläßlich einer solchen Konferenz prägte ich den heute allgemein gebräuchlichen Begriff *Serienmörder*. Seinerzeit bezeichnete man Bluttaten wie die eines ›Son of Sam‹ David Berkowitz noch als ›Morde an Unbekannten‹. Das traf aber meiner Ansicht nach nicht immer den Kern, denn bisweilen kennen die Täter ihre Opfer sehr wohl. Mit den anderen damals verwendeten Begriffen war ich nicht minder unzufrieden. Dann lud man mich zu einem einwöchigen Symposium an der britischen Polizeiakademie von Bramshill ein. Ich ergriff die Gelegenheit beim Schopfe und nahm fleißig an den Veranstaltungen teil. Eine Vorlesung ging über das Thema ›Serien von Verbrechen‹: Serien von Vergewaltigungen, Einbrüchen, Brandstiftungen, Morden. Das schien mir ein wirklich zutreffender Ausdruck für die Bluttaten von Leuten zu sein, die erst einen Mord begehen, dann noch einen und wieder einen, weil sie nicht mehr aufhören können. Fortan benutzte ich in meinem Unterricht das Wort ›Serienmörder‹. Die Terminologie war freilich nicht das A und O unserer Arbeit. Sie bildete lediglich einen Teil unseres groß angelegten Versuchs, einen Ansatzpunkt für diese abscheulichen Verbrechen zu finden, sie zu begreifen und so den nächsten Serienmörder schneller zu fassen.

Wenn ich heute an die Zeit zurückdenke, als ich auf den Namen kam, scheint es mir so, als hätte ich den Begriff schon eine Weile im Hinterkopf gehabt. Damals liefen jeden Samstag im Kino Abenteuerserien (›Das Phantom‹ mochte ich am liebsten). Jede Woche köderten sie einen schon für die nächste Folge, denn immer, wenn es am aufregendsten wurde, war plötzlich Schluß. Das war alles andere als befriedigend, denn die Spannung wurde nicht etwa aufgelöst, sondern noch gesteigert. Die gleiche Unzufriedenheit stellt sich bei den Serienmördern ein. Der Akt des Tötens an sich sorgt beim Mörder für nur noch größere Spannung. Es ist nämlich nie so perfekt, wie er sich das in seiner Fantasie ausmalt. Wenn das Phantom im Treibsand versinkt, muß der Zuschauer in der nächsten Woche wieder kommen und erfahren, ob der Held es doch noch schafft. Der Serientäter überlegt sich nach seinem Mord, wie er es hätte besser anstellen können. ›O Gott, ich habe sie viel zu schnell umgebracht. Ich hätte mir Zeit lassen und sie richtig foltern sollen, dann hätte es auch mehr Spaß gemacht. Ich hätte sie anders ansprechen und mir was Neues für die Vergewaltigung einfallen lassen müssen.‹ Wenn seine Gedanken in diese Richtung gehen, dann plant er eigentlich schon den nächsten Mord. Der soll perfekter sein. Es handelt sich um einen kontinuierlichen Prozeß der ›Verbesserung‹.

In der Öffentlichkeit sieht man Serienmorde mit ganz anderen Augen. Die meisten stellen sich eine Art Jekyll und Hyde vor: An dem einen Tag ist er normal, doch am nächsten ergreift eine andere Person von ihm Besitz. Seine Haare wachsen, seine Klauen werden immer länger, und bei Vollmond muß er das nächste Opfer überfallen. Serienmörder sind beileibe nicht so. Sie sind von einer Fantasievorstellung besessen. Und in ihnen steckt etwas, was wir unerfüllte Wünsche nennen müssen. Diese werden Teil ihrer Fantasie und treiben sie zum nächsten Mord. Das ist der eigentliche Sachverhalt, den der Begriff *Serienmörder* umreißt.

Zwischen 1975 und 1977 lag mein Unterrichtsschwerpunkt auf Techniken bei Verhandlungen mit Geiselnehmern. Das Bureau hinkte damals in bezug auf schnelles Erfassen und Lösung einer Geiselsituation ein gutes Stück hinter der New Yorker Polizei her. Andererseits hatten ihm die New Yorker Experten Captain Frank Bolz und Detective Harvey Schlossberg wertvolle Erkenntnisse zukommen lassen. Darauf aufbauend, forschten wir weiter und vermittelten die neuen Techniken an Polizeibeamte aus dem ganzen Land. In meiner Eigenschaft als Reserveoffizier der Army unterrichtete ich auch Einheiten der Militärpolizei und der CID. Meiner Einschätzung nach sind in den letzten fünfzehn Jahren von den für Verhandlungen mit Geiselnehmern egal welchen Landes befähigten US-Soldaten neunzig Prozent von mir geschult worden.

Es war eine interessante Zeit für das Polizeiwesen. In den späten sechziger und frühen siebziger Jahren traten viele Veteranen – Green Berets und andere Soldaten, die ihre Ausbildung im Dschungel Vietnams erhalten hatten – in den Poizeidienst. Aufgrund ihrer Vertrautheit im Umgang mit Waffen und Angriffstechniken eigneten sie sich hervorragend für die SWAT-Teams, ein damals gänzlich neuartiges Konzept. Ein SWAT-Team ist im Prinzip eine paramilitärische Einheit. Selbst das FBI, dessen Leute auch an Gewehren und Maschinengewehren ausgebildet werden, hatte sich bis dahin mit paramilitärisch durchgeführten Razzien kaum befaßt. Aber von den SWAT-Teams versprach man sich sehr viel, und sie zogen gleich die Aufmerksamkeit der Medien auf sich. In den SWAT-Teams wurden zur Tötung von Kriminellen auch Heckenschützen eingesetzt, und bei der Erstürmung von Verstecken oder bei Geiselbefreiungen schreckte man nicht vor dem Einsatz von Sturmgewehren und Granatwerfern zurück. Diese Taktik brachte ein großes Problem mit sich – man richtete ein Blutbad an. In der Regel traf es die Verbrecher, doch auch die Zahl der Opfer unter den Polizisten stieg in Rekordhöhen, von den verwundeten oder getöteten Geiseln ganz zu schweigen. Als Versuch, diesen Blutzoll zu vermeiden, hatte nun das New York Police Department eine neue Methode entwickelt: Verhandlungen mit den Geiselnehmern. Das FBI wurde hellhörig und übernahm das Konzept des sanfteren Ansatzes.

Mir sagte es schon deswegen zu, weil hier die Psyche des Verbrechers im Vordergrund steht. Sie zu verstehen war wiederum mein Steckenpferd und gleichzeitig natürlich die Grundlage bei der Erstellung eines Täterprofils. Damals hatte man im Polizeidienst für so etwas wenig Verständnis. Es fehlte an der psychologischen Ausbildung, und die wenigsten wären auf die Idee gekommen, den Kriminellen im Gespräch zum Aufgeben zu bewegen. Gewalt war das Mittel der Zeit. Als jedoch das FBI die Verhandlungstechniken mit Geiselgangstern von den New Yorker Kollegen übernahm und durch eigene Methoden ergänzte, drehte sich der Trend um. Die SWAT-Teams verschwanden von der Bildfläche, und damit einher ging ein merkliches Sinken der Todesrate bei Geiselnahmen. Es wurde gängige Praxis, erst zu reden und nach Möglichkeit auf Waffengebrauch zu verzichten. Klagen in Millionenhöhe gegen diverse Polizeibehörden wegen unangemessener Gewaltanwendung hatten dieser Entwicklung Vorschub geleistet. Allein schon deshalb bestand großes Interesse daran, alle gewaltlosen Methoden auszuschöpfen, ehe man zum letzten Mittel, dem Einsatz der SWAT-Teams, griff.

Binnen eines Jahrzehnts sollte der psychologische Ansatz weit über Verhandlungstechniken und Täterprofile hinausgehen und zur Gründung des *National Center for the Analysis of Violent Crime* (NCAVC – Nationale Zentrale für die Analyse von Gewaltverbrechen) und des *Violent Criminal Apprehension Program* (VICAP – Programm zur Ergreifung von Gewaltverbrechern) führen. Und ich hatte in beiden Fällen Pate gestanden. Doch ich greife vor. Die nähere Beschreibung dieser Institutionen soll einem späteren Kapitel vorbehalten bleiben.

Als ich einmal gerade in Cleveland unterrichtete – Schulungen außerhalb von Quantico hießen bei uns ›roadshow‹ und die wechselnden Unterrichtsstätten ›road schools‹ – wurde ich bei einer Geiselnahme als Verhandlungsleiter hinzugezogen. Im Polizeirevier von Warrensville Heights hielt ein mit einer Pistole bewaffneter Schwarzer einen Captain und ein siebzehnjähriges Mädchen gefangen. Um ein Blutbad zu vermeiden, versuchten wir als erstes ihn zu beruhigen. Leider waren die Forderungen des Mannes irgendwie an die Öffentlichkeit gedrungen. Unter anderem verlangte er, daß sämtliche Weiße unverzüglich von der Erdoberfläche verschwinden müßten, wozu ein Gespräch mit Jimmy Carter unbedingt vonnöten sei. Da es sich eindeutig um einen Geistesgestörten handelte, ging ich erst gar nicht darauf ein. Dann rief mich die Einsatzleitung ans Telefon. Eine hochgestellte Persönlichkeit wolle mich sprechen. Es war Jody Powell, Jimmy Carters Pressesprecher. Er teilte mir mit, das Weiße Haus habe von der Geiselnahme erfahren, und der Präsident sei zu einem Gespräch mit dem Terroristen bereit. Verdattert erklärte ich Powell, daß wir es in Cleveland nicht mit Terroristen zu tun hatten. Wie war man im Weißen Haus nur darauf gekommen, sich in eine so heikle Situation einzumischen? Ich versuchte so höflich wie möglich zu sein und log Powell vor, wir könnten im Moment keine Verbindung zu dem Mann herstellen. Aber sobald wir den Präsidenten doch noch bräuchten, würden wir zurückrufen. Die Lage wurde schließlich unblutig und ohne Intervention des Präsidenten entschärft.

Mit der eigentlichen Ausbildung für das Verhalten bei Geiselnahmen war ich nur zwei Jahre lang betraut. Ganz ließ ich die Finger aber auch nach 1977 nicht davon. In der Regel fungierte ich als Terroristenchef. 1978 bei einem abgelegenen Atomkraftwerk, in den frühen achtziger Jahren in Lake Placid und in der Folge an allen möglichen Orten nahmen Vertreter der bedeutendsten Polizeibehörden der Vereinigten Staaten und befreundeter Länder an einwöchigen Simulationen von Terroristenüberfällen, Entführungen und den sich daran anschließenden Verhandlungen teil. Ich spielte mehrmals den Kopf der Bande. Wir entführten einen Bus mit Freiwilligen, die alle möglichen bedeutenden Persönlichkeiten spielten – Wissenschaftler oder ausländische Diplomaten zum Beispiel –, und verschleppten sie auf eine abgelegene Farm oder Skihütte. Ausgestattet waren wir mit echten Pistolen, Granaten und sogar Dynamit. Als ich für die Flucht in ein anderes Land ein Flugzeug verlangte, wurde eins angefordert und zur nächsten Start- und Landebahn gebracht. Wir nahmen unsere Rollen sehr ernst. In Lake Placid hieß ich die ganze Zeit ›10‹, während der Name eines FBI-Spezialisten für Maschinengewehre ›20‹ war. Die Rollen ›30‹, ›40‹ und so weiter wurden vom CIA, dem militärischen Geheimdienst, der Delta Force und deren britischen Gegenstück, der SAS, besetzt. Unsere Simulationen waren so lebensecht, daß einige Geiseln das ›Stockholmsyndrom‹ erlitten, bei dem sich das Opfer bis zu einem Punkt mit den Geiselnehmern identifiziert, an dem es um des Überlebens willen mit ihnen zusammenarbeitet. Die Männer der Gegenseite, die mit mir für das FBI zu verhandeln hatten, waren ehemalige Schüler von mir. Bisweilen beschwerten sie sich darüber, daß ich ein viel zu harter Brokken sei, weil ich ja als Spezialist ihre Tricks und Kniffe sofort durchschaute. Trotzdem gewannen bei jeder Übung die ›Guten‹ die Oberhand und befreiten die Geiseln, was nicht immer ohne – simuliertes – Blutvergießen abging.

Daß ich mich überhaupt so sehr in diese Angelegenheit vertieft habe, ist ein Symptom meiner Rastlosigkeit. Die Vermittlung des ewig gleichen Stoffes konnte mich nicht vollends befriedigen, und ich suchte nach neuen Herausforderungen. Unter meinen Kollegen in Quantico interessierte sich freilich nur eine Minderheit für neue Lehrinhalte. Kein Wunder, in den meisten bürokratischen Apparaten gelten Innovationen als Ärgernis. Das FBI ist da keine Ausnahme, mag man im Management noch so darauf pochen, daß die Instruktoren ständig zur Verbesserung ihrer Präsentationstechniken angehalten werden. Vielen genügte es, wenn sie einmal Erprobtes bis zum Erbrechen aufwärmten, wobei sie das meiste noch von ihren Vorgängern geerbt hatten. Mein Kollege John Mindermann nannte solche Dozenten gerne ›Ölteppiche‹, weil sie in die Breite, nie aber in die Tiefe gingen. Von Mindermann, einem vormaligen Mitglied der Motorradstaffel der Polizei von San Francisco, lernte ich viel über den Umgang mit gewöhnlichen Polizeibeamten, die die große Mehrheit unserer Teilnehmer ausmachten.

Die meisten Fälle, die ich in meinen Vorlesungen erörtete, waren nicht aufgewärmt, sondern jüngeren oder jüngsten Datums und stammten aus der Öffentlichkeit zugänglichen Quellen. Bücher und Artikel über Charles Manson, Sirhan Sirhan, David Berkovitz, den ›Texas Tower Killer‹ Charles Whitman, um nur die bekanntesten zu nennen, bildeten die Grundlage unseres Arsenals. Beim intensiven Studium dieser Fälle dämmerte mir, daß wir in unserem Unterricht gar keine Originalquellen präsentierten. Der Grund: wir hatten keine. Die Bücher über Manson waren aus der Perspektive der Staatsanwaltschaft geschrieben oder bestanden aus einer Nachlese der Berichterstattung aus den Medien beziehungsweise Interviews mit untergeordneten Sektenmitgliedern. Wo aber war eine Studie über Mansons Psyche, von der ein Polizeibeamter am weltweit führenden Kriminalinstitut etwas lernen konnte? Für die meisten, die den Fall von außen verfolgten, stand längst fest, daß Manson ›verrückt‹ war und daß eine weitere Auseinandersetzung mit seinen Verbrechen nichts brachte. Was wäre aber, wenn die ›Diagnose‹ nicht hundertprozentig zutraf? Hieße das, daß ein Studium der von Manson angestifteten Morde doch noch zu neuen Einsichten führen würde? Leider gab es keine Antworten, weil wir dasselbe dürftige Material hatten wie alle anderen auch. Bei Richard Speck, der in Chicago acht Krankenschwestern ermordet hatte, sah es in dieser Hinsicht geringfügig besser aus. Da lag ein Buch von einem Psychiater vor, der mit ihm intensive Gespräche geführt hatte. Aber auch dessen Interviews halfen uns nicht recht viel weiter, denn der Mann hatte eben keine Ahnung vom Umgang mit Kriminellen oder der Notwendigkeit, ihre Verbrechen aus der Perspektive der Polizei zu durchleuchten. Ich wollte die Psyche des Gewaltverbrechers in erster Linie besser begreifen, um meine Neugierde zu befriedigen, aber auch, um meine Lehrmethoden zu verfeinern und damit das Prestige der FBI-Akadamie zu erhöhen.

Damals kam ich zu dem Schluß, das FBI habe so gut wie kein Interesse an Mördern, Vergewaltigern, Sittenstrolchen und anderen Kriminellen, die sich irgendwie an ihren Mitmenschen vergehen. Die meisten Gewalttaten fielen in den Zustandsbereich der örtlichen Polizeibehörden, denn das FBI befaßte sich nur mit Überschreitungen der Bundesgesetze. Aber immerhin wurden Polizeibeamte aus ganz Amerika an unsere Akademie geschickt. Auch darum lag mir das Studium der Psyche von Verbrechern besonders am Herzen. Im Gegensatz zu den meisten Kollegen und Vorgesetzten, die sich wenig davon versprachen und nichts damit zu tun haben wollten, fesselte mich dieser Ansatz immer mehr.

In zunehmenden Maße nahm ich an Konferenzen, Symposien und Kongressen über psychische Erkrankungen und daran angrenzende Bereiche teil und wurde dort stets ermuntert, meine Forschungen unbedingt fortzusetzen.

Meine Neugierde führte mich unter anderem zur *American Psychiatric Association*, der *American Academy of Forensic Sciences* (amerikanische Akademie für gerichtsmedizinische Forschungen) und der *American Academy of Psychiatry and the Law* (amerikanische Akademie für Kriminalpsychiatrie). Von meinen Kollegen beim FBI konnte keiner mit solchen Institutionen etwas anfangen. Die Folge war, das Bureau betrachtete meine Forschungen als privates Steckenpferd, und ich mußte jahrelang sämtliche Mitgliedsbeiträge aus eigener Tasche begleichen. Die Kosten für eine Konferenzteilnahme wurden mir nur gelegentlich erstattet. Daß das FBI nichts mit Forschungen auf dem Gebiet der Psychiatrie zu tun haben wollte, lag an seinem festen Glauben, demzufolge das Bureau alles Wissenswerte längst wußte.

Ich meinerseits vertrat die Ansicht, daß es noch sehr viel zu lernen gab und viele Experten außerhalb des Polizeiwesens uns einiges beibringen konnten, wovon wir noch gar nichts ahnten. Natürlich erweiterte ich bei den vielen Veranstaltungen meinen Horizont, und später wurde ich auch zu eigenen Vorträgen vor Leuten eingeladen, die nichts mit der Arbeit der Polizei zu tun hatten. Das Zusammenwirken mit Psychiatern, Psychologen und anderen Menschen, die sich in der Betreuung von Opfern von Gewaltverbrechen engagierten, motivierte mich zusätzlich, meine bei der Polizei einzigartigen Forschungen fortzusetzen.

Anläßlich meiner Reisen zu den über das gesamte Land verstreuten *road schools* suchte ich auch die jeweiligen örtlichen Polizeidienststellen auf und bat um Kopien ihrer Akten über besonders brutale Täter – Vergewaltiger, Kinderschänder, Mörder. Meine jahrelangen Erfahrungen mit Polizeibeamten erleichterten mir die Gespräche mit den verschiedenen Behörden, und ich bekam die gewünschten Informationen. Wenn sich dann ein Beamter einer solchen Dienststelle in Quantico zur Schulung einfand und mich ein Fall aus seinem Bereich interessierte, stellte ich ihm ein Referatsthema über die Ermittlungen seiner Behörde in eben diesem Fall und freute mich über sämtliche zusätzliche Materialien, die ich meiner immer umfangreicher werdenden privaten Sammlung hinzufügte. Die Leute waren von unseren Versuchen, das, was wir über Gewaltverbrecher alles wußten und nicht wußten, zu systematisieren, so gefesselt, daß sie mir von sich aus Unmengen von Material schickten. Ich werte ihre Bereitschaft zur Zusammenarbeit als Zeichen des Verständnisses für unseren Bedarf an zusätzlichen Informationen und Erkenntnissen auf diesem Gebiet.

Um diese Zeit las ich einen Satz von Nietzsche, der sich mir eingeprägt hat. Ich finde, er bringt meine Faszination an meinem Forschungsgegenstand wie auch die damit verbundenen Gefahren auf den Punkt. Seitdem stelle ich ihn all meinen Vorträgen und Präsentationen voran. Er lautet:

> Wer mit Ungeheuern kämpft, mag zusehen, daß er nicht dabei zum Ungeheuer wird. Und wenn du lange in einen Abgrund blickst, blickt auch der Abgrund in dich hinein.

Jenseits von Gut und Böse
Aphorismus 146

Bei meinem Wühlen in den Abgründen der Psyche von Kriminellen war es mir sehr wichtig, solche ernüchternden Gedanken im Hinterkopf zu behalten. Als Folge meiner Arbeit verfügte ich bald über mehr Dossiers als sämtliche Nachrichtenmedien, Polizeibehörden oder Forschungsinstitute, was vielleicht auch daran lag, daß kaum jemand nach solchen Materialien fragte. Wie das Nietzsche-Zitat andeutet, bringt der Kampf mit Ungeheuern Probleme mit sich. Und nicht zuletzt stießen Interessierte auf bürokratische Hindernisse: Wissenschaftler kommen an Polizeiakten nicht so leicht heran wie ein FBI-Mann, und oft genug werfen ihnen die Behörden Knüppel zwischen die Beine. Ich war also bei meinen Forschungen gewissermaßen privilegiert.

Im Büro und zu Hause brütete ich über diesen Materialien, erhielt aus der systematischen Analyse gelegentlich neue Einsichten und erkannte immer deutlicher, welche Perspektiven die wissenschaftliche Auseinandersetzung mit der Psyche von Gewaltverbrechern eröffnen würde.

Schließlich gelangte ich zu einem Punkt, an dem ich mit den Leuten, über die ich meine Vorträge hielt, den Tätern selbst, sprechen wollte. Ich erörterte das mit John Mindermann, und wir beschlossen, es auf einen Versuch ankommen zu lassen. Wir wollten mehr über die Faktoren erfahren, die den Mörder zu seinen Taten trieben, seine Kindheit, seinen Erfahrungshintergrund, seine Umgebung. Und wir brauchten mehr Details über die Verbrechen selbst. Was geschah beim Überfall? Was ging im Mörder vor, sobald der Tod des Opfers für ihn feststand? Wie war er auf den Ort gekommen, an dem er sich der Leiche entledigte? Wenn wir aus unseren Interviewpartnern genügend Antworten herauskitzelten, konnten wir nützliche Statistiken erstellen: So und so viele nahmen ›Souvenirs‹ mit, so und so viele lasen oder sahen Pornos. Weiter wollten wir einige Gemeinplätze der Kriminalistik überprüfen, ob es beispielsweise den Mörder wirklich zum Tatort zurückzieht.

Grace Hopper, eine Admiralin der Navy und Computerexpertin, war einmal zu einem Vortrag nach Quantico gekommen. Über ihre Strategien im Umgang mit der Bürokratie ließ sie sich besonders gern aus. Wenn sie etwas Neuartiges zu Ende führen wollte, so erzählte sie uns, folgte sie immer dem Grundsatz: ›Besser um Verzeihung als um Erlaubnis bitten.‹ Lag ein Antrag erst einmal in schriftlicher Form vor, war das Projekt im Falle einer Ablehnung gestorben. Aber wenn es kein Papier gab... Nun, um nicht gestoppt zu werden, noch ehe ich angefangen hatte, hielt ich es für das klügste, meine Interviews mit den Killern ohne Anfrage in den oberen Etagen durchzuführen.

Anfang 1978 kam ich einem Lehrauftrag in Kalifornien nach. Das bot mir eine tolle Chance. Agent John Conway, einer meiner ehemaligen Schüler in Quantico, war nach San Rafael abkommandiert worden, wo er der Verbindungsmann des FBI zum kalifornischen Strafvollzug war. Ich bat ihn, bestimmte in Kalifornien einsitzende Gewaltverbrecher ausfindig zu machen, und als ich den einwöchigen Lehrgang antrat, hatte er eine ganze Liste für mich zusammengestellt. Als FBI-Beamte hatten wir dank unserer Dienstmarke

Zugang zu jedem Gefängnis. Waren wir erst einmal drinnen, brauchten wir niemandem mehr zu erklären, warum wir diesen oder jenen Straftäter sprechen wollten. Nach dem Ende meines viertägigen Unterrichts zogen Conway und ich an einem Freitag auf eine Blitztour durch Kaliforniens Gefängnisse los. In vier Tagen interviewten wir sieben der gefährlichsten und berüchtigsten Mörder, die je in Amerika gefaßt worden sind, nämlich Sirhan Sirhan, Charles Manson, Tex Watson (ein Gefolgsmann Mansons), Juan Corona (der sehr viele Wanderarbeiter ermordet hatte), Herbert Mullin (der insgesamt vierzehn Opfer auf dem Gewissen hatte), John Frazier (der sechs Menschen ermordet hatte) und Edmund Kemper. Interviews mit verurteilten Mördern hatte es in diesem Ausmaß noch nie gegeben. Es war ein Durchbruch in eine neue Dimension.

Mein erstes Interview führte ich mit Sirhan Sirhan in Soledad. Die Wärter führten Conway und mich in einen großen Raum, der sonst wahrscheinlich für Personalversammlungen benutzt wurde. Ich hatte mir eine intimere Atmosphäre vorgestellt, aber wir probierten es trotzdem. Sirhan Sirhan kam total verängstigt herein. Mit verdrehten Augen und geballten Fäusten blieb er vor der Wand stehen und weigerte sich, uns die Hand zu schütteln. Was wir von ihm wollten? fauchte er uns an. Wenn wir wirklich FBI-Agenten waren, würden wir doch bestimmt mit dem Geheimdienst unter einer Decke stecken. Denn die verhörten ihn regelmäßig. Nun, der Geheimdienst hatte andere Gründe als wir.

Während seines Verfahrens wegen der Ermordung von Robert Kennedy hatte man bei Sirhan Sirhan alle Symptome einer paranoiden Schizophrenie diagnostiziert. Wir begriffen sofort warum. Er verbot uns den Gebrauch eines Kassettenrecorders und verlangte die Hinzuziehung seines Anwalts. Ich erklärte ihm, daß das nichts Offizielles, sondern lediglich ein informelles Gespräch sein sollte.

Um ihm etwas von seiner Angst zu nehmen, stellte ich Sirhan eine paar Fragen zu den Abläufen im Gefängnis, und das brachte ihn in Fahrt. Er ärgerte sich fürchterlich über einen ehemaligen Zellengenossen, der ihn ›betrogen‹ habe, weil er einem Reporter vom *Playboy* etwas über ihn erzählt hatte. Langsam öffnete er die Faust und näherte sich dem Tisch, an dem Conway und ich saßen. Zu guter Letzt fühlte er sich so sicher, daß er sich sogar zu uns setzte.

Er erzählte mir, daß er Stimmen gehört hatte. Die hatten ihm befohlen, den Senator zu erschießen. Und einmal hatte er in den Spiegel geschaut, und das Gefühl gehabt, sein Gesicht zerberste und falle zu Boden. Beides sind typische Symptome einer paranoiden Schizophrenie. Über sich sprach Sirhan nur in der dritten Person: Sirhan hat das getan, Sirhan hat jenes gefühlt. Er erklärte uns, er befinde sich in Schutzhaft. Nicht etwa, weil die Polizei um sein Leben fürchtete – was tatsächlich der Fall war –, sondern weil die Behörden ihm mit mehr Respekt begegneten als den gewöhnlichen Dieben und Kinderschändern.

Der Araber Sirhan ist in einem Kriegsgebiet aufgewachsen. Davon wurde seine spätere Entwicklung stark beeinflußt. Aus dem Nichts fragte er mich zum Beispiel, ob Mark Felt Jude sei. Felt war stellvertretender Direktor des FBI. Sirhans Frage spiegelte sein Weltbild wider. Später gab er an, er hätte damals in Erfahrung gebracht, daß Kennedy den Verkauf von noch mehr Jagdflugzeugen an Israel unterstützt habe. Er, Sirhan, habe die Wahl eines Israelfreundes zum Präsidenten verhindert und so den Gang der Weltgeschichte geändert und den arabischen Ländern geholfen. Seiner Überzeugung nach wurde er nur deshalb nicht begnadigt, weil man seine magnetische Anziehungskraft fürchte. Im Falle seiner Freilassung würde er nach Jordanien gehen, wo ihn die Leute bestimmt als Volkshelden auf den Schultern durch die Straßen tragen würden. Er hielt sich für einen Mann, dessen Tat noch nicht richtig verstanden worden sei, aber in der historischen Perspektive würde man seine wahre Leistung noch erkennen. Sirhan hatte Politikwissenschaften studiert, mit der Absicht Diplomat zu werden, im amerikanischen Außenministerium zu arbeiten und schließlich einen Posten als Botschafter zu bekommen. Obwohl er die Kennedys bewunderte, hatte er einen aus ihrem Clan erschossen. Der psychotische Wunsch, mit dem Opfer durch dessen Ermordung zu verschmelzen tritt bei Leuten wie Sirhan, John Hinckley, Mark Chapman und Arthur Bremer häufig auf. Sirhan wußte, daß man in den USA für Taten wie die seine durchschnittlich zehn Jahre im Gefängnis verbringen muß, und fand, es sei nun langsam an der Zeit für seine Entlassung. Wir führten dieses Gespräch 1978. Er sah gute Chancen für seine Rehabilitierung, vorausgesetzt, er bliebe nicht mehr allzulange im Gefängnis.

Am Ende des Interviews stellte er sich an die Tür, zog den Bauch ein und spannte sämtliche Muskeln an. Kurz, er zeigte sich mir in all seiner Pracht. Er hatte Krafttraining getrieben und war über und über mit Muskeln bepackt. »Tja, Mister Ressler, was halten Sie jetzt von Sirhan?« wollte er zum Abschied wissen.

Ich gab keine Antwort. Sirhan wurde abgeführt. Anscheinend meinte er, Sirhan kennen, hieße automatisch Sirhan lieben. Die schizoiden Aspekte seines Verhaltens hatten sich im Gefängnis gemildert, die Paranoia war geblieben. Zu weiteren Gesprächen mit uns war Sirhan danach nicht mehr bereit.

Frazier, Mullin und Corona gehörten zur Gruppe der geistig verwirrten Mörder. Richtig ansprechbar war keiner von ihnen. Mit Corona war keinerlei Kommunikation möglich, Frazier war ein Gefangener seiner Zwangsvorstellungen und Mullin war zwar kooperativ und höflich, hatte aber so gut wie nichts zu sagen.

Mit Charles Manson, Tex Watson und den anderen hatte ich mehr Glück. Sie gehören eindeutig zu den methodisch vorgehenden Tätern, auch wenn Manson und seine Gehilfen bei ihren Morden den Anschein zu erwecken versucht hatten, ein durch und durch Geistesgestörter hätte sie verübt.

Vor Beginn meiner Interviews hatte ich mich natürlich mit der eingehenden Erforschung der Mörder und ihrer Verbrechen befaßt. Folglich wußte ich bereits einiges über das Seelenleben dieser Männer, was sich insbesondere in Mansons Fall von Vorteil erwies. Gleich beim Betreten des Interviewraums fragte er mich, was das FBI überhaupt von ihm wolle und warum er mit uns sprechen solle. Sobald ich ihn aber davon überzeugt hatte, daß ich mich für ihn als Menschen interessierte, taute er auf, denn Manson redet gern, am liebsten über sich selbst. Er erwies sich als komplexe Persönlichkeit, die es auf das trefflichste verstand, andere zu manipulieren. Ich erfuhr sehr viel darüber, wie er sich in bezug zur Welt sah und wie er andere dazu gebracht hatte, für ihn zu töten. Der Mann war alles andere als wahnsinnig. Im Gegenteil, er äußerte hochinteressante Gedanken über seine Verbrechen und die Persönlichkeit derer, die er mit den bekannten fatalen Folgen in seinen Bann gezogen hatte. Dieses eigentlich als Vorgespräch gedachte Interview mit Manson lieferte mir weitaus mehr Erkenntnisse als erhofft und bestätigte mich in meiner Überzeugung, daß ausführliche Interviews zu neuen Einsichten in die Verhaltensstruktur solcher Mörder führen würden. In der Literatur gab es nichts, was sich mit den direkten Informationen aus dem Mund der Täter hätte vergleichen lassen. Davor hatten ich und meinesgleichen von außen in das Seelenleben des Mörders hineingeschaut. Nun verschaffte ich mir eine gänzlich neue Perspektive – ich bewegte mich in der Psyche des Mörders und blickte hinaus.

Die Geschichte meines Gesprächs mit Manson und der darauf folgenden Interviews mit Gewalttätern werde ich in den folgenden Kapiteln erzählen. An dieser Stelle möchte ich darstellen, wie die Interviews mit Mördern in den verkrustenten Apparat des FBI eingeführt wurden.

Um die Mitte der mit Interview gespickten vier Tage wurde ich selbst ein bißchen paranoid, was vielleicht auch am intensiven Umgang mit diesen sonderbaren Triebtätern lag. Jedenfalls belastete es mich, daß ich keinerlei Genehmigung von oben hatte und ich mir dringend etwas einfallen lassen mußte. Besuche bei so schweren Brocken wie Sirhan und Manson konnte ich unmöglich am Bureau vorbei durchziehen. Und wenn ich mir zigmal einredete, es handele sich ja nur um Vorgespräche ganz ohne Notizen, die lediglich den Boden für spätere Interviews mit Kassettenrecorder bereiten sollten, diesen Alleingang hätte ich nicht unternehmen dürfen. Ich hatte gegen ein sakrosanktes Prinzip des FBI verstoßen und am Bureau vorbei gehandelt. Die Behörde läßt sich in zwei Gruppen teilen. Da ist einmal die Mehrheit der Agenten, die nichts ohne Genehmigung unternehmen, weil sie Schwierigkeiten mit ihren Vorgesetzten befürchten. Meiner Meinung nach tun sie das nur aus Unsicherheit. Die Vertreter der zweiten und weitaus kleineren Gruppe bitten nie um Erlaubnis, ganz einfach weil sie etwas zuwege bringen wollen. Dazu gehörte eindeutig ich. Nun stellte ich mich allerdings auf die Folgen meines überstürzten Handelns ein. Nachdem ich Admiral Hopper beim Wort genommen hatte, mußte ich mir für den Fall, daß man mich zur Rechenschaft zog, eine gute Ausrede einfallen lassen.

Bei meiner Rückkehr nach Quantico hatte ich die guten Vorsätze jedoch schon wieder über den Haufen geworfen. Ich war Feuer und Flamme für mein Projekt, hatte es mir doch neue Einblicke verschafft, und plante eine zweite Interviewreise. Hätte ich einen schriftlichen Antrag eingereicht, hätte ich das Ganze höchstwahrscheinlich vergessen können.

Es war Frühling 1978. Nicht allzuweit von Quantico lag das Frauengefängnis von Alderson, West Virginia. Zwei von Mansons ›Mädchen‹, Squeaky Fromme und Sandra Goode sowie Sarah Jane Moore, die ein Attentat auf Präsident Gerald Ford versucht hatte, verbüßten dort ihre Strafe. Ich konnte sie alle an einem einzigen Tag befragen. Nun ließ sich Mindermann gerade scheiden und sollte in seine Heimatstadt San Francisco als *Squad Supervisor* versetzt werden. Mich mußte also ein anderer begleiten. Ich entschied mich für John Douglas, einen hochmotivierten jungen Beamten, dessen Aufnahme in die BSU ich wegen seiner erfolgreichen Teilnahme an einem meiner Kurse tatkräftig unterstüzt hatte.

Und ich beschloß, meinen unmittelbaren Vorgesetzten Larry Monroe einzuweihen. Larry war entsetzt. »Mit *wem* hast du dich in Kalifornien getroffen? *Wen* willst du in West Virginia befragen?« Ich versuchte ihn mit dem Versprechen zu beruhigen, daß ich danach alles schriftlich regeln würde.

Larrys Reaktion war typisch für das mittlere Management. Er wollte uns die Fahrt nach West Virginia nicht verbieten, vorausgesetzt, ich würde alles auf mich nehmen und ihn nicht mit hineinziehen, wenn irgend etwas schieflief. Da ich sowieso die Alleinverantwortung trug, konnte ich mit dieser Bedingung gut leben.

Wir führten mit allen drei Frauen ergiebige Gespräche. Im Prinzip bestätigten Fromme und Goode meinen Eindruck von Manson als charismatischem Anführer.

Nach meiner Rückkehr nach Quantico konnte man auch mich langsam als Serientäter bezeichnen. Ich hegte die Hoffnung, meine ›Verbrechen‹ weiter zu perfektionieren und dem ›Henker‹ mitsamt seinem schriftlichen Ablehnungsbescheid zu entgehen. Da machte mir jedoch der Zufall einen Strich durch die Rechnung. Ich hatte mich vor meinen Freunden zu sehr mit meinen Heldentaten gebrüstet. Einer davon erzählte es dummerweise im Speisesaal weiter und merkte nicht, daß Ken Joseph sich in Hörweite befand. Ken war inzwischen Direktor der Akademie. Obwohl er mich stets unterstützt hatte, stand er nun der Verwaltung vor. Und er war ein Anhänger des mittlerweile verstorbenen Hoover und dessen Überzeugung, daß die Spitze jederzeit über die Aktivitäten der unteren Ränge Bescheid wissen müsse. Als hoher Beamter war er jetzt gezwungen, diesem Erbe gerecht zu werden und seinen ehemaligen Kumpel aus Michiganer Zeiten, Robert Ressler, für seine Amtsüberschreitung zur Rechenschaft zu ziehen.

Larry Monroe und ich wurden in Kens Büro zitiert. Die erste Frage lautete, warum er nicht über die Initiative des besagten Ressler informiert worden war. Zu meinem Glück konnte ich mich auf eine von Joseph ein, zwei Monate zuvor in Umlauf gegebene Aktennotiz berufen, in der die Dozenten erstmals zu eigenständiger Forschung aufgefordert worden waren. Ich erklärte ihm, daß ich mich aufgrund dieses Vermerks zu meinem Projekt – das ja, wie ich betonte, vorläufigen Charakter hatte und nur aus Vorgesprächen bestand – veranlaßt gesehen hatte. Das stimmte zwar nicht ganz, und ich glaube, wir alle waren uns dessen bewußt, aber wir gingen darüber hinweg. Beruhigt war Ken trotzdem noch nicht. Solche Gespräche mit ›öffentlichkeitswirksamen‹ Leuten wie Manson oder Sirhan könnten Folgen für das Bureau mit sich bringen, hakte er nach. Ich entgegnete, ich hätte vor der Abreise nach Kalifornien meine Absichten in einer Aktennotiz erklärt. Auf Kens Vorhalt, er hätte ihn nie zu Gesicht bekommen, kündigte ich frech an, daß ich mal nachsehen müsse, ob nicht noch irgendwo eine Kopie herumliege; ich würde sie ihm dann zur Verfügung stellen. Larry Monroe und Ken Joseph verzogen keine Miene. Und daß ich mir ein Lächeln verkniff, liegt auf der Hand. Es war ein Schreibtischtätersteptanz, wie ihn jeder kennt, der für die Regierung schuften darf. Beim Verlassen von Ken Josephs Büro war mir klar, daß ich nun schnellstens eine Aktennotiz schreiben und zurückdatieren mußte. Ich kritzelte auch gleich etwas von einer Vorstudie hin, die der Vorbereitung eines größeren Projekts mit Interviews von Serienmördern dienen solle. Mit Besuchen in kalifornischen Gefängnissen wolle ich lediglich ›das Terrain sondieren‹ und herausfinden, ob diese verurteilten Mörder bei meinen Forschungen überhaupt zur Kooperation bereit seien.

Dann zerknüllte ich das Blatt, trampelte darauf herum, fotokopierte es, kopierte die Kopie, heftete sie in einen Ordner ein, nahm sie gleich wieder heraus und ging damit zu Ken Joseph. Sie müsse falsch abgelegt worden sein, flunkerte ich. Gottseidank hätte ich sie doch noch gefunden. Das zu glauben, fiel Ken nicht schwer, denn ständig werden Sachen falsch abgelegt. Außerdem spielte Joseph gerne mit, denn im Grunde war er mit meinem Vorhaben einverstanden.

Da das Pilotprojekt nun in ›geordneten Bahnen‹ verlief, sollte ich Ken in einem ausführlichen Exposé die zu erwartende Dynamik und die Dimensionen der Interviews darlegen, meine zugrundeliegende Strategie für die Gesprächsführung erläutern und meine Kontakte zu Fachleuten beziehungsweise Institutionen außerhalb der Polizei angeben und so weiter und so fort. Dem kam ich mit Vergnügen nach. In den nächsten Tagen wanderten Konzepte zwischen

Larry Monroe, Ken Joseph und mir hin und her, bis wir einen wasserdichten Antrag mit den langfristigen Zielen, dem Gegenstand unserer Interviewtätigkeit, der Maßnahmen zum Schutz sowohl des FBI als auch der Häftlinge und so weiter hatten. Die Bewilligung sollte sieben Instanzen durchlaufen, bis das erste Interview durchgeführt werden konnte. Wir wollten uns verpflichten, niemanden zu befragen, der eine Wiederaufnahme seines Verfahrens beantragt hatte. Weiter beschränkten wir unseren Fragenkatalog auf Verbrechen, deretwegen der Häftling bereits rechtskräftig verurteilt war, und sagten zu, daß wir keine Geldmittel des FBI in Anspruch nehmen würden, denn die Interviews sollten natürlich außerhalb der regulären Dienstzeiten und nur nach meinem Unterricht an den verschiedenen *road schools* durchgeführt werden. Dieser Antrag wurde Ende 1978 mit Kens Unterschrift versehen nach Washington in die Zentrale geschickt. Dort hatte John McDermott, der in der Hierarchie unmittelbar unter Direktor Clarence Kelley stand, darüber zu entscheiden.

McDermott war im ganzen Bureau als ›das Radieschen‹ bekannt, weil er oberhalb seines weißen Kragens ständig puterrot war. Das mochte mit seinem hohen Blutdruck zu tun haben, welcher wiederum nach dem langjährigen Dienst unter Hoover kein Wunder war. Das ›Radieschen‹ sah sich den Antrag für das von uns so genannte ›Projekt zur Erforschung der Persönlichkeitsstruktur von Kriminellen‹ (mitsamt der Information, daß das ›Pilotprojekt‹ seit achtzehn Monaten lief) an – und lehnte es ab.

Die Idee sei schlichtweg lächerlich, schrieb er uns. Auftrag des FBI sei und bleibe es, Verbrecher zu fassen, vor Gericht zu bringen und sie dem Strafvollzug zuzuführen. Wir hätten nicht die Aufgabe, den Sozialarbeitern ins Handwerk zu pfuschen. Soziologen seien wir nicht und sollten es auch nicht werden. Wenn jemand schon Verbrechern verständnisvolle Fragen stellen müsse, dann sollten es die Psychologen tun. Interviews mit Mördern seien eine im Bureau noch nie dagewesene Zumutung. Abgesehen davon war das ›Radieschen‹ hundertprozentig davon überzeugt, daß die Verbrecher angesichts der traditionsreichen Feindschaft zwischen uns und ihrer Bruderschaft sowieso jegliche Auskunft verweigern würden.

Dieser Bescheid war typisch für das ›Radischen‹ und stand in Einklang mit der FBI-Mentalität der vierziger Jahre, in denen er sich unter Hoover hochgearbeitet hatte. Auf die Tatsache, daß ich bereits mit einem Dutzend verurteilter Mörder Gespräche geführt hatte, daß diese Leute sehr offen zu mir gewesen waren und das Bureau dadurch wertvolle neue Erkenntnisse erlangte hatte, ging er mit keinem Wort ein. In der Geschichte des FBI hatte es so etwas noch nie gegeben, und eine Aktion ohne Präzedenzfall konnte unmöglich zu einem brauchbaren Ergebnis führen. Eins meiner Ziele war die Miteinbeziehung polizeifremder Kapazitäten zur Beurteilung von Verbrechensmustern und abnormen Tätern gewesen, aber auch das paßte unserem ›Radieschen‹ nicht, weil es gegen die alte Lehrmeinung verstieß, kein Außenseiter könne uns je etwas Vernünftiges beibringen. Es war schon lächerlich, wie sich das ›Radieschen‹ aufplusterte, aber er hatte das Sagen – das Projekt war gestorben. Wir mußten Grace Hoppers Gesetz am eigenen Leib erfahren. Ich durfte keine Gespräche mehr mit Häftlingen führen.

Also wartete ich ganz einfach, bis das ›Radieschen‹ in Pension ging und Clarence Kelley durch den in die Zukunft blickenden William Webster ersetzt wurde. Mittlerweile war auch Ken Joseph Pensionär, aber der neue Mann, James McKenzie, teilte meine Begeisterung für das Projekt. McKenzie war der jüngste Vizedirektor in der Geschichte des FBI, und dieser rasante Aufstieg sprach für seine Fähigkeiten auch im Umgang mit der Bürokratie. Er reichte einfach unseren alten, nur geringfügig geänderten Antrag neu ein. Unsere Hoffnungen auf Erfolg waren nicht ganz unbegründet, denn der frisch ernannte Direktor hatte den Auftrag, das FBI in eine neue Richtung zu führen, was die Zusammenarbeit mit Experten von außerhalb und die Erprobung bislang unbekannter Methoden mit einschloß. Prompt schrieb er uns, daß er mehr darüber hören wollte, und lud McKenzie,

Monroe und mich zu einem ›Arbeitsessen‹ in seinem Büro ein.

Das Essen fand in einem mittelgroßen Konferenzzimmer direkt neben dem Büro des Direktors statt – ein absolut nichtssagender Raum von der Sorte, wie sie nun mal die Planer der modernen Regierungsgebäude mögen. Kaum hatte die Direktion Interesse bekundet, hängten sich auch schon einige Bürohengste aus Quantico an uns an, so daß eine stattliche Abordnung bei dem Direktor eintraf. Da das Projekt aber mein Baby war, präsentierte ich es auch persönlich. Die anderen schaufelten ihr Essen in sich hinein und hatten nicht viel zu sagen. Vor mir stand ein Sandwich, aber ich rührte es nicht an, weil ich die ganze Zeit nur redete. Direktor Webster war ein kühler und reservierter Mensch, der es gut verstand, keinerlei Regungen zu zeigen. Während meines Plädoyers ließ er sich nicht anmerken, was er von der Sache hielt. Erst als ich darauf hinwies, daß das ›Radieschen‹ den Antrag abgeschmettert hatte, wurde er hellhörig, immerhin hatte er die Einführung von Neuerungen versprochen.

Mit einem Elan, der im Lichte der sonst üblichen bürokratischen Prozedur erstaunte, erteilte uns der Diektor noch bei diesem Arbeitsessen seinen Segen. Er wollte das Projekt unterstützen, aber nur, wenn es korrekt durchgeführt wurde. Eine planlose ›Schubladenforschung‹ – so nannte er das wortwörtlich – werde es bei ihm nicht geben. Er verlangte die Zusammenarbeit mit den führenden Universitäten und zeigte sich erfreut, als ich die Universität und das Krankenhaus von Boston und noch eine Reihe anderer landesweit anerkannter Kapazitäten auf den Gebieten Psychiatrie, Psychologie und Kriminalpsychologie nannte. Das waren alles Leute, die ich bei Konferenzen kennengelernt hatte und mit denen ich seit Jahren Kontakte pflegte. Kurz, das Projekt hatte auf einmal sämtliche hierarchische Hürden des FBI genommen.

Später sollte ich belustigt feststellen, daß es sich bei dem Stelldichein mit Webster tatsächlich um ein Arbeitsessen gehandelt hatte. Für ein Sandwich, das ich nicht gegessen

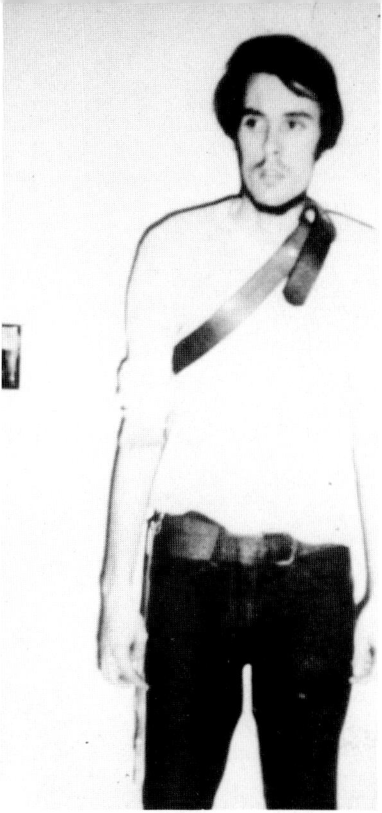

Richard Trenton Chase, der »Vampir von Sacramento«, nach seiner Verhaftung wegen sieben Morden.

Eine von den zwei Rührschüsseln, in denen Chase Blut und Organe seiner Opfer aufbewahrte.

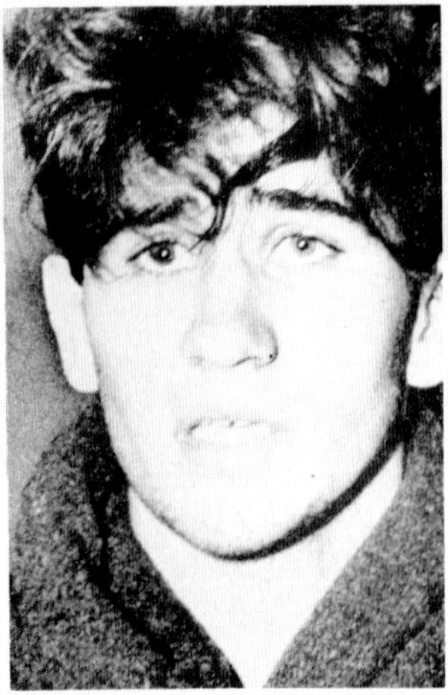

»Fangt mich, ober ich bringe noch mehr um! Ich kann mich nicht beherrschen.« William Heirens' Botschaft im Hotelzimmer eines seiner Opfer läßt auf Schuldgefühle und zwanghaftes Morden schließen.

Rechts: William Heirens bei seiner Festnahme. Seine Miene spiegelt innere Zerrissenheit.

William Heirens im Statesville Prison von Joliet, Illinois. Aufnahme aus dem Jahr 1971.

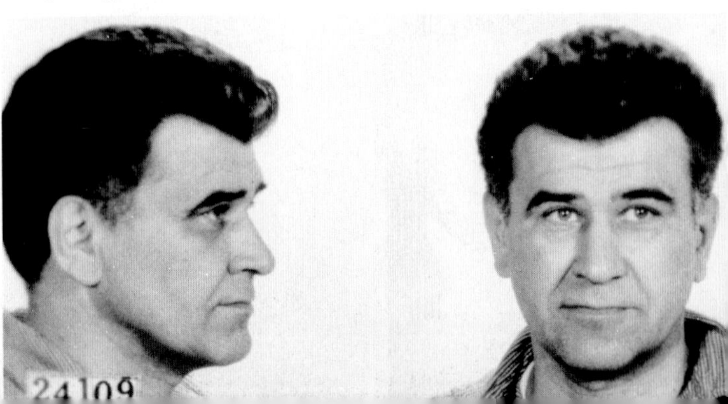

Robert Ressler bei einer Einsatzübung gegen Terroristen mit simulierter Geiselnahme. Der Geisel (Mitte) wurde Sprengstoff um den Leib gebunden.

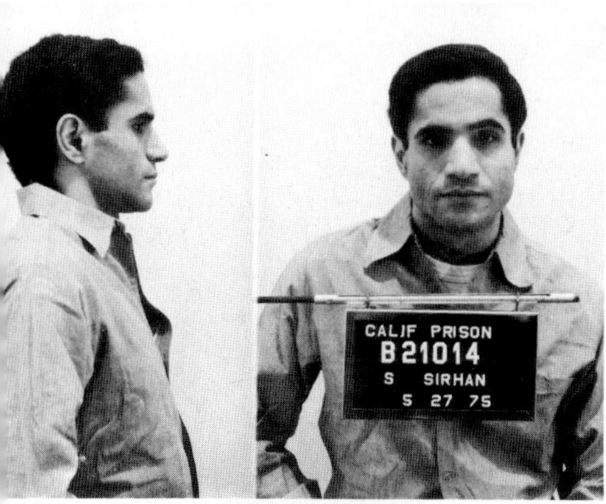

Sirhan B. Sirhan, Robert F. Kennedys Mörder.

Unten links: Charles Manson als Vierzehnjähriger.

Unten rechts: Charles Maddox Manson, Guru in der Hippiebewegung, nach seiner Verhaftung.

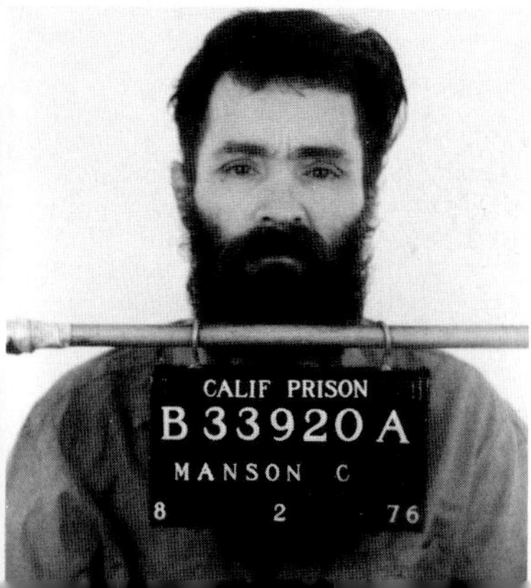

Lynette Squeaky Fromme, Mitglied von Mansons »Familie«, nach ihrer Verhaftung wegen des versuchten Attentats auf Präsident Gerald Ford in Sacramento, Kalifornien.

Charles »Tex« Watson, Mitglied von Mansons »Familie«.

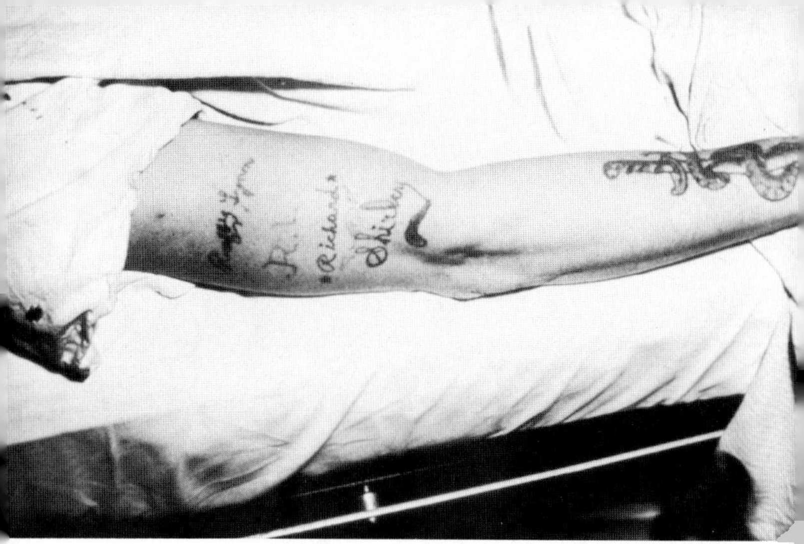

Tätowierungen auf Richard Specks Arm, anhand derer er erkannt wurde.

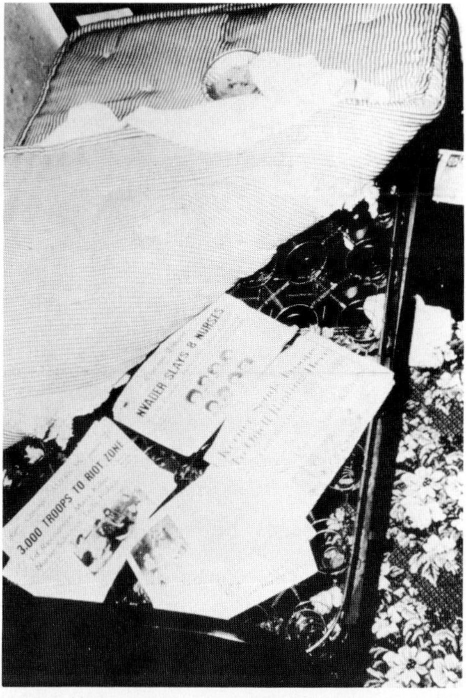

Ausgaben der *Chicago Tribune* unter Richard Specks Matratze. In den Schlagzeilen: Specks achtfacher Mord.

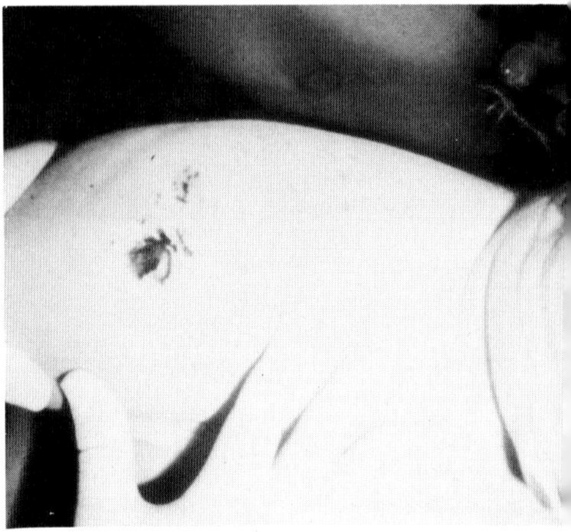

Oben links: Serienmörder Ted Bundy wenige Stunden vor seiner Hinrichtung.

Oben rechts: Foto von dem Gebißabdruck, anhand dessen Bundy überführt werden konnte.

Einige von Bundys Opfern. Die Fotos belegen seine Vorliebe für junge Frauen mit Mittelscheitel und langen Haaren.

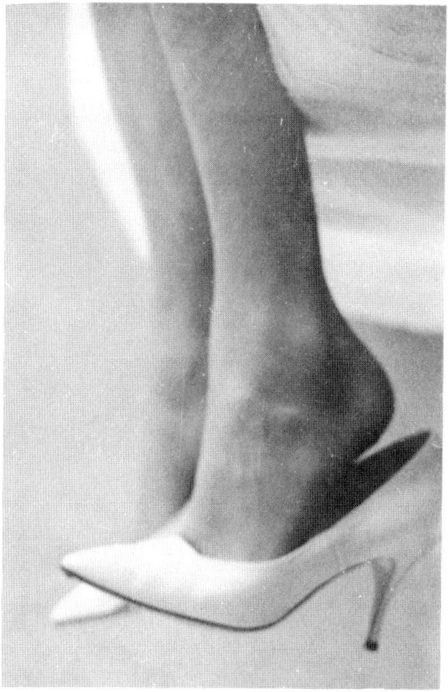

Brudos fotografierte gerne die Füße seiner Opfer mit Stöckelschuhen – das Bild verrät den Fetisch-Charakter seiner Aufnahmen.

Jerome Brudos in seiner Zelle im Oregon State Penitentiary in Salem.

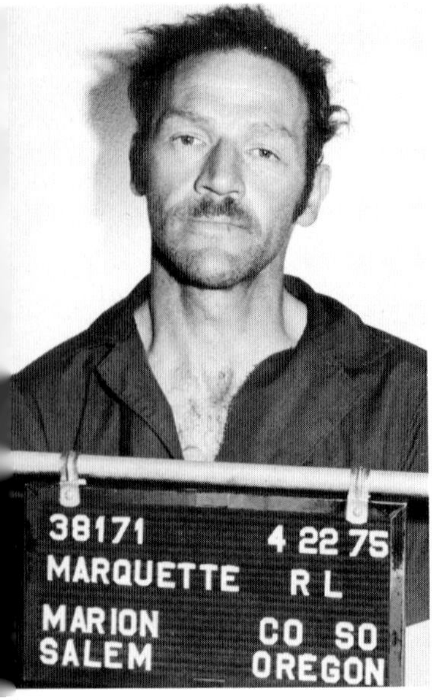

Richard Lawrence Marquette nach seiner Verhaftung wegen eines Sexualmordes.

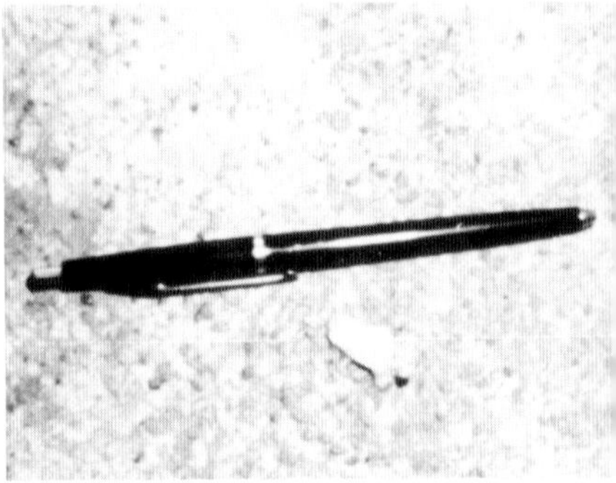

Vor Marquettes Wohnwagen gefundener Fingernagel, anhand dessen sein letztes Opfer identifiziert werden konnte.

Serienmörder John Joubert nach seiner Verhaftung wegen Ermordung zweier Jungen in Omaha, Nebraska.

hatte, wurde mir mit einer Aktennotiz eine Rechnung über sieben Dollar präsentiert. Aber wir durften loslegen, und das zählte. In den nächsten Monaten stellte uns das Justizministerium auch Geldmittel zur Verfügung. Das hieß, wir konnten uns für die Interviews immer eine ganze Woche Zeit nehmen und mußten sie nicht mehr irgendwie auf die Schulungen an irgendwelchen *road schools* draufsatteln.

Noch vor dem Eintreffen des ersten Schecks, aber bereits nach Websters positivem Bescheid suchte ich William Heirens auf, den Mörder, der mich im Alter von neun so fasziniert hatte. Ein Kollege und ich absolvierten wieder einmal eine Schulungsreise – nach St. Louis diesmal – und benutzten die Gelegenheit für einen Abstecher zu einer Strafanstalt in Illinois, in der Heirens seit über dreißig Jahren einsaß. Ich erzählte dem inzwischen fast Fünfzigjährigen, daß ich mich seit meiner Kindheit mit seinen Verbrechen beschäftigte und wir gewissermaßen zusammen in Chicago aufgewachsen waren. Er sei damals siebzehn gewesen und ich neun. Heute erscheine mir der Altersunterschied von nur acht Jahren noch unwesentlicher als damals.

Zwischen den vierziger und siebziger Jahren hatte ich viel über Heirens in Erfahrung gebracht, über die sexuellen Aspekte seiner Morde, die ihnen vorausgehende Kette von Fetischdiebstählen, die vielen ungelösten Mord- und Folterversuche, mit denen man ihn in Verbindung gebracht hatte, und das Geschick, mit dem er seine Verbrechen vor Freunden und Familie verborgen hatte. Seine ursprüngliche Verteidigung war ähnlich ungewöhnlich wie seine Morde gewesen. Er behauptete, George Murman, ein Zimmergenosse, habe sie begangen. Allerdings widerlegte er sich selbst, denn er führte die Ermittler an die Tatorte und erläuterte bis ins Detail den Hergang der Morde. Erst nach eindringlichem Verhör gestand er, daß George Murman in seinem Kopf lebte.

Genaugenommen war Heirens keine multipe Persönlichkeit, aber seine Probleme hatten sich schon in jungen Jahren manifestiert. Er war noch ein Teenager, da wurden sie auffällig. Er hatte sexuelle Fantasien und klebte heimlich Bilder von Nazigrößen in ein Sammelalbum. Die betrachtete er immer, während er sich Frauenunterwäsche anzog. Als er dreizehn war, entdeckte man in seinem Zimmer neben den geheimen Fotos ein ganzes Arsenal von Pistolen und Gewehren. Er gestand mehrere Einbrüche und Brandstiftungen und wurde in ein katholisches Erziehungsheim geschickt. Dort absolvierte er die High School. Man attestierte ihm gute Führung und entließ ihn wieder in die Gesellschaft, zumal er so gute Noten erreicht hatte, daß er das erste Jahr am College auslassen konnte. Seine Morde begannen kurz nach der Aufnahme des Studiums. Im nachhinein gesehen, waren sie eine Fortsetzung der Verbrechen aus seiner Kindheit. Zwischen den Bluttaten verübte Heirens noch eine Vielzahl von Einbrüchen.

Einen Prozeß im eigentlichen Sinne hat es nie gegeben. Bevor es dazu gekommen wäre, rieten Psychiater seinem Anwalt, sich nicht auf Persönlichkeitsspaltung zu berufen. Kein Geschworener hätte damals geglaubt oder verstanden, daß Heirens zu George Murman (Murderman?) werden und somit für seine Taten nicht verantwortlich sein könnte. Im Falle eines Versuchs hätte man ihn zwangsläufig zum Tode verurteilt. Die Beweislast gegen ihn – Fingerabdrücke, Schriftproben, in seinem Zimmer gefundene ›Souvenirs‹ und sein Geständnis – sei erdrückend. Als Alternative zu einem Verfahren könne man nur auf ›schuldig‹ plädieren, dann würde man ihn im Gefängnis psychiatrisch behandeln. Heirens ließ sich auf den Schacher ein, bekannte sich schuldig und wurde zu einer lebenslänglichen Haftstrafe verurteilt. Nach dem Urteil ließen seine Eltern sich scheiden, änderten ihre Namen und überhäuften einander mit Schuldvorwürfen. Heirens selbst erwies sich im Gefängnis als Musterhäftling. Er schaffte einen Universitätsabschluß und fing sogar ein Postgraduiertenstudium an.

Ich hatte mich bestens auf das Gespräch mit diesem Mann vorbereitet, doch es lief nicht so gut wie erhofft. Er zeigte sich ganz angetan davon, daß ich so viel über ihn wußte, war nun aber nicht mehr dazu bereit, sich zu den Verbrechen zu bekennen, die er einmal gestanden hatte. Man habe ihm die Sache angehängt, behauptete er. Davon, daß er zwei erwachsene Frauen, die ihn beim Masturbieren in ihrer Wohnung erwischt hatten, umgebracht und ein sechsjähriges Mädchen erwürgt und zerstückelt hatte, wollte er auf einmal nichts mehr wissen. Ich konnte mich gut erinnern, daß er Suzanne Degnan in ihrem Bett überfallen und sie gezwungen hatte, ihrer Mutter zu sagen, alles sei in Ordnung, als sie sich durch die Tür nach ihrem Befinden erkundigte. Er hatte gewartet, bis die Mutter verschwunden war, dann hatte er das Mädchen ermordet, sie in eine Decke gehüllt, in den Keller geschleppt, sich an ihr vergangen und ihr sämtliche Gliedmaßen abgehackt. Zum Schluß hatte er den Leichnam kaltblütig weggeschafft und war in sein College zurückgekehrt. Ein wahres Ungeheuer – und auf einmal leugnete es seine Schuld!

Andererseits gab Heirens zu, daß ihn damals sexuelle Probleme belastet hatten. Die Einbrüche tat er als Jugendsünden ab. Laut seiner Einschätzung war er zu keiner Zeit eine Gefahr für die Gesellschaft gewesen. Sein vorbildliches Verhalten im Gefängnis prädestiniere ihn zu einem Leben in Freiheit.

Eine Enttäuschung auf der ganzen Linie! Aber immerhin war unser großes Vorhaben nun endlich vom FBI und dem Justizministerium abgesegnet und Teil eines offiziellen Programms. In der Folge sollte ich mit mehr als hundert der gefährlichsten in amerikanischen Haftanstalten verwahrten Gewaltverbrechern Interviews führen und andere Beamte auf die Weiterführung meiner Arbeit vorbereiten. Dank der daraus gewonnenen Einsichten konnten wir unser Wissen über die Verhaltensmuster der Mörder vertiefen und die Leute, deren kranken Gehirn solche Taten entsprangen, schneller fassen. In seiner Jugend hatte Heirens mit einem Lippenstift geschrieben: ›Fangt mich, sonst bringe ich noch mehr um!‹ Meine Interviews mit Serienmördern dienten genau diesem Ziel.

3
Interviews mit Mördern

Mein drittes Interview mit Edmund Kemper, einem gut zwei Meter großen und zweieinhalb Zentner schweren Koloß von außerordentlicher Intelligenz, neigte sich dem Ende zu. Kemper hatte als Heranwachsender seine Großeltern ermordet, war dafür vier Jahre lang in Besserungsanstalten gesteckt worden und hatte danach weitere sieben Menschen ermordet, darunter seine Mutter. All seine Opfer hatte er geköpft und zerstückelt. Nun verbüßte er im Gefängnis von Vacavielle in Kalifornien sieben mal Lebenslänglich.

Die vorangegangenen Interviews hatte ich im Beisein von Kollegen geführt, das erste in Begleitung John Conways, das zweite zusammen mit meinem Kollegen John Douglas aus Quantico, der damals von mir eingearbeitet wurde. Bei beiden Gesprächen hatte Kemper uns viel über seine Vergangenheit, seine Motive für die Morde und seine damit eng verbundenen Fantasien erzählt. Wir hatten es mit einer ausgesprochen komplexen Persönlichkeit zu tun. Noch nie zuvor hatte er sich mit Fremden so freimütig und tiefschürfend unterhalten. Das ermutigte mich zu einem dritten Besuch, ohne Begleitung diesmal.

Das Treffen fand in einer Zelle unmittelbar neben dem Todestrakt statt, dem Ort, an dem Straftätern vor dem Gang in die Gaskammer ein letzter Segen erteilt wird. Obwohl Kemper sich nicht in Einzelhaft befand, sperrte man uns ausgerechnet in diesen engen Raum, der dazu angetan war, auch beim Gesündesten Klaustrophobie auszulösen. Nachdem wir uns vier Stunden lang ausführlichst über Dinge am Rande des extremsten Sadismus unterhalten hatten, erreichten wir schließlich einen Punkt, an dem wir uns im Kreise drehten. Ich wollte raus und drückte auf den Summer, um den Wärter herbeizurufen.

Da niemand kam, führte ich das Gespräch eben weiter. Obwohl die meisten Serienmörder Einzelgänger sind, freuen sie sich über alles, was Abwechslung in ihr langweiliges Gefängnisdasein bringt. Dazu gehören auch Besuche wie der meine. In ihrem Kopf gehen viele Gedanken um, und wenn man den richtigen Ton findet, tauen sie auf. Die Zeit kann dann verstreichen, ohne daß man es merkt. Nun aber hatten Kemper und ich uns nichts mehr zu sagen. Nach ein paar Minuten drückte ich erneut auf den Summer. Ohne Erfolg. Eine Viertelstunde nach dem ersten Ruf, versuchte ich es zum drittenmal. Kein Wärter kam.

Trotz meines Bemühens, ruhig und locker zu wirken, muß sich dennoch Angst in meinem Gesicht gespiegelt haben. Kemper, den (wie fast die meisten Serienmörder) ein besonderes Gespür für die Empfindungen seines Gegenübers auszeichet, merkte das sofort.

»Nur die Ruhe. Jetzt ist Schichtwechsel. Und als erstes bringen sie den Jungs im Sicherheitstrakt das Essen.« Er erhob sich mit einem Lächeln. In der engen Zelle wirkte er nur noch gewaltiger. »Kann eine gute Viertelstunde dauern, bis man Sie holen kommt.«

Ich reagierte wohl mit Anzeichen gesteigerter Panik. Kemper nutzte das sofort aus.

»Wenn ich jetzt durchdrehen würde, sähen Sie ganz schön alt aus, was? Ich könnte Ihnen den Kopf abreißen und ihn für den Wärter auf den Tisch stellen. Der würde Augen machen.«

In meinem Kopf überstürzten sich die Bilder. Ich sah ihn mich schon mit seinen Pranken packen, gegen die Wand drücken und mir den Kopf ganz langsam herumdrehen, bis es knackte. Bei dem Größenunterschied würde ich mich nicht lange wehren können. Er hatte recht – ich wäre tot, bevor jemand einschreiten konnte. Was blieb mir anderes übrig, als Kemper darauf aufmerksam zu machen, daß er sich gewaltigen Ärger einhandeln würde, wenn er mir etwas antat?

»Was könnten die schon tun?« spottete er. »Mir den Fernseher abdrehen?«

Ich erwiderte, daß er mit Sicherheit im ›Loch‹ landen würde, und zwar für ziemlich lange. Er wußte genausogut wie ich, daß längere Einzelhaft die meisten zumindest vorübergehend in den Wahnsinn treibt.

Kemper tat das mit der Bemerkung ab, er sei ein alter Hase im Knast und würde Schmerzen und Isolation schon aushalten. Ewig würde es sowieso nicht dauern. Über kurz oder lang käme er wieder zu den anderen, und ›die paar Schikanen‹ waren ein ›Klacks‹ gegen das hohe Prestige, das er dann bei den Mithäftlingen genießen würde. Einen FBI-Mann würde schließlich nicht jeder ›um die Ecke bringen‹.

Mein Puls raste. Fieberhaft suchte ich nach der richtigen Antwort oder Reaktion. Eigentlich ging ich davon aus, daß Kemper mir nichts antun würde, aber ganz sicher konnte ich mir nicht sein. Er war ein Gewalttäter von der gefährlichsten Sorte und hatte, wie er richtig erkannt hatte, nichts zu verlieren. Wie hatte ich nur so dumm sein können und mich allein mit ihm einsperren lassen?

Wie Schuppen fiel es mir plötzlich von den Augen, warum ich in diese Situation hineingeschlittert war. Gerade ich hätte es doch besser wissen müssen. Ich war dem bei Geiselnahmen häufig beobachteten ›Stockholm-Syndrom‹ erlegen – ich hatte mich mit diesem Verbrecher identifiziert und mich ihm auf Gedeih und Verderb ausgeliefert. Ausgerechnet mir, der ich Verhandlungstechniken mit Geiselgangstern unterrichtet hatte, war das passiert. Das nächste Mal wollte ich mich nicht mehr so selbstgefällig in Sicherheit wiegen, und wenn ich ein zehnmal so gutes Vertrauensverhältnis herstellte. Das nächste Mal…

»Ed«, sagte ich, »Sie glauben doch nicht im Ernst, daß ich ganz schutzlos hier hereingekommen bin.«

»Verscheißern Sie mich nicht, Ressler. Mit Waffen lassen die keinen rein.«

Damit hatte er zweifellos recht. Kein Besucher darf im Gefängnis Waffen mit sich führen, denn Insassen könnten sich ihrer bemächtigen und Wärter damit bedrohen oder anderweitig einen Ausbruch versuchen. Trotzdem wies ich ihn daraufhin, daß FBI-Beamte besondere Privilegien genössen.

»Und was soll das dann sein?«

»Was das ist, oder wo ich es habe, werden Sie bestimmt nicht von mir erfahren.«

»Ach, tun Sie doch nicht so. Was ist es denn? Ein Füller mit giftiger Feder?«

»Kann schon sein. Aber es gibt noch ganz andere Waffen....«

»Dann ist es irgendeine Kampftechnik«, sinnierte Kemper.

»Karate? Haben Sie vielleicht den schwarzen Gürtel? Und damit wollen Sie mir imponieren?«

Ich spürte, daß es wieder besser für mich aussah. Oberwasser bekam ich deswegen aber noch lange nicht. Ich glaubte – oder hoffte – einen leicht belustigten Tonfall bemerkt zu haben. Sicher war ich mir freilich nicht, und das spürte wiederum er, und er nahm sich wohl vor, mich noch ein bißchen länger auf die Folter zu spannen. Inzwischen hatte ich allerdings die Fassung wiedererlangt und mich auf meine Verhandlungstechniken besonnen, deren wesentlichste das ständige Gespräch ist. Man muß mit dem Täter reden, reden und nochmals reden, weil man durch Hinhalten die Situation noch am ehesten entschärfen kann. So diskutierten wir über fernöstliche Kampfkünste. In einem Gefängnis kann einem viel geschehen, und darum üben sich viele Insassen in einer dieser Verteidigunssportarten. Schließlich kam ein Wärter und sperrte auf.

Es ist üblich, daß der Interviewer so lange im Raum bleibt, bis der Wärter den Häftling in seine Zelle geführt hat. Als Kemper auf die Tür zu schritt, legte er mir die Hand auf die Schulter.

»Ihnen war schon klar, daß ich bloß ein bißchen rumgealbert habe?«

»Klar«, sagte ich und stieß einen tiefen Seufzer aus.

Ich nahm mir vor, mich oder einen anderen FBI-Mann nie wieder einer solchen Gefahr auszusetzen. Von da an wurde es bei uns Vorschrift, daß verurteilte Mörder, Vergewaltiger oder Kindesschänder nur noch von zwei Leuten interviewt wurden.

Das *Criminal Personality Research Project* (CPRP – Projekt zur Erforschung der Persönlichkeit von Verbrechern) war meine Idee, und als es Ende der siebziger Jahre endlich in Gang kam, stürzte ich mich begierig auf die neue Aufgabe. Sobald ich Lehrgänge an irgend welchen *road schools* hielt, packte ich die Gelegenheit beim Schopfe und interviewte Männer (gelegentlich auch Frauen) in allen möglichen Gefängnissen. Als ich aufhörte und die Aufgabe anderen anvertraute, hatte ich über hundert verurteilte Gewaltverbrecher befragt – mehr als jeder andere lebende Kriminologe. (Meine Leistung wurde schließlich auch vom FBI und anderen mit ihm verbundenen Institutionen anerkannt. So erhielt ich zweimal den Jefferson-Preis der Universität von West Virginia, die einen Teil ihrer Studenten zu Seminaren der Quantico-Akademie schickt.) Die Ergebnisse der Interviews wurden für das CPRP systematisch aufbereitet und analysiert, bis meine Mitarbeiter und ich uns endlich in der Lage sahen, bestimmte sich wiederholende Muster in der Kindheit, Umgebung und in den Verhaltensweisen dieser Mörder zu erkennen und zu dokumentieren. Der Einfluß ihrer Kindheit und Jugend, die besonderen Belastungen vor den Verbrechen und ihr Verhalten bei der Tat selbst bilden die Grundlage der folgenden Kapitel. Vor der Erläuterung meiner Schlußfolgerungen möchte ich jedoch auf die Kunst der Gesprächsführung eingehen – und auf ein paar Höhepunkte, denn auch die erlebt man mit diesen permanent unter Hochspannung stehenden Menschen, die die verabscheuungswürdigsten Verbrechen begangen haben.

Besuche bei Gewaltverbrechern sind nur dann von Wert, wenn sie der Polizei relevante Einsichten in ihre Handlungsweise und Persönlichkeitsstruktur gewähren. Will der Interviewer diese Information erhalten, so muß er vom Häftling auch ernst genommen werden und ein stabiles Vertrauensverhältnis aufbauen. Dazu wiederum muß er zuallererst seine Achtung gewinnen. Das alles erreicht er nur, wenn er seine persönliche Abscheu vor den grausamen Verbrechen dieser Menschen verbirgt. Hätte ich während der Schilderung des Mörders, wie er einen Menschen verstümmelt hatte, durch Körpersprache oder Grimassen meinen Ekel zu erkennen gegeben, wäre das bereits das Ende des Gesprächs gewesen. Das andere Extrem ist genauso unklug. Würde ich mit einem ›Oh, Sie haben ihr den Kopf runtergesägt – na ja, ist ja nichts Besonderes, das haben genug andere auch getan...‹ reagieren, hätte der Mörder auch keine Lust mehr, mir aus seinem Leben zu erzählen. Sich bei Gewalttätern anbiedern ist die verkehrte Strategie. Diese Leute mögen wahnsinnig sein, sie sind aber nicht dumm. Genauso wenig haben sie das Gespür für die Nuancen der Abläufe zwischen zwei Menschen eingebüßt.

Die meisten Interwiever stellen die entscheidenden Fragen zu früh. Auch dann macht der andere zu, und das Gespräch ist praktisch beendet. Lebenslängliche haben alle Zeit der Welt. Wenn sie sich nicht wohl in ihrer Haut fühlen, verläßt man sie mit leeren Händen. Wer von ihnen intime Details erfahren will, muß sich und ihnen Zeit lassen. Ich gehe immer langsam voran, beruhige sie, taste mich vorsichtig weiter, komme ihnen näher und näher, bis ich spüre, daß der Moment für die harten Fragen da ist. Manchmal sind viele Stunden, wenn nicht gar mehrere Besuche vonnöten.

Eine ganze Reihe von Mitarbeitern der Behavioral Sciences Unit war dieser anspruchsvollen Aufgabe aus dem einen oder anderen Grund nicht gewachsen. Ein Kollege sollte einen Sittenstrolch interviewen, der mehrere Kinder mißhandelt und ermordet hatte. Der Beamte, der selbst Vater mehrerer Kinder war, konnte mit seiner Abscheu nicht hinter dem Berg halten und manövrierte sich deshalb in eine Sackgasse hinein. Als der Häftling gegen Zigarettenqualm in der Zelle protestierte und das Fenster öffnen wollte, wurde er angeblafft, er solle die Fragen beantworten und nicht mekkern. Später wurde der Mann gefragt, was er denn hätte werden wollen, wenn er nicht seine Verbrechen begangen hätte. Astronaut, sagte der Häftling.

»Genau!« zischelte der FBI-Mann seinem Kollegen zu. »Und ganz bestimmt hättest du einen kleinen Jungen mit ins Weltall genommen.«

Das war eine unnötig feindselige Reaktion. Der Agent hatte dem Druck nicht standgehalten und so sein Ziel verfehlt. Kurz danach suchte dieser Beamte mich in meinem Büro auf und gestand mir, daß er mit der Interviewtätigkeit nicht zurecht kam. »Ich kann mit diesen Bestien nicht zusammenarbeiten«, erklärte er. Ich bewunderte ihn für seinen Mut, die eigene Schwäche zuzugeben. Er ließ sich ein anderes Aufgabengebiet zuweisen und wurde bald einer unserer Stars beim Training für Streß- und Konfliktsituationen im Einsatz auf der Straße. Sein Talent und Potential hatten in keinster Weise gelitten. Für die eine Tätigkeit war er eben nicht geeignet, für die andere dafür um so mehr.

Viele wollten an unserem Projekt mitwirken, aber die wenigsten waren zur täglichen Maloche bereit. ›Berühmtheiten‹ wie Manson oder Berkowitz hätten sie gerne abgeklappert, aber bei Leuten, die ähnlich widerwärtige Verbrechen begangen hatten, nur eben mangels Bekanntheit nicht so viel Prestige einbrachten, scheuten sie die Mühen. Vor den Besuchen bei Häftlingen war eine zeitaufwendige Vorbereitung unumgänglich. Gefängnisakten mußten durchgeackert werden, und an einem ›langatmigen‹ Protokoll kam keiner vorbei. Die Interviews dauerten in der Regel drei bis vier Stunden. Unmittelbar danach mußte man ein zweites Protokoll mit den Ergebnissen schreiben sowie mündlich Bericht erstatten. Hinzu kam noch der ganze andere Verwaltungskram.

Fast jedes Mitglied unserer Abteilung fiel dem situationsbedingten Streß zum Opfer. Eine Beamtin warf nach mehreren Jahren das Handtuch, weil sie von der Arbeit Alpträume bekam. Sie schaffte es nicht, Fälle wie den von dem Mann, der in Häuser einbrach und Frauen vergewaltigte, rational zu verarbeiten. Auch sie fand ein anderes Aufgabengebiet innerhalb des FBI. Andere bekamen mit Blutungen verbundene Magengeschwüre und drei erlitten Angstzustände, die man zunächst für eine Herzattacke hielt, weil sie so schlimm waren. Vier, darunter auch ich, erlebten Perioden unerklärlichen rapiden Gewichtsverlustes von bis zu siebzehn Kilo in einem halben Jahr. Wir unterzogen uns einer Serie von Untersuchungen, darunter auch die unumgänglichen Magen- und Darmspiegelungen. Bei keinem von uns wurde eine physische Ursache festgestellt. Die Gesundheitsschäden waren samt und sonders psychosomatischer Natur. Ein Beamter verfiel dem Bann eines zum Tode verurteilten Massenmörders so sehr, daß er dessen Feindseligkeit mir gegenüber völlig mißverstand und sich einbildete, der Verbrecher würde einzig und allein ihn akzeptieren. Der Agent gab dem Häftling sogar FBI-Interna weiter, die dieser für seine Berufung verwenden wollte. Zu dem bizarren Verhalten des Beamten kam es, weil dieser Mörder sich hervorragend darauf verstand, andere zu manipulieren – eine Fähigkeit, auf die der Berufsanfänger sich nicht eingestellt hatte. Auch den Ausbilder des jungen Kollegen verfolgten nach einem Interview mit diesem Mann Träume, in denen er einer zugleich schillernden und bösen Gestalt extrem nahe war. Nach der Hinrichtung des Mörders wirkte der Agent verwirrt und orientierungslos, als hätte er einen engen Freund oder nahen Verwandten verloren – ein beeindruckendes Beispiel dafür, was geschehen kann, wenn man zu tief in den ›Abgrund‹ blickt.

Ausgeglichene Beamte sind eher in der Lage, den nötigen Abstand zu ihrer Interviewtätigkeit zu wahren, aber auch sie stehen unter gewaltigem Druck. Natürlich hatte ich mit psychischen Beslastungen von solchen Ausmaßen nicht gerechnet, als ich 1978 meine ersten Interviews führte.

Ein Wort zu den Bedingungen bei unseren Interviews. Die meisten Besucher erhalten nur beschränkten Zugang zum Häftling. Das gilt sogar für den Anwalt und die Familienangehörigen. Man spricht mit ihm durch ein Loch in einer gläsernen Trennwand, per Telefon oder sonstwie räumlich von ihm getrennt. Ich durfte die Interviews in der Regel in den Räumen des Staatsanwalts oder des Oberaufsehers durchführen. Insofern war für eine verhältnismäßig gemütliche Atmosphäre gesorgt. Gelegentlich führte man die Häftlinge in Handschellen zu mir. Ausnahmslos bat ich um deren Entfernung. Auch das gehörte zu meinen Versuchen, Vertrauen herzustellen. Am Anfang des Gesprächs interessierte den Häftling natürlich, was das FBI von ihm wollen konnte. Darum unterhielten wir uns zunächst über ihn; ich gab ihm zu verstehen, daß ich mich mit ihm bereits beschäftigt hatte, und erklärte ihm, daß ich keine Informationen über ein bestimmtes Verbrechen brauchte, sondern über die verschiedenen Kategorien von Straftätern forschte. Das Wort Sexualmörder nahm ich nie in den Mund, das wäre ein haarsträubender Fehler gewesen. Vielmehr sagte ich ihm, daß ich mich für seine Kindheit, sein Leben überhaupt interessierte, und daß alles, was er mir anvertraute, zwischen uns bleiben würde. Diese ›Regel‹ war sehr wichtig, denn die größte Sorge der Häftlinge war, jemand aus der Gefängnisverwaltung könnte intime Details aus ihrem Leben erfahren und irgendwie gegen sie verwenden. Ich weiß nicht, woran es lag (war es vielleicht der ernste Ton meiner Versprechen?), aber sie glaubten mir. Und ich habe auch stets Wort gehalten. Ich mahnte meine Gesprächspartner auch immer, mir nur von Verbrechen zu erzählen, deretwegen sie verurteilt worden waren. Hätten sie beispielsweise zugegeben, sie hätten nicht ein Dutzend, sondern doppelt so viele Menschen umgebracht, so hätte ich ihnen ihre Rechte vorlesen müssen, und es wäre zu einem neuen Verfahren gekommen.

Fast jeder möchte Charles Manson befragen, freilich nicht aus persönlichem Interesse an diesem Mann, sondern in erster Linie, um danach verkünden zu können, er sei dort gewesen. Manson und noch ein paar andere sind oft von Journalisten und Sensationslüsternen von der einen oder anderen Sorte interviewt worden und haben diese Leute satt. Ich erinnere mich gut an ein Fernsehinterview, das Tom Snyder vor ein paar Jahren mit Manson geführt hat. Snyder wollte wissen, wie man sich fühlt, wenn man jemandem das Ohr abschneidet. Es war eine von den typischen Fragen, bei denen Manson zu mauern anfing. Er wich aus, ja, er nahm eine feindselige Haltung an. Sogar am Bildschirm konnte ich nachvollziehen, daß Mansons Achtung vor Snyder auf den Nullpunkt gesunken war. ›So ein Idiot!‹ hörte ich ihn förmlich zu sich sagen. ›Na ja, wenn er mich verarscht, zahle ich's ihm eben mit gleicher Münze heim.‹ Das Interview war gelaufen. Ernsthafte Antworten waren nun nicht mehr zu erwarten. Snyder hätte Manson fragen können, aus welchem Grund er denn anderen die Ohren abgeschnitten hatte. Dann hätte er mit Sicherheit eine interessante Antwort erhalten, die auch etwas über den Bezug einer solchen bizarren Handlungsweise zu Mansons Fantasien ausgesagt hätte. Snyder zog jedoch eine andere Richtung hervor. Heraus kam dabei nichts, es sei denn ein gewisser Nervenkitzel für die Zuschauer.

Bei meinen Gesprächen mit diesen durchaus charismatischen Verbrechern, legte ich größten Wert auf eine peinlich genaue Vorbereitung. Sie sollten verstehen, daß ich nicht kam, um ihre Zeit zu vergeuden. Ich mußte sie beeindrukken, ihnen das Gefühl vermitteln, daß sie es wert waren, daß ich mich mit ihnen auseinandersetzte. Präsentierte ich mich als einer, der von vornherein schon einiges über ihr Leben und ihre Fälle wußte, konnte ich sie auch eher davon überzeugen, daß ich ihr Vertrauen verdiente. Wenn der Häftling beispielsweise mitten im Erzählen war, half es durchaus, wenn ich Namen oder andere Begleitumstände, auf die er anspielte, einflocht. Manson begann einmal eine Erzählung mit den Worten: »Und Bobby hat mich zu Treffen mit Dealern mitgenommen.« Ich unterbrach ihn mit einer Zwischenfrage: »Bobby Beausoleil?« – »Richtig«, erwiderte er und fuhr fort. Er konnte nun davon ausgehen, daß der Interviewer seine Hausaufgaben gemacht hatte, mit allen bekannten Fakten aus seiner Lebensgeschichte vertraut war und die Zusammenhänge verstand. Genau das hatte ich ihm beweisen wollen. Ich wußte, wovon er sprach, und hielt es für wichtig. Das hatte zur Folge, daß Manson freimütiger wurde. Im Gespräch mit Tom Snyder hatte er alles umständlich erklären müssen und letztendlich nichts von Belang gesagt. Bei einem Interviewer wie mir, der ihn ernst nahm, konnte Manson Details überspringen. Statt dessen legte er über anderes los, was ihn beschäftigte, Sachen, die noch niemand aus dem Polizei- oder Justizwesen gehört hatte. Das alles konnte er in dem Bewußtsein tun, daß ich ihm aufgrund meiner Vorkenntnisse schon würde folgen können.

Hilfreich waren ferner meine beständigen Versuche, im Leben dieser Mörder etwas Positives zu finden und mit ihnen darüber zu reden. Bei Tex Watson fingen wir mit seiner Wiedergeburt an, bei Heirens war es seine mustergültige Führung im Gefängnis. In Mansons Fall war es schon schwieriger. Schließlich konzentrierte ich mich auf das, was er in seiner Welt für etwas Gutes halten konnte, auch wenn der Rest der Menschheit das ganz anders sieht. Kurz, wir unterhielten uns über seine Ausstrahlung auf andere.

Manson wollte mir zu verstehen geben – nachdem wir die von mir so genannte ›Werbephase‹ überwunden hatten – daß er überhaupt nicht verstand, was er im Gefängnis sollte. Bei keinem der Morde sei er zugegen gewesen. Er ging noch weiter und versuchte mich davon zu überzeugen, daß von seiner Schuld gar nicht die Rede sein könne. Es sei wie beim Negativ eines Fotos. Man sehe eine spiegelverkehrte Version der Welt. Er Manson, sei ein solches Negativ der Gesellschaft, ein Abbild all ihrer schlimmen Aspekte.

Das Rätsel Charlie Manson ist gar nicht mehr so unverständlich, wenn man sich seine verpfuschte Jugend vor Augen hält. Von seinen ersten zweiunddreißig Jahren hatte er zwanzig in Gefängnissen oder Erziehungsanstalten verbracht. Von seiner Kindheit an bis zu seiner Entlassung aus dem Zuchthaus von Terminal Island in Kalifornien war er jedes Mal fest entschlossen gewesen, den Rest des Lebens in Freiheit zu verbringen. (Viele Männer, die als Teenager und Twens ein Kriminellendasein geführt haben, entwachsen Anfang Dreißig tatsächlich ihren asozialen Verhaltensweisen und schaffen den Sprung in ein normales Leben fern der Gefängnisse.)

Rein äußerlich war Manson mit einer Größe von einmeterfünfundsechzig und einem Gewicht von knapp sechzig Kilogramm eher unauffällig. Er fesselte durch seine emotionale Ausstrahlung. Im Gefängnis hatte er Gitarre spielen gelernt und ein paar Songs geschrieben. Er wollte seinen Lebensunterhalt als Musiker bestreiten. Als er Mitte der sechziger Jahre entlassen wurde, fand er auf Anhieb in der bei den jungen Leuten an der Westküste in Mode gekommenen Subkultur Anschluß und konnte sie bald für seine Zwecke einspannen.

»Mir war gleich klar, auf was für Typen die Kids abfuhren«, erzählte er mir. »Da wurde ich halt so einer.« Er verstand vielleicht besser als die Zwanzigjährigen, was und wen sie respektierten – Leute mit langen Haaren, die Sandalen trugen, die kein angepaßtes Leben führten und mystische Sachen sagten, Leute die Gitarre spielten und schwer- bis unverständliche Texte sangen. Im San Franciscoer Stadtteil Haight-Ashbury, dem Herzen der Acid (LSD)-Kultur, scharten sich die zwanzigjährigen Hippies um ihn, ganz einfach weil er zwölf Jahre älter war, bestimmte Kleider trug und eine bestimmte Lebensweise hatte. »Ich schaute mir das an, was sie sehen wollten, und dann wurde ich das eben.«

Bald bekam er ›freie Kost und Unterkunft, freien Sex und freien Dope‹. Er hatte sich als Guru etabliert. »So wurde ich das Negativ«, erzählte er mir, »ein Spiegelbild der Kids.« Den Vergleich mit einem Spiegel zog Manson, weil man beim Hineinschauen nicht ihn sieht, sondern nur das, was sich darin reflektiert. »Die haben sich in mir gesucht.« Und später vertraute er mir an: »Hey, ich bin doch keine große Nummer. Ich kann nicht auf den Putz hauen oder so. Wenn ich was will, muß ich meine grauen Zellen benutzen.« Sein hypnotischer Blick leistete ihm da treffliche Dienste. Er fand heraus, daß er die jungen Leute beherrschen konnte und sie alles taten, wozu er sie aufforderte. In der Nähe des Death Valley führte er in der Wüste eine Art Sommercamp für orientierungslose Aussteiger. Da er älter war und in zwanzig Jahren Knast einiges über die Methoden der Manipulation gelernt hatte, brach er schnell ihre Widerstandskraft und verlangte von Mal zu Mal mehr von ihnen, bis sie über kleinere Delikte hinausgingen und Schwerstverbrechen verübten.

Die Theorie, in ihm hätten sich doch nur die geheimsten Wünsche seiner Jünger gespiegelt, führte Manson zu der

Schlußfolgerung, er sei für ihre Morde gar nicht verantwortlich. Darum konnte er auch ›nicht einsehen‹, was er im Gefängnis sollte. Seine Erklärung war natürlich so raffiniert wie unverschämt. Manson weigerte sich, zur Kenntnis zu nehmen, daß er ein machtgieriger Psychopath war. Andererseits erläuterte er mir ausführlich die Techniken, mit denen er sich die jungen Hippies hörig gemacht hatte. Das Verständnis seiner Gabe für die Manipulation anderer ist der Schlüssel zu den von ihm und seinen Jüngern begangenen Bluttaten. Manson gab keine direkten Mordbefehle – wie der Staatsanwalt ihm vorgeworfen hatte –, er schuf vielmehr ein Klima, in dem seine Jünger genau wußten, was sie zu tun hatten, um ihm zu gefallen – und nichts anderes wollten sie. Unmittelbar bevor Sharon Tate und die anderen getötet wurden, sagte Manson seinen Anhängern, er gehe jetzt, denn als auf Bewährung entlassener ehemaliger Sträfling müsse er sich aus jeder Straftat heraushalten. Sie glaubten ihm aufs Wort.

Einmal wurde Manson etwas heftig. Um uns vorzuführen, wie die Wärter die Häftlinge behandelten, sprang er auf den Tisch. Ich hätte ihn sich austoben lassen, doch Conway beschied ihn kurz und bündig: »Charlie, gehen Sie da runter. Setzen Sie sich und benehmen Sie sich.« Conways Rüffel war in diesem Moment die richtige Reaktion. Manson nahm tatsächlich wieder auf dem Stuhl Platz und gab eher noch bereitwilliger über seine Techniken bei der Hirnwäsche Auskunft.

Gegen Ende des Interviews bat mich Manson um ein Geschenk, das er in seine Zelle mitnehmen könne. Er wolle sagen können, dieses Souvenir habe er einem FBI-Mann ›gemopst‹. Sonst würde ihm doch keiner abnehmen, daß er die ganze Zeit nur mit uns geredet habe, und das würde seinen Ruf ruinieren. Dann schnappte er sich meine Dienstmarke, hielt sie sich vors Hemd und bellte Befehle an imaginäre Wärter und Insassen. Das könnten wir nicht zulassen, sagte ich. Sein Blick fiel nun auf meine Pilotensonnenbrille. Da sie ihm gefiel und ich sie für ein geeignetes Geschenk hielt, bot ich sie ihm an. Er steckte sie in seine Brusttasche, nicht ohne uns zu erklären, daß die Wärter ihm wahrscheinlich einen Diebstahl unterstellen würden. Genau das geschah dann auch. Die Wärter führten Manson zu uns zurück. Er beklagte sich lautstark darüber, was für ein perverser Laden das sei. *Er* sollte geklaut haben?... Ich bezeugte guten Gewissens, daß ich sie ihm geschenkt hatte. Die Wärter sahen mich an, als sei ich nicht ganz dicht. Mit schief auf der Nase sitzender Sonnenbrille – wenigstens verbarg sie seinen stechenden Blick – stolzierte Manson den Korridor hinunter. Für mich steht fest, daß er sich vor den Insassen damit brüstete, dem FBI eins ausgewischt zu haben. Auch das mag als typisches Beispiel für seine Manipulationskunst gelten. Die Brille und der vorübergehende Verlust meiner Würde waren freilich ein geringer Preis für die einzigartigen Einblicke in das Seelenleben eines Mörders.

Bei meiner ersten Gefängnistour fuhr ich im Anschluß an das Gespräch mit Manson die kalifornische Küste zum San-Luis Obispo-Zuchthaus hinunter, in dem Charles ›Tex‹ Watson einsaß. Watson behauptete, dort zu Jesus gefunden zu haben; dank ihm sei er gerettet und wiedergeboren worden. Er hatte sich in der Tat zu einem begehrten Prediger gemausert. Sonntag für Sonntag strömten Gefängnisinsassen und Bewohner der umliegenden Orte zu seinen Ansprachen. Meiner Meinung nach hatte er die Behörden übertölpelt. Der Mann lief herum, als gehörte das Gebäude ihm. Doch die Gefängnisleitung glaubte, er leiste hervorragende Arbeit und sei ein leuchtendes Beispiel gelungener Resozialisierung. Ich selbst zweifelte gar nicht daran, daß er sich gut führte und den Menschen half. Ob aber seine Bekehrung authentisch war oder ob er hoffte, irgendwann auf Bewährung entlassen zu werden, da war ich mir nicht so sicher.

Watson wirkte eher normal – auf mich zumindest, nachdem ich noch unter dem Eindruck meiner Interviews mit Sirhan Sirhan, Charles Manson und Ed Kemper stand. Er gab bereitwillig zu, er sei zur Zeit des Massakers bei Sharon Tate wegen Drogen und der Abhängigkeit von Manson geistig nicht zurechnungsfähig gewesen. Damals wäre es nur recht und billig gewesen, hätte man ihn hingerichtet. Aber er sei verschont worden, der Satan habe von ihm abgelassen, er habe sich der Hand Gottes anvertraut und sei nun ein gänzlich anderer Mensch.

In dem gemeinsam von ihm und dem Gefängniskaplan Roy Hoekstra verfaßten Buch *Will You Die for Me?* hatte Watson die gesamte Schuld an den Morden Manson gegeben. Dieser habe sie seinen Jüngern nämlich befohlen. Kurz vor dem Blutbad hatte Manson ihn aus einer bedrohlichlen Situation befreit und einen Dealer, den sie übers Ohr gehauen hatten, niedergestochen. Nun verlangte er von Watson, er solle auch ihm einen Gefallen tun und für ihn ein paar Schweine umbringen. Im Gespräch mit mir gab Watson zu, daß Manson ihn nicht ausdrücklich zum Mord aufgefordert hatte. Andererseits hätte Manson begriffen, was Watson und die anderen planten und sie nicht daran gehindert. Danach hätte er sich an der Vorstellung geweidet, daß sie es für ihn getan hatten.

Watson wuchs in einer Kleinstadt in Texas auf. Als Jugendlicher war er ein richtiger Vorzeigeamerikaner. In seinem Buch beschreibt er das so: ›Glänzendes Studium, Star des Leichtathletikteams (mein Rekord über hundertzehn Meter Hürden steht noch), Cheerleader, der nette Junge von nebenan mit kurzem Haar und kräftigen Waden.‹ Nach Beendigung des Studiums Ende der sechziger Jahre, so erzählte er mir, landete er in Kalifornien. Es drängte ihn danach, etwas Neues auszuprobieren – Nichtstun am Strand, Mädchen, Bewußtseinserweiterung und Drogen, das lokkere Leben. Durch Zufall lernte er Manson kennen, blieb dort hängen und gab bald all seine anderen Lebensziele auf – Hauptsache, er war bei Manson. Nun, da er selbst lange genug im Gefängnis saß, glaubte er, Mansons Masche zu durchschauen. Charlie habe in der Kommune das typische Verhalten eines alten Häftlings gehabt – die würden immer die frisch Verurteilten um den Finger wickeln. Im Gegensatz zu den meisten anderen sei er unter Mansons Einfluß nicht homosexuell geworden, aber der Guru habe ihn zu seinem Sklaven gemacht.

In seinem Buch schreibt Watson: ›Als ich mit Acid anfing, hatte Charlie noch keine große Bedeutung in meinem Leben. Einer seiner Freunde hatte jedoch das ›Evangelium nach Charlie‹ gepredigt, und die Mädchen der ›Familie‹ hatten die Philosphie ständig nachgeplappert.‹

Uns wurde eingeimpft, jeder habe ein Ego, den Wunsch, sich und seine Existenz als etwas Eigenständiges zu behaupten, sich vom sonstigen Leben um ihn herum abzukapseln. An dieses Ego klammern wir uns. Wir glauben, unser Überleben hänge nur von ihm ab, ohne es würden wir zugrundegehen. Aber... wahre Freiheit heißt sich aufgeben, das alte Ego sterben lassen. Wenn uns das gelingt, haben wir uns von dem Selbst befreit, das uns von den anderen trennt, das uns vom Leben selbst trennt. ›Hör zu existieren auf‹, sang Charlie in einem seiner Lieder. ›Hör zu existieren auf, komm und sag daß du mich liebst.‹ Das wurde von den Mädchen unaufhörlich wiederholt – hör zu existieren auf, töte dein Ego, stirb – denn wenn du aufhörst zu sein, bist du frei für die vollkommene Liebe, für die vollkommene Gemeinsamkeit.

Manson zerbrach die Persönlichkeit der Mitglieder seiner Kommune, indem er ihnen bewußtseinsverändernde Drogen gab, sie erniedrigte und beleidigte, sie zu Orgien verführte. Jeden Abend stellte er sich nach dem Essen auf ein Hügelchen hinter dem Ranchhaus und verkündete seinen von LSD berauschten Anhängern seine Philosophie. Ihre Vergangenheit, so predigte er, müßten sie hinter sich lassen. Vor allem ihre Blutsverwandtschaft und Verwurzelung in der Mittelschicht müßten sie in Lächerliche ziehen. Allein ihre neue Familie, die *Family* zähle. Manson war damals Anfang Dreißig. Von der Family forderte er, sie solle ihn als den neuen Christus betrachten, denn der sei im selben Alter gekreuzigt worden. Wie Jesus werde er die Welt verändern.

In seinen Tiraden benutzte Manson Bilder der Apokalypse, verspottete die alten Zöpfe und predigte die Liebe. Als Symbol für die Geburt einer erneuerten Persönlichkeit gab er allen, die seiner, der ›wahren‹ Lehre folgen wollten, einen neuen Namen. Watson wurde in Tex umbenannt, nicht nur seiner Herkunft und seines unleugbaren Akzents wegen, sondern auch weil es in der Family keinen zweiten Charles geben durfte. Die Rivalität zwischen diesen Männern war – das bestätigten mir beide – ein nicht unmaßgeblicher Faktor bei der Dynamik der Morde.

Den Hauptausschlag gaben freilich die Hügelpredigten. Darin kündigte Manson das Ende der bisherigen Welt an. Durch eine Geheimtür würde er seine Gefolgsleute in die Wüste führen, in der sie die Apokalypse überleben würden. Danach würden sie die Erde neu bevölkern. Um den ohnehin unvermeidlichen Untergang zu beschleunigen, riet Manson zu blutigen Morden. Charlie ließ stets dieselbe Litanei vom Stapel: Er sei um seine Kindheit betrogen worden, im ganzen Leben habe er noch keine Geburtstagsparty gefeiert, von Geburt an sei er ›der letzte Idiot‹ gewesen. Als Ausgleich für all das, was man ihm angetan habe, müßten ein paar ›Schweineopfer‹ gebracht werden. Als Schweine bezeichnete er die Bourgeoisie, die Privilegierten, die seiner Überzeugung nach durch die Konfrontation mit Folter und grausamen Morden aus ihrem trägen Leben gerissen werden mußten.

›So abstrus Charlies Lehren einem Außenstehenden vorkommen mögen‹, schreibt Watson, ›uns hat er damit in seinen Bann gezogen. Je mehr Acid wir nahmen, um so logischer und zwangsläufiger erschienen uns seine Prophezeiungen.‹ Sie waren stets auf LSD-Trip, wenn Manson mit bezwingenden Bildern Folter und Morde beschwor. Da ›folgten wir Charlies Anleitung und träumten von Blutbädern und Terror. Auch wenn es nur ein Spiel war, die Bilder blieben in unserem Bewußtsein, selbst nachdem es vorbei war.‹

Eines Abends sammelte Watson nach einer solchen Predigt mehrere Mädchen um sich und erklärte Manson, sie würden ausschwärmen und das Werk des Teufels verrichten. Er, Watson, sei der Anführer und trage die Verantwortung für die Tötungen (die Frauen waren unter Manson dazu gedrillt worden, ihr Leben dem Dienst an den Männern zu widmen). Watson will zu Manson gesagt haben: »Wir tun das für dich, Charlie«, und Manson soll geantwortet haben: »Jawohl, Tex, und seid gründlich!« Manson dagegen hatte mir erzählt, er habe Watson lediglich geraten: »Tut, was ihr tun müßt.«

Ich sehe zwischen den zwei Versionen keinen Widerspruch. Meiner Meinung nach ergänzen sie einander. Wenn Manson das Blutbad nicht direkt angeordnet hat, so hat er auf alle Fälle sein Einverständnis deutlich zu verstehen gegeben. Obwohl die Morde auf Charlies Fantasievorstellungen zurückgehen und er sie in all ihrer Blutrünstigkeit plastisch beschrieben hat, wurden sie von seinen Anhängern (und nicht ihm) in makabre Wirklichkeit umgesetzt. Von ihm hatten sie gelernt, das Ende der Welt mit ihren negativen ›vibrations‹ müsse beschleunigt werden, damit durch Charlies Friede und Liebe eine neue entstehen könne. Da sämtliche Jünger unter Charlies Einfluß vorher schon Einbrüche begangen und Geld sowie Autos gestohlen hatten und die Frauen auf sein Geheiß hin mit Männern schliefen und seine Launen willfährig über sich ergehen ließen, kann man davon ausgehen, daß Manson die Bluttaten mehr oder weniger absegnete, als Watson mit den Frauen loszog.

Das ist aber noch nicht alles. In unserem Gespräch hatte Manson mir anvertraut, es sei der größter Fehler seines Lebens gewesen, daß er ›diesem Trottel von Watson zu viel Macht in der Family‹ zugestanden habe, was mir Watson beiläufig bestätigte. Durch seine Morde hatte er zwar nicht die Führerschaft angestrebt, aber so etwas wie die Position des starken Mannes unter Manson, zu dem die anderen aufsahen, weil er die brutalsten Verbrechen beging. Bei dem Blutbad in Sharon Tates Haus handelte es sich also nicht um planmäßig durchgeführte Hinrichtungen. Vielmehr war eine Horde von kaputten, geistig und seelisch manipulierten jungen Aussteigern in einen ›innerfamiliären‹ Machtkampf verwickelt und massakrierte infolgedessen sechs Menschen.

Bei dieser ersten Reise hatte ich noch einige weibliche Mitglieder von Mansons Familie, vor allem Susan Atkins, eine der Hauptbeteiligten an den Morden, interviewen wollen, dazu hatte jedoch die Zeit nicht mehr gereicht. Im Alderson

Federal Women's Penitentiary konnte ich dafür Lynette ›Squeaky‹ Fromme und Sandra Goode sprechen. An dem Blutbad waren sie nicht beteiligt gewesen, aber sie hatten lange Zeit in Mansons Kommune gelebt.

Die Szene, als die ›Mädchen‹ in den Interviewraum geführt wurden, erinnerte stark ans Kino. Squeaky war von Kopf bis Fuß in Rot gekleidet, während Sandra ganz in Grün daherkam. Sie traten in der Haltung von Nonnen auf mich zu. Ihre Bewegungen waren synchron. Im Gespräch nannten sie einander Red und Green. Sie verkündeten mir, sie seien Schwestern der Kirche von Charles Manson.

Beide hatten an und für sich die besten Voraussetzungen für ein erfolgreiches Leben. Squeaky Frommes Eltern waren hoch gebildete Wissenschaftler im Weltraumprogramm, und Sandra Goode konnte auf einen Universitätsabschluß verweisen. Sie waren beide intelligent, hatten sich jedoch Manson verschrieben. Squeaky saß wegen eines versuchten Attentats auf Präsident Ford ein. Sie hatte eine Pistole auf ihn gerichtet und abgedrückt. Der Schuß hatte sich nur deshalb nicht gelöst, weil ein Mann vom Geheimdienst den Finger zwischen den Hammer und den Schlagbolzen gebracht hatte (und dabei verletzt worden war). Sandra verbüßte ihre Strafe wegen versuchter Erpressung. In Briefen hatte sie den Direktoren aller möglichen Großfirmen damit gedroht, Mitglieder der Manson-Familie würden sie und ihre Nächsten umbringen, falls sie nicht sofort mit der Umweltverschmutzung aufhörten. Auch im Gefängnis blieben die ›Mädchen‹, die inzwischen über dreißig waren, ihrem Glauben treu. Ihrer Überzeugung nach würde Charles Manson eines Tages wieder auftauchen und die Bewegung, die die einzige Hoffnung für die Erde bedeute, zu neuem Leben erwecken. Und sie würden ihm dabei helfen. Sie gaben mir zu verstehen, daß sie, selbst wenn ich einen Gnadenerlaß des Präsidenten aus der Tasche zöge, warten würden, bis auch Manson ein freier Mann war. Recht viel mehr erfuhr ich nicht von ihnen. Das Interview bestätigte mir im wesentlichen, daß in Mansons Fall unfertige junge Leute ihr Leben und Schicksal einem Psychopathen anvertraut hatten, der sie dann vollkommen von ihrer Persönlichkeit entfremdete. Sandra Goode wurde 1991 aus der Haft entlassen. Sie zog in einen Ort unweit von Mansons Gefängnis.

Richard Speck war kein Serienmörder im eigentlichen Sinn. Er hatte sich vielmehr bei seinem Verbrechen in einen Blutrausch hineingesteigert. Eines schrecklichen Abends in den späten sechziger Jahren war er in ein Haus in Chicago eingedrungen, mit der Absicht es zu plündern. Dort hatte er aber Schwesternschülerinnen angetroffen. Andere kamen im Lauf des Abends heim. Er fesselte sie alle – die einheimischen Krankenschwestern wehrten sich nicht, weil sie hofften, er würde ihnen dann keine Gewalt antun. Nur ihre philippinischen Kolleginnen leisteten Widerstand. Nacheinander zerrte er sie alle in ein anderes Zimmer, verging sich an ihnen und ermordete sie. Der Hauptgrund: keine sollte ihn identifizieren können. Eine neunte Schwesternschülerin hatte sich unter einem Bett versteckt und mußte miterleben, wie Speck unmittelbar über ihr eine ihrer Freundinnen vergewaltigte und ermordete. Speck hatte sich offenbar verzählt, denn nach der achten Bluttat verließ er das Haus. So konnte die neunte entkommen und der Polizei eine ziemlich exakte Beschreibung geben. Unter anderem erinnerte sie sich an eine Tätowierung auf Specks linkem Arm mit der Aufschrift: ›Born to Lose‹. Dieser Hinweis wurde an die Unfallstationen sämtlicher Krankenhäuser verschickt. Es konnte ja sein, daß dieser gewalttätige Mann sich irgendwann verletzte. Die Weitergabe solcher Informationen ist bei der Polizei gängige Praxis, die sich in diesem Fall prompt auszahlte. Wenige Tage nach dem Blutbad suchte Speck wegen einer Ellbogenwunde ein Krankenhaus auf. Die Tätowierung wurde erkannt, und Speck konnte verhaftet werden. (Bei meinem Interview befragte ich ihn später zu dieser Wunde, die er sich allem Anschein nach selbst zugefügt hatte.) Die überlebende Schwester identifzierte ihn. Aber auch ohne ihre Aussage hätte man ihm anhand von Fingerabdrücken am Tatort das Verbrechen nachweisen können. Er wurde zu einer lebenslänglichen Haftstrafe verurteilt.

Mir lag an einem Interview mit Speck, weil er traurige Berühmtheit erlangt hatte. Leider war er nicht sehr intelligent und schien seine Verbrechen überhaupt nicht reflektiert zu haben. Laut Auskunft des Wachpersonals handelte es sich um einen notorischen Schläger, dessen Aggressivität und Brutalität inner- wie außerhalb des Gefängnisses bekannt war. In den Monaten vor den Morden hatte Specks Vorstellung von einem schönen Abend so ausgesehen: sich einen Rausch antrinken, Tabletten einschmeißen, sich in einer Bar mit anderen Kunden anlegen, eine Schlägerei anzetteln. Wenn er seinen Gegner übel zurichtete, war der Abend gelungen. Ansonsten schnappte er sich vor dem Zubettgehen eine Prostituierte und schlug sie brutal zusammen. Im Gefängnis hatte Speck einmal einen Spatzen gefangen, ihm die Füße zusammengebunden und ihn so auf der Schulter herumgetragen. Ein Wärter befahl ihm, den Vogel freizulassen, da im Gefängnis das Halten von Tieren verboten ist. Als Speck sich standhaft weigerte, wurde ihm Einzelhaft angedroht. Daraufhin ging Speck zu einem Ventilator hinüber und warf den Spatzen zwischen die Räder. Er wurde auf der Stelle zerfetzt. »Warum hast du denn das getan?« fragte der Wärter verdattert. »Ich dachte, du magst den Vogel?« – »Stimmt«, soll Speck entgegnet haben, »aber wenn ich ihn nicht behalten darf, soll er auch keinem anderen gehören.«

Speck zeigte sich zunächst störrisch und zu keiner Auskunft bereit. Das änderte sich ein wenig, als ein Wärter ihm erzählte, daß er zur Zeit dieser Morde noch ohne Freundin gewesen war und es Speck ziemlich übelgenommen hatte, daß er den liebeshungrigen Junggesellen gleich acht interessante Kandidatinnen weggenommen hatte. Da mußte Speck grinsen und wurde etwas zugänglicher.

Ich war unangenehm berührt, denn ich lege in meinen Interviews großen Wert darauf, mich nicht auf eine Stufe mit Mördern zu begeben und – das ist mindestens genauso wichtig – mich nie über die Opfer lustig zu machen. Es ist in meinen Augen unentschuldbar, diejenigen, die schwer gelitten haben, in den Schmutz zu ziehen, nur weil man sich mit dem Mörder gut stellen will. Trotzdem war nach der dummen Bemerkung des Wärters das Eis gebrochen, und wir versuchten das Beste daraus zu machen.

Schnell fand ich heraus, daß er nicht viel zu sagen wußte und so gut wie gar nicht über sich selbst nachgedacht hatte.

Selten habe ich einen so gefühlsrohen Menschen erlebt. Er gab ohne Umschweife zu, daß er die Frauen nur aus Furcht vor einer möglichen Identifizierung getötet hatte. Seine Primitivität und widerwärtige Einstellung deprimierten mich. Um wenigstens etwas Neues in Erfahrung zu bringen, fragte ich ihn, wie er in dem Krankenhaus, in dem man seine Tätowierung erkannt hatte, gelandet war. Die Ärzte hatten gemeint, der Schnitt in die Arterie unter dem Ellbogen sei typisch für einen dilettantischen Selbstmordversuch. Das stritt Speck ab. Er sei vielmehr in eine Schlägerei verwickelt gewesen. Dabei habe ihn jemand mit einer zerbrochenen Whiskeyflasche geschnitten. Zehn Jahre nach dem Verbrechen markierte er immer noch den Macho.

Richard Speck bildete das eine Ende der Skala, ihm diametral gegenüber stand Ted Bundy. Er wurde der populärste Mörder seiner Zeit, was wahrscheinlich an seinem blendenden Aussehen und seiner Redegewandtheit lag. Daraus schlossen viele, daß er die Morde, deretwegen man ihn zum Tode verurteilt hatte, unmöglich habe begehen können. Die Medien zeichneten von dem intelligenten Ex-Studenten der Rechtswissenschaften, der auf einige einen unwiderstehlichen Sexappeal auszuüben schien, das Bild eines ›Mr. Nice Guy‹, eines höflichen und allseits geachteten Saubermannes, eines fast schon liebenswürdigen Mörders und begnadeten Liebhabers, der seine Opfer nie lange leiden ließ.

In Wirklichkeit war Ted Bundy alles andere als der Rudolph Valentino der Serienmörder. Er war brutal, sadistisch und pervers. Sein letztes Opfer, ein zwölfjähriges Mädchen, tötete er, indem er ihren Kopf während der Vergewaltigung in den Schlamm preßte. Dank seiner Redegewandtheit fiel es ihm nicht schwer, Mädchen und junge Frauen an einen abseits gelegenen Ort zu locken. Dort schlug er sie mit einem Brecheisen, das er unter dem Arm oder im Wagen verborgen hatte, nieder. An den bewußtlosen oder halb betäubten Opfern verging er sich auf grausamste Weise. Seine bevorzugte Methode war die anale Vergewaltigung. Danach erwürgte er sie und transportierte sie oft über hunderte von Meilen. Ehe er die Leichen irgendwo liegen ließ, zerstükkelte er sie. Oft kehrte er Tage nach dem Verbrechen zu der Toten zurück und befriedigte sich an den herumliegenden Körperbestandteilen, indem er beispielsweise in den Mund des vom Rumpf abgetrennten Kopfes ejakulierte. Dieser Mann war eine Bestie! Über die Unfähigkeit der Medien, eben dies zu begreifen, konnte ich nur staunen.

Nach Bundys Hinrichtung versuchte das FBI im Rahmen eines Seminars seine Verbrechen aufzuarbeiten. Polizeibeamte aus allen Staaten kamen nach Quantico und berichteten über ihre Verhöre mit diesem Schlächter. Ihren Schätzungen zufolge hatte Bundy in zwölf Staaten zwischen fünfunddreißig und sechzig junge Frauen ermordet.

Seine ersten Bluttaten beging Bundy in Seattle. Nach elf Morden war ihm die Polizei auf den Fersen, doch er zog weiter in südöstliche Richtung. Eine Spur von Toten säumte seinen Weg nach Colorado. Dort wurde er gefaßt, er entkam, wurde wieder verhaftet, und erneut gelang ihm die Flucht. Es zog ihn weiter nach Florida. Unterwegs beging er weitere Morde.

Nach seiner Flucht aus Colorado war ich mit dem Fall am Rande befaßt. Zusammen mit Howard Teten, dem damaligen Leiter unserer Abteilung, gab ich eine Beurteilung ab, die in das Fahndungsplakat mit aufgenommen wurde. Darin warnten wir eindringlich vor seiner Vorgehensweise, daß er bevorzugt Orte aufsuchte, an denen sich junge Leute trafen – Strände, Skiparadiese, Discos, Universitäten – und dort nach extrovertierten, attraktiven jungen Frauen mit langem Haar und Mittelscheitel Ausschau hielt.

Bundy reichte nach dem Todesurteil Widerspruch um Widerspruch ein – allesamt erfolglos. Schließlich wurde mir ein Interview genehmigt. Weil er intelligent war und sich gut ausdrücken konnte, hoffte ich auf neue Erkenntnisse. Leider verlor ich dann aber bei meinem ersten Besuch im Gefängnis von Starke, Florida, mehrere Tage. Stets wurde ich wegen eines laufenden Antrags auf Aufschub auf einen neuen Termin vertröstet. Am Ende der Woche mußte ich die Interviews einem anderen übergeben, denn mich riefen Lehrverpflichtungen an der Westküste. Wenige Jahre später traf zu unserer Überraschung ein Brief Bundys bei der BSU ein. Er bat uns um Tatortfotos und Unterlagen über die von uns befragten verurteilten Serienmörder und bot uns seine Hilfe bei der weiteren Forschung an. So reiste ich ein zweites Mal zu ihm nach Florida.

Bundy streckte mir schon bei meinem Eintreten die Hand entgegen. Ich wollte mich gerade vorstellen, da fiel er mir ins Wort: »Ach, Mr. Ressler, ich weiß doch, wer Sie sind! Ich lese seit Jahren Ihre Bücher.« Er hatte viele von unseren Veröffentlichungen in seiner Zelle herumliegen und wollte nun wissen, warum ich ihn nicht schon früher aufgesucht hatte. Ich machte ihn darauf aufmerksam, daß ich es vergeblich versucht hatte. Bundy bedauerte das, aber dafür brannte er jetzt angeblich um so mehr auf ein Gespräch mit mir. »Ich unterhalte mich gern mit Leuten, zu denen ich einen Draht habe und die mich verstehen.« Es war ein eindeutiger Versuch der Einflußnahme. Ich war froh, daß ich das Spiel so schnell durchschaute.

Die Schmeicheleien gingen weiter. Die Professoren, Journalisten und Polizisten, die ihn befragt hatten, so flötete Bundy, seien im Vergleich zu mir lumpige Amateure. Ich begriff, daß er mir aus reiner Berechnung geschrieben hatte. Er glaubte, mit Hilfe unserer Unterlagen könnte er die Vollstreckung des Todesurteils doch noch verhindern. Es ist kaum zu fassen, aber einer meiner Vorgesetzten beim FBI wollte diesem Gewaltverbrecher tatsächlich unsere Forschungsergebnisse zur Verfügung stellen. Bei mir biß Bundy auf Granit. Ich sagte ihm, daß die einzigen Verbrechen, über die ich mich mit ihm unterhalten wollte, die seinen waren. Ohne mir in die Augen zu sehen, murmelte er, er würde es auch ohne unsere Hilfe schaffen und nie hingerichtet werden.

Nach einigem Hin und Her war er schließlich bereit, auf

hypothetischer Ebene über seine Morde zu sprechen. Einer hatte mit der Entführung einer Frau aus einer Hotellobby in Colorado angefangen. Ich fragte ihn, wie das nur möglich gewesen sei, die Frau habe doch auf ihren Freund gewartet. Bundy antwortete in der dritten Person: Der Mörder hätte die Frau ja schon einige Zeit beobachten können. Vielleicht habe er sie in der Lobby angesprochen und sich als Angehöriger des Sicherheitsdienstes oder sonst ein höherer Angestellter – einer, der in einem Hotel eben Autorität ausstrahlt – ausgegeben und sie mit einer List in ein bestimmtes Zimmer gelockt, in dem es ihm ein leichtes war, sie zu überwältigen.

Höchstwahrscheinlich beschrieb Bundy mir im Detail, wie er dieses Verbrechen begangen hatte, aber direkt äußerte er sich nicht dazu. Nachdem wir drei, vier Stunden um den heißen Brei herumgeredet hatten, wurde mir klar, daß Bundy nie auspacken würde. Es ging ihm nur immer darum, die Leute einzulullen und so seinen Tod hinauszuschieben. Ich ließ ihn stehen und ging.

Drei, vier Tage vor seiner Hinrichtung erklärte Bundy plötzlich, er würde nun auspacken. Polizeibeamte aus dem ganzen Land kamen zum Verhör. Für jede Vernehmung wurden mehrere Stunden anberaumt. Als erster befragte ihn Robert Keppel aus Seattle. Er hatte Bundys erste elf Morde peinlich genau dokumentiert. Während des gesamten Verhörs schmetterte Bundy die Fragen ab, so daß sie über den ersten Mord nicht hinauskamen. Am Ende meinte Bundy, es würde doch länger dauern, als er gedacht hatte. Wenn sie gemeinsam eine Petition einreichten und ihm ein Aufschub von sechs bis acht Monate zugestanden würde, könnten sie bestimmt den meisten Taten auf den Grund gehen. Diesmal verfing seine Masche nicht. Er hätte Jahre Zeit gehabt, sich zu den Einzelheiten zu äußern. Es lag auf der Hand, daß er das nie tun würde. Wenige Tage später wurde Bundy hingerichtet.

Als später all diese Polizeibeamten zu unserem Seminar nach Quantico kamen, erfuhr ich etwas sehr Alarmierendes. Kurz vor seinem Tod hatte Bundy einen FBI-Beamten für seine Zwecke eingespannt. Er hatte ihn dazu überredet, ihm eine handsignierte Ausgabe meines Buchs über Serienmorde zu besorgen. Bis zu dem Tag seiner Hinrichtung hatte er es bei sich in der Zelle gehabt. In seinem letzten auf Video aufgenommenen Gespräch mit Dr. James Dobsen zitierte er sogar noch daraus.

David Berkowitz, den ›Son-of-Sam-Killer‹, suchten meine Kollegen und ich Mitte 1979 dreimal auf. Im Lauf eines Jahres hatte Berkowitz sechs Menschen getötet – vor allem junge Leute, die für ein Rendezvous im Auto in Nebenstraßen geparkt hatten – und weitere sechs schwer verletzt. Er hatte an den Tatorten Mitteilungen für die Polizei hinterlassen und war mit Zeitungskolumnisten in Kontakt getreten. Während seiner Schreckensherrschaft waren viele New Yorker in der Nacht daheim geblieben. Zur Zeit des Interviews saß Berkowitz im Gefängnis von Attica in Einzelhaft.

Berkowitz hatte sich seit dem Gerichtsverfahren nicht verändert. Er wirkte aufgedunsen, bleich, äußerst schüchtern, zurückhaltend, höflich, bedrückt. Als ich ihn aufsuchte, schüttelte er mir bereitwillig die Hand, was erfahrungsgemäß ein gutes Vorzeichen für die Bereitschaft zur Kooperation ist. Nachdem ich mich vorgestellt hatte, sagte er aber nur noch etwas, wenn er dazu aufgefordert wurde. Ich schrieb meine Notizen in einen Block, weil ihm eine Aufnahme des Gesprächs auf Kassette nicht recht war.

Da Berkowitz seine Verbrechen ausschließlich in New York City verübt hatte, wo bekanntlich alles aufgebauscht wird, herrschte ein ungewöhnlicher Medienrummel um ihn und seine Morde. So mußte ich zur Vorbereitung einen wahren Berg von Informationen aufarbeiten. Wie ich schnell begriff, hatte das angestachelte öffentliche Interesse ein komplexes Wechselspiel zwischen Berkowitz und den New Yorker Zeitungen ausgelöst. Unter anderem hatte Berkowitz die Artikel über seine Bluttaten regelmäßig in ein Sammelalbum geklebt. Viele Serienverbrecher haben diese Gewohnheit, doch im Gegensatz zu ihnen hatte Berkowitz, wie er mir erzählte, sein Sammelalbum mit in die

Zelle nehmen und damit seine Fantasien fortführen dürfen. Zuvorderst wollte ich von ihm mehr über den sexuellen Inhalt seiner Verbrechen erfahren. Darüber verweigerte er mir zunächst jede Auskunft mit der Begründung, er habe Freundinnen gehabt und ein völlig normales Sexualleben geführt. Bei den Morden habe er nur geschossen. Also stellte ich ihm Fragen zu seiner Kindheit. Da zeigte er sich weniger zugeknöpft. Er war sehr früh zur Adoption freigegeben worden. In der neuen Familie stieß er jedoch von Anfang an auf Probleme und wollte die ganze Zeit seine leibliche Mutter ausfindig machen. Der Wunsch verstärkte sich nach dem Tod der Adoptivmutter. Damals war er vierzehn Jahre alt. Nach dem Abschluß an der High School zog es ihn zur Armee. Er sah sich schon als mit Orden überhäuften Kriegshelden aus Vietnam zurückkehren, als bedeutende Persönlichkeit, die überall respektiert wurde. Es war seine Art, eine eigene Identität zu finden. Seine Träume zerplatzten schnell. Die Armee schickte ihn nicht nach Vietnam, sondern nach Korea, wo er ein Jahr lang ohne die geringste Auszeichnung diente. Bei einer Prostituierten wollte er seine ersten sexuellen Erfahrungen sammeln. Dabei holte er sich gleich eine Geschlechtskrankheit. Es sollte sein einziges sexuelles Erlebnis mit einer Frau bleiben.

Nach der Entlassung aus der Army spürte Berkowitz seine Mutter auf. Das Treffen mit ihr und seiner Halbschwester war eine Enttäuschung auf der ganzen Linie. Er hatte gehofft, sie würde ihn in ihre Familie aufnehmen, doch auch dieser Traum verpuffte.

Bevor er zu morden anfing, hatte Berkowitz in New York 1488 Feuer gelegt. Eine erstaunliche Anzahl, und wir wissen es nur deshalb so genau, weil Berkowitz jeden Brand in einem Tagebuch belegte. Darüber hinaus hatte er mehrere hundert mal falschen Feueralarm ausgelöst. Er wäre gerne Feuerwehrmann geworden, hatte den Eignungstest aber nie geschafft. Insofern als er im Rahmen seines Jobs als Wachmann bei einer Speditionsfirma in Queens bei Rettungsaktionen teilnahm, durfte er immerhin etwas ähnliches wie die Feuerwehrmänner tun.

Als wir zur Beschreibung seiner Morde kamen, fing Berkowitz mit der Geschichte an, die er vor Gericht dem Psychiater aufgetischt hatte. Der Hund seines Nachbarn Sam Carr sei von einem dreitausend Jahre alten Dämon besessen und habe ihm die Verbrechen durch Bellen befohlen.

Ich sagte ihm auf den Kopf zu, daß das Unsinn war und er mir nicht mit so etwas zu kommen brauchte. Berkowitz stotterte etwas von der reinen Wahrheit, woraufhin ich noch deutlicher wurde: Wenn seine Aufrichtigkeit sich darauf beschränkte, die Schuld an seinen Verbrechen einem sprechenden Hund in die Schuhe zu schieben, war das Gespräch beendet. Ich klappte das Notizbuch zu und erhob mich. Berkowitz wollte mich am Gehen hindern. Immerhin hätten Psychiater seine Geschichte vom Hund als Auslöser der Verbrechen akzeptiert. Was gut genug für sie sei, müsse doch auch dem FBI genügen.

»Die Geschichte wollen wir aber nicht, David«, klärte ich ihn auf. »Wir wollen Ihr tatsächliches Motiv, und wenn wir uns nicht darüber unterhalten können, gehen wir eben.«

Berkowitz seufzte. Er beruhigte sich wieder und rückte mit der Wahrheit heraus. Das mit dem Son of Sam und die Story vom sprechenden Hund hatte er für die Behörden gebraucht, damit sie ihn für verrückt erklärten. In anderen Worten: Er hatte es erfunden, um der angemessenen Strafe zu entgehen. Andererseits war er geistig so weit auf der Höhe, daß er genau wußte, was er tat. Bis zum Zeitpunkt unseres Interviews hatte Berkowitz mit genügend Psychiatern und Anwälten gesprochen, um mir einigermaßen lokker von den wahren Gründen seiner Verbrechen zu erzählen. Er gab zu, daß das Hauptmotiv für die Schüsse auf Frauen Haß gegen seine Mutter war und wohl auch mit seiner Unfähigkeit zu tun hatte, richtige Beziehungen mit Frauen einzugehen.

Seinen ersten Mordversuch unternahm er mit einem Messer. Auf offener Straße stach er eine Frau nieder und rannte weg. Am Tag darauf suchte er in den Zeitungen vergeblich nach einem Artikel über den Vorfall. Daraus schloß er, daß sie überlebt hatte. Er nahm sich vor, seine Methode zu verbessern. Messer hielt er nun nicht mehr für geeignet. Er hatte Blutspritzer abgekriegt, und das paßte ihm ganz und gar nicht. Also fuhr er mit dem Vorsatz, sich eine geeignete Mordwaffe zu besorgen, nach Texas. Dort kaufte er eine Pistole und Kugeln. In New York wäre ihm das zu riskant gewesen. Er hätte befürchtet, die Polizei würde ihm auf die Schliche kommen, wenn sie die Hülsen fand. Sogar als ihm die Munition ausging und er neue brauchte, fuhr Berkowitz wieder nach Texas.

Seine bevorzugten Mordopfer waren junge Frauen, die allein in ihrem Auto saßen. Er trat darauf zu und erschoß sie. Küßten sie sich mit einem Mann, wurde der ebenfalls getötet. Das erregte Berkowitz solchermaßen, daß er nach den Schüssen masturbierte.

Langsam näherten wir uns des Pudels Kern. Auf mein vorsichtiges Nachbohren hin erzählte uns Berkowitz etwas, was der Allgemeinheit nicht bekannt sein dürfte: Seine Pirschgänge beschränkten sich auf die Nacht. Von den Mondphasen, bestimmten Wochentagen oder was während der Fahndung sonst noch für verwegene Theorie hatte herhalten müssen, hingen die Morde nicht ab. Berkowitz suchte jede Nacht nach neuen Opfern, schlug aber nur zu, wenn er sich absolut sicher fühlte. Allein schon diese enorme Umsicht müßte den vorschnellen Analytikern, die von einem geistig unzurechnungsfähigen Triebtäter ausgehen, zu denken geben.

Wenn Berkowitz kein geeignetes Opfer fand oder die Bedingungen ungünstig waren, fuhr er an frühere Tatorte zurück und weidete sich dort noch einmal an seinen Morden. Der Anblick eines Rests von Blutflecken auf der Erde oder Kreidestrichen der Polizei war für ihn ein erotisches Erlebnis. Er blieb dann im Wagen sitzen, betrachtete die grausige Szenerie und masturbierte. (Kein Wunder, daß er sein Sammelalbum behalten hatte.)

In diesem Moment der Wahrheit, die er uns fast beiläufig erzählte, enthüllte Berkowitz auch etwas, was für die Arbeit der Polizei von extremer Bedeutung ist und gleichzeitig eine Heerschar von Krimiautoren mit neuem Wissen ausstatten dürfte: Jawohl, die Mörder zieht es an den Schauplatz ihrer Verbrechen zurück! Das war ein neuer Ansatzpunkt für unsere zukünftigen Ermittlungen. Nicht minder wichtig war die Erkenntnis, daß nicht etwa Schuldgefühle den Ausschlag geben, was bis dahin immer die Psychiater angenommen hatten, sondern die sexuelle Natur ihrer Morde. Die Rückkehr an den Tatort erhielt eine neue Bedeutung, wie sie nicht einmal Sherlock Holmes, Hercule Poirot oder Sam Spade erahnt hätten.

Ich persönlich sah noch einen zusätzlichen Aspekt in dieser Enthüllung. Ich hatte ja schon lange argumentiert, das anormale Verhalten der Mörder sei in mancher Hinsicht ein Auswuchs normaler Verhaltensweisen. Welche Eltern eines heranwachsenden Mädchens haben nicht erlebt, wie Halbstarke ihr Haus förmlich belagern? Mehrmals am Tag fahren die Jungen mit dem Rad oder dem Auto vorbei, oder sie lungern davor herum. Wenn nun Mörder den Ort ihres Verbrechens wieder aufsuchen, so weist das auf eine auf der Stufe der Pubertät stehengebliebene Persönlichkeit hin, bei der eine durchaus normale Verhaltensweise zu etwas Perversem entartet ist.

Berkowitz verspürte stets den Drang, auch zur Beerdigung seiner Opfer zu gehen. Bei vielen Mördern ist das so. Aus Angst, die Polizei würde die Trauerfeier observieren (was sie auch tat), sah er davon ab. Sein Wissen hatte er aus Fernsehshows und der Lektüre von Kriminalzeitschriften bezogen. Am Tag der Beerdigung nahm er sich frei und trieb sich in den Stehimbissen um die Polizeireviere herum. Er hoffte, er würde Gespräche über seine Verbrechen aufschnappen – vergeblich. Später versuchte er die Gräber der Opfer auf dem Friedhof ausfindig zu machen. Auch das gelang ihm nie. Außer beim Brandstiften und Morden brachte Berkowitz so gut wie nie etwas zuwege.

Daß man ihn auf einmal fürchtete, behagte Berkowitz außerordentlich. Aus diesem Grunde schrieb er seine Mitteilungen für die Polizei und trat später mit der Presse direkt in Kontakt. Seine verblüffende Macht über die Stadt und die Auflagenhöhe der Zeitungen erregte ihn. Die Idee, der Polizei Mitteilungen zu schreiben, verdankte er einem Buch über Jack the Ripper. Während sein erstes Opfer noch mit dem Tod rang, legte er einen Zettel auf den Sitz. Darauf hatte er in einer unbeholfenen Handschrift gekritzelt: ›Peng, peng!... Ich melde mich wieder.‹ Unterschrieben war das Ganze mit ›Mr. Monster‹. ›Son of Sam‹ nannte er sich damals noch nicht. Diese Worte erwähnte er erst später nebenbei in einem Brief an die Zeitungen. Als die Presse ihn daraufhin so taufte, übernahm er den Namen und entwarf sogar ein Logo. Die ungeahnte Publicity spornte ihn zu mehr Kreativität an.

Meiner Überzeugung nach haben Leute wie der Kolumnist Jimmy Breslin Berkowitz in unverantwortlicher Weise zu noch mehr Morden angestachelt. Kaum schrieb Breslin Kolumnen über den ›Son of Sam‹, adressierte der Mörder seine Briefe an ihn persönlich. Und als nach den ersten Bluttaten Angst in der Stadt herrschte, ließ sich Berkowitz von den Zeitungen die Richtung vorgeben. Sie zeichneten beispielsweise Karten mit den Orten, wo der Mörder überall zugeschlagen hatte und spekulierten darüber, ob nun nach und nach sämtliche Stadtteile an die Reihe kommmen würden. Über dergleichen hatte Berkowitz nie nachgedacht, aber nach dem Erscheinen der Artikel und der Karte wollte er es auf einen Versuch ankommen lassen. Die Sache wurde auch dann noch künstlich aufgebauscht, als es nichts Neues zu vermelden gab. Hauptsache, die Auflagenziffern und Einschaltquoten blieben hoch. Jedem, selbst dem dämlichsten Reporter, war klar, daß Berkowitz (traurige) Berühmtheit erlangen wollte und seine Morde mit dem Ziel beging, die Gesellschaft zu schocken und zu beeindrucken und auf diese Weise über die allgemeine Aufmerksamkeit zu einer eigenen Identität zu finden. Indem sie dieses kranke Ego durch täglich neue Storys aufbauten, sorgten die Medien dafür, daß der Mann wieder zuschlug. Vielleicht ist in New York eine andere als eine hysterische Berichterstattung gar nicht möglich, aber für mich stand von Anfang an fest, daß David Berkowitz weiter mordete, weil er sich so des Interesses von Kolumnisten vom Schlage eines Jimmy Breslin sicher sein konnte.

Berkowitz erzählte mir, daß er in seiner Jugend alle möglichen Fantasien entwickelt hatte, in denen sich normale Erotik mit Gewalt und auch Tötungen mischte. Im Alter von sechs oder sieben Jahren hatte er bereits Ammoniak in das Aquarium seiner Adoptivmutter gekippt und die sterbenden Fische mit einer Nadel aufgespießt. Ihren Vogel brachte er mit Rattengift um. Der langsame, qualvolle Tod des Tieres und die Trauer der zur Machtlosigkeit verurteilten Frau bereiteten ihm eine besondere Freude. Er peinigte gern kleine Tiere wie Motten und Mäuse. All diese Fantasien hatten mit Kontrolle zu tun. Jedesmal war er Herr über Leben und Tod. Berkowitz gestand mir, daß er für sein Leben gern Flugzeugzusammenstöße mit einer gewaltigen Explosion verursacht hätte. Soweit hat er es nie gebracht, doch Brandstiftung war eine logische Folge seiner Fantasien. Die meisten Feuerteufel weiden sich an der Vorstellung, daß die aufregend-gewaltigen Flammen ihr Werk sind. Mit einem harmlosen Zündholz gewinnen sie die Kontrolle über Ereignisse, mit denen der einzelne normalerweise nichts zu tun hat. Sie orchestrieren das Feuer, die kreischenden Sirenen der heranbrausenden Feuerwehrwagen, das Aufrollen der Schläuche und Ausfahren der Leitern, das Anschwellen der Menge der Schaulustigen, die Zerstörung von Werten und bisweilen auch Menschenleben. Berkowitz war glücklich, wenn Menschen aus den brennenden Gebäuden getragen wurden. All seine Brandstiftungenen waren jedoch nur ein Vorspiel zu seinem Auftritt in der Arena, in der er die direkte und endgültige Macht ausübte, dem Mord. Ich hatte einen Mann vor mir, den nichts stärker erregte, als daheim vor dem Fernseher zu sitzen und in den Nachrichten über sein jüngstes Verbrechen und der sich in der Stadt ausbreitenden Panik zu erfahren.

Was hat es nun aber mit seinen Possen vor Gericht, der Idee, er sei von einem Dämonen besessen gewesen, auf sich? Alles Unsinn, wie er mir beichtete. Er war darauf gekommen, weil er gehofft hatte, als Geisteskranker mit dem

Leben davonzukommen. Noch etwas anderes gestand er mir: Seiner Meinung nach war er gerade noch rechtzeitig gestellt worden. In seinen Träumen war er nämlich immer weiter gegangen und hatte sich schon seine Apotheose in einem gigantischen Blutbad vorgestellt. Er wäre in eine Diskothek gegangen, in der viele Paare dicht an dicht getanzt hätten, und hätte bis zum Eintreffen der Polizei in die Menge geschossen. Mit den Beamten hätte er sich dann eine Schießerei wie in den härtesten Hollywoodfilmen geliefert. Er selbst und mit ihm viele andere hätten dabei den Tod gefunden.

Berkowitz' letzte Wunschvorstellung verrät fürchterlichen Neid auf all jene, die in einer heterosexuellen Beziehung leben. Dessen war er sich auch bewußt. Allerdings, so sagte er mir allen Ernstes, wäre es nie zu den Morden gekommen, hätte er mit einer anständigen Frau eine Partnerschaft aufbauen können. Sie hätte nur seine Fantasien erfüllen und ihn mögen und heiraten müssen.

Das Interview endete in einem nur scheinbar versöhnlichen Ton. Ich glaubte Berkowitz damals genauso wenig, wie ich es heute tue. Eine anständige Frau hätte weder seine Probleme lösen noch die Morde verhindern können. Die Wirklichkeit sieht so aus, daß er unter gewaltigen Unzulänglichkeiten litt, daß seine Schwierigkeiten weit tiefer als in der Zurückweisung durch Frauen wurzelten und von Fantasien überlagert wurden, die in einem Alter an die Oberfläche kamen, in dem die meisten Jungen ihre erste Beziehung mit Mitgliedern des anderen Geschlechts eingehen. Seine Fantasien und die daraus resultierenden Verhaltensweisen verhinderten sein Reifen und damit Liebesbeziehungen mit Frauen. Wie so viele andere Kriminelle, die ich interviewt habe, war er zum Mörder herangewachsen.

4
Gewalt in der Kindheit

›Woher kommen wir? Wer sind wir? Wohin gehen wir?‹ Gauguin stellte sich diese Fragen zu seinem Tryptichon, und sie waren der eigentliche Gegenstand meiner Interviews mit Mördern. Ich wollte wissen, worauf solche Leute anspringen, wollte die Psyche des Gewaltverbrechers besser verstehen. Kurz, aus meinen neugierigen Fragen entwickelte sich unter der Schirmherrschaft des FBI ein ganzes System. Die Interviews wurden der Kern des mit Geldern aus dem Justizministerium bezuschußten *Criminal Personality Research Project*, das in enger Zusammenarbeit mit Dr. Ann Burgess von der Bostoner Universität und einer ganzen Reihe anderer Wissenschaftler entstand und dessen Leiter ich war. Insgesamt befragten wir sechsunddreißig im Gefängnis einsitzende Serienmörder. Die Ergebnisse der Gespräche hielten wir jeweils in einem siebenundfünfzigseitigen Protokoll fest. Dabei konzentrierten wir uns auf ihr bisheriges Leben ihre Motive und Fantasien und ihre jeweilige Vorgehensweise. Letztendlich gelang es uns, immer wiederkehrende Verhaltensmuster in ihrem Leben zu isolieren und mehr über ihre Entwicklung hin zum Mörder herauszufinden.

Laut dem Urteil vieler Fachleute ist unsere Studie weltweit die größte, konsequenteste und umfassendste Untersuchung von Serienmördern, die je angestellt wurde. 1986 bezeichneten die Gerichtspsychiater Dr. Katie Bush und James L. Cavanaugh jr. vom Chicagoer Isaac Ray Center unser Projekt aufgrund seiner Vollständigkeit als ›richtungsweisend‹ und erklärten: ›Die Schlußfolgerungen basieren auf akribisch genauer Arbeit.‹

Ehe ich mich im Detail mit der Persönlichkeit dieser Mörder und ihrem Werdegang auseinandersetze, möchte ich noch einmal hervorheben, daß es so etwas wie den Menschen, der als fünfunddreißigjähriger von einem Tag auf den anderen aus einem vollkommen normalen Dasein ausbricht und zur gemeingefährlichen Bestie mutiert, nicht gibt. Die den Morden vorausgehenden Verhaltensweisen waren schon lange in ihm angelegt und haben sich seit seiner Kindheit kontinuierlich entwickelt.

Es ist ein weit verbreiteter Mythos, daß Gewaltverbrecher aus einer verarmten, zerrütteten Familie kommen. Unsere Ergebnisse widerlegen das. Die meisten der von uns befragten Mörder stammten aus einer Familie mit solider finanzieller Grundlage. Mehr als die Hälfte wuchs anfänglich zumindest in geordneten Verhältnissen auf. In der Regel waren sie intelligente Kinder. Nur sieben hatten einen IQ von unter neunzig, die Mehrheit bewegte sich im Bereich des Üblichen und elf waren mit einem IQ von mehr als 120 hochbegabt.

Dennoch gilt festzuhalten: Auch wenn die Familien nach außen hin normal wirkten, der Schein trog. Bei der Hälfte unserer Befragten hatte es Fälle von Geisteskrankheit in der unmittelbaren Verwandtschaft gegeben, und etwa fünfzig Prozent hatten mindestens einen Elternteil, der selbst in kriminelle Machenschaften verwickelt war oder gewesen war. Bei fast siebzig Prozent hatte es Alkohol- oder Drogenmißbrauch in der Familie gegeben. Und ohne jede Ausnahme entwickelten sie sich zu dem, was die Psychiater sexuell disfunktionelle Erwachsene nennen. Zu einer gereiften, auf gegenseitiger Liebe beruhenden Beziehung mit einem oder einer anderen Erwachsenen war keiner von ihnen fähig.

Studien haben bewiesen, daß zwischen der Geburt und dem sechsten oder siebten Lebensjahr die Mutter die wichtigste Bezugsperson des Kindes ist. In dieser Zeit lernt es auch, Liebe zu nehmen und zu geben. Das Verhältnis der von uns Befragten zu ihrer Mutter war freilich ausnahmslos von Kühle, Distanz, Lieblosigkeit, Vernachlässigung geprägt. Emotionale Wärme oder Körperkontakt erlebten sie kaum. Wenig erfuhren sie von den mannigfaltigen Möglichkeiten, mit denen Menschen einander Zuneigung und Vertrauen beweisen. Diesen Kindern wurde etwas verweigert, was weitaus wichtiger ist als Geld – Liebe. Darunter litten sie praktisch ihr ganzes Leben lang. Und auch die Gesellschaft hat das zu spüren bekommen, denn mit ihren Verbrechen haben diese Leute sehr viele Menschenleben zerstört, und mindestens genauso viele Opfer werden zeitlebens mit einem schrecklichen Trauma belastet sein.

Als Kinder waren diese Verbrecher sowohl physischem wie auch seelischem Mißbrauch ausgesetzt. Man hat inzwischen begriffen, daß körperliche Gewalt neue Gewalt bedingt, aber die emotionale Komponente wird wohl häufig unterschätzt. Eine Frau steckte ihren Sohn, als er noch ein Säugling war, in einen Pappkarton, schaltete ihm den Fernseher ein und ging in die Arbeit. Später stellte sie ihn in einen Laufstall, warf ihm etwas zu essen hinein und ließ ihn wieder mit dem Fernseher allein, bis sie irgendwann heimkam. Ein anderer berichtete uns, daß er jeden Abend allein in seinem Zimmer sein mußte. Wenn er doch ins Wohnzimmer ging, verscheuchten ihn die Eltern und schrien ihn an, sie wollten allein sein, sonst hätten sie ja nie die Gelegenheit dazu. So wuchs er in der Überzeugung auf, er sei in der eigenen Familie ein unerwünschter Störenfried.

Keiner interessierte sich für diese Kinder und keiner wies ihnen ihre Grenzen. Die Vermittlung des Unterschieds zwischen Gut und Böse gehört zu den Grundprinzipien der Erziehung – diese Kinder aber wuchsen heran, ohne daß ihnen jemand sagte, daß man einem Hund nichts in die Augen stechen darf, weil ihm das weh tut, oder daß die Zerstörung von fremdem Eigentum nicht erlaubt ist. Die Sozialisierung findet in den ersten sechs Lebensjahren statt. In dieser Zeit muß ihnen beigebracht werden, daß sie nicht allein auf der Welt sind, sondern wie jeder andere Mensch auch Regeln zu befolgen haben, ohne die ein Miteinander nicht möglich wäre. Die Kinder, die zu Mördern heranwachsen, sehen die Welt immer nur aus einer ausschließlich auf sich selbst bezogenen Perspektive, denn ihre Lehrer – in der Hauptsache ihre Mütter – haben das Wichtigste versäumt.

Richard Chase, der im ersten Kapitel besprochene ›Vampir‹, ermordete bis zu seiner Ergreifung sechs Menschen. Laut einem psychiatrischen Gutachten war Chases Mutter schizophren und daher emotionell der Aufgabe gar nicht gewachsen, ihren Sohn zu sozialisieren oder ihm Wärme mitzugeben. Die Mütter von neun Interviewten hatten erhebliche psychische Probleme. Selbst diejenigen, deren Defizite eine psychiatrische Behandlung nicht dringend erforderten, können immer noch als disfunktional gelten. Als Beispiel sei die Alkoholsucht genannt. Die Verwahrlosung hat viele Gesichter. Dafür mag Ted Bundys Geschichte stehen. In seiner Kindheit hatte ihn nie jemand auf seine Grenzen hingewiesen. Seine Mutter hatte er lange für eine große Schwester gehalten. Obwohl abgesehen davon nichts auf schwerwiegende Versäumnisse ihrerseits hinweist, spricht doch einiges dafür, daß er von anderen Familienmitgliedern physisch und sexuell mißbraucht wurde.

Bisweilen kann auch eine liebevolle Mutter das destruktive Verhalten des Vaters nicht kompensieren. Ein Mörder sah seinen Vater, einen Berufssoldaten bei der Navy, nur gelegentlich. Wenn er aber kam, brachen die Kinder in Panik aus, denn er verprügelte Frau und Kinder und mißbrauchte den Jungen. Über vierzig Prozent der Gewaltverbrecher gaben an, in jungen Jahren Zeugen oder Opfer sexueller Mißhandlungen geworden zu sein – ein um ein Vielfaches höherer Satz als in der sonstigen Bevölkerung. ›Als kleiner Junge habe ich mit meiner Mutter geschlafen‹, sagte einer. ›Seit meinem fünfzehnten Lebensjahr wurde ich von meinem Vater mißbraucht‹, erfur ich von einem anderen. Ein dritter erklärte: ›Meine Stiefmutter versuchte mich zu, vergewaltigen.‹ – ›Ein fremder Mann hat mich mal mitgenommen, als ich so um die sieben oder acht war‹, erzählte ein vierter.

Das Bindungsgeflecht innerhalb der Familie prägt das spätere soziale Verhalten in Schule, Freizeit und Beruf. Erfahrungsgemäß ist das Verhältnis zu den Geschwistern oder anderen Verwandten ebenfalls geschädigt, wenn von den Eltern keine Liebe ausgeht. Von frühester Kindheit an ohne ausreichende Liebe und Zuwendung groß geworden, kannten diese Menschen nie eine Bezugsperson, konnten zu ihren Nächsten keine Zuneigung entwickeln und wuchsen in zunehmender Isolation und Einsamkeit auf.

Es ist zweifellos richtig, daß die meisten, die ihre frühe

Kindheit in disfunktionalen Verhältnissen verbracht haben, später weder Morde noch sonstige Gewalttaten begehen. Soweit wir das beurteilen können, liegt das daran, daß in der nächsten Entwicklungsphase, der Vorpubertät, starke Hände sie davor bewahren. Unsere Interviewpartner wurden nicht vor dem Ertrinken gerettet. Eher wurden sie in dieser Lebensphase noch tiefer ins Wasser getaucht. Zwischen dem achten und zwölften Lebensjahr kam es für sie meist noch schlimmer. In dieser Phase braucht das Kind einen Vater, doch bei über der Hälfte unserer Mörder verschwand er ausgerechnet da. Einige starben, andere mußten ins Gefängnis, wieder andere ließen sich scheiden oder liefen auf und davon. Einige Väter waren zwar physisch zugegen, gaben dem Kind aber keine Zuwendung. John Gacy hat bis zu seiner Festnahme dreiunddreißig junge Männer ermordet und auf seinem Grundstück vergraben. Als Kind hatte er erleben müssen, wie sein Vater nach der Arbeit in den Keller ging, sich in einen Polstersessel setzte und trank. Wenn jemand sich zu nähern wagte, wurde er verjagt. Zum Abendbrot kam er dann betrunken nach oben. Regelmäßig suchte er Streit und verprügelte Frau und Kinder.

John Joubert hat drei Jungen ermordet. Seine Eltern ließen sich scheiden, als er zehn Jahre alt war. Obwohl John seinen Vater danach weiterhin sehen wollte, weigerte seine Mutter sich, ihn hinzufahren oder ihm Geld für die Fahrt zu geben. Auch das ist Mißbrauch. Die Psychologen nennen dieses Phänomen passive Aggressivität. Nun, Scheidungen sind in den Vereinigten Staaten an der Tagesordnung. Hunderttausende von Kindern wachsen mit nur einem Elternteil auf.

Die wenigsten begehen später Morde. Nichts liegt mir ferner als Kritik an alleinerziehenden Müttern oder Vätern. Mir ist in unserer Studie lediglich der hohe Prozentsatz der aus einer disfunktionalen Umgebung stammenden Gewalttäter aufgefallen. Und bei vielen war eben die Scheidung der ausschlaggebende Faktor.

Bis zu seinem neunzehnten Lebensjahr hat Monte Ralph Rissell zwölf Frauen vergewaltigt und fünf davon ermordet.

Er war sieben, als seine Eltern sich scheiden ließen. Danach zog seine Mutter mit den drei Kindern von Virginia nach Kalifornien. Monte, der jüngste, weinte während des gesamten Umzugs im Auto. Bei unserem Gespräch im Gefängnis erzählte Monte mir, daß er jetzt Jura studierte und bestimmt nicht zu Lebenslänglich verurteilt worden wäre, hätte er bei seinem Vater bleiben dürfen. Darüber ließe sich streiten, aber seine Gefühle waren echt. Er erlebte eine schreckliche Kindheit.

Monte war rhesus-negativ und konnte nach der Geburt nur durch eine vollständige Bluttransfusion am Leben erhalten werden. Danach entwickelte er sich normal, blieb allerdings zeitlebens verhältnismäßig kleinwüchsig. Der Scheidung seiner Eltern ging ein jahrelanges Hickhack voraus. Er war noch keine sieben Jahre alt, da gaben ihm seine älteren Geschwister angeblich Marihuana und Alkohol. Als er neun war, wurde sein erstes Delikt aktenkundig. Er und mehrere andere hatten obszöne Wörter auf den Bürgersteig geschmiert und waren erwischt worden. Zu Hause hatte er es auch nicht gerade leicht. Seine Mutter und sein neuer Stiefvater verbrachten ihre Zeit lieber ohne die Kinder. Die waren dann ohne elterliche Aufsicht und mußten selbst aufeinander aufpassen. Richteten sie etwas an, wurden sie willkürlich bestraft. Monte betonte mehrmals, daß sein Stiefvater von Kindererziehung keine Ahnung hatte, weil er einen Großteil seines Berufslebens bei der Army gewesen war. Die Liebe seiner Stiefkinder versuchte er durch Geschenke zu erkaufen, doch ansonsten konnte er nichts mit ihnen anfangen. Im Alter von neun ließ Monte seine Wut an einem Cousin aus und verletzte ihn mit einem Luftgewehr, das sein Stiefvater ihm gekauft hatte. Zur Strafe zerbrach der Mann die Waffe und verprügelte den Jungen mit dem Lauf. Als Monte zwölf Jahre alt war, ging auch die zweite Ehe seiner Mutter in die Brüche. Monte glaubte, er und seine Schwester seien schuld daran. Im selben Jahr – sie waren nach Virginia zurückgezogen – brach Monte in ein Haus ein und stahl Wertgegenstände. Mit dreizehn wurde er von der Polizei wegen Fahrens ohne Führerschein aufgegriffen; mit vierzehn kam er wegen Einbruchs, Diebstahls, Autodiebstahls und zweier Vergewaltigungen vor Gericht. Montes abweichendes Verhalten war also schon in dieser frühen Phase deutlich ausgeprägt. Das und die Eskalation während und nach der Pubertät ist typisch für die Entwicklung vieler Mörder.

Bei einem anderen Frauenmörder trat der Hang zur Gewalt ähnlich früh zutage. Er war das jüngste von vier Kindern eines Ehepaars aus Mobile, Alabama. Die Familie war arm, und die Kinder wurden regelmäßig mißbraucht. Die Geschichte von seinen neun Tagen im Brutkasten nach der vorzeitigen Geburt wurde genauso Familienlegende wie sein angeblicher Schlaganfall wenige Monate danach, in dessen Verlauf der Junge nach eigenen Angaben ›starb und wiederbelebt wurde‹. In den ersten sechs Lebensjahren schlief er mit seiner Mutter in einem Bett und in den nächsten zwölf Jahren im selben Zimmer wie sie, aber in einem eigenen Bett. Die Mutter behauptete, sie habe sich auf diese Weise vor ihrem alkoholkranken Mann schützen wollen. Obwohl sie ihrem jüngsten Sohn besondere Zuwendung gab, mißhandelte sie ihn auch. Alle vier Kinder wurden streng erzogen. Bisweilen schlug sie sie mit einem Stromkabel. Tagsüber gab sie die Kinder in die Obhut ihrer Großmutter, die sofort zuschlug, wenn sie nicht gehorchten. Die zwei älteren Brüder verließen das Zuhause unmittelbar nach Beendigung der High School. Von da an benutzten die Mutter, die Großmutter und die Schwester den Jungen als Schutzschild gegen den gewalttätigen Vater. Sie stachelten ihn an, den Vater zu schlagen, damit er die Mutter in Ruhe lasse.

Seine schulischen Leistungen waren nicht sehr berauschend. Ein Lehrer schrieb ins Zeugnis, daß er oft vor sich hin träumte, ein Wesenszug, den auch seine Schwester bestätigte. In der Pubertät nahm er erst dreizehn Kilo zu und dann wieder ab. Seiner Mutter begegnete er nun mit offener Feindseligkeit. Sie gab zu Protokoll, daß er gewalttätig wurde, wenn er statt zwei Hotdogs nur einen bekam oder wenn es keinen Schokoladensyrup auf das Eis gab. Er stahl

Frauenunterwäsche und beobachtete seine Schwester heimlich beim Baden. In einer Aussage zu seiner Biographie schrieb der Mörder später: ›In den Augen der anderen war ich eine Ausgeburt... Ich zog es vor, die Beleidigungen runterzuschlucken... Ich war ein Hund, der gestreichelt wurde, wenn er brav Männchen machte.‹ Mit dreizehn raubte er die ersten Handtaschen und beteiligte sich an Straßenschlachten. Erstmals vor Gericht kam er im Alter von sechzehn. Er hatte einer blinden alten Dame die Handtasche aus der Hand gerissen und versucht, ihre vierzehnjährige Nichte zu vergewaltigen. Während die Untersuchungen gegen ihn liefen, wurde eine ältere Dame, die den Jungen wegen seiner ›Missetaten‹ angesprochen hatte, durch einen Kopfschuß getötet. Alle Verdachtsmomente deuteten auf den Jungen, doch sein Vater log für ihn, und seine Mutter trieb einen guten Anwalt auf. Alle Anklagepunkte wurden am Ende fallen gelassen. (Jahre nach seiner Verurteilung wegen anderer Gewaltverbrechen gestand der Mann auch den Mord an der Frau.)

Zwei Jahre nach diesen Vorkommnissen schloß der Mörder die High School ab und ging zur Armee. Zum erstenmal ließ er die Kontrolle und den Schutz durch die Eltern hinter sich. Schon nach einem Monat stand er vor Gericht. Er wurde des Mordes an einer jungen Frau überführt und zu zwanzig Jahren Militärgefängnis verurteilt. Erneut setzte seine Mutter sich für ihn ein. Sie wandte sich an Kongreßabgeordnete und legte gegen das Urteil Berufung wegen angeblicher Verfahrensfehler ein. Nach sieben Jahren Haft wurde er gegen den Protest von Psychologen, deren Behandlungsversuchen er sich widersetzt hatte, auf Bewährung entlassen und unter die Obhut seiner Mutter gestellt.

Bald danach heiratete er eine geschiedene Mutter mehrerer Kinder. Ihrer Aussage zufolge war ihr am Anfang, abgesehen von ein paar sonderbaren Vorkommnissen, nichts Besonderes aufgefallen. Einmal erzählte sie ihm, sie sei wegen ihres Ex-Mannes deprimiert und wolle sich umbringen. Da bot er ihr an, er könne das für sie tun, und machte Anstalten sie mit einem Kissen zu ersticken. Im Rausch drohte er ihr wiederholt, er werde ihr den Schädel einschlagen, wenn sie ihn nicht in Ruhe lasse. Voller Entsetzen erinnerte sie sich an einen Tag, an dem er ein Kaninchen gegen einen Mast schlug, bis es tot war. Dabei wurde er über und über mit Blut bespritzt. Die Geburt ihrer Tochter markierte den Wendepunkt in ihrer Ehe. Er wurde nun immer sprunghafter und isolierte sich von seiner Familie. Wenig später – er befand sich noch keine zwei Jahre in Freiheit – fing er an, Frauen zu vergewaltigen, zu ermorden und zu verstümmeln. Seine Opfer arbeiteten alle in öffentlichen Bedürfnisanstalten. Nach seiner Verhaftung im Zusammenhang mit dem dritten Mord gestand er auch die anderen Verbrechen.

Bei potentiellen Mördern hat sich die Einsamkeit erst zwischen ihrem achten und zwölften Lebensjahr verfestigt. Diese Isolation gilt als der Haupteinfluß auf ihre psychische Entwicklung. Ein weiterer wesentlicher Faktor ist das Fehlen des Vaters. Der Junge schämt sich deswegen vor seinen Altersgenossen, er vermeidet Freundschaften und geht allem aus dem Weg, was Vater und Sohn zusammen unternehmen, wie zum Beispiel Sportveranstaltungen oder Pfadfindertreffen. Seine ersten sexuellen Aktivitäten beschränken sich auf Selbstbefriedigung. Mehr als drei Viertel aller von uns befragten Serienmörder haben während der Pubertät autoerotische Praktiken ausgeübt. Die Hälfte berichtet über Fantasien von Vergewaltigungen zwischen dem zwölften und dem vierzehnten Lebensjahr. Über achtzig Prozent gaben den Gebrauch von Pornos und auch die Neigung zu Voyeurismus und Fetischismus zu. Wieder müssen wir uns vor Augen halten, daß die meisten Jungen, die ohne Vater aufwachsen, nicht zu Soziopathen werden. Aber bei denjenigen, die dieses Schicksal erleiden, gilt das Alter zwischen acht und zwölf Jahren als die kritische Phase. Bei unseren Untersuchungen ist uns immer wieder aufgefallen, daß die ersten bizarren Verhaltensweisen gerade in der Vorpubertät auftraten, der Entwicklungsphase, in der der Vater am dringendsten nötig gewesen wäre.

Ed Kemper war zehn, als seine Eltern sich scheiden ließen. Kurz danach – er war gerade nicht daheim – räumte seine Mutter zusammen mit den älteren Schwestern sein Zimmer im ersten Stock leer und schaffte all seine Sachen in den Keller. Seine Mutter, Clarnell Strandberg, war eine hochangesehene Verwaltungsangestellte an der Universität, die sich stets für die Belange der Studenten einsetzte. Zu Hause war sie eine Tyrannin. Täglich setzte sie ihren Sohn herab und warf ihm vor, er sei schuld an allem Schlechten in ihrem Leben. Die Verbannung in den Keller erklärte sie ihm mit seiner ungeschlachten Gestalt; seine Schwestern würden sich in seiner Nähe unwohl fühlen. Bald danach hatte Kemper in der Isolation des fensterlosen Raums seine ersten Gewaltfantasien.

Je näher die Pubertät heranrückt, desto eindringlicher wird den psychisch vorgeschädigten Jungen bewußt, daß sie zum Aufbau sozialer Kontakte gar nicht in der Lage sind. Diese gehen jedoch der Entwicklung sexueller Fähigkeiten voraus, welche wiederum eine erfüllte Partnerschaft prägen. Einsamkeit und Isolation in der Jugend lassen nicht notwendigerweise auf introvertierte, schüchterne potentielle Mörder schließen. Bei manchen trifft das zu, andere dagegen sind überaus gesprächig und gesellig. Bei den letzteren verbirgt sich hinter der scheinbaren Extrovertiertheit die innere Isolation. In dem Alter, in dem der normale Jugendliche zu Partys und Tanzveranstaltungen geht und mit Mädchen schmust, konzentriert sich dieser Einzelgänger auf sich selbst und entwickelt zunehmend perverse Fantasien. Sie sind sein Ersatz für die zwischenmenschlichen Kontakte, und je abhängiger er davon wird, desto mehr verliert er den Bezug zu den allgemein gültigen Werten.

Im Alter von zwölf und dreizehn Jahren verschleppte Jerome Brudos gleichaltrige oder jüngere Mädchen. Er hielt ihnen ein Messer an die Kehle und zwang sie, mit ihm in die Scheune seiner elterlichen Farm zu gehen. Dort mußten sie sich ausziehen und nackt von ihm fotografieren lassen. Er war noch nicht so entwickelt, um mehr von ihnen zu verlangen. Danach sperrte er sie ein und ging weg. Wenige Minuten später kehrte er in anderen Kleidern und mit leicht verändertem Frisur zurück und befreite die völlig verstörten

Mädchen. Er erklärte ihnen, er sei Ed, Jerrys Zwillingsbruder. Über das, was ihnen geschehen war, gab er sich entsetzt. »Aber er hat dir doch hoffentlich nicht weh getan?« fragte er besorgt. Als ›Ed‹ erfuhr, daß Jerry Fotos gemacht hatte, suchte er die Kamera, zerstörte den Film und erzählte dem Mädchen: »Jerry macht bei einem Psychologen eine Therapie. Die Geschichte ist ein unheimlicher Rückschlag. Bitte sag niemandem was davon, auch deinen Eltern nicht.« Die Mädchen willigten alle ein. Als Erwachsener suchte Brudos per Annonce in der Campuszeitung weibliche Models für Schuhe und Strumpfwaren. Einige von denen, die sich bei ihm einfanden, ermordete er, um die Leichen dann in der Garage aufzuhängen und entweder nackt oder in verschiedenen Kleidern zu fotografieren. Meistens probierte er ihnen alle möglichen Schuhe an.

Der Schlüssel zu diesen Mördern – sofern es überhaupt einen gibt – liegt in ihrer sadistisch ausgerichteten Sexualität. Ausnahmslos handelt es sich um abnorme Täter. Sie waren nie in der Lage, eine gereifte und auf Gegenseitigkeit beruhende sexuelle Beziehung aufzubauen und reagierten sich mit ihren Morden ab. Nicht jeder, der nicht in jungen Jahren mit Mädchen flirtet und erste Erfahrungen sammelt, wird später zum Perversen. An dieser Stelle muß auch hervorgehoben werden, daß eine befriedigende Partnerschaft zwischen Erwachsenen sich nicht auf Heterosexuelle beschränken muß. Es gibt durchaus auch glückliche Beziehungen zwischen Homosexuellen, die insofern als normal anzusehen sind, als auch dort zwei Menschen einander ihre Liebe zeigen. Die homosexuellen Mörder in unserem Forschungsprojekt waren in diesem Punkt wie die anderen auch disfunktional. Keiner war dazu fähig, längere Partnerschaften einzugehen. Dem stand die Neigung zu Folter, Sadomasochismus und Hörigkeit in stets kurzen Beziehungen entgegen. Fast die Hälfte der Mörder gestand uns, daß sie nie ein von beiden Seiten ausgehendes sexuelles Erlebnis hatten. Was genauso wichtig ist: alle Mörder waren sich dessen bewußt, und sie litten darunter. Ihre Frustration wiederum trieb sie zu noch aggresiveren, brutaleren Morden. Richard

Lawrence Marquette riß in einer Bar eine Frau auf, die er seit der Kindheit flüchtig kannte. Als er im Bett versagte, machte sie sich über ihn lustig. Er ermordete sie und zerhackte die Leiche in kleine Stücke. Dafür mußte er für dreizehn Jahre ins Gefängnis. Nach seiner Entlassung lernte Marquette unter ähnlichen Umständen wieder zwei Frauen kennen. Beide Male war er impotent, mit der Folge, daß er alle zwei ermordete. Er wurde erneut gefaßt und verurteilt.

Die Pubertät dieser im Grunde bedauernswerten Kinder war geprägt von wachsender Isolation und damit einhergehenden ›abweichenden‹ Verhaltensweisen, in der Regel vielen Tagträumen, zwanghafter Masturbation, Lügen, Bettnässen und Alpträumen. In dieser Phase boten sich bereits genügend Gelegenheiten zu Delikten. Als Heranwachsende waren sie nicht mehr zu Hause, sondern in der Schule oder auf der Straße. Sie quälten Tiere oder andere Kinder, liefen von daheim weg, schwänzten Schule, gingen auf Lehrer los, legten Feuer, zerstörten fremdes wie eigenes Eigentum – all diese abweichenden Verhaltensformen traten in der Pubertät offen zutage. Geistig-seelisch waren sie freilich lange vorher in ihnen angelegt gewesen, nur waren sie noch nicht an die Oberfläche gekommen, weil das Kind unter der Kontrolle der heimischen Umgebung gestanden hatte.

Viele der Mörder waren zwar intelligent, erzielten jedoch keine guten Leistungen in der Schule. »Ich bin in der zweiten Klasse durchgefallen, weil ich ein schwer erziehbares Kind war«, erzählte uns einer. Seine Eltern wollten ihn von der Schule nehmen und auf eine Farm zum Arbeiten schikken, doch plötzlich platzte der Knoten. »Dann habe ich die Prüfung doch noch geschafft und war in den meisten Fächern ganz gut, in anderen dafür war ich eine Null. In Mathe hatte ich immer die besten Noten, aber ich konnte nicht buchstabieren.« Die chaotische Schulzeit fand in ihrem späteren Leben ihre Fortsetzung. Die wenigsten waren in der Lage, einen Job länger zu behalten oder ihr geistiges Potential auszuschöpfen. Sie leisteten selten gute Arbeit, stritten mit Kollegen und kamen mit den Vorgesetzten nicht zurecht. Entlassungen waren die logische Folge. Ihre Intelligenz hätte für qualifizierte Berufe gereicht, aber die meisten kamen über Hilfsarbeitertätigkeiten nicht hinaus. Diejenigen, die zur Army gingen, immerhin vierzig Prozent, wurden in der Regel unehrenhaft entlassen.

So, wie ihnen in ihrer Familie liebevolle Zuwendung verweigert wurde, bestärkte sie auch niemand zu Hause oder in der Schule in ihren Leistungen. Folglich brauchten sie andere Ablaßventile für ihre Energie. In der Schule störten sie entweder permanent den Unterricht, oder sie zogen sich in einem Maße zurück, daß keiner mehr auf sie achtete.

Rissell vertraute mir an: »Ich hatte wegen dieser Gedanken [meiner Familie gegenüber] Schuldgefühle« – die Terminologie der Psychologen hatte nach Jahren der Therapie auf ihn abgefärbt –, »die verdrängte ich durch meine Feindseligkeit, und von da ist es zu Fantasien nicht mehr weit... Eigentlich hätten sie es in der Schule merken müssen, weil ich so exzessive Tagträume hatte, daß sie es mir sogar ins Zeugnis schrieben... Ich träumte davon, wie ich die ganze Schule dem Erdboden gleichmachte.«

Ihre Familie und später die Schulen zerbrechen diese Kinder. Ist sie mit einem Problemkind konfrontiert, hat die Schule fast nie einen Psychologen zur Hand. In den wenigen Fällen, in denen es zu einer Therapie kommt, werden die wesentlichen Probleme zu selten angesprochen, vor allem die nicht, die zu den disfunktionalen Verhaltensweisen geführt haben. Wenn zum Beispiel der Lehrer sagt ›Schaut euch doch mal den Joe an, er hat Probleme‹, ist niemand in der Lage, Joes Schwierigkeiten auf den Grund zu gehen. Und keiner gibt den Fall an andere Stellen weiter, an das Sozialamt etwa, das sich einschalten und den Teufelkreis vielleicht noch durchbrechen könnte. Da dem Kind seelischer Schaden zugefügt worden ist, kommt man nur schwer an die Ursache heran. Insbesondere die überdurchschnittlich Begabten finden Mittel und Wege, ihre Wunden geschickt zu verbergen, bis eine dicke Narbe darüber gewachsen ist.

Viele überstehen eine traurige frühe Kindheit und schaffen den Absprung noch rechtzeitig, vorausgesetzt jemand in der Nachbarschaft, der Schule oder eine Behörde nimmt sich des vorgeschädigten Kindes an. Treffen aber alle genannten negativen Faktoren zusammen – eine abweisende Mutter, das Fehlen des Vaters oder Mißbrauch durch Vater oder ältere Geschwister, Versagen des Schulsystems, Ineffizienz der Behörden und die Unfähigkeit des Kindes selbst zu einer normalen sexuellen Entwicklung – dann ist der Weg zum abweichenden Verhalten praktisch schon vorgegeben.

Ich werde oft gefragt, warum ich mich nicht auch mit Serienmörderinnen befasse. Bislang ist erst eine Frau wegen mehrfacher Morde gefaßt und vor Gericht gestellt worden – Aileen Wuornos in Florida. Es mag andere geben, aber trotz intensiver Forschungen bin ich noch nicht auf sie gestoßen. Natürlich begehen auch Frauen Mehrfachmorde, doch bei ihnen führt in der Regel ein Affekt zu einem einmaligen Blutrausch. Mein Forschungsgegenstand sind aber Serienverbrechen. Treffen die bei den Männern beobachteten psychologischen Defizite auch für gewalttätige Frauen zu? Ich weiß es offen gesagt nicht. Das bleibt noch zu untersuchen. Serienmörder sind in der Mehrheit männlich, von weißer Hautfarbe und zum Zeitpunkt ihrer Bluttaten zwischen zwanzig und vierzig Jahren alt.

Die Fähigkeit, befriedigende zwischenmenschliche Beziehungen herzustellen und aufrechtzuerhalten, wird in der Kindheit erlernt und in der Pubertät weiter entwickelt. Gibt es jedoch schon am Anfang Versäumnisse und werden diese in der Vorpubertät nicht behoben, ist es fast schon zu spät. Obwohl ein ›komisches Verhalten‹ nicht notwendigerweise zu Mord oder Vergewaltigung führen muß, wird es auf die eine oder andere Weise von der Norm abweichen. Menschen, die seit ihrer Kindheit schwere Defizite mit sich herumschleppen, treten in kein vollkommen normales Erwachsenenleben ein. Aus ihnen werden die alkoholkranken Mütter, die gewalttätigen Väter, die ihrerseits eine Atmosphäre des Mißbrauchs schaffen, so daß ihre Kinder mit größter Wahrscheinlichkeit im selben Kreislauf landen. Disfunktionale Erwachsene bereiten den Boden, auf dem kriminelle Fantasien und Taten zum Schaden ihrer Kinder und der Gesellschaft sprießen.

Bis zum Alter von etwa zwölf Jahren besteht jederzeit die Möglichkeit zum Eingreifen, zur Verhütung des Schlimmsten. Ein liebevoller Stiefvater, ein Lehrer, eine Art großer Bruder kann in das Leben des geschädigten Kindes treten und und es positiv beeinflussen. Mit einer Therapie könnte man dem Übel auf den Grund gehen und die Entwicklung des Jungen in eine andere Bahn lenken.

Ein wichtiger Aspekt bedarf an dieser Stelle der Klärung: Auch wenn man das Kind retten konnte, wird es seine Familie möglicherweise weiter durch Fehlverhalten oder Verschlossenheit enttäuschen. Die Eskalation der Gewalt kann aber wahrscheinlich verhindert werden. Wer alle Voraussetzungen zum Verbrecher in sich trägt, kann nur bis zu einem gewissen Grad umgepolt werden. Eine Rückkehr zu völlig normalem Verhalten ist realistischerweise nicht zu erwarten.

Das bedeutet, daß kaum Aussicht auf die Resozialisierung von Serienmördern besteht. Ihre Probleme stecken seit frühester Kindheit in ihnen. Diese Männer haben nie gelernt, sich den allgemeinen Regeln entsprechend mit anderen Menschen auseinanderzusetzen. Wie sollen sie sich da fundamentale zwischenmenschliche Fähigkeiten ausgerechnet im Gefängnis aneignen? Zuallererst müßten sie zu Menschen umerzogen werden, die auf andere zu- und eingehen, sie lieben. Die Verwandlung von aggressiven, haßerfüllten Männern in sensible Mitglieder einer Gemeinschaft wäre vonnöten, doch dafür ist es wohl zu spät.

Kürzlich hat ein Mann, der wegen wiederholter Kindsmißhandlung im Gefängnis sitzt, die Unmöglichkeit einer vollkommenen Umkehr recht plastisch beschrieben. Jahrelang trieb er in seinen Fantasien Unzucht mit minderjährigen Jungen. Trotz der Versuche seitens der Gefängnisbehörden, ihn für Erwachsene – sogar homosexuelle Männer – zu interessieren, blieb es bei seiner Pädophilie. Seine

Tagträume und autoerotischen Spiele drehten sich weiter um Sex mit Jungen. Er wußte, daß er sich nie ändern würde, sei es im Gefängnis, sei es in Freiheit.

Lange hat man die Wurzeln von Gewalttaten in einem Kindheitstrauma des Mörders vermutet – nach dem Motto, ein Junge, der mit sechs Jahren mißbraucht wurde, vergewaltigt später Frauen. Aber von den Verbrechern, die wir interviewt haben, wurden nicht alle in der Kindheit mißbraucht. Bei meinen Forschungen bin ich vielmehr zu der Überzeugung gelangt, daß der Schlüssel in der Entwicklung perverser Gedankenmuster liegt. Diese Männer wurden durch ihre Fantasievorstellungen zum Mord angeregt.

»Schon lange bevor ich mit dem Morden ernst machte, wußte ich, daß es so kommen würde«, sagte uns ein Serienmörder. »Meine Fantasievorstellungen waren einfach zu stark. Ich hatte sie schon sehr lange, und sie waren zu ausgefeilt.« Als er dann tatsächlich angefangen hatte zu morden, spann er seine Tagträume weiter. »Es ist eine Entwicklung«, gab er an. »Man will etwas anderes und mehr. Darum geht man immer weiter und kommt auf noch verrücktere Einfälle... ich habe mich so reingesteigert, daß ich noch längst nicht am Ende angelangt bin.«

Die Mörder, die wir interviewt haben, standen ausnahmlos unter dem Zwang ihrer Fantasien. Sie töteten, um das in die Wirklichkeit umzusetzen, was sie sich seit ihrer Kindheit unentwegt ausgemalt hatten. In der Pubertät kapselten sie sich zunehmend von ihren Altersgenossen ab. Statt die Interessen und Aktivitäten normaler Heranwachsender zu teilen, zogen sich die Mörder in ihre Fantasien von sexueller Gewalt zurück. Allein dort, in ihrer eigenen Welt, hatten sie die totale Kontrolle. Im Übermaß entschädigten sie sich durch die Wiederholung des Mißbrauchs, den man in ihrer frühen Kindheit mit ihnen getrieben hatte – nur waren diesmal sie die Täter. Ein Mörder erklärte mir das so: »Die Leute kümmerten sich einen Dreck um mein Problem, und keiner wußte was von meine Fantasiewelt.«

Weil diese Gewalttäter von ihren Traumvorstellungen geprägt sind, bezeichnen wir ihre Serienmorde sogar dann als Sexualverbrechen, wenn sie nicht in das Opfer eindringen oder sich auf andere Weise an ihm befriedigen. Eine gestörte Sexualität liegt all diesen Fantasien zugrunde, und die sind die emotionelle Triebfeder der Morde.

Eine Fantasie wird als nicht erreichbares Traumgebilde definiert. Bei einem normalen Menschen könnte das zum Beispiel die Vorstellung von Geschlechtsverkehr mit einer wunderschönen Filmschauspielerin sein. Der Wunsch, ein solches Sexidol zu ›haben‹, stellt nichts Perverses dar, nur läßt er sich eben in der Regel nicht verwirklichen. Abnormal nun wäre die Vorstellung, man würde die Schauspielerin bewegungsunfähig machen und während des Geschlechtsverkehrs peitschen. Normale Männer finden sich damit ab, daß Madonna, Cher, Jane Fonda oder wer auch immer ihnen cool und sexy erscheint, unerreichbar bleiben und setzen sich realistischere Ziele. Normale Menschen akzeptieren die Werte der Gesellschaft. Die abweichende Persönlichkeit dagegen, der seit frühester Kindheit kaum Grenzen gesetzt wurden, glaubt, sie könne ihre Fantasien voll ausleben, ohne daß jemand sie daran hindern würde. Viele junge Männer standen auf Jodie Foster, aber nur John Hinckley meinte, er habe das Recht, sie nach New Haven zu verfolgen, sie mit Briefen zu bedrängen, seine Gespräche mit ihr auf Band aufzunehmen und gleichzeitig das Attentat auf Ronald Reagan zu planen.

Kinder spielen bekanntlich gerne mit zahmen Tieren, sind aber von Raubtieren geradezu fasziniert. Gleichwohl würden die wenigsten von ihnen Tiere bewußt quälen. Ein Perverser wähnte sich jedoch in dem Recht, er dürfe einem Hund den Bauch aufschlitzen, um zu sehen, wie weit er noch laufen könne, ehe er im Todeskampf umfiel. Ein anderer band Katzen in seiner Nachbarschaft Chinaböller mit glimmender Lunte an das Bein und weidete sich daran, daß in seiner Nachbarschaft lauter Katzen mit drei Füßen herumhumpelten. Ein dritter erdrosselte kaltblütig eine Katze, war aber zutiefst empört, als jemand seinem eigenen Hund zerstoßene Glassplitter zu fressen gab.

Der besondere Hang der zu Verbrechern Heranwachsenden zu Fantasievorstellungen verstärkt sich mit dem Einsetzen der Pubertät. Einerseits vereinsamen sie immer mehr, andererseits kommt nun die sexuelle Erregbarkeit hinzu. Nun sind sie ja schon von Haus aus aggressiv und sehen sich von der Gesellschaft um ihre Rechte betrogen. Diese Wut leiten sie in ihre Traumwelt um. Mehrere Mörder haben mir von ihrer frühen Vorliebe für hochhackige Frauenschuhe, Frauenunterwäsche und Stricke berichtet. Nicht nur andere, auch sich selbst wollten sie würgen, denn das erregte sie. Als Zwölfjähriger spielte Edmund Kemper mit seiner Schwester ›Gaskammer‹. Sie mußte ihn an einen Stuhl binden und einen imaginären Hebel drücken, woraufhin das Gas ausströmte und er in sich zusammensacken und ›sterben‹ konnte. In diesem freudlosen, stets gleichbleibenden Spiel mischten sich bereits Sexualität und Tod. Ein anderer masturbierte auch als Erwachsener oft vor den Augen seiner Schwestern in deren Unterwäsche und wunderte sich über ihre Empörung. Ein dritter zerrte im Alter von fünfzehn Jahren jüngere Knaben in die Toilette und zwang sie zu oralem und analem Sex. So wiederholte er das, was man fünf Jahre zuvor ihm selbst angetan hatte. Wieder ein anderer hatte als Dreijähriger seinen Penis an eine Schreibtischschublade gebunden und war von seinen Eltern beim Versuch ertappt worden, ihn in die Länge zu ziehen. Zehn Jahre danach kamen sie ins Badezimmer, als er gerade seinen Penis und seinen Hals an den Wasserhahn band. Im Alter von siebzehn richtete er seine Aggressionen erstmals nicht mehr gegen sich selbst. Er verschleppte ein Mädchen und hielt es eine Nacht lang mit vorgehaltener Waffe gefangen.

Charakteristisch für die Fantasien sind starke visuelle Komponenten, Themen von Unterwerfung, Rache, fortgesetzter Belästigung, Kontrolle. Während ein normaler Mensch von Sexabenteuern träumt, verbindet die krankhaft abweichende Persönlichkeit den Geschlechtsakt stets mit Zerstörung. Mit den rein sexuellen Bildern mischen sich Versuche, andere zu quälen, zu demütigen, zu beherrschen. Normale Menschen gestehen in ihren Fantasien ihrem Partner genausoviel Spaß wie sich selbst zu. Mit den Wunschvorstellungen des Perversen sieht es ganz anders aus: Je größer die Gefahr für seinen ›Partner‹, desto mehr Genuß bereitet ihm die Fantasie.

Und so läßt sich auch die Brutalität erklären: Der andere Mensch wird entpersonalisiert, zu einem Objekt degradiert. »Es tut mir leid, wenn das sich so kalt anhört«, entschuldigte sich Ed Kemper, »aber ich brauchte nun mal ein ganz bestimmtes Erlebnis mit jemandem. Ich mußte die Menschen so besitzen, wie ich das mir vorher ausgemalt hatte. Ich mußte sie aus ihrem Körper herausnehmen.« Ein Mensch, der einmal seinen Körper verlassen mußte, kann freilich nie wieder dorthin zurückkehren. Mit anderen Worten: Kemper mußte morden, um sich seine sexuellen Traumvorstellungen zu erfüllen.

Über Sexfantasien wird auch in intakten Familien nicht gesprochen. Pubertierenden Jungen wird selten gesagt, daß überhaupt nichts dabei ist, wenn sie sich Spiele mit nackten Mädchen vorstellen. Andererseits bekommt das Kind angemessene Verhaltensweisen durchaus mit. Es sieht, wie seine Eltern sich umarmen, küssen und Händchen halten. Es akzeptiert die Tatsache, daß sie eine Liebesbeziehung unterhalten und geht davon aus, daß es eines Tages ein ähnliches Leben führen wird. Unsere Mörder dagegen haben in ihrer Kindheit keine Nähe zwischen ihren Eltern erlebt und ihnen auch nie so etwas wie Liebe entgegengebracht. Für die normalen Menschen ist die sexuelle Beziehung Teil der Liebe zu einem Menschen. Abweichende Persönlichkeiten verspüren den Drang zum Sex, ohne pesönliche Zuneigung zu empfinden, weil sie das nie gelernt haben. So denken sie nur daran, wie sie ›sich einen holen‹ oder ›irgendwen flachlegen‹ können. Daß es sich beim potentiellen Partner um ein Individuum, um einen Menschen handeln könnte, sehen sie nicht. Die meisten wissen nicht einmal, was sie mit einer Frau anfangen sollen, nachdem sie sie ›gehabt‹ haben.

Die Entwicklung der Denkstrukturen ist zur Zeit der Pubertät so gut wie abgeschlossen. Somit ist der Umgang einer

Person mit sich selbst und der Umwelt im wesentlichen festgelegt. Und davon wiederum hängt letztendlich ab, welche Bedeutung das Individuum Ereignissen in seiner Welt gibt. Der Gewalttäter driftet mehr und mehr in eine antisoziale Position ab, von der aus seine ganze Umgebung sich ihm als feindselig darstellt. Eine angemessene Interaktion mit der Außenwelt wird ihm fast unmöglich, weil er in seinen Gedanken alles auf sich bezieht. Ihm geht es nur noch darum, seine innere Anspannung durch Selbststimulierung abzureagieren, was ihn um so tiefer in die Isolation treibt. Ein wahrer Teufelskreis! Der vereinsamte Teenager gibt sich perversen Fantasien hin und versucht sie durch erste Vergehen teilweise auszuleben – eine Lüge, bei der ihn keiner ertappt; Tierquälerei, ohne daß ihm etwas dabei geschieht; ein hell loderndes Feuer; er schüchtert ein jüngeres Kind ein und wird nicht verpetzt. Er kommt jedesmal davon. Seine ›Heldentaten‹ fließen nun in neue Fantasievorstellungen ein. Die Grenzen für die Gewalt werden weiter hinausgeschoben, überhaupt wird intensiver von Gewalt geträumt. Dem folgen ein verstärkter Rückzug aus der Gesellschaft und bald danach neue Experimente zur Realisierung der Fantasien.

Im Laufe meiner Interviews stellte ich fest, daß es den Mördern extrem schwer fiel, über ihre frühen Fantasievorstellungen zu sprechen. Bei Ed Kemper setzten sie schon in sehr jungen Jahren ein, in unserem Interview konnte er sie jedoch nicht mit seinen ersten Morden in Verbindung bringen – er war fünfzehn, als er seine Großeltern erschoß. Durch langsames Herantasten brachte ich heraus, daß er das Verbrechen als Reaktion auf eine Strafmaßnahme auffaßte. Weil er auf der Farm seiner Großeltern Vögel und kleinere Tiere getötet hatte, nahmen sie ihm sein Gewehr weg. In ländlichen Gebieten dürfen Kinder häufig Gewehre haben und auch jagen – allerdings nur Wild. Kemper hatte jedoch wahllos geschossen. Er sah die Strafe nicht ein und sann auf Rache, während die Großeltern glaubten, mit der Konfiszierung der Waffe sei der Fall erledigt. Was er sich dabei gedacht hatte, wie er überhaupt darauf gekommen war, die Tiere einfach so zum Spaß abzuschießen, wollten sie nicht wissen. Ich brachte ihn in unserem Gespräch nicht so weit, daß er sich direkt dazu äußerte, nehme aber an, daß er seine Großeltern wohl auch deshalb erschoß, weil er seine Mordfantasien vor ihnen geheim halten wollte.

Was als Fantasievorstellung beginnt, endet als Teil eines Mordrituals. Ein Mann, der in in der Kindheit im Spiel der Barbiepuppe seiner Schwester den Kopf abgerissen hatte, enthauptete in späteren Jahren seine Opfer. Ein anderer verfolgte als Kind einen Kameraden mit einem Beil – als Erwachsener benutzte er eins für seine Morde. John Joubert stieß im Alter von dreizehn Jahren einem Mädchen von seinem Fahrrad herab einen Bleistift in den Rücken. Das erregte ihn. Da er nicht erwischt wurde, träumte er von noch mehr Gewalt. Als er das nächste Mal mit dem Rad losfuhr, verwundete er jemanden mit einer Rasierklinge. Bei näherer Befragung stellte sich heraus, daß Joubert kurz vor seinem ersten Überfall einen Freund verloren hatte. Zwischen ihm und dem etwas jüngeren Spielgefährten hatte sich eine beiden wohltuende, möglicherweise latent homosexuelle Beziehung entwickelt. Dann fuhr Johns Familie in die Sommerferien. Als sie zurückkamen, war sein Freund fortgezogen. Seine Mutter erklärte ihm, sie wisse auch nicht, wo er jetzt wohne, er müsse sich eben mit dem Verlust abfinden. Eine andere Mutter hätte ihrem Kind vielleicht geholfen, die neue Adresse aufzuspüren, es zum Schreiben ermutigt oder ihm einen Besuch in den nächsten Ferien in Aussicht gestellt. Mrs. Joubert machte ihrem Sohn die ganze Freude über die schöne Freundschaft zunichte. Kurz darauf verletzte er das Mädchen mit dem Bleistift. Damit überschritt er die Grenze zum kriminellen Verhalten. Hatten ihn seine Fantasien erst einmal zu richtigen Angriffen auf Menschen getrieben, war der Weg zum Morden vorgezeichnet. Ihn zur Umkehr zu bringen, war von da an kaum noch möglich gewesen. Im Falle einer Festnahme und Bestrafung hätte eine Therapie den auf ihm lastenden Druck abbauen helfen können. Vielleicht hätte das ihn von weiterer Gewalt abgehalten, aber – und das ist das Traurige – solche Maßnahmen sind in den wenigsten Fällen dazu geeignet, die Mordfantasien zu bändigen.

Obwohl sie durch das Zuhause und soziale Umfeld keine Förderung erfuhren und sie schlimme Gewaltfantasien entwickelt haben, bleiben sehr viele potentielle Verbrecher lange diesseits der Schwelle zur tatsächlichen Gewalt. Diese jungen Männer sind tickende Zeitbomben, die nur auf den richtigen Anlaß für die Explosion warten. Ihre Geschichte zeigt uns, daß es erst dann zum großen Knall kommt, wenn sie vorher selbst unter großer Anspannung standen. In Jouberts Fall war der plötzliche Verlust des einzigen Freundes ausschlaggebend für den ersten Überfall. Später, als er bei der Air Force diente, waren es die Verlegung seines Zimmergenossen und eine zur selben Zeit fällige unerwartet teure Reparatur an seinem Wagen, die ihn in die Gemütsverfassung brachten, seine neueste Fantasievorstellung auf schreckliche Weise zu verwirklichen – die Verschleppung und Ermordung eines Jungen.

Monte Rissell ging von Vergewaltigungen zu Morden über, nachdem er von einer Erziehungsanstalt in die High School zurückkehrte – und das, obwohl er im Rahmen der Bewährungshilfe eine Psychotherapie erhielt. Das auslösende Moment: Seine Freundin, die ein Jahr weiter war als er und inzwischen am College studierte, teilte in einem Abschiedsbrief mit, daß sie ihre Zeit lieber mit anderen Männern verbrachte. Rissell fuhr zu diesem College und beobachtete sie heimlich mit ihrem neuen Freund, tat aber sonst nichts. Wieder daheim, blieb er lange in seinem Wagen sitzen. Er trank Bier, rauchte einen Joint und grübelte bis spät in die Nacht. Gegen zwei Uhr stellte eine Frau ihren Wagen dort ab, eine Prostituierte. Da die Straße menschenleer war, nahm er sich vor, bei ihr mit vorgehaltener Waffe das zu erzwingen, was er von seiner Ex Freundin nicht mehr bekam. Mit einer Pistole trat er auf den Wagen zu und verschleppte, vergewaltigte und ermordete die Frau. Danach tötete er vier weitere Frauen.

Der Anlaß für Richard Marquettes ersten Mord war seine

Impotenz bei einer Frau, die er in einer Bar aufgerissen hatte. Ted Bundy gab vermutlich der Entzug der finanziellen Unterstützung den Rest. Er mußte daraufhin sein Jurastudium abbrechen. Ich höre schon das Argument, ohne diese Belastung hätte Bundy vielleicht zuende studiert, eine nette Frau kennengelernt, die ihm viele seiner Bedürfnisse befriedigt hätte, und wäre so nie zum Mörder geworden; er wäre ein besonders aggressiver Staatsanwalt geworden, hätte Prostituierte aufgesucht, vielleicht sadomasochistische Beziehungen unterhalten und anderweitig seinen Haß abreagiert – doch all das wäre gerade noch am Rande des Akzeptablen gewesen. Dergleichen entzieht sich natürlich unserem Wissen, aber ausgehend von Bundys späteren Verhaltensweisen nehme ich immer noch an, daß er irgendwann doch die Schwelle zum Mord überschritten hätte. Zu lange schon hatte er seine sexuelle Begierde mit dem Bedürfnis nach Gewalt und Zerstörung miteinander verbunden. David Berkowitz' Probleme wurden übermächtig, als seine leibliche Mutter sich weigerte, ihn bei sich aufzunehmen. (Natürlich war sein Wunsch von vorneherein zum Scheitern verurteilt.) Nach der Entlassung aus dem Gefängnis kehrte Ed Kemper auf Drängen seiner Mutter zu ihr zurück. Obwohl sie ihn mit allen Mitteln freigekämpft hatte, zankte sie ständig mit ihm und hielt ihm vor, er sei schuld daran, wenn kein Mann mit ihr ausgehen wolle. Nach einem besonders häßlichen Streit knallte Kemper die Tür hinter sich zu, sprang in seinen Wagen und brauste davon. Er nahm sich vor: ›Die erste schöne Frau, die mir über den Weg läuft, muß dran glauben.‹ Dann begab er sich tatsächlich auf die Suche nach einem geeigneten Opfer und fand bald eins auf dem Campus. Er bot ihr an, sie nach Hause zu fahren.

Tausende sehen sich mit den Streßsituationen konfrontiert, die bei gefährdeten Personen anscheinend immer den Gewalttaten vorangehen – dem Verlust des Arbeitsplatzes, dem Zerbrechen einer Beziehung, Problemen mit dem Geld. Sie können damit umgehen, weil sie dank einer normalen Entwicklung über ein genügend stabiles Gerüst verfügen. Bei den potentiellen Mördern dagegen ist das Gerüst von

Anfang an wackelig. Dasselbe gilt für ihre mentalen Strukturen. Angesichts widriger Umstände wie zum Beispiel plötzlicher Arbeitslosigkeit igeln sie sich ein, konzentrieren sich nur noch auf dieses eine Problem und schließen alles andere aus – mit Ausnahme ihrer Fantasien, von denen sie sich eine Lösung versprechen. Weil er seine Freundin verloren hat, kümmert ein solcher Mensch sich nicht mehr richtig um die Arbeit, was zu seiner Entlassung führt. Ohne Job und Zuwendung stößt er auf neue Schwierigkeiten, die er zuvor noch bewältigt hätte, die ihm nun aber übermächtig erscheinen. Solche Belastungen sind dann der Tropfen, der das Faß zum Überlaufen bringt.

Der Akt der Grenzüberschreitung ist in doppelter Hinsicht zerstörerisch: in bezug auf sich selbst und in bezug auf die Gesellschaft. Der Verbrecher weiß, daß er etwas Schlimmes tut und leiden wird, wenn man ihn erwischt. Doch zwingt ihn all das, was ihm zuvor im Leben widerfahren ist, zum Weitergehen. Erst später, nachdem er mehr Verbrechen begangen hat, wird er sich für unbesiegbar halten. Nur bei dem ersten vorsichtigen Annähern an diese Grenze ist er sich seiner Sache nicht so sicher.

In ihm hat sich so viel aufgestaut, daß der potentielle Mörder ein Ablaßventil braucht. Nun muß nur noch ein geeignetes Opfer aufzutauchen, eins das ihn nicht gefährden kann, damit aus dem potentiellen ein tatsächlicher Mörder wird.

Die Tat ist begangen, die Grenze überschritten und eine Umkehr nicht mehr möglich. Er hat Angst und ist zugleich elektrisiert. Während des Verbrechens war er übererregt und hat sich wohl dabei gefühlt. Er rechnet mehrere Tage lang mit der fälligen Strafe, doch nichts geschieht. Vielleicht hat er nach der Tat ein schlechtes Gefühl und nimmt sich vor, seinen Drang unter Kontrolle zu bringen. Bill Heirens berichtete uns, daß er sich ins Badezimmer einschloß und den Schlüssel zum Fenster hinauswarf, als er spürte, wie es ihn wieder überkam und zu einem neuen Verbrechen trieb. Es half ihm nichts. Mit einem Bademantel bekleidet, kletterte er aus dem Fenster und beging trotz allem eine gräßliche Bluttat. Verbreiteter sind die Fälle, in denen der Mörder nach dem ersten Verbrechen noch egozentrischer als je zuvor wird. Er ist davon überzeugt, daß er es wieder tun kann und wieder ungeschoren davonkommt. Teile seines ersten Mordes flicht er in die nächste Fantasievorstellung mit ein, und schon plant er neue Verbrechen: Ich könnte mehr mit ihr spielen und sie dann erst erwürgen. Eigentlich sollte ich nur den Rumpf zurücklassen, dann kann die Polizei sie nicht identifizieren. Und wenn der Junge bestimmte Dinge sagen und tun muß, ehe ich mich auf ihn stürze? Und wenn ich ihren Ring mitnehme? Den könnte ich mir anschauen, wenn ich die Sache daheim noch mal durchspiele. Warum fahre ich eigentlich nicht in die nächste Stadt? Es muß doch wirklich nicht in der Nachbarschaft sein. Wie wäre es, wenn ich das nächste Mal Fesseln mitnehme? Dann müßte ich nicht soviel improvisieren. Muß es das nächste Mal wieder ein Messer sein? Oder wäre eine Pistole vielleicht besser?

Nun, da er den ersten Mord hinter sich hat, benötigt er keinen äußeren Anlaß mehr. Der Mörder befindet sich jenseits der Grenze und plant die nächsten Verbrechen regelrecht. Anders als das erste geschehen sie nicht mehr aus einem Impuls heraus. Von nun an wird er sich seine Opfer sorgfältig auswählen, den Mord nach allen Regeln der ›Kunst‹ begehen und dem Opfer weitaus mehr Gewalt antun als beim erstenmal. So wird der einsame Junge aus einem abweisenden Elternhaus zum Serienmörder.

5
Der Tod eines jungen Zeitungsausträgers

Im September 1983 sollte ich an meiner Alma Mater, der Michigan State University, ein Kriminologieseminar abhalten. In Chicago schien die Sonne, die ersten Blätter färbten sich, und der Campus sah herrlich aus. Ich war bestens gelaunt, doch das sollte sich schnell ändern. Im Hotel überreichte mir der Portier einen Zettel mit der Bitte um sofortigen Rückruf in meinem Büro. Jedesmal wenn ich eine solche Nachricht erhalte, überläuft es mich eiskalt. Mir ist bereits klar, daß etwas Entsetzliches geschehen ist. Schlimme Nachricht kommt stets zu früh, heißt es. Besonders wir Polizisten können ein Lied davon singen. Ich rief zurück, und mein Vorgesetzter setzte mich von der Verschleppung und Ermordung eines jungen Zeitungsausträgers in Bellevue, einem Vorort von Omaha, Nebraska, in Kenntnis. Der Name des Jungen war Danny Joe Eberle. Ich erhielt den Auftrag, sofort dorthin zu fliegen und mich an den Ermittlungen zu beteiligen. Natürlich ließ ich mich nicht zweimal bitten.

Auf Anhieb fielen mir zwei ähnliche Fälle ein. Fast exakt ein Jahr zuvor war in Des Moines an einem Sonntagmorgen der minderjährige Johnny Gosch unter ähnlichen Umständen verschwunden. Auch er hatte Zeitungen ausgetragen. Nur war er nie gefunden worden. Das FBI hatte sich damals sehr zum Unwillen der Eltern nur zögerlich in die Ermittlungen eingeschaltet. Mrs. und Mr. Gosch hatten mir gegenüber aus ihrer Verbitterung kein Hehl gemacht. Da das Verbrechen innerhalb der Grenzen ihres Staates verübt worden war, ging es das FBI, das ja nur in Bundesangelegenheiten ermittelt, strenggenommen nichts an. Andererseits kann man zu Recht erwarten, daß die oberste Polizeibehörde bei Entführungen nicht die Hände in den Schoß legt. Beim Verschwinden des kleinen Adam Walsh war es genauso gewesen. Die Polizei in Florida hatte das FBI um Mithilfe gebeten, aber es hatte mit dem Argument abgelehnt, lokale Angelegenheiten fielen nicht in seinen Aufgabenbereich. Erst als man Adams Kopf in einem Kanal fand und einen Verdächtigen präsentierte, dessen Wagen in einem anderen Bundesstaat zugelassen war, reagierte das Bureau. Der Vater, Joe Walsh, lehnte dann allerdings dankend ab. Den Grund erklärte er mir später: Solange mein Sohn als vermißt galt, wollte das FBI nichts von der Sache wissen, aber als man den Kopf gefunden hatte und jede Hilfe zu spät kam, da sagte es plötzlich seine Unterstützung zu. Auf die Art von Hilfe könnte er aber verzichten. Ich hatte sowohl den Gosch' als auch den Walsh' beigepflichtet. Auch meiner Meinung nach hätte sich das FBI sofort und mit Nachdruck einschalten müssen.

Das Problem beim FBI war damals noch die fehlende Rechtsgrundlage. Während meiner Ausbildung zum Agent hatten wir die Bundesgesetze eingetrichtert bekommen, die in den Bereich des FBI fielen. Dazu gehört zum Beispiel das Wandervogelgesetz (wir nannten es das Blaureihergesetz). Demnach verstößt gegen Bundesrecht, wer bestimmte Wandervögel tötet. Ähnlich verhält es sich, wenn man seinen ausrangierten Kühlschrank zur Abholung durch den Sperrmüll auf die Straße stellt, ohne vorher die Tür abmontiert zu haben. Beide Gesetze waren seinerzeit nötig gewesen: Das zum Vogelschutz, weil man eine bestimmte Gattung ihrer Federn wegen, die man für Damenhüte brauchte, am Anfang dieses Jahrhunderts fast schon ausgerottet hatte; und das Kühlschrankgesetz war nötig, weil immer wieder Kinder in herumstehenden Kühlschränken erstickt waren, nachdem sie hineingekrochen waren und danach die Tür von innen nicht mehr entriegeln konnten.

Zu Serienmorden gab es kein einziges Bundesgesetz, und bei Entführungen war das Einschreiten des FBI nur dann vorgesehen, wenn Forderungen gestellt wurden. Die Tragödien der Familien Walsh und Gosch sowie die fortwährenden heftigen Proteste von Kinderschutzverbänden trugen letztendlich dazu bei, daß man sich in Washington eines besseren besann und im Fall von vermißten oder entführten Kindern die Rechtsgrundlage bundesweit vereinheitlichte. Anfang der achtziger Jahre schuf die Regierung Reagan eine neue Rechtsgrundlage, wonach Mord, Entführung und andere schwere Verbrechen in den Kompetenzbereich des FBI fielen. Als Danny Joe Eberle entführt wurde, war das Gesetz frisch verabschiedet worden. Beim FBI brannte man darum förmlich darauf, seine Fähigkeiten unter Beweis zu stellen.

Kaum war die Vermißtenmeldung eingegangen, stellte der verantwortliche Special Agent der Zweigstelle Omaha seinen Deputy Johnny Evans in das nahegelegene Bellevue bis zur Lösung ab. Johnny Evans war ein FBI-Agent wie aus dem Lehrbuch – drahtig, athletisch, verbindlich, ein Typ, dem man auf Anhieb glaubt, daß seine Behörde es ernst meint. Johnny Evans setzte sich auch mit aller Entschlossenheit ein. Dabei stimmte er sich stets mit den örtlichen, staatlichen und militärischen Ermittlern ab. Eine solch enge Zusammenarbeit war damals noch beispiellos in den Vereinigten Staaten.

Zweieinhalb Tage nach der Verschleppung wurde die Leiche des Jungen gefunden. Unmittelbar danach wurde ich um Mithilfe gebeten. Selten hatte ich zuvor die Möglichkeit gehabt, frisch am Tatort einzugreifen. Hier bekam ich die Ermittlungen endlich mal wieder hautnah mit und konnte mich mit den anderen Beamten kurzschließen. Das war schon etwas anderes als das sonstige Herumtelefonieren und -faxen. Ich stand nicht mehr im Klassenzimmer, sondern an vorderster Front.

Keine Frage, ich war ganz bestimmt einverstanden mit meinem Einsatz. Meine Vorgesetzten waren es nicht minder, freilich hatte ihre Entscheidung auch mit politischem Kalkül des FBI zu tun. Man wollte demonstrieren, daß die Rechtsbefugnisse des FBI zu Recht erweitert worden waren. Meiner Meinung nach bestand auch ein enormer Bedarf an Diensten, wie sie nur das FBI leisten kann, zumal nun das VICAP-Programm eingeführt werden sollte und wir in der Erstellung von Täterprofilen ein gutes Stück vorangekomen waren. Die beim FBI traditionell erstklassigen Labortechniker muß ich wohl nicht extra erwähnen.

In Omaha schneite es. Damit hatte ich nach dem milden Wetter in Michigan nun wirklich nicht gerechnet. Ich zitterte vor Kälte, als mich der Bezirks-Sheriff Pat Thomas am Flughafen abholte und ins Polizeirevier von Bellevue fuhr. Das Einsatzteam stand bereits, und im Revier herrschte rege Betriebsamkeit. Johnny Evans freute sich über mein Kommen. Obwohl er schon lange beim FBI arbeitete, hatte er bislang meistens mit organisiertem Verbrechen, Bankraub und Wirtschaftskriminalität zu tun gehabt. Mit Morden, zumal so abstoßenden wie dem an dem kleinen Zeitungsausträger, hatte er keine Erfahrung.

Bellevue kann als typisch für den mittleren Westen gelten. Ruhige, anständige Bürger mit eher bescheidenem Einkommen leben dort. Solche Orte fallen einem auf Anhieb ein, will man die Lebensqualität erklären, für die Amerika in der Welt steht.

Danny Joe Eberle stand an jenem Sonntag noch vor Sonnenaufgang auf, zog sich bis auf die Schuhe fertig an – er war trotz der Vorhaltungen seiner Eltern am liebsten barfuß unterwegs – und fuhr mit dem Rad zum örtlichen Gemischtwarenladen, wo die Zeitungen für ihn bereitlagen. Er fuhr jeden Sonntag dieselbe Route. Der dreizehnjährige Blondschopf war einen Meter fünfundfünzig groß und wog knapp einen Zentner. Sein Vater arbeitete bei der Post, sein älterer Bruder fuhr ebenfalls Zeitungen aus.

Um sieben Uhr bekam Dannys Vertriebsleiter die ersten Beschwerden über das Ausbleiben der Zeitung. Er ging nachsehen, konnte nichts feststellen und rief Mr. Eberle an. Der hatte keine Ahnung vom Verbleiben seines Sohnes. Nachforschungen ergaben, daß die ersten drei Zeitungen noch geliefert worden waren. Vor dem Zaun des vierten Anwesens fand man Dannys Fahrrad. Die Zeitungen waren noch alle im Beutel, doch von Danny fehlte jede Spur. Zeichen eines Kampfes gab es nicht. Nun wurde die Polizei alarmiert, die sogleich das FBI einschaltete. Ein erster Verdacht, Danny wäre vielleicht mit einem Onkel und einer Tante in einen anderen Bundesstaat gefahren, erwies sich schnell als haltlos. Die Polizei startete auf der Stelle eine aufwendige Suchaktion. Jedes Haus und die gesamte nähere Umgebung wurde durchkämmt. Am Mittwochnachmittag fand man Dannys Leiche vier Meilen außerhalb des Ortes im kniehohen Gras einer Wiese am Rande eines Feldwegs.

Ich fuhr unverzüglich hinaus. Anhand von Tatortfotos kann man sehr viele Aufschlüsse gewinnen, aber nichts geht über Ermittlungen vor Ort. Man kann sich ein vollständiges Bild machen und Zusammenhänge zwischen Einzelheiten erkennen, die einem sonst vielleicht nie aufgefallen wären. So stellte ich auf den ersten Blick fest, daß der Feldweg bald einfach aufhörte. Auf einem Foto wäre das nicht deutlich geworden, es sei denn, man hätte die ganze Umgebung aufgenommen. Genausowenig wäre aus den Fotos ersichtlich geworden, daß sich in der Nähe zwei Feldwege kreuzen, von denen einer zu einem Fluß führt. Warum hatte der Mörder – oder waren es mehrere? – die Leiche nicht in den Fluß geworfen? Sie wäre davongetrieben oder zumindest besser verborgen gewesen. Die Stelle eignete sich übrigens gut für Partys im Freien. Weggeworfene Bierdosen und anderer Abfall belegten das. Es konnte also jederzeit jemand vorbeikommen. Zwar wucherte hohes Unkraut, aber die Fundstelle war vom Feldweg durchaus einsehbar. Der Täter hätte vom Scheinwerferlicht eines vorbeifahrenden Wagens erfaßt werden oder bei Tag aus der Ferne gesehen werden können.

Der Öffentlichkeit wurde mitgeteilt, daß Danny Joe Eberle erstochen worden war. In Wirklichkeit war alles noch viel entsetzlicher. Der kleine Zeitungsausträger war grausam verstümmelt worden. Der Tote hatte mit dem Kopf nach unten dagelegen, als wäre er ins Unkraut gefallen oder geworfen worden. Seine Hände und Füße waren hinter dem Rükken mit einem Strick zusammengebunden worden. Der Mund war mit einem breiten Heftpflaster zugeklebt. Bis auf die Unterhose war er nackt. Brust und Rücken waren mit Messerstichen übersät. Sein Hals war aufgeschnitten worden. Von der Schulter fehlte ein Stück, und in die linke Wade war ein sonderbares Zickzackmuster geritzt worden. Das Gesicht war übel zugerichtet worden, und die Haut wies vorne wie hinten Abdrücke von Kieselsteinen auf.

In seinem Gutachten vertrat der Gerichtsmediziner die

Ansicht, daß die Leiche mehrfach bewegt worden war – darauf deutete ein unter dem Pflaster klebender Kieselstein – und daß der Entführer Danny möglicherweise erst einen Tag nach seiner Verschleppung getötet hatte. Für eine Vergewaltigung gab es keine Hinweise. Auch war Danny die Unterhose nicht heruntergezogen worden.

Die Eindrücke am Fundort und Gespräche mit Einsatzbeamten und Zeugen ermöglichten mir ein erstes Bild. Danny Joes älterer Bruder gab zu Protokoll, daß ihm ein jüngerer Mann in einem braunen Wagen mehrere Male gefolgt war, als er seine Zeitungen ausgetragen hatte. Andere konnten den Mann zwar nicht genau beschreiben, bestätigten jedoch, hin und wieder einen Autofahrer gesehen zu haben, der anscheinend Jungen in Dannys Alter gefolgt war.

Nachdem ich genügend Informationen gesammelt hatte, erstellte ich ein provisorisches Profil. Demnach war Danny Joe Eberles Mörder ein noch junger Weißer um die zwanzig. Der Leser weiß bereits, daß die meisten Serienmörder Weiße sind. Abgesehen davon lebten in dieser Gegend nur Weiße. Ein Mann afrikanischer, lateinamerikanischer oder asiatischer Herkunft wäre sofort aufgefallen. Auf den Schluß, der Täter müsse jung sein, brachten mich zwei Umstände: Der Mann hatte offensichtlich noch experimentiert, und er hatte den Toten in der Nähe einer Straße liegen lassen. So handeln in der Regel Ersttäter. Andererseits konnte der Mörder natürlich nicht allzu jung sein, denn er hatte Führerschein und Auto. Ich hielt es für möglich, daß Danny ihn oberflächlich gekannt hatte. Immerhin war er anscheinend freiwillig zu ihm ins Fahrzeug – einen Pkw oder einen Kleinbus – gestiegen. Ob es sich um einen oder um mehrere Mörder handelte, war mir noch nicht klar. Ein oder zwei andere junge Burschen hätten ja den Gewalttäter begleiten können. Vielleicht hatte einer den Jungen auf die Ladefläche gelockt. Dann hätte ihn der andere überwältigt, während sein Partner losgefahren wäre. Nach allem, was ich über das Opfer wußte, konnte ich einen Vergewaltigungsversuch nicht ausschließen. In diesem Fall hätte Danny sich verzweifelt gewehrt und wäre dabei ermordet worden. Andererseits waren an seinem Körper keinerlei Spuren eines Kampfes festgestellt worden. Die Art und Weise, wie der Mörder die Leiche am Feldwegrand hatte liegen lassen, wies auf eine Panikreaktion hin. Vielleicht hatte er Hals über Kopf die Flucht ergriffen und darum kein besseres Versteck gesucht. Ich schrieb weiter: ›Der Täter hat die Leiche an einem immerhin schwach befahrenen Feldweg abgeladen. Das läßt den Schluß zu, daß er nicht kräftig genug war, um sie in einem Wald zu verstecken.‹ Ich hielt es für möglich, daß der Verdächtige die Gegend einigermaßen kannte und mehrmals aufgesucht hatte. Das Gutachten des Gerichtsmediziners und das Fehlen von Schürfwunden unter den Fesseln überzeugten mich davon, daß der Junge sich vor seiner Ermordung hatte frei bewegen können und wohl auch gut behandelt worden war.

Was den Mörder selbst betraf, so äußerte ich die Vermutung, daß er aus der Gegend stammte – oder zumindest kein Fremder oder Durchreisender war. Ich hielt ihn für einen allein lebenden Junggesellen von nicht allzu hohem Bildungsniveau. Möglicherweise war er arbeitslos. Und wenn er eine Stelle hatte, dann eher in untergeordneter Position oder gar nur als Hilfsarbeiter. Das Verbrechen bewies ein gewisses Maß an Intelligenz, aber sehr hoch konnte sie nicht sein, denn er hatte die einzelnen Aspekte nicht vorausgeplant. Das war auch der Grund, warum ich ihm kein Studium zutraute. Die fachmännisch angelegten Fesseln verrieten mir wiederum handwerkliches Geschick. Nach der Analyse der Wunden, Fesseln und des Pflasters war das Fehlen von Spuren einer Vergewaltigung das wichtigste Indiz. So etwas weist fast immer auf einen jüngeren Mann hin, der noch keine auf Gegenseitigkeit beruhenden sexuellen Erfahrungen mit Gleichaltrigen, egal ob männlichen oder weiblichen Geschlechts, gesammelt hat. Da dergleichen in unserer Gesellschaft höchst ungewöhnlich ist, drängt sich der Verdacht auf psychische Probleme in der Pubertät auf. Unser Mörder hatte sich darauf beschränkt, den Jungen bis zur Unterhose auszuziehen. Darum schrieb ich: ›Der Täter oder Haupttäter leidet vermutlich unter chronischen sexuellen Problemen, was auf Abartigkeit und bizarre sexuelle Erlebnisse in der Kindheit schließen läßt.‹ Aufgrund vieler anderer Fälle, in denen der Mörder seine Opfer zwar nicht penetriert, aber grausam verstümmelt hatte, wußte ich, daß Verbrechen auf dieser Ebene der Brutalität nur verübt werden, wenn ihnen perverse Fantasievorstellungen den Weg geebnet haben – Visionen, die sich auf die eine oder andere Art auch schon in den Jahren zuvor manifestiert haben. Ich fuhr also fort: ›Er bezieht mit Sicherheit Hardcorepornohefte. Experimente der bizarrsten Natur sind seit Eintreten der Geschlechtsreife anzunehmen. Dazu können Versuche mit Tieren, aber auch Schändung jüngerer Kinder sowohl männlichen als auch weiblichen Geschlechts gehören.‹ Wie erwähnt, werden solche Verhaltensweisen oft Leuten zugeschrieben, die später zu Mördern werden. Man mag mir an dieser Stelle einen Widerspruch vorhalten: Einerseits wußte ich, daß der Mörder sein Opfer nicht penetriert hatte, andererseits schloß ich Vergewaltigungen kleinerer Kinder nicht aus. Nun, es war ja möglich, daß er in der Gegenwart von Kumpanen nicht so weit gehen wollte. In meinem Profil hieß es weiter: ›Mit ziemlicher Sicherheit war der Mörder in jüngster Zeit besonderen Belastungen ausgesetzt. Dazu können gehören: der Bruch mit einer Freundin, der Verlust des Arbeitsplatzes, Entlassung aus der Schule, Schwierigkeiten mit der Familie.‹ Auch das weiß der Leser inzwischen, psychischer Druck ist bei solch gefährdeten Leuten mit ausschlaggebend für den ersten Mord – und ich ging ja von einem Ersttäter aus. ›Des weiteren‹, argumentierte ich, ›ist anzunehmen, daß der Betreffende, vorausgesetzt, er befindet sich in einem Anstellungsverhältnis, mehrere Tage vor und nach dem Verschwinden des kleinen Eberle an seinem Arbeitsplatz fehlte.‹ Dieses Kriterium ist typisch für solche abartigen Täter. Berkowitz und andere hatten mir erzählt, daß sie in der Zeit kurz vor und nach einem Mord an gar nichts anderes mehr denken konnten und darum ihren gewöhnlichen Aufgaben nicht nachkamen.

Dem Umstand, daß der Mörder am Sonntag bereits um sechs Uhr morgens unterwegs war, entnahm ich, daß er für niemanden verantwortlich war und darum wohl kaum mit einer Frau oder besorgten Eltern zusammenlebte. Sollte Dannys Mörder den Jungen einen Tag lang am Leben gelassen haben, mußte er ein gutes Versteck gewußt haben. Warum er Danny bis auf die Unterhose auszog, darüber war ich mir nicht im klaren. Die Gründe dafür mußten nicht notwendigerweise sexueller Natur sein. Er hätte Danny auf diese Weise auch am Weglaufen hindern können. Da der Mörder dem Jungen die Messerwunden wahllos zugefügt hatte, nahm ich an, daß die Tat aus einem Impuls heraus geschehen war. Nach dem Tod seines Opfers hatte der Mann dann versucht, ihm das Genick aufzuschneiden. Vielleicht hatte er es enthaupten und ihm die Gliedmaßen abschneiden wollen, dann aber aufgegeben, weil es ihm zu anstrengend war, und die Leiche an der erstbesten Stelle abgeladen. Das hieß für mich, daß der Mann noch nie eine Leiche zerstückelt hatte. Vorausgegangene Morde wollte ich trotzdem nicht ausschließen.

Ein Aspekt, dessen Bedeutung mir allerdings noch nicht ganz klar war, erschien mir sehr wichtig: Eine Schulter und ein Bein wiesen rätselhafte Wunden auf. Aus welchem Grund mochte ein Mörder ein Stück Fleisch von der Schulter und von der Innenseite des Beins wegschneiden? Ich hatte einen vagen Verdacht, daß er vielleicht Bißwunden kaschieren hatte wollen. Bisse in der Ekstase passen zu einem Sexualmord. Und daß es sich um einen solchen handelte, davon ging ich aus.

Da der Mörder sich kaum unter Kontrolle hatte (wie die Spuren am Fundort bewiesen), nahm ich an, daß er sich irgendwie in die Untersuchung einmischen würde, sei es als angeblich hilfsbereiter Bürger, der in Wahrheit mehr über den Stand der Dinge erfahren will, sei es, daß er sich in der Nähe des Fund- und Tatortes, des Leichenschauhauses oder des Grabes herumtrieb. Da einiges für meine Vermutungen sprach und der Täter nicht vorgewarnt werden sollte, schlug ich vor, daß etwaige Phantombilder nicht veröffentlicht, sondern nur an die Ermittler weitergegeben werden sollten. Einige Zeit lang stellten wir Leute zur Beobachtung all dieser Orte ab, doch es führte zu keinem greifbaren Erfolg.

Zusätzlich zu meinem Profil erstellten wir eine provisorische VICAP-Analyse. Dazu benutzte ich den Computer in meinem Kopf (der von Quantico stand mir hier ja nicht zur Verfügung) und kam zu dem Schluß, daß keine Parallelen zum Fall Gosch vorlagen. Eberles Leiche war gefunden worden, die des kleinen Gosch war noch verschollen. In meinen Augen war Goschs Entführer weitaus systematischer vorgegangen als der Mörder von Danny Joe Eberle. Die Medien bauschten die Verschleppung zweier Zeitungsausträger an einem Sonntagmorgen natürlich auf. Ich, der ich mehr Details kannte und im Vergleich von Verbrechen versiert bin, ging von zwei verschiedenen Tätern aus.

Den Strick, mit dem der Mörder Eberle gefesselt hatte, schickten wir zur Analyse ins Labor. Dort hatte man jedoch nichts Vergleichbares auf Lager. Auch das war ein wichtiger Hinweis, denn sobald irgendwo ein gleichartiger Strick auftaucht, hat man einen Verdächtigen. Das FBI stellte freilich nicht nur sein Labor zur Verfügung, es setzte wirklich sein gesamtes logistisches und wissenschaftliches Arsenal ein. So wurde unser Hypnoseteam eigens aus San Antonio angefordert. Eberles älterer Bruder und mehrere Zeugen ließen sich bereitwillig hypnotisieren, aber die Hoffnung, sie würden sich in diesem Zustand an bedeutende Details erinnern, trog. Dennoch trug auch das bißchen an zusätzlicher Information zu unserem besseren Verständnis bei. Obwohl ich – wie auch Johnny Evans – davon überzeugt war, daß der Mörder erneut zuschlagen würde, hatte ich nun meinen Auftrag in Bellevue bis auf weiteres erfüllt und kehrte nach Quantico zurück. Das Einsatzteam tat auch ohne mich alles Menschenmögliche. Dannys Hinterbliebenen trugen den Verlust mit Fassung. Geholfen haben ihnen dabei ihr fester Glaube und der Beistand verständnisvoller Leute in ihrer Nachbarschaft und Kirchengemeinde. Als Vater eines heranwachsenden Jungen konnte ich ihre Trauer nur allzugut nachempfinden.

Anfang Dezember des gleichen Jahres unterrichtete ich an einer *road school* in Alabama, als mich ein Anruf von Johnny Evans erreichte. Erschüttert berichtete er mir von der Ermordung eines Jungen – erneut in der Nähe von Omaha. Sie hatten die entsetzlich verstümmelte Leiche soeben gefunden. Unsere schlimmsten Befürchtungen hatten sich also bewahrheitet. Hals über Kopf flog ich – wieder ohne Winterkleidung – nach Omaha und stapfte noch am selben Tag mit Thomas Evans und anderen Beamten, mit denen ich im September zusammengearbeitet hatte, durch den Schnee. Am Freitag des zweiten Dezember hatte sich Christopher Paul Walden, Sohn eines Offiziers an der Offutt Air Base im Sarpy County, zu Fuß auf den Schulweg gemacht. Lebend war er zuletzt gesehen worden, als er zu einem Mann in den Wagen gestiegen war. Drei Tage später fanden zwei Vogeljäger seine Leiche in einem dicht bewachsenen Wald fünf Meilen vom Ort der Entführung entfernt. Auch Walden war erstochen worden und hatte außer seiner Unterhose nichts an. Der Mörder hatte ihm den Kopf fast ganz abgetrennt, so tief ging der Einschnitt in der Kehle. Die ermittelnden Beamten zweifelten nicht einen Augenblick daran, daß es sich in beiden Fällen um denselben Täter handelte. Aus den Wunden war klar ersichtlich, daß das Ausmaß an Brutalität und Sadismus zunahm. Christopher Walden war etwa so groß wie Eberle, aber sieben Kilo leichter.

Zum Glück war das zweite Opfer relativ schnell gefunden worden, denn Schneefall hatte an diesem Tag eingesetzt. Nur wenige Stunden später wären die Leiche und mit ihr sämtliche Spuren vollgekommen zugeschneit gewesen. Dann aber hätte man sie wohl erst nach der Schneeschmelze im Frühling entdeckt. Mögliche Hinweise auf den Mörder hätten keine Aussagekraft mehr gehabt, und – noch schlimmer – er hätte bis dahin wieder zuschlagen können.

In vielen Fällen sind die Orte, an denen das Opfer entführt, ermordet und schließlich gefunden werden, nicht identisch. Letzterer wird als Fundort bezeichnet. Er ist, was Beweismittel betrifft, der ergiebigste von den dreien. Die Stellen, an denen das Opfer entführt und ermordet wurde, lassen sich vielleicht nie ermitteln. Die Kinder werden verschleppt oder weggelockt, woanders ermordet und wieder an einer anderen möglichst weit entfernten Stelle abgeladen. Damit will der Mörder Spuren, die auf seine Beziehung zum Opfer hinweisen könnten, verwischen. Der kleine Eberle war an einer anderen Stelle ermordet und dann zum Fundort in der Nähe des Flusses gebracht worden. Das zweite Opfer nun war tief im Wald verborgen gewesen. Alle Anzeichen sprachen dafür, daß es dort auch ermordet worden war. Inzwischen vom Schnee fast zugedeckte Fußspuren von zwei verschiedenen Menschen führten dorthin. In die entgegengesetzte Richtung war aber nur noch einer gegangen. Waldens Kleider lagen fein säuberlich aufeinandergestapelt neben ihm. Er war eindeutig an dieser Stelle ermordet worden. Alles sprach also dafür, daß Tat- und Fundort identisch waren. Auch darin sah ich ein wichtiges Indiz, verriet es mir doch, daß nur noch ein Einzeltäter in Frage kam, der darüber hinaus relativ schmächtig sein mußte. Ganz eindeutig hatte er den Jungen gezwungen, mit ihm in den Wald zu gehen, und ihn dann dort ermordet.

In meinen Augen war der Mörder ein erbärmlicher Feigling. Ähnlich wie alte Damen bedeuten Kinder ein geringes Risiko. Kinder sind zu jung oder verängstigt, um einem vielleicht älteren, aber nicht sehr viel stärkeren Kerl Widerstand zu leisten. Andererseits mußte ich zur Kenntnis nehmen, daß dieser Mörder im Vergleich zum ersten Mal seine Methode verbessert hatte. Ich versuchte mich in ihn hineinzuversetzen und seinen Gedankengang nachzuvollziehen. Das sah ungefähr so aus:

Beim erstenmal habe ich noch alles dabei gehabt, das Pflaster und den Strick. Vielleicht haben sie das im Labor analysieren lassen. In Zukunft nehme ich so was nicht mehr mit, ich brauche es ja auch gar nicht, mit den Kleinen werde ich auch so fertig. Ich muß mir bloß eine List einfallen lassen. Und danach setze ich ihn unter Druck, bedrohe ihn. Vielleicht sollte ich ihn besser in einen Wald bringen. Und seine Kleider lasse ich dort liegen. Ins Auto wie neulich kommen sie auf keinen Fall mehr. Wir gehen zusammen in den Wald, dort ziehe ich ihn aus und bringe ich ihn zum Schluß um.

Aufgrund der systematischeren Vorgehensweise revidierte ich meine Mutmaßung über das Alter des Mörders. Er war eher über als unter zwanzig. Diesmal stand fest, daß er den Jungen nicht ausgezogen hatte, um ihn an der Flucht zu hindern. Er verfolgte eindeutig sexuelle Absichten, obwohl er auch dieses Opfer nicht penetriert hatte. Für mich stand bereits fest, daß der Mann ein gestörtes Verhältnis zur Sexualität hatte. Ich wäre überrascht gewesen, hätte er auch nur einmal auf Gegenseitigkeit beruhende intime Kontakte mit einer Frau oder einem Mädchen gehabt. Und wenn er je homosexuelle Erfahrungen gemacht hatte, dann höchstens in dem Alter, in dem sich seine Opfer befanden. Nach meiner Einschätzung fiel ihm der Umgang mit Gleichaltrigen schwer. Das bedeutete freilich nicht, daß er total isoliert war. Rendezvous hatte er dann aber wohl eher mit bedeutend jüngeren Mädchen. Erstens garantierte ihm der Altersunterschied eine gewisse Überlegenheit, und zweitens hielt ihn dann keiner für einen Homosexuellen. In den beiden Fällen offenbarte sich uns ein Mörder mit gewaltigen Aggressionen gegen sich selbst, die er an seinen Opfer austobte. Diese mußten für das büßen, was ihm anscheinend in ihrem Alter zugestoßen war. Über sein Leben hatte er wahrscheinlich nicht reflektiert. Was ihm wann und aus welchem Grund zustieß, das vermochte er sich wohl selbst nicht zu erklären. Ob er physisch stark oder schwach war, ließ sich nicht eindeutig feststellen, emotional war er auf alle Fälle schwach.

Aus all diesen Gründen zog ich den Schluß, daß der zweite Mord eine Weiterentwicklung des ersten war. Hatte er zuvor noch experimentiert, so verriet uns der Mörder nun seine Faszination an der Zerstörung menschlichen Lebens und die Lust an Macht und Kontrolle. Das belegte unter anderem der im Vergleich zur ersten Bluttat ungleich tiefere Einschnitt im Hals. Die Ergebnisse der Autopsie wiesen auf eine zunehmende krankhafte Neigung zum Sadismus hin und bestätigten damit meine Annahme, daß der Verbrecher in Zukunft noch grausamer zu Werke gehen würde.

Zwischen den zwei Morden hatte sich ein Indiz als Irrtum herausgestellt. Wir waren von einem Kieselstein im Mund von Danny Eberle ausgegangen und hatten daraus gefolgert, daß der Junge an den Fundort geschleift worden sei. Nun wurde uns erklärt, daß eine Verwechslung vorlag und der Gerichtsmediziner den Stein in einem anderen Opfer gefunden hatte. Das änderte natürlich die Sachlage. Nun hielten wir es für möglich, daß der Junge noch später als ursprünglich angenommen ermordet worden war.

Ich überarbeitete also mein erstes Profil von Grund auf. Nun ging ich von einem Einzeltäter aus. Sehr viel körperliche Kraft traute ich ihm weiterhin nicht zu. Ich schrieb, daß er nicht viel größer als seine Opfer sein konnte. Um sie nicht über eine längere Strecke schleppen zu müssen, hatte er sie am späteren Fundort ermordet. Ich war mir sicher, daß der Mörder in Bellevue oder am Luftwaffenstützpunkt lebte, denn er war zu vertraut mit der Umgebung, als daß er aus der Fremde hätte stammen können. Mit meinem Tip auf die Air Force lehnte ich mich weit aus dem Fenster hinaus, aber es widersprach meinen ersten Mutmaßungen über seinen Intelligenz- und Bildungsgrad keineswegs. Ich erklärte, daß der Mörder meiner Meinung nach in einem untergeordneten Rang diente. Er verfügte über keine besondere Ausbildung, war also weder Pilot noch Computerspezialist. Eher hielt ich eine Tätigkeit in der unteren Verwaltung oder als Mechaniker für möglich. Ausgehend von den Messerschnitten, mit denen er allem Anschein nach Bißspuren hatte kaschieren wollen, schrieb ich, daß der Täter wohl regelmäßig Kriminalzeitschriften las, denn dort ist häufig von solchen Tricks die Rede. Die Leichtigkeit, mit der er die zwei Jungen zum Mitkommen bewegt hatte, veranlaßte mich zu der Vermutung, daß der Mörder den Umgang mit kleineren Jungen gewohnt war. Ich nannte die Pfadfinder oder die Jugendgruppe irgendeines Sportvereins.

Ich war fest davon überzeugt, daß der Mörder wieder zuschlagen würde, und zwar bald, denn die Schulferien rückten näher. Mit Johnny Evans, der meine Meinung teilte, sprach ich sämtliche Einzelheiten durch. Wenn Kinder nicht in die Schule müssen, sind sie oft den ganzen Tag draußen. Auf den Straßen und Spielplätzen bieten sich somit genügend Möglichkeiten, sie anzusprechen. Darum regte ich eine Medienkampagne an. Über Zeitungen, Radio und Fernsehen wurden die Kinder dazu angehalten, nie allein, sondern immer nur in Gruppen zu spielen. Die Eltern baten wir, der Einsatzzentrale Autonummern und Personenbeschreibungen durchzugeben, sobald ihnen jemand irgendwie verdächtig erschien. Der Ermittlungsstab stellte zudem den sogenannten ›Code 17‹ auf. Der ermöglichte es uns, den ganzen Bezirk binnen elf Minuten nach Eingang eines Notrufs abzuriegeln. Sollte trotz aller Vorsichtsmaßnahmen doch wieder ein Kind auf offener Straße entführt werden, hofften wir, den Täter auf diese Weise zu stellen, noch ehe er es in den Wald schleppen und ermorden konnte. Vielleicht lag es daran, daß es bis zum Jahresende keine weiteren Morde gab. Ich konnte also halbwegs beruhigt meinen Weihnachtsurlaub antreten.

Während meiner Abwesendheit griffen die örtlichen Behörden eine Vielzahl von Personen auf, deren sexuell abweichendes Verhalten bekannt war, und unterzogen sie stundenlangen Verhören. Bei einem reagierte sogar der Lügendetektor. Der Mann, bei dem auch Stricke und Pflaster gefunden wurden, entsprach in mehrfacher Hinsicht dem Profil, allerdings hatte er aus seiner Homosexualität nie einen Hehl gemacht. Ein zweiter Test am Lügendetektor verlief negativ, und schließlich konnte er seine Unschuld beweisen. Es war ein Schock für die Öffentlichkeit, daß in ihrer Mitte so viele Männer mit abweichenden sexuellen Gewohnheiten lebten und die Polizei sich auf einmal dafür interessierte. Sechs davon hatten sich strafbar gemacht und wurden im Laufe der Jagd auf den Mörder verhaftet und verurteilt – darunter ein Päderast, der wiederholt Jungen in seinen Cadillac gezogen hatte.

Aber auch im Fall Eberle-Walden kam man ein Stück weiter. Eine Zeugin, die Walden kurz vor seiner Verschleppung mit einem etwa gleich großen jungen Mann zu einem Auto hatte gehen sehen, erinnerte sich unter Hypnose an die ersten Ziffern auf dem Nummernschild. Dank der hervorragenden Koordination innerhalb des amerikanischen Polizeiapparats hatten wir bald Computerausdrucke von mehreren tausend Wagen mit diesen Anfangsziffern, aber im Sarpy County waren schon sehr viel weniger zugelassen. Die Polizisten wollten sich gerade daran machen, die Besitzer auf ihrer Liste abzuklappern, da trat am frühen Morgen des elften Januar 1985 eine Wende ein.

Einer Erzieherin an einem kirchlichen Kinderhort fiel ein vor dem Hort in seinem Auto sitzender junger Mann auf, der sehr klein war und insofern zu der öffentlich bekannt gegebenen Teilbeschreibung paßte.

Der Mann bemerkte, daß sie die Autonummer aufschrieb, stieg aus, ging über den Platz zum Hort und klopfte an. Da sie nicht aufmachte, stieß er die Tür auf und bat sie, das Telefon benützen zu dürfen. Als sie sich weigerte, drohte er sie umzubringen, wenn sie ihm nicht den Zettel mit seiner Autonummer gab. Sie rannte an ihm vorbei in ein anderes Gebäude und alarmierte die Polizei. Der Mann sprang in seinen Wagen und floh. Das geschah um halb neun.

Den Eigentümer hatte die Polizisten schnell ausfindig gemacht. Es war ein Chevrolet-Händler im selben Ort. Von ihm erfuhren sie, daß er den betreffenden Wagen an einen Bediensteten des Luftwaffenstützpunktes ausgeliehen hatte, dessen eigenes Auto er zur Reparatur in der Werkstatt stehen hatte. Auf diesen Wagen trafen nicht nur die bisherigen Beschreibungen zu, auch die Anfangsziffern auf dem Nummernschild stimmten mit den von der Zeugin unter Hypnose gemachten Angaben überein. Ein Strick und ein Messer lagen offen auf dem Sitz. Bevor sie das Fahrzeug öffneten, besorgten sich die äußerst umsichtigen Beamten einen Durchsuchungsbefehl und benachrichtigten sowohl das FBI als auch die Air Base. Später stellte sich heraus, daß es in der vom Computer ausgespuckten Liste an vierter Stelle stand und in den nächsten Tagen ohnehin überprüft worden wäre.

In Begleitung eines FBI-Mannes und eines Polizeibeamten des Sarpy County suchten Mitglieder des OSI (Office of Special Investigations) der Air Force unverzüglich den für Reparaturarbeiten zuständigen Radartechniker Joseph Joubert auf und durchsuchten mit seiner Einwilligung sein Zimmer. In einem Stoffbeutel fanden sie einen Strick. Daneben besaß der Mann ein Jagdmesser und Dutzende von Kriminalzeitschriften. Eine davon war besonders abgegriffen. Sie enthielt einen Bericht über die Ermordung eines jugendlichen Zeitungsausträgers. Der einundzwanzigjährige Joubert entsprach mit seinem Milchgesicht und seiner Statur – einmeterfünfundsechzig und siebzig Kilo – aufs Haar dem Profil. Darüber hinaus war er auch noch Gruppenleiter bei den Pfadfindern.

Joubert wurde viele Stunden lang von sich abwechselnden Teams verhört. Am Anfang stritt er alles ab. Erst auf die Vorhaltung, daß Danny mit dem gleichen in Amerika nicht erhältlichen Strick gefesselt worden war, den ihm sein Obergruppenführer bei den Pfadfindern aus Korea mitgebracht hatte, kam er ins Wanken. Er bat um ein Gespräch mit diesem Mann und einem vierzehnjährigen Jungen, mit dem er sich sehr gut verstand. Seinem Wunsch wurde entsprochen, und kurz vor Mitternacht gestand Joubert den Mord an den zwei Jungen. Dabei gab er Einzelheiten an, die nur der Täter gewußt haben konnte.

Ich schürte zu Hause das Feuer im Kamin, als das Telefon klingelte. Meine Frau nahm ab und sagte mir, daß Johnny Evans mich sprechen wollte. Das Herz rutschte mir in die Hose, denn ich dachte natürlich an einen neuerlichen Mord. Zu meiner grenzenlosen Erleichterung teilte er mir dann jedoch mit, daß sie den Mörder hatten. Johnny Evans' unermüdlicher Einsatz hatte sich zu guter Letzt ausgezahlt, und ich hatte einen wertvollen Beitrag dazu leisten können. Ein Umstand erstaunte Evans über alle Maßen: meine Voraussage, daß man in der Behausung des Täters Kriminalzeitschriften finden würde. In seinem Geständnis gab Joubert zu, daß er diese Magazine als Teil seiner Masturbationsrituale benutzt hatte.

Noch andere befremdliche Details gab Joubert preis: So hatte er sich nach dem ersten Mord in einem McDonald's das Blut abgewaschen und anschließend gefrühstückt. Noch am selben Tag war er zu einem Pfadfindertreffen gegangen, wo man über die Verschleppung des Jungen diskutiert hatte. An dem Gespräch hatte er sich nicht beteiligt. Joubert leugnete jegliches sexuelles Interesse an den Jungen und bestritt heftig, daß er sie gekannt haben sollte. Er betonte, daß er Jungen aus seinem Bekanntenkreis, einem seiner Schützlinge unter den Pfadfindern zum Beispiel, nie so etwas hätte antun können. Andererseits war er nach den beiden Morden heimgegangen, um sämtliche Einzelheiten noch einmal nachzuerleben und dabei zu masturbieren. Nach dem Vorfall im Hort hatte er fest mit seiner Festnahme gerechnet und war nun fast erleichtert, weil er sicher wieder gemordet hätte.

Die Zusammenarbeit zwischen den einzelnen Behörden funktionierte in diesem Fall hervorragend. Zu Recht wurden die beteiligten Ermittler von der lokalen und der staatlichen Polizei, dem FBI und der Air Force mit Lob überschüttet. Ich war sehr stolz, als FBI-Direktor William Webster mein Täterprofil in einem Gratulationsschreiben rühmte. Es habe ›zur Ergreifung eines Mannes geführt, der die von Ihnen vorausgesagten physischen wie mentalen Eigenschaften erfüllte. Mit ihren exakten Angaben haben Sie herausragende Fachkenntnisse unter Beweis gestellt [...] Lassen Sie mich Ihnen meinen zutiefst empfundenen Dank für Ihre hervorragende Arbeit aussprechen.‹

Natürlich wollte ich mehr über Joubert erfahren und verfolgte darum aufmerksam das Gerichtsverfahren. Trotz seines umfassenden Geständnisses plädierte er zunächst auf unschuldig. Erst später überlegte er es sich wieder anders. Auf der Grundlage mehrerer psychiatrischer Gutachten gelangten die drei Richter zu dem Urteil, daß er zur Zeit der Morde sehr wohl zwischen Gut und Böse zu unterscheiden gewußt hatte, und verhängten die Todesstrafe. Mehrere Einsprüche und Gnadengesuche haben jedoch den Gang zum elektrischen Stuhl vorläufig verhindert.

Jouberts Lebensweg ist aufmerksam dokumentiert worden. Obwohl das meiste davon, oberflächlich betrachtet, völlig unauffällig erscheint, ist von frühester Kindheit an eine kontinuierliche Entwicklung hin zum Mord zu erkennen. Die erste große Fantasievorstellung, an die er sich erinnern konnte, hatte er mit sechs oder sieben Jahren. Darin schlich er sich von hinten an seinen Babysitter heran, erwürgte sie und fraß sie mit Haut und Haaren auf. Eine derart brutale Fantasie in so früher Kindheit ist höchst ungewöhnlich. In den Jahren danach führte Joubert sie ständig weiter. So gesehen waren die zwei Morde ihre logische Folge. Seine Mutter war Schwesternhelferin in einem Krankenhaus und sein Vater Barmixer und Kellner in einem Restaurant. Fast genau zu dem Zeitpunkt von Jouberts erster Fantasievorstellung hatten sie sich wegen ständiger Ehekrisen getrennt. Als er zehn Jahre alt war, ließ seine Mutter sich scheiden und zog mit dem Jungen nach Maine.

Einem Psychiater, dessen Gutachten dem Gericht vorgelegt wurde, vertraute er später an, seine Mutter sei jähzornig gewesen und hätte in ihrer Wut oft Sachen zerschlagen. Er hatte sich dann immer in sein Zimmer verzogen und gewartet, bis sie sich beruhigte und bei ihm entschuldigte. Ständig hatte sie ihn aber gedemütigt und ihm zu verstehen gegeben, er sei ihre Liebe nicht wert. Sie hatte bis zu seinem zwölften Lebensjahr an ihm herumgenörgelt, vor allem, wenn er wieder einmal offen masturbiert hatte. Seine ersten Fantasien hatten sich noch um Frauen gedreht, später war er zu Jungen in Unterhosen übergewechselt. Ob ihn die Vorstellung von Messerstichen und Erwürgen zum Masturbieren gebracht hatte, oder umgekehrt das Masturbieren diese Bilder ausgelöst hatte, vermochte Joubert nicht zu sagen.

Nach der Trennung seiner Eltern wurde Joubert im vergeblichen Kampf seines Vaters um das Sorgerecht zum Bauernopfer. Wenn er seinen Vater im Sommer sehen wollte, mußte er gut hundert Meilen mit dem Rad zurücklegen. Weil er in keine staatliche High School gehen wollte, sondern lieber in eine katholische Privatschule, die er für sicherer hielt, trug Joubert täglich Zeitungen aus und verdiente sich auf diese Weise das Schulgeld. Seine Mutter konnte oder wollte für ihn nicht zahlen. Laut seiner Aussage wurde er von seinen Mitschülern gequält, weil sie ihn für einen verkappten Homosexuellen hielten. Um weiteren Verdächtigungen zu entgehen, nahm er einmal ein Mädchen zu einer Klassenfeier mit. Es war sein einziges Rendezvous in der gesamten Schulzeit. Bei den Pfadfindern fühlte er sich so wohl, daß er alles tat, um nicht in die nächst höhere Altersgruppe aufsteigen zu müssen. In sein Jahrbuch schrieb er damals: ›Das Leben ist ein Highway mit einer Unmenge von Ausfahrten – verfahr dich nicht.‹

Als er mit der High School fertig war, ging er auf ein Militärcollege in Vermont. In diesem Staat gelten weniger restriktive Vorschriften für den Verkauf von Alkohol an Jugendliche, was zur Folge hatte, daß er oft nicht zum Unterricht erscheinen konnte. Seine Leistungen waren dementsprechend dürftig. Wenn er nicht trank oder schlief, spielte er *Dungeons and Dragons*, ein brutales Spiel für Erwachsene. Nach einem Jahr am College ging er zur Air Force, die ihn zunächst nach Texas an eine ihrer Ausbildungsstätten schickte. Dort freundete er sich mit einem gleichaltrigen Kollegen an. Zusammen gingen sie im Sommer 1983 nach Offutt, wo sie sich ein gemeinsames Zimmer zuweisen ließen. Etwa um diese Zeit fing Joubert mit dem Sammeln von Kriminalmagazinen an. Nach ein paar Wochen erzählte ihm sein Zimmergenosse, daß die anderen ihn und Joubert als ›die Tunten‹ bezeichneten. Da ihn das belastete, zog er von einem Tag auf den anderen aus. Das war die Belastungssituation, das Schlüsselerlebnis vor dem Verbrechen. Weniger als eine Woche danach verschleppte und ermordete Joubert Danny Joe Eberle.

Den Gerichtspsychiatern erklärte er, er könne sich selbst nicht so recht erklären, wie er sich beim Töten fühlte. Er handle eher mechanisch und verwirkliche dabei Punkt für

Punkt die Fantasie, die er seit seinem siebten Lebensjahr perfektioniert hatte. Erst in seinem Zimmer hätte er masturbiert. Danach hätte er tief und fest geschlafen. Wenn der Druck der Fantasievorstellung übermächtig wurde, handelte er wie unter Zwang. Er gab zu, daß das Bewußtsein der Kontrolle über sein erstes Opfer ihm ein Gefühl der Euphorie beschert hatte.

Mehrere Gutachter bescheinigten ihm, er sei mit einem IQ von 125 überdurchschnittlich intelligent, geistig rege und mehr als nur ein bißchen von der Aufmerksamkeit, die ihm zuteil wurde, angetan. Ihrem Urteil nach litt er unter schizoiden Persönlichkeitsstörungen und Zwangsneurosen.

Zu den zum Prozeß hinzugezogenen Psychiatern zählt unter anderem Dr. Herbert C. Modlin von der Menninger Clinic. Vor Gericht gab er folgendes zu Protokoll:

Dieser Mann scheint Emotionen wie Liebe und Zuneigung nicht zu kennen. Es stellt sich die Frage, ob er dergleichen je erfahren hat. Zur Beschreibung des Verhältnisses zu seiner Schwester fiel ihm lediglich ein: ›Wir haben uns nicht gehaßt.‹ Es ist frappierend, daß dieser durchaus intelligente junge Mann seine Eltern nicht beschreiben konnte. Er scheint seine emotionalen Erfahrungen verdrängt zu haben, was den Verdacht eines chronischen dissoziativen Prozesses erhärtet. Ich vermute, daß er sich seines Defizits vage bewußt ist. Meiner Meinung nach sind die Morde ein Versuch, intensive Gefühle zu erleben.

Dr. Modlin räumte ein, daß sehr viele Fragen unbeantwortet geblieben waren. Warum hatte es sich bei den Opfern um Dreizehnjährige gehandelt? Warum hatte Joubert nur Unbekannte angesprochen? Warum hatte er sie erstochen und die Leichen mit dem Messer verstümmelt? Warum hatte er sie teilweise ausgezogen? Warum hatte er sie am frühen Morgen verschleppt?

Diese Fragen beschäftigten mich auch weiterhin, obwohl ich bei einigen sehr konkrete Vorstellungen von der Antwort hatte. Freilich wußte ich noch längst nicht alles. Da kam mir wieder einmal der Zufall zur Hilfe und brachte unsere Analyse von Joubert und seinen Verbrechen um ein gewaltiges Stück voran. Aus Omaha hatte ich eine Unmenge von Dias, Artikeln und Dokumenten über die Morde und den Täter nach Quantico mitgebracht. Die setzte ich im Herbst 1984 in meinem Unterricht zur Veranschaulichung eines aktuellen Falles ein. Bei der Präsentation der Materialien unterbrach mich ein Schüler mit der Bitte um ein Gespräch in der nächsten Pause. Der Mann hieß Dan Ross und war Lieutenant bei der Polizei von Portland, Maine. Nach der Stunde erzählte er mir, daß die Morde von Omaha ihn an einen ungelösten Fall in Portland erinnerten.

Ich war ganz Ohr, hatte ich doch nach Jouberts Verhaftung angeregt, man solle an seinen früheren Wohnorten nachforschen, ob dort ähnliche Verbrechen begangen worden waren. Zwar hatte ich urspünglich angenommen, Eberle sei Jouberts allererstes Opfer, doch hatte ich vorhergehende Verbrechen nicht ganz ausschließen wollen. Der Grund waren die Fantasien des Mörders. Solch intensive Tagträume suchen sich normalerweise lange vor dem ersten Mord ein Ablaßventil in gemeingefährlichen Verhaltensweisen. Warum hatte Joubert sich denn so abrupt freiwillig bei der Air Force gemeldet? Auf diese Weise hätte er sich durchaus elegant und unbemerkt vom Ort eines Verbrechens davonstehlen können. Leider hatten andere Aspekte des Falls die Behörden von Omaha zu sehr in Anspruch genommen, als daß sie solche Überlegungen hätten anstellen können.

Der Beamte fuhr übers Wochenende heim und kam am Montag darauf mit den Akten über den ungelösten Mord zurück. Zu dritt machten wir uns über die Unterlagen her, denn an meinem Kurs nahm auch ein Polizist aus Sarpy County teil, der mit zum Einsatzteam in Sachen Joubert gehört hatte. Natürlich war auch er brennend daran interessiert.

Die Umstände waren praktisch identisch – die Verschleppung in der Morgendämmerung, ein Entführer, den ein Zeuge als sehr jung beschrieb und der die Gegend gut kannte, ein Messer als Mordwaffe, eine zerfetzte Leiche und Bißspuren am Opfer. Der schreckliche Mord war im August 1982, also etwas mehr als ein Jahr vor Eberles Verschleppung verübt worden. Unmittelbar danach hatte John Joseph Joubert sich zur Air Force gemeldet. Der elfjährige Ricky Stetson, ein Blondschopf mit blauen Augen, hatte auf einer gewohnten Strecke gejoggt. Bei einem Hügel in der Nähe des Highwayviadukts, den Ricky jedes Mal überquerte, wurde er abgefangen und erstochen. Seine Leiche wurde verstümmelt, wenn auch nicht ganz so gräßlich wie die späteren Opfer. Der Mörder hatte versucht, den Jungen zu entkleiden, das war ihm aber nur teilweise gelungen. Beim Betrachten der Tatortfotos konnte ich die Bißstelle genau erkennen. Das bedeutete, daß ein Gebißabdruck des Mörders vorhanden war.

Wir knöpften uns noch einmal Jouberts Lebenslauf vor. Darin stand tatsächlich, daß er wenige Jahre vor diesem Mord in derselben Gegend Zeitungen ausgefahren hatte. Und später hatte er in einer Fabrik in der unmittelbaren Nähe des Tatorts gearbeitet. Als man Zeugen Fotos von Joubert zeigte, glaubten sie ihn wiederzuerkennen, aber nach über zwei Jahren waren sie sich nicht mehr absolut sicher.

Nach zähen Verhandlungen gelang es Dan Ross, sich beim Gefängnis von Nebraska einen Gebißabdruck von Joubert zu besorgen. Diesen legten wir zusammen mit den an Ricky Stetson entnommenen Abdrücken dem erfahrenen Odontologen und Direktor der gerichtsmedizinischen Abteilung der New York State Police Dr. Lowell Levine zur Begutachtung vor. Er hielt sie für identisch.

Wie ich erwartet hatte, führten in Portland Spuren von bis dahin ungeklärten Verbrechen immer tiefer in Jouberts Vergangenheit. Bereits 1980 hatte es Mordversuche mit einem Messer gegeben. Ein Neunjähriger und eine Lehrerin Mitte Zwanzig waren übel zugerichtet worden, hatten jedoch mit viel Glück überlebt. Ein Jahr davor hatte ein Junge einem neunjährigen Mädchen im Vorbeifahren von seinem Fahrrad herab einen Bleistift in den Rücken gerammt. Es hatte wenig Sinn, Joubert wegen dieser Geschichte zu belangen, aber der Mord an Stetson bedurfte der Klärung. Joubert wurde schließlich in Maine angeklagt und verurteilt. Das heißt: Sollte er in Nebrasca je das Gefängnis verlassen dürfen, würde man ihn unverzüglich nach Maine bringen und dort lebenslänglich hinter Gitter bringen. Die Klärung des Falles Stetson bedeutete für unser VICAP-System eine unerwartet frühe und inoffizielle Bestätigung. Einem glücklichen Zufall war es zu verdanken, daß ich einen Mann in meiner Klasse hatte, der die ähnliche Vorgehensweise bei einer Bluttat in seiner Heimat mit zwei späteren Morden in einem anderen Bundesstaat in Verbindung brachte. Und wenn VICAP erst einmal fest etabliert war, würde diese Art der vergleichenden Analyse sämtlichen mit einem Schwerverbrechen konfrontierten Polizeibehörden zur Verfügung stehen.

Mit meinem eigenen Interview mit Joubert mußte ich mich bis zum endgültigen Abschluß der Verfahren in Maine und Nebrasca gedulden. Jahre später war es dann so weit. In Begleitung von Special Agent Ken Lanning, unserem Experten für Kindsmißbrauch, und eines Beamten von der Zweigstelle in Omaha suchte ich Joubert in seinem Gefängnis auf. Er hatte zugenommen und sah endlich nicht mehr wie ein Milchbubi aus. Von der Gefängnisverwaltung hatte ich zuvor erfahren, daß er in seiner Zelle im Todestrakt auf Seidenpapier Zeichnungen verfertigt hatte, die man ihm dann weggenommen hatte. Der Mann hatte zweifelsohne Talent, aber was er da gezeichnet hatte, ließ einem das Blut in den Adern gefrieren. Ein Bild zeigte einen mit gefesselten Händen und Füßen am Straßenrand liegenden Jungen; auf dem anderen kniete ein Junge vor einem Mann, der ihn mit einem Messer von oben bis unten aufschlitzte.

Jedes bißchen Information, das wir aus einem Mörder über seine Geistesverfassung und seine Methoden herauskitzeln können, liefert uns neue Munition für die Aufklärung des nächsten. Erst wollte Joubert nicht mit uns sprechen, aber schließlich brachte ich ihn dank meiner in Gesprächen mit hundert Mördern erprobten Interviewtechnik doch noch so weit, daß er sich uns ein bißchen öffnete.

Mich interessierten zuvorderst frühere Belastungssituationen. Darauf fiel ihm ein, daß er vor seinem allerersten Delikt einen Freund verloren hatte. Wie ich im vorangehenden Kapitel erwähnt habe, hatte seine Mutter sich geweigert, ihm bei der Suche nach einem weggezogenen Freund zu helfen. In einem direkt schon weinerlichen Tonfall fragte er mich, ob das FBI diesen Freund für ihn aufspüren könne. Ich versprach ihm, daß ich es versuchen wollte.

Die Morde gab er allesamt zu. Von den noch offenen Fragen interessierten mich insbesondere drei – die unerklärten Gebißabdrücke, die Kriminalzeitschriften, und seine Kriterien für die Auswahl der Opfer. Sie standen alle in einem Zusammenhang.

So erzählte er uns von den kannibalistischen Visionen, die ihn seit seinem siebten oder achten Lebensjahr begleitet hatten. Das ständige Feilen an dieser Fantasie war die Triebfeder seiner Morde gewesen. Dabei hatte er sich auch vorgestellt, er würde die Opfer beißen – ein Traum, den er sich dann schließlich bei den Morden in Omaha und zuvor in Portland erfüllt hatte. Das Zickzackmuster an Eberles Bein, das wir uns nicht hatten erklären können, war also wahrscheinlich ein Versuch gewesen, seinen Gebißabdruck unkenntlich zu machen. Auf meine Frage, ob er aus den Polizeimagazinen gelernt habe, daß man einen Mörder anhand seines Gebißabdruckes identifizieren kann, antwortete er mit einem Ja. Er bestätigte mir, daß er die Zeitschriften unter anderem deswegen gelesen hatte, um über die Methoden der Polizei zu erfahren und sich entsprechend zu wappnen. Sein Hauptgrund war aber die sexuelle Stimulierung gewesen. Für ihn – wie für viele andere Serienmörder – waren Kriminalzeitschriften Pornographie. Er brauchte gar keine nackten Körper, die Andeutung von Gewalt, Unterwerfung und Folter genügte ihm.

Seine erste Kriminalzeitschrift hatte er im Alter von elf oder zwölf Jahren gelesen. Beim Einkaufen mit seiner Mutter hatte er eine Ausgabe in einem Ständer gesehen. Ein Bericht über einen Verbrecher, der seine Opfer durch Drohungen in Todesangst versetzte, hatte es ihm besonders angetan. Daheim benutzte er sie als zusätzliche Anregung zu seinen Fantasien von Strangulationen und Messerstichen und masturbierte dazu. Er hatte also schon zehn Jahre vor seinen Morden sexuelle Erregung und Tötung miteinander verbunden.

Da war er noch ein schmächtiger Blondschopf in der Vorpubertät gewesen und hatte im Morgengrauen auf einer festgelegten Route Zeitungen ausgefahren.

Am Ende unseres sechs- oder siebenstündigen Gesprächs stellte Joubert mir eine Frage: »Ich war ja die ganze Zeit sehr hilfsbereit, Mr. Ressler. Können Sie mir jetzt auch einen Gefallen tun? Besorgen Sie mir doch bitte ein paar Fotos vom Tatort. Da wäre etwas, was ich mir noch genauer anschauen muß.«

Dieser junge Mann von achtundzwanzig Jahren saß wegen seiner Verbrechen im Todestrakt und wollte immer noch Bilder von den Toten haben. Wahrscheinlich brauchte er sie als Stimulans fürs Masturbieren. Ich beschied ihn, daß ich ihm diesen Wunsch unmöglich erfüllen konnte. Mit der traurigen Gewißheit, daß John Jouberts schreckliche Fantasievorstellungen erst mit seinem Tod ein Ende haben werden, verließ ich den Raum. Während ich dieses Buch schreibe, ist das Urteil immer noch nicht vollstreckt.

6
Methodisch und planlos vorgehende Verbrecher

Die meisten können sich angesichts eines Gewaltverbrechens auf das Verhalten des Täters keinen Reim machen. Oft meinen sie, so etwas komme doch höchstens einmal vor. Normalbürger haben doch kaum je mit gräßlichen Morden, Verstümmelungen und in Schluchten geworfenen Leichen zu tun. Nicht anders verhält es sich mit der Mehrheit der Polizisten, die ja doch den eher alltäglichen Delikten nachgehen. Dennoch sind auch die barbarischsten Bluttaten nicht die Ausnahme von der Regel, und die Motive müssen nicht unbedingt im dunkeln bleiben. Es hat sie immer wieder gegeben, und wenn man sie mit dem richtigen Ansatz untersucht, ist es auch möglich, ihre Logik zu begreifen und sie in Kategorien aufzugliedern. Die *Behavioral Sciences Unit* kann mit gutem Recht von sich behaupten, daß sie seit dem Ende der siebziger Jahre federführend in der Beurteilung dieser Art von Verbrechen ist. Dem Durchschnittspolizisten mögen während seiner gesamten Laufbahn Kannibalismus und Dinge wie die Ausweidung eines Menschen erspart bleiben, aber weil uns so viele Polizeireviere ihre ungewöhnlichen Fälle zur Analyse zusandten, waren wir solche Morde eben gewöhnt. Wir überwanden unsere Abscheu und lernten, von den Spuren am Tatort auf die Persönlichkeit des Mörders zu schließen.

Dieses Wissen zusammenzutragen war die eine Aufgabe. Es unseren Kursteilnehmern – all den Beamten, die uns um Unterstützung bei der Untersuchung von Gewaltverbrechen baten – zu vermitteln, die andere. Für die Einteilung der Täter in bestimmte Typen brauchten wir eine auch normalen Polizisten verständliche Terminologie, die nicht der Fachsprache der Psychiater entnommen war. Es hätte wohl wenig Sinn, einem akademisch unbeleckten Streifenpolizisten zu erklären, daß er eine hochgradig psychothische Person jagt. Wir mußten den Beamten unser Wissen so beibringen, daß sie es auch verstehen und bei der Fahndung nach Mördern, Vergewaltigern und anderen Gewalttätern anwenden konnten. Anstatt nun zu verkünden, daß an einem Tatort alles auf einen Psychopathen deute, führten wir für unsere Zwecke den Begriff *organized crime* ein und erklärten ihnen, daß die vom Täter hinterlassenen Spuren für einen methodisch vorgehenden Täter sprachen, wohingegen wir für andere Tatortspuren die Bezeichnung *disorganized* prägten, weil dort alle Anzeichen für einen zum Planen nicht fähigen Geistesgestörten vorlagen.

Diese Trennung wurde die große Wasserscheide, der Grundansatz zur Einteilung in zwei gegensätzliche Typen von Serienmördern. Wie fast alle Definitionen ist die vorliegende fast schon zu einfach und perfekt, um jeden einzelnen Fall korrekt zu erfassen. Manche Tatorte und manche Mörder erfüllen sowohl die Merkmale des methodisch als auch des planlos vorgehenden Täters. Das nennen wir dann einen ›Mix‹. Ed Kempers Verbrechen zum Beispiel waren bis ins Letzte geplant, aber die Art und Weise, wie er die Leichen verstümmelte, sprach für das Vorgehen eines Geistesverwirrten. Auf den folgenden Seiten möchte ich die jeweils charakteristischen Eigenschaften der beiden Tätergruppen darstellen. Wenn ich nun aber sage, ein bestimmtes Merkmal ist typisch für den planenden Verbrecher, so muß das nicht in hundert Prozent aller Fälle zutreffen, es ist vielmehr *in der Regel* richtig. Ich behaupte zum Beispiel, daß der methodisch oder systematisch handelnde Mörder die Leichen seiner Opfer versteckt. Bei unseren Interviews und Tatortanalysen haben wir festgestellt, daß das bei drei Vierteln der Fall ist. Das reicht, um eine brauchbare Regel aufzustellen, aber für ein absolutes Gesetz ist es bei weitem nicht gut genug. Mit allen ›Regeln‹ für die Erstellung von Täterprofilen verhält es sich so. Obwohl die Unterscheidung zwischen methodischem und planlosem Vorgehen auf der Hand liegt (wenn man erst einmal darauf gekommen ist), hat sich die Liste der jeweils typischen Merkmale im Laufe der Jahre in dem Maße, in dem wir dazugelernt haben, kontinuierlich vergrößert. Und sie wird weiter wachsen.

Wenn wir herausfinden wollen, ob ein Verbrechen von einem logisch denkenden oder einem verwirrten Täter begangen worden ist, sehen wir uns die Tatortfotos an und – sofern möglich – bewerten die Informationen vom oder über das Opfer. Uns interessiert beispielsweise die Frage, ob ein bestimmtes Opfer ein hohes oder ein geringes Risiko für den Verbrecher darstellte. Ein geringes Risiko ginge er ein, wenn es schwach oder krank wäre. Nehmen wir Monte Rissells Fall. Als er in den frühen Morgenstunden eine Prostituierte auf einem verlassenen Parkplatz entführte, hatte er sich bewußt jemanden ausgewählt, den so schnell niemand vermissen würde. Das Wissen, daß der Täter sorgfältig plant, kann bei der Fahndung sehr hilfreich sein.

Wir teilen ein Verbrechen gemeinhin in vier Phasen ein. Die erste ist das Stadium vor der Tat, die das ihr vorausgehende Verhalten des Verbrechers erfaßt. Kenntnisse darüber erhalten wir Ermittler meist erst ganz zum Schluß, weil wir ja den Fall von hinten entschlüsseln. In der zweiten Phase wird das eigentliche Verbrechen begangen. Hier ist auch die Auswahl des Opfers anzusiedeln. Was die Tat betrifft, so ist Mord oft bei weitem nicht das einzige Kriterium. Sie kann auch Verschleppung, Folter und Vergewaltigung umfassen. Als nächstes kommt die Beseitigung der Leiche. Während manche Mörder sich nicht weiter daran zu stören scheinen, daß ihr Opfer schnell gefunden werden kann, legen andere oft große Strecken zurück, um seine Entdeckung zu verhindern. In die vierte Phase schließlich fällt das Verhalten danach. Es kann bisweilen von entscheidender Bedeutung sein, denn manche Kriminelle versuchen die Arbeit der Polizei hautnah mitzuerleben oder suchen sonstwie die Nähe zu Aspekten des Verbrechens, um ihre Fantasien immer wieder neu zu beleben.

Richten wir unser Augenmerk zunächst auf den planenden Mörder. Einer momentanen Laune entspringen seine Verbrechen nie. Er läßt sich oft sehr viel Zeit für die Vorbereitung. Dieses Verhalten wurzelt in seiner Fantasievorstellung, die er, wie ich im vierten Kapitel erläutert habe, über die Jahre weiter entwickelt hat, bis seine Gewalttätigkeit sich nicht mehr unterdrücken läßt. John Joubert hatte seine Morde jahrelang gedanklich vorweggenommen, ehe er die Grenze tatsächlich überschritt und eine gräßliche Bluttat beging. Genauso hatte auch Rissell seine Mordphantasien viele Jahre lang gehegt, bis sich die unglückselige Konstellation ergab, daß er sich von seiner Freundin verschmäht fühlte und ihm spät in der Nacht ein geeignetes Opfer über den Weg lief.

Systematisch planende Verbrecher überfallen meistens Fremde, die sie sich allerdings vorher ausgesucht haben. Das bedeutet, der Täter lauert oder patrouilliert in einem von ihm abgesteckten Jagdgebiet, denn er hat einen ganz bestimmten Typ im Auge. Seine Kriterien können Alter, Aussehen, Beruf, Frisur oder Lebensstil sein. So hielt David Berkowitz nach Frauen Ausschau, die allein unterwegs waren oder mit einem Mann in einem geparkten Auto saßen.

Der systematisch denkende Täter bringt seine Opfer häufig mit Hilfe einer List in seine Gewalt. Wir haben es mit einem redegewandten Mann zu tun, der intelligent genug ist, um andere an einen Ort zu locken, an dem ihnen niemand mehr helfen kann. Kontrolle ist das Hauptmerkmal dieses Täters, und unsere Polizeibeamten lernen, Kontrolle als Element sämtlicher Einzelaspekte seines Verbrechens zu erkennen. Er könnte einer Prostituierten fünfzig Dollar anbieten, eine Tramperin mitnehmen, einer Autofahrerin bei einer Panne helfen, einem Kind versprechen, daß er es heim zu seiner Mutter bringt. Da er sich lange genug mit der Planung befaßt hat, weiß er, wie er am besten an das Opfer herankommt und hat seinen Trick womöglich perfektioniert. John Gacy versprach jungen Männern aus dem Chicagoer Homosexuellenmilieu Geld, wenn sie mit zu ihm nach Hause gingen. Um junge Frauen in seinen Wagen zu lokken, ließ Ted Bundy seinen Charme spielen. Zugleich strahlte er dank einiger Ausrüstungsgegenstände der Polizei eine Aura von Amtsgewalt aus. Für den methodisch vorgehenden Mörder werden die Opfer konkrete Personen; er spricht mit ihnen, sieht sie als Individuen, ehe er sie umbringt.

Der planlos vorgehende Mörder trifft keine Auswahl nach logischen Kriterien. Oft geht er bei seinen rein willkürlichen Überfällen ein hohes persönliches Risiko ein. So kann es geschehen, daß das Opfer heftige Gegenwehr leistet, was sich später an seinen Wunden erkennen läßt. Konkrete Vorstellungen vom oder Interesse an seinem Opfer hat dieser Täter nicht. Er will gar nicht wissen, wen er vor sich hat und versucht sehr oft, die Persönlichkeit des Opfers vorzeitig auszuschalten, indem er es bewußtlos schlägt, das Gesicht zudeckt oder es entstellt.

Liegen Hinweise auf einen methodisch vorgehenden Täter vor, so bedeutet das auch, daß seine Logik sich in jedem Aspekt des Verbrechens widerspiegelt, der irgendwie planbar ist. Dem geistesverwirrten Mörder dagegen fehlt jegliche normale Logik. Solange er nicht gefaßt wird und man seine Version der Wirklichkeit erfährt, besteht kaum eine Möglichkeit, seine Gedankengänge nachzuvollziehen.

Vor, während und nach dem Verbrechen paßt der methodisch vorgehende Mörder sein Verhalten den jeweiligen Erfordernissen der Situation an. Nachdem Ed Kemper zwei Studentinnen auf einem Capus angeschossen hatte, war er geistesgegenwärtig genug, daß er mit den sterbenden Frauen in seinem Auto unbehelligt am vor dem Tor postierten Wachpersonal vorbeifahren konnte. Auch wenn er natürlich Angst hatte, war Kemper kein hysterischer Amokläufer. Anders strukturierte Täter wären vielleicht in Panik geraten, wären mit Vollgas an den Wächtern vorbeigerast und hätten so deren Aufmerksamkeit auf sich gelenkt. Kemper dagegen tat, als hätte er nichts zu verbergen und kam ungeschoren davon. Anpassungsfähigkeit und geistige Beweglichkeit sind Kennzeichen des planenden Täters. Er lernt darüber hinaus bei jedem Verbrechen hinzu, er verbessert von Mal zu Mal seine Methode. Wenn eine Polizeibehörde mit einer Serie von sagen wir fünf gleichartigen Morden konfrontiert ist, raten wir den Beamten, den ersten noch einmal genau zu untersuchen, denn der Täter dürfte ihn noch in der Nähe des Ortes begangen haben, an dem er wohnt, arbeitet oder sich in seiner Freizeit bevorzugt aufhält. Mit zunehmender Erfahrung wird der methodisch denkende Verbrecher seinen Aktionsradius vergrößern. Oft ist dieser erste Mord noch nicht ganz durchgeplant, doch später wird der Täter mit größerer Umsicht zu Werke gehen.

Unsere Fortschritte in der Bewertung von Verbrechen geben uns einen Schlüssel zum Seelenleben des Täters an die Hand. Im vorangehenden Kapitel habe ich ausgeführt, wie das Profil verfeinert werden konnte, weil der Mörder seine Methode verbessert hatte. Das Ergebnis: Wir konnten John Joubert fassen.

Monte Rissell gilt als ein anderes Beispiel für Verbrecher, die ständig an ihrer Methode feilen und zunehmend brutaler werden. Erst nach seiner Verurteilung wegen einer Serie von Vergewaltigungen in Tateinheit mit Mord gestand dieser Mann sechs Vergewaltigungen in seiner Jugend. Er fing mit Überfällen in dem Wohnblock an, in dem er mit seiner Mutter lebte. Später – er verbüßte eine Strafe in einer Jugendbesserungsanstalt – überfiel er eine Frau auf einem Parkplatz und zwang sie, mit ihm zu ihr nach Hause zu fahren, wo er sich an ihr verging. Danach suchte er sich seine Opfer in einem anderen Bundesstaat. Mit jedem Verbrechen wurde seine Identifizierung unwahrscheinlicher. Gestellt wurde er erst, nachdem er seine Methode wieder total umgestellt hatte. Rissell verübte seine letzten sechs Verbrechen, darunter fünf Morde, wieder in dem Wohnblock, in dem er lebte. Aber auch in dieser Serie war eine Steigerung festzustellen. Die ersten drei Frauen tötete er während der Vergewaltigung; die letzten zwei brachte er bewußt vor der Verschleppung um.

Hinweise für planmäßiges Vorgehen liegen vor, wenn der Verbrecher Handschellen, Fesseln und dergleichen benutzt. Viele haben ihr eigenes Spezialwerkzeug für die Vergewaltigung dabei. Zum einen wollen sie das Opfer schnell und mühelos in ihre Gewalt bringen, zum anderen muß es wehr- und hilflos sein, weil ihre Fantasievorstellung das so vorsieht. Einmal haben wir nach einem bizarren Sexualmord auf einem Hausdach in der Bronx ein Täterprofil erstellt. Uns war aufgefallen, daß der Mörder nichts mitgebracht hatte, um das Opfer zu fesseln und zu knebeln. Statt dessen hatte er Kleidungsstücke der Frau und Gegenstände aus ihrer Handtasche verwendet. Aber genau dieses Merkmal willkürlichen Vorgehens brachte uns auf die Spur eines zum Planen unfähigen Verbrechers.

Wurde ein Fahrzeug benutzt? Wenn ja, wem gehörte es? Als Richard Trenton Chases Morde noch nicht aufgeklärt waren, sagte ich den Beamten bereits, wer so planlos vorgehe, sei aller Wahrscheinlichkeit nach zu Fuß unterwegs gewesen. Ich war mir deswegen so sicher, weil ich einen geistesgestörten Täter unterstellte, der überfordert gewesen wäre, hätte er gleichzeitig fahren und das Opfer bedrohen müssen. Wie der Leser sich erinnert, trug ich zu seiner Ergreifung bei, weil ich in meinem Profil betonte, daß der Gesuchte im Umkreis von höchstens einer halben Meile um die Tatorte wohnte. Zum Planen unfähige Verbrecher gehen in der Regel zu Fuß oder benutzen öffentliche Verkehrsmittel. Besitzen sie überhaupt einen Wagen, so ist er wie auch ihre Wohnung ungepflegt und in einem erbärmlichen Zustand. Die Vertreter der anderen Gruppe dagegen fahren mit dem eigenen Auto oder manchmal dem des Opfers. Ihr Auto halten sie stets gut in Schuß. Die Benutzung eines Fahrzeugs gehört mit zu ihrer Strategie, Spuren zu verwischen. Genauso führen sie den Mord mit einer Waffe aus, die ihnen gehört und die sie anschließend wieder mitnehmen. Sie wissen, daß Fingerabdrücke oder Hinweise auf den Gebrauch einer Schußwaffe auf ihre Spur führen können. Darum werden sie alles tun, um die eigene Identifizierung oder die des Opfers zu verhindern. Je länger der oder die Tote unbekannt bleibt, desto unwahrscheinlicher ist natürlich ihre Enttarnung. Meistens sind ihre Opfer unbekleidet, denn das erschwert ihre Identifizierung. Der Schritt vom Wegwischen der Fingerabdrücke zur Enthauptung der Leiche und des Vergrabens von Kopf und Torso an weit auseinanderliegenden Orten mag gewaltig erscheinen, doch das alles dient letztlich der eigenen Sicherheit. So wurden viele von Ted Bundys Opfern nie gefunden. Ein anderer Serienmörder, Bob Berdella, der es auf kleine Jungen abgesehen hatte, zerstückelte ihre Leichen und verfütterte die Einzelteile an die Hunde in seinem Hinterhof. Eine Identifizierung war in den seltensten Fällen möglich.

Der geistesgestörte Mörder findet in der Wohnung seines Opfers vielleicht ein Messer, rammt es ihm in die Brust und läßt es stecken. Um Fingerabdrücke oder sonstige Beweismittel schert er sich nicht. Wenn die Polizei eine Leiche verhältnismäßig schnell findet, so ist das bereits ein Hinweis darauf, daß jemand rein willkürlich zugeschlagen hat.

Um eine grundsätzlich andere Dynamik scheint es sich beim sogenannten ›Würger von Hillside‹ gehandelt zu haben. Später stellte sich heraus, daß zwei Männer die Morde begangen hatten. Obwohl die Leichen immer schnell gefunden wurden, waren die Verbrechen sehr wohl durchdacht. Die Täter wollten die Polizei offensichtlich von Leiche zu Leiche hetzen, sie vorführen und auf diese Weise ihre Eitelkeit befriedigen.

Hin und wieder legen besonders raffinierte Verbrecher am Tatort bewußt falsche Spuren mit dem Ziel, die Behörden zu verwirren. Solche Manipulationen erfordern genaueste Planung und deuten auf eine in sich logische und rationale Handlungsweise hin. Kein geistesgestörter Täter wäre zu einer solchen Inszenierung fähig, obwohl andererseits gerade das Durcheinander an einem Tatort oft zu den widersprüchlichsten Theorien Anlaß gibt.

Bei der Spurenermittlung sollten die Beamten in der Lage sein, anhand der Beweismittel oder eben deren Fehlen zu beurteilen, ob das Verbrechen von einem methodisch oder planlos vorgehenden Menschen begangen worden ist. Chaos am Tatort spiegelt die Psyche des geistig verwirrten Täters wider. Wenn das Opfer gefunden wird, was ja meistens der Fall ist, weist es in der Regel gräßliche Wunden auf. Ich habe gesagt, der unsystematisch zuschlagende Täter will das Opfer oft seiner Persönlichkeit berauben. Das äußert sich in dem Versuch, sein Gesicht zu verunstalten oder es nach dem Tod zu verstümmeln. Schließlich läßt er es einfach dort liegen, wo er es umgebracht hat.

Sein Geisteszustand erlaubt es ihm schlichtweg nicht, die Leiche wegzuschaffen oder wenigstens zu verbergen.

Der systematisch vorgehende Täter nimmt sehr oft persönliche Besitzgegenstände der Leiche mit. Sie dienen ihm dann als Trophäe, oder ihr Fehlen soll der Polizei die Identifizierung erschweren. Brieftaschen, Schmuck, Ringe, Kleidungsstücke, Fotoalben – all das wurde in der Unterkunft verhafteter Mörder gefunden. Diese Gegenstände sind selten von hohem materiellem Wert, aber der Täter benutzt sie, um sich besser an das Opfer zu erinnern. Er bezieht die Trophäen in seine Fantasievorstellung mit ein und fühlt sich durch ihr Vorhandensein in seinen Leistungen bestätigt. Ähnlich dem Großwildjäger, der den Kopf eines von ihm erlegten Bären an die Wand nagelt, verspürt er beim Betrachten einer Halskette Befriedigung, denn sie hält seine Erinnerung wach. Zum selben Zweck fotografieren viele die einzelnen Stadien ihres Verbrechens. Mitunter schenkt der Mörder den erbeuteten Schmuck seiner Frau, Freundin oder Mutter. Es ist ein besonderer Triumph für ihn, daß allein er über seine eigentliche Bedeutung Bescheid weiß. John Crutchley wurde nur wegen Verschleppung und Vergewaltigung verurteilt, doch ich bin sicher, daß er noch schlimmere Verbrechen auf dem Gewissen hat. Wie so viele Serienmörder hatte er zu Hause in einem Schrank Dutzende von Halsketten hängen. Monte Rissell nahm nicht nur das Geld seiner Opfer mit, sondern auch ihren Schmuck und bewahrte ihn in seinem Apartment auf. Nachdem er sie ermordet hatte, fuhr er noch stundenlang mit ihren Autos durch die Gegend. All das war seine Art von Nachspiel.

Der planlos mordende Täter raubt keine Trophäen. Es kann vorkommen, daß er dem Opfer einen Teil seines Körpers herausschneidet, ihm eine Haarsträhne ausreißt oder ein Kleidungsstück mitnimmt – was diese Souvenirs in seiner Welt zu bedeuten haben, läßt sich freilich nicht beurteilen.

Wie ich zuvor gesagt habe, es handelt sich in jedem Fall um Sexualverbrechen, selbst wenn der Täter das Opfer nicht penetriert. Der geistig verwirrte Mörder vollzieht den

Geschlechtsakt in der Regel nicht oder nimmt ihn nur an Toten oder gänzlich Regungslosen vor. Er tötet schnell und meistens in einem blitzartig ausgeführten Angriff. Ganz anders der von A bis Z planende Verbrecher! Er vergeht sich an Lebenden, er will ihre Qualen bei Folter und Vergewaltigung voll auskosten, ehe er sie umbringt. Obwohl er bei normalem Geschlechtsverkehr impotent sein mag, wenn er das Opfer schlägt, würgt oder aufschlitzt, kommt er zu seinem Höhepunkt. Im Grunde sucht er Macht über Leben und Tod. John Gacy brachte seine Opfer mehrfach an den Rand des Todes, zögerte aber den Mord hinaus, um sich an ihren Qualen während der Vergewaltigung zu weiden. Diese Art von Täter verlangt die Unterwerfung des Opfers und seine Angst und/oder Passivität. Wenn es sich wehrt, wird er noch aggressiver, manchmal sogar in einem Ausmaß, daß ein Mann, der zunächst auf Vergewaltigung aus war, plötzlich einen Mord begeht.

Nachdem der methodisch vorgehende Verbrecher die Leiche verborgen oder unkenntlich gemacht hat, versucht er in der vierten Phase sehr oft, die Ermittlungen so hautnah wie möglich zu verfolgen. Damit verlängert er den Augenblick, in dem sich alles nach seiner Fantasievorstellung zu richten scheint. In einem besonders ungeheuerlichen Fall war der Täter Fahrer eines Krankenwagens. Er verschleppte seine Opfer an einen abgelegenen Ort, um sie dort zu vergewaltigen und zu ermorden. Dieser Mann verbarg die Leichen nur teilweise. Das gehörte mit zu seinem Plan, denn danach rief er anonym bei der Polizei an und meldete, daß er eine Tote entdeckt hatte. Während die Beamten in ihre Wagen sprangen und losrasten, jagte er in sein Krankenhaus zurück, damit kein anderer den Hörer abnahm, wenn die Polizisten einen Krankenwagen anforderten. Es erregte ihn zusätzlich, wenn er zum Tatort zurückfahren und die Frau, die er ermordet hatte, bergen durfte.

Methodisch und planlos vorgehende Mörder sind von der Persönlichkeitsstrukur her grundverschiedene Typen. Es ist wichtig, ihre jeweilige Entwicklung und die daraus resultierenden Verhaltensmuster nachzuvollziehen, denn diese Kenntnisse sind bei der Auflösung eines Verbrechens sehr oft hilfreich.

Der zum Planen nicht fähige Verbrecher wächst häufig in einem Zuhause auf, in dem der Vater keiner geregelten Arbeit nachgeht, in dem die Kinder sehr autoritär erzogen werden und in dem Alokoholprobleme, Fälle von Geisteskrankheit oder ähnliches die Familie belasten. Im Gegensatz dazu stellten wir in unseren Gespräche mit Vertretern der anderen Gruppe fest, daß der Vater einen sicheren Arbeitsplatz hatte, sie kaum zu Disziplin angehalten wurden und vielfach mit dem Eindruck aufwuchsen, sie könnten sich alles erlauben.

Der geistesverwirrte Täter frißt von Kindheit an verletzte Gefühle, Schmerz, Angst in sich hinein. Bis zu einem bestimmten Grad muß das jeder – in einem geregelten Miteinander kann man seine Gefühle nicht einfach nach Lust und Laune austoben – doch bei ihm geht es weit über die Norm hinaus. Er hat nie gelernt, Dampf abzulassen, und ist weder mit Worten noch physisch in der Lage seine Aggressionen angemessen auszudrücken. Eine Therapie hilft selten weiter, denn er kann dem Psychologen das Durcheinander in seinem Innern nicht begreiflich machen.

Eine der Ursachen für die in ihm eingeschlossene Wut liegt häufig an seinem unvorteilhaften Äußeren. Nach den Maßstäben der anderen wirkt er nicht sehr attraktiv, und das führt zu Minderwertigkeitsgefühlen. Vielleicht hat ein körperliches Leiden oder eine Behinderung dazu geführt, jedenfalls ist er anders und fühlt sich in dieser Rolle nicht wohl. Anstatt sich mit seiner Behinderung abzufinden, hält er sich für unzulänglich und benimmt sich dementsprechend, was ihn noch tiefer in den Kreislauf von Schmerz, Wut und Isolation treibt.

Solche Leute neigen zu einem Leben fast vollständig abseits der Gesellschaft. Zur Interaktion mit anderen sind sie gar nicht fähig. Intime Beziehungen mit einem Mitglied des anderen Geschlechts sind darum die Ausnahme. Leben sie überhaupt mit jemandem zusammen, dann am ehesten mit einem Elternteil, meistens einem alleinstehenden. Ein Außenstehender würde ihr sonderbares Verhalten ohnehin nie ertragen. Diese Menschen verweigern sich einer Gesellschaft, die sich zuvor ihnen verweigert hat.

Einher mit ihrem unterentwickelten Selbstwertgefühl geht ihre ungenügende Leistungsfähigkeit. Im allgemeinen ist ihre Intelligenz unterdurchschnittlich ausgeprägt, was aber nur in seltenen Fällen an extremen Defiziten liegt. Ihr tatsächlich vorhandenes Potential erreichen sie weder in der Schule noch in der Arbeit, so daß sie, vorausgesetzt, sie finden überhaupt eine Anstellung, als ungelernte Kräfte unterkommen. Im Umgang mit Kollegen sind sie chronische Störenfriede, weil sie ihre Gefühle eben nicht konstruktiv ausdrücken können. Daß sie hinter den allgemeinen Erwartungen zurückbleiben, ist ihnen durchaus bewußt. Der Mann, der die junge Frau auf einem Hausdach in der Bronx ermordet hatte, gab im Verhör an, er sei ein arbeitsloser Schauspieler. Das war aber nur Wunschdenken. In Wirklichkeit war er ein arbeitsloser Bühnenarbeiter – ein Zeichen dafür, daß er sich seines Berufs schämte.

Ganz anders der methodisch handelnde Täter. Er frißt seine Schmerz-, Wut-, und Angstgefühle nicht in sich hinein, sondern reagiert sie nach außen ab. In der Schule fällt er durch besonders aggressive, bisweilen auch sinnlose Verhaltensweisen auf. Lange hat ja die Meinung vorgeherrscht, jeder Mörder sei in seiner Kindheit gewalttätig gewesen, dieses Stereotyp trifft jedoch nur für die Kategorie der methodisch vorgehenden Serienmörder zu.

Die Vertreter der anderen Gruppe sind in der Schule ruhig, manchmal zu ruhig. Wenn man später Recherchen über ihre Kindheit anstellt, wird man erfahren, daß sie brave, höfliche und unauffällige Jungen waren, die nie mit anderen spielten.

Beim vorsätzlichen Mörder dagegen sind sich alle einig, daß er als Kind seit jeher ein Tyrann und der Klassenclown war, derjenige, der immer auffiel. Solche Leute sind gesellig und fühlen sich in größeren Gruppen wohl. In Kneipen zetteln sie Schlägereien an, sie fahren Auto wie die Henker und gelten überall als Unruhestifter. Sie können qualifizierte und ihrer Intelligenz entsprechende Jobs finden, doch benehmen sie sich oft daneben und provozieren Auseinandersetzungen, so daß ihre Entlassung eine Frage der Zeit ist. Schwere Belastungen wiederum sind oft der Anlaß zum ersten Mord. Als ein ehemaliger Polizeibeamter in Ohio berufliche Probleme hatte, mit dem Gesetz in Konflikt kam und Schwierigkeiten mit Frauen hatte, verschleppte er eine junge Frau und tötete sie. Bei geistig wirren Mördern spielen besondere Belastungen keine ausschlaggebende Rolle. Sie morden, weil eine Wahnvorstellung sie dazu treibt. Aktuelle Ereignisse in der sie umgebenden Welt haben damit nichts zu tun.

Einen Minderwertigkeitskomplex kennen die planenden Verbrecher nicht. Im Gegenteil! Sie fühlen sich dem Rest der Menschheit überlegen. Gacy, Bundy und Kemper machten sich über die Polizei und die Psychiater lustig – die einen waren zu dumm, um sie zu fangen, und die anderen bissen sich an ihnen die Zähne aus. Solche Leute überschätzen sich. Sie meinen, sie seien so gerissen und erfolgreich, daß keiner ihnen das Wasser reichen könne – und das obwohl sie selbst auch nur Durchschnitt sind und höchstens durch ihre abscheulichen Verbrechen auffallen. Nach ihren Morden verfolgen sie in den Medien die Fortschritte (oder die Stagnation) bei den Ermittlungen. Muß noch darauf hingewiesen werden, daß unkontrollierte Verbrecher nach der Tat wenig oder gar kein Interesse daran zeigen?

Noch auf einem anderen Gebiet scheinen sich die methodisch vorgehenden Täter recht erfolgreich zu betätigen: im Bett – vielfach mit wechselnden Partnern. Als redegewandten Verstellungskünstlern fällt es ihnen nicht schwer, Frauen (oder bisweilen Männer) zum Geschlechtsverkehr zu bewegen. Oberflächlich gesehen, mögen sie ja attraktiv und gute Amateurpsychologen sein, doch sie sind unfähig, Dauerbeziehungen einzugehen. Ein Mörder aus Oregon, der seinen Opfern immer den Bauch aufschlitzte, hatte viele Affären mit Frauen, Strohfeuer allesamt. Ted Bundy hatte vor allem geärgert, daß er kein sonderlich aufregender Liebhaber war. Die meisten, wenn nicht alle planenden Mörder hegen einen gräßlichen Zorn auf die Frauen. Diesen bemänteln sie allerdings gern mit Worten wie eine Frau sei ›nicht Frau genug‹, um sie ›anzutörnen‹. Ich habe mit vielen Vergewaltigern gesprochen, die auf Frauen einschlugen, weil sie bei ihnen keinen Orgasmus erlebt hatten. Diese Männer sind auf ihre Freundinnen wütend, auf sich selbst, auf die ganze Gesellschaft. Sie haben das Gefühl, sie seien verkannte Genies. Aber wenn sie schon so schlau sind, warum sind sie dann keine Millionäre – oder in Charles Mansons Fall Rockstars – geworden? Im Grunde glauben sie, die ganze Gesellschaft habe sich gegen sie verschworen. Manson bildete sich ein, daß er mit seinen Songs weltberühmt geworden wäre, hätte man ihn nicht schon als Kind ins Gefängnis gesteckt. Seinen Anhängern trichterte er ein, sie würden mit ihren Morden einen Klassenkampf auslösen. Ed Kemper glaubte, er würde seine Opfer nur aus den höheren Schichten auswählen und so der Sache der Arbeiterklasse dienen. John Gacy sah sich als einen, der die Welt von den Versagern und ›kleinen Perversen‹ befreit. Mit ihren Morden wollen diese Männer nicht nur Individuen, sondern die Gesellschaft als solche trefffen.

Im Rahmen unserer Forschungen stießen wir auf zwei Männer, bei denen, was die persönliche Entwicklung und die Verbrechen betrifft, die jeweils klassischen Merkmale der beiden Grundtypen praktisch in Reinkultur ausgebildet waren. Als ich an unseren *road schools* anhand von Dias Gerard John Schaefers Methode erläuterte, warf mir immer mindestens ein Zuhörer vor, ich hätte Schaefers Charakteristika verallgemeinert und sämtlichen methodisch planenden Mördern übergestülpt. Das stimmt nicht. Wahr ist allerdings, daß er die typischen Verhaltensmuster in sich vereint.

1973 schreckten mehrere Vermißtenmeldungen die Polizei im ländlichen Brevard County in Florida auf. In allen Fällen handelte es sich bei den Opfern um Frauen. Es wurde gerade ein Einsatzteam zusammengestellt, da tauchten wenigstens zwei der Frauen wieder auf. Ein Autofahrer hatte sie auf einer Landstraße aufgelesen und in die Stadt zum Polizeirevier gebracht, wo sie den Beamten von ihrer alptraumhaften Verschleppung berichteten.

Sie waren beim Trampen von einem normal aussehenden, gut gekleideten Mann mitgenommen worden. Er versprach ihnen, er würde sie bis zu ihrem Ziel fahren, doch plötzlich bog er in einen Waldweg ein. Mit vorgehaltener Pistole fesselte er sie an einen Baum und kündigte ihnen an, er werde sie vergewaltigen und ermorden. Das hätte er schon mit vielen anderen gemacht. Plötzlich sah er auf die Uhr und rief: »Oh! Ich muß los. Bin bald wieder da!« Dann sprang er in den Wagen und brauste davon. Es gelang den Frauen, sich aus den Fesseln zu winden und zur Straße zu laufen.

Nach der Vernehmung führten sie die Polizisten an die Stelle, an der er sie gefesselt hatte. Die Geschichte hat einen befremdlichen Aspekt: Die Polizisten baten die Frauen, ihnen seine Vorgehensweise im Detail zu demonstrieren. Da sie noch unter Schock standen, kamen sie dem Wunsch tatsächlich nach. Der Mann hatte ihnen die Hände über dem Kopf festgebunden und das Seil über einen dicken Ast geworfen. Wenn ihnen die Flucht nicht gelungen wäre, hätte er sie wohl aufgehängt.

Bei der Durchsuchung der näheren Umgebung fanden die Polizisten halb verweste Körperteile und Kleidungsstücke von Frauen. Auf einer Jeans fiel ihnen ein handgesticktes Muster auf. Es entsprach genau der Beschreibung der Hose, in der ein seit längerem verschollenes Mädchen zuletzt gesehen worden war. Das versetzte sie endgültig in höchste Alarmbereitschaft. Zum Glück waren die Frauen in der Lage, eine genaue Beschreibung des Fahrzeugs und ihres Kidnappers abzugeben. So war an seinem Wagen, den sie erst für ein Polizeiauto gehalten hatten, hinten eine Abschleppkupplung angebracht. Der Mann hatte das Seilende daran festbinden und sie beim Losfahren hochziehen wollen.

Ehe ich mit dieser Geschichte fortfahre, lassen Sie mich

bitte auf die bislang aufgetretenen Merkmale des systematisch vorgehenden Täters hinweisen. Der Entführer behandelte die Opfer als Individuen, indem er mit ihnen sprach, er benutzte sein eigenes Fahrzeug und er täuschte die Frauen mit sprachlichen Mitteln. Er hatte seine eigene Waffe dabei, mit der er die Frauen bedrohte, und hatte auch seine Spezialausrüstung für die Vergewaltigung dabei. Er verfolgte eindeutig die Absicht, sie vor ihrer Folterung und Ermordung sexuell zu mißbrauchen. Die Leichen wollte er gut verbergen. Flexibilität und Anpassungsfähigkeit an die jeweilige Situation stellte er ebenfalls unter Beweis, denn als ihm einfiel, er müsse noch etwas anderes erledigen, verließ er den Tatort mit dem Ziel, das Versäumte später nachzuholen.

Gerard Schaefer, ein Polizist aus einem Nachbarbezirk, galt auf Anhieb als einer der Hauptverdächtigen. Die Überprüfung seiner Unterlagen ergab, daß er wegen gewisser Unregelmäßigkeiten zwangsversetzt worden war. Er hatte Verkehrssünderinnen aufgehalten, ihre Personalien festgestellt und sie später angerufen, um ein Treffen mit ihnen zu vereinbaren. Eine Randbemerkung sei mir hier gestattet. Manche Polizeibeamte mißbrauchen ihre Amtsgewalt als Mittel zum – sagen wir es so deutlich – Anmachen, aber die wenigsten vergewaltigen, foltern und ermorden Frauen im Wald. Was Schaefer betrifft, nahmen die Ermittler an, daß er die Frauen gefesselt im Wald zurückließ, um später in einem Polizeiauto vorzufahren und sie in Uniform zu schänden. Der Rest ist schnell erzählt: Die Frauen konnten Schaefers Privatwagen identifizieren, und bei einer Hausdurchsuchung fanden sich Beweise für den Mord an dem Mädchen mit der bestickten Jeans. Schaefer stritt jede Schuld ab. Freilich hatte er angesichts der erdrückenden Beweislast und der Aussage zweier Zeuginnen keine Chance. Er wurde zu einer langjährigen Gefängnisstrafe in Florida verurteilt. Da er bis zum Schluß leugnete und der Polizei seine Mitarbeit hartnäckig verweigerte, wissen wir nicht, ob er den Tod aller im Wald gefundenen Leichen zu verantworten hat. Genauso wenig konnte das Schicksal anderer bis heute verschollener Frauen geklärt werden.

Für mich, der ich ja das Innenleben von Mördern erforsche, war Schaefers Wohnung eine wahre Fundgrube. Zum einen gab es dort jede Menge Beweise für seine Verbrechen, und zum anderen legte sie beredt Zeugnis darüber ab, was für eine Art Täter er war. Jede Menge Frauenbekleidung und Schmuck hatte er mitgenommen, Trophäen also, die er zur Anregung seiner Fantasien benutzt hatte. Eine Halskette hatte er einer Freundin geschenkt. Als er beim Verhör dazu befragt wurde, gab Schaefer zu Protokoll, er habe immer wieder liegengelassene Kleidungsstücke auf dem Highway aufgesammelt und sie, wenn er genug davon hatte, einer Wohltätigkeitsorganisation gespendet. In der letzten Zeit sei er nur nicht mehr dazu gekommen. Schlüssig war das nicht gerade, zumal sich auch noch Pornohefte und Kriminalzeitschriften in seiner Wohnung stapelten. Beim Durchblättern stellten die Beamten fest, daß er sich allem Anschein nach vornehmlich für Berichte über Frauen interessierte, die von ihrem Mörder aufgehängt, erwürgt oder auf andere Weise erstickt worden waren.

Daß Hängen und Foltern Grundbestandteile seiner Fantasievorstellungen bildeten, belegten von ihm selbst verfaßte Geschichten und Zeichnungen auf Bildern von nackten Frauen, und zwar alle mit demselben Thema. Da war zum Beispiel ein relativ normales Pin-up-Foto von einem Mädchen, das sich mit hinter dem Rücken verschränkten Händen gegen einen Baum lehnte. Schaefer hatte Einschußlöcher und Fesseln hineingemalt und mit Strichen angedeutet, daß sie sich ins Höschen gemacht hatte. Tatsächlich öffnen sich bei Erhängten die Schließmuskeln, sobald der Tod eintritt. Auf ein anderes Foto von drei einem Mann gegenüberstehenden nackten Frauen hatte er eine Sprechblase geschrieben: ›Die drei werden mich schon befriedigen. Ansonsten kommen sie auf den Dorfplatz und dürfen zur Unterhaltung der Leute mein Seilende zieren.‹ Weiter fanden sich Collagen von Aktfotos, auf denen er liegende Frauenkörper so ausgeschnitten hatte, daß man meinen konnte, sie seien erhängt worden. Und einige Originalfotos lagen herum. Wahrscheinlich hatte er sie selbst aufgenommen. Sie zeigten tatsächlich erhängte Frauen – seine Opfer.

Vieles in Schaefers Wohnung und Leben war also typisch für den methodisch vorgehenden Mörder. Er unterhielt eine Beziehung mit einer Frau, hatte eine feste Arbeitsstelle, bewahrte zu Hause Trophäen seiner Verbrechen auf, benutzte Pornos und versuchte mit seinen Verbrechen seine Fantasievorstellungen zu erfüllen. Abgesehen hatte er es bevorzugt auf junge Tramperinnen, deren Verschwinden man nicht so schnell bemerken würde, weil sie wahrscheinlich auf Durchreise waren.

Während des Verfahrens schäkerte Schaefer mit den Journalisten und gab sich aufgekratzt und leutselig. Sein Standardsatz für die Reporter lautete, er sei unschuldig und würde am Ende freigesprochen. Ein Zeitungsfoto zeigt ihn umringt von vier Sicherheitsbeamten. Als einziger lächelt Schaefer. Er sieht geschniegelt aus und fühlt sich sichtlich wohl – der systematisch planende Täter par excellence, der die Situation sogar dann im Griff haben will, wenn ihm die Todesstrafe droht.

Herbert Mullin wuchs in Santa Cruz als völlig normales Kind heran. In der Schule war er gut und bei Jungen wie Mädchen gleichermaßen beliebt. Überall galt er als derjenige, dem man für die Zukunft am meisten zutraute. Sogar ein exzellenter Footballspieler war er. Obwohl er bei weitem der kleinste und schmächtigste war, stand er im Auswahlteam seiner High School. In seinem letzten Schuljahr verbarg sich unter der Maske des Sunnyboys aber bereits eine ganz andere Wirklichkeit – eine paranoide Schizophrenie ergriff von ihm Besitz. Beschleunigt – doch nicht ausgelöst! – wurde sein Verfall durch Experimente mit Marihuana und LSD.

Nach dem Schulabschuß vollzog sich eine rapide Veränderung seiner Persönlichkeit in einer Weise, wie sie typisch für paranoide Schizophrenie ist. Ich möchte an dieser Stelle betonen, daß die Laienwelt vollkommen falsche Begriffe von dieser Krankheit hat. Schizophrenie ist die häufigste aller Psychosen und paranoide Schizophrenie ihre verbreitetste Spielart. Die überwältigende Mehrheit der an paranoider Schizophrenie Erkrankten ist harmlos. Weil nun aber einige wenige mit abscheulichen Verbrechen für Schlagzeilen sorgen, wird in der Öffentlichkeit gleich auf sämtliche Betroffene geschlossen. Gewalttätern vom Schlage eines Herbert William Mullin verdanken psychische Erkrankungen ihren schlechten Ruf.

Ende der sechziger Jahre befanden sich in Nordkalifornien sehr viele High-School-Absolventen auf ›Egotrip‹. Angesichts der allgemeinen Grundstimmung in seiner Generation fielen Herbs Transformationen zunächst nicht weiter auf. Er studierte am College, schaffte aber die Prüfungen nicht mehr. Eine Zeitlang versuchte er mit Perlenketten und langen Haaren die Mädchen auf sich aufmerksam zu machen. Weil er damit keine Sexualpartnerin fand, ließ er sich die Haare schneiden und lief wie ein Manager mit Anzug und Krawatte herum. Auch damit kam er nicht an. Nach dem Scheitern jeder Versuchsreihe ließ er sich wiederholt in psychiatrischen Kliniken behandeln, wurde aber schnell wieder entlassen, da die Ärzte keine Gefährdung anderer oder seiner selbst feststellten. Er beschloß, daß es an der Zeit zum Heiraten war und machte Mädchen auf offener Straße oder bei Partys Heiratsanträge. Da sie ausnahmslos ablehnten, meinte er, er müsse wohl homosexuell sein. So suchte er von da an die Schwulenviertel von San Francisco auf und fragte Männer, ob sie mit ihm zusammenziehen würden. Die wollten freilich auch nichts von ihm wissen. Einmal stand er mitten im Gottesdienst auf und brüllte, das sei doch nicht das richtige Christentum. Danach studierte er Theologie, aber nicht sehr lange. Genauso wenig hielt er einen Versuch durch, Boxer zu werden. Eine Weile trainierte er fleißig, und in seinem ersten Kampf schlug er so fest zu, daß man ihm eine Karriere voraussagte, aber kurz danach hängte er die Boxhandschuhe an den Nagel.

Ein Jahr nach seiner Kriegsdienstverweigerung bewarb Herb sich bei der Army, doch er kam für keine Waffengattung in Frage. Schließlich durfte er bei der Marine die Grundausbildung absolvieren. Freilich ließ sich seine psychische Labilität nicht kaschieren, und als es um die Übernahme in ein reguläres Dienstverhältnis ging, wurde er mit einer kleinen Abfindung entlassen. Eine Weile lebte er mit einer älteren, ebenfalls psychisch kranken Frau zusammen. Mit ihr interessierte er sich für östliche Mystik. In Hawaii wollte er seine Kenntnisse vertiefen, kam aber nicht sehr weit. Nach seiner Rückkehr aufs Festland erzählte er einem Freund, er sei dort in einer Nervenklinik gewesen.

Inzwischen war er Mitte Zwanzig und zu einem Leben in der Gesellschaft völlig unfähig. Er hatte alles ausprobiert und paßte nirgendwo hinein. Obwohl er sporadisch jobbte, blieb er nirgends länger als ein paar Wochen. Das zum Unterhalt nötige Geld schossen ihm weiterhin seine Eltern zu. Zu diesem Zeitpunkt hatte sich seine paranoide Schizophrenie voll entwickelt.

Schizophrene setzen Informationen aus ihrer Umwelt neu zusammen und verweben sie in einer Weise, daß ihre eigentliche Bedeutung völlig verzerrt und verfremdet wird. Mullin hatte gehört oder gelesen, daß Kalifornien ein von Erdbeben bedrohtes Gebiet ist. Nun überlegte er, wie das verhindert werden könne. Daraus entwickelte sich die Wahnvorstellung, Kalifornien sei nur dank dem Vietnamkrieg von einem katastrophalen Erdbeben verschont geblieben; dort seien nämlich genug Menschenleben geopfert worden, will heißen: Die Natur verlangte für die Erhaltung der natürlichen Welt Blutopfer. Ab Oktober 1972 zog Amerika sich jedoch aus dem Vietnamkrieg zurück. Nun befürchtete Mullin eine schreckliche Katastrophe. Nach einem verheerenden Erdbeben würde das Meer Kalifornien verschlingen, falls nicht bald die Zahl der Menschenopfer erhöht würde. Aus diesem Grund, so erzählte Mullin später, habe sein Vater ihm per Telepathie befohlen, Menschenleben zu zerstören.

Wir stellen sehr oft fest, daß geistig wirre Täter vor ihrem ersten Verbrechen nie gemeingefährlich gewesen sind. Solche Leute haben keine kriminellen Energien, sind weder aggressiv, noch neigen sie zu Gewalttätigkeit. Das traf auch lange für Mullin zu. Er hatte es nicht geschafft, sich in die Gesellschaft einzugliedern, hatte aber nie vergewaltigt, gestohlen, Schlägereien angezettelt – bis zu dem Zeitpunkt, an dem ihm das Gesetz den Besitz von Schußwaffen erlaubte und er damit anfing, Leute umzubringen.

Auch wenn mein Bericht einigermaßen kohärent ist, möchte ich doch darauf hinweisen, daß die Polizei damals lange im dunkeln tappte, denn sie sah sich nicht in der Lage, Mullins Bluttaten zueinander in Beziehung zu setzen. Das hatte zwei Gründe: Zunächst schien ein Zusammenhang nicht gegeben, weil die Mordwaffe und die Methode jedesmal eine andere waren. Die Opfer waren verschiedenerlei Alters und Geschlechts und hatten auch sonst nichts gemeinsam. Auch die Umstände ihres Todes hätten verschiedener nicht sein können. Der zweite Grund schließlich war Ed Kemper, der zur selben Zeit und in der gleichen Gegend sein Unwesen trieb.

Mullins erstes Opfer war ein fünfundfünfzigjähriger obdachloser Tramper. Mullin muß den Mann gesehen haben, der zu Fuß auf dem Highway unterwegs war. Er fuhr an ihm vorbei, parkte den Wagen am Straßenrand und machte sich unter der Motorhaube zu schaffen. Der Mann trat auf ihn zu und bot ihm seine Hilfe an, wenn er danach mitfahren dürfe. Mullin willigte ein. Während der andere sich über den Motor beugte, holte Mullin heimlich einen Baseballschläger aus dem Auto und schlug ihm den Schädel ein. Die Leiche schleppte er in einen nahe gelegenen Wald und fuhr davon. Sie wurde am nächsten Tag gefunden.

Zwei Wochen nach dem ersten Mord glaubte er den nächsten Auftrag zu hören. Diesmal sollte er die Hypothese von der zunehmenden Umweltverschmutzung überprüfen und herausfinden, wie nah das Erdbeben nun war. Folglich nahm er eine Tramperin mit und rammte ihr mitten im Fahren ein Messer in die Brust. In einem Wald zog er sie aus und schlitzte ihr den Unterleib auf. Weil er annahm, er könne an ihren Organen den Grad der Umweltverschmutzung ablesen, schnitt er sie heraus und untersuchte sie. Der besseren Sicht halber hängte er sie an Zweigen auf. Die Tote wurde erst nach mehreren Monaten entdeckt. Zu diesem Zeitpunkt war nur noch das Skelett vorhanden. Der Grund, warum die Polizei keine Gemeinsamkeiten zwischen den zwei Verbrechen sah, dürfte nur zu ersichtlich sein.

Mullin war zum langfristigen Planen nicht fähig. Ich habe zwar gesagt, solche Leute fahren kein Auto, bei Mullin war das aber der Fall. Von so etwas sollte man sich freilich nicht verunsichern lassen. Es beweist doch nur, daß nicht jeder einzelne Mörder jede einzelne Eigenschaft auf unserer Liste erfüllt. Die Erstellung von Täterprofilen hat eben in vieler Hinsicht mehr von einer Kunst als einer Wissenschaft an sich. Aus diesem Grund weigern wir uns auch, unsere Kursteilneilnehmer mit Checklisten auszustatten. Man kann einen komplexen Sachverhalt nicht durch bloßes Abhaken erfassen. Obwohl sich Mullin nun geringfügig vom klassischen planlos agierenden Verbrecher unterscheidet, treffen doch dessen andere Charakteristika für ihn zu – die willkürliche Wahl von Opfer und Waffe, die Verstümmelung der Leiche, der Verzicht auf den Versuch, die Leiche zu verbergen oder unkenntlich zu machen. Daß das zweite Opfer erst Monate nach dem Mord entdeckt wurde, war purer Zufall.

An einem Donnerstag, vier Tage nach der Verstümmelung der jungen Tramperin, schienen Mullin Zweifel an seiner ›Mission‹ zu plagen. In einer katholischen Kirche in der Nähe von Santa Cruz ging er beichten. Wie er später erklärte, erzählte er dem Priester alles von den Anweisungen bis hin zu den Morden. »Herbert«, soll ihn der Pfarrer gefragt haben, »liest du die Bibel?«

»Ja.«

»Und kennst du auch das Gebot, das besagt, du sollst Vater und Mutter ehren?«

»Ja«, antwortete Mullin.

»Dann weißt du auch, wie wichtig der Gehorsam dem Vater gegenüber ist.«

»Ja.«

»Er ist so wichtig«, sagte der Priester (laut Mullins Darstellung), »daß ich mich dir freiwillig als dein nächstes Opfer zur Verfügung stelle.«

Mullin trat, schlug und stach auf den Priester ein, ließ den Verblutenden im Beichtstuhl liegen und rannte weg. Ein Gemeindemitglied sah das und eilte sogleich zu Hilfe. Der Priester starb jedoch, und Mullin entkam. Die Beschreibung des Zeugen half der Polizei leider nicht weiter, der Mann führte sie mit seiner Aussage, der Mörder sei groß und schlank gewesen, vielmehr in die Irre.

Mullin grübelte, ab wann in seinem Leben alles schiefgelaufen war. Seine Gedanken kreisten um einen Mitspieler in der Footballmannschaft, der ihm den ersten Marihuanajoint angeboten hatte. Zwar hatte er sich den Drogenkonsum später wieder abgewöhnt, doch führte er seine Probleme nun ausschließlich darauf zurück. Anfang Januar 1973 fuhr er in einen Außenbezirk von Santa Cruz, in dem der Mannschaftskamerad damals gelebt hatte. Er fand das Haus und klopfte an. Dort wohnte aber mittlerweile ein Rauschgiftdealer mit seiner Familie. Von dessen Frau erfuhr Mullin, daß sein Freund ein paar Häuser weiter gezogen war. Laut seiner Darstellung drängte sie sich ihm dann zusammen mit ihren zwei Kindern als Opfer förmlich auf. Er erschoß sie alle. Nur der Mann entging ihm.

Nach dem Blutbad klopfte Mullin bei dem ehemaligen Mannschaftskameraden an. Kaum hatte der ihn hereingebeten, kam es zum Streit. Auch dieser Mann handelte mit Drogen; überall lag Zubehör offen herum. Mullin schoß ihn nieder, weil er auf die Frage, warum er ihm mit dem Pot das Leben ruiniert hatte, keine Antwort wußte. Mit letzter Kraft schleppte der Sterbende sich ins Badezimmer, wo seine Frau sich duschte. Er schrie, sie solle unbedingt absperren, doch Mullin brach die Tür auf und erschoß sie. Als die Polizei die fünf Leichen fand und herausbekam, daß die Männer in Drogengeschichten verwickelt waren, dachte sie natürlich an einen Rachefeldzug von Rauschgiftschiebern. Daß auch diese Morde mit denen an dem

Priester und den zwei Trampern zu tun haben könnten, war nun wirklich nicht anzunehmen.

Einen Monat später stieß Mullin in einem Waldgebiet auf vier Jugendliche, die dort campierten. Was sie hier trieben? wollte er wissen. Sie zelteten, lautete die Antwort. Mullin gab sich nun als Forstaufseher aus und forderte sie zum Verschwinden auf. Zelten sei hier ohnehin verboten. Außerdem würden sie den Wald verschmutzen. Die vier jungen Burschen vertrieben Mullin mit einem Karabiner Kaliber 22. Im Gehen rief er, er werde am nächsten Tag nachsehen kommen. Die Teenager ließen sich von seiner Drohung nicht beeindrucken und blieben. Am nächsten Tag kam Mullin zurück und erschoß sie mit ihrem Karabiner.

Die Leichen wurden eine Woche später gefunden. In der Zwischenzeit war Mullin endlich nach einer weiteren Bluttat gefaßt worden. Die ›Anweisung‹ dazu erhielt er, als er mit seinem Kombi Brennholz transportierte. Irgendwie fiel ihm ein Hispanoamerikaner auf, der auf der anderen Straßenseite vor seinem Haus Unkraut jätete. Mullin wendete, fuhr heran, hielt an und schoß den Mann vor den Augen eines Nachbarn nieder. Dieser notierte die Autonummer, während Mullin in aller Seelenruhe davonfuhr.

Über den Polizeifunk wurde sofort die Fahndung eingeleitet. Kurz danach bemerkte ein Streifenbeamter Mullin in seinem Auto und winkte ihn an den Straßenrand. Mullin ließ sich widerstandslos verhaften. Neben ihm lag der Karabiner, mit dem er den Mann soeben erschossen hatte. Auch die Pistole, die er bei dem Massenmord wenige Wochen zuvor benutzt hatte, befand sich im Wagen.

Mullins Geisteszustand war auch vor Gericht nicht zu übersehen. Die ganze Zeit über mußte er in Ketten gelegt werden, und ständig reichte er ellenlange Erklärungen ein, die mit dem Verfahren nicht das geringste zu tun hatten. Der logische Zusammenhang zwischen seinen dreizehn Morden existierte nur in seinem kranken Gehirn. Trotzdem sahen ihn die Geschworenen zum Zeitpunkt seiner Bluttaten als zurechnungsfähig an. Er wurde in allen Anklagepunkten schuldig gesprochen.

Als ich Mullin im Gefängnis zu interviewen versuchte, war er höflich, fügsam, aber auch verschlossen. Alle Minuten fragte er: »Sir, darf ich wieder in mein Zimmer gehen?« Er erklärte mir, seine Verbrechen seien nichts als sein Beitrag zur Rettung der Umwelt gewesen. Mullin litt eindeutig an einer schweren Geisteskrankheit. Die Entscheidung, ihn in ein Zuchthaus zu stecken, ist im besten Fall lächerlich und schwer nachvollziehbar. Angebracht wäre eine Verwahrung in einer Irrenanstalt.

Methodisch und planlos vorgehend – die zwei verschiedenen Typen von Mördern. Welcher von den beiden ist der verbreitetere, der gefährlichere? Eine schwere Frage.

Von allen bisher durchgeführten Untersuchungen über Mörder wird die unsere als die umfassendste und vollständigste anerkannt. In ihr fallen zwei Drittel aller Gewaltverbrecher in die Kategorie der systematisch vorgehenden Täter. Vielleicht sind unsere Interviewpartner ein repräsentativer Querschnitt für die Gesamtheit aller Mörder, von denen ja nur ein Teil hinter Gittern sitzt.

Ich vermute sehr stark, daß es bei uns seit den Anfängen unserer Gesellschaft einen Bodensatz von willkürlich agierenden Mördern gegeben hat. Es sind dies geistesgestörte Männer, die immer wieder im Blutrausch Morde begehen werden. Aufhören werden sie erst, wenn man sie verhaftet oder tötet. Egal, was wir tun, es wird immer wieder welche unter uns geben. Andererseits bin ich fest davon überzeugt, daß der Anteil wie auch die Gesamtzahl der methodisch vorgehenden Mörder steigen. In dem Maße, in dem die Mobilität unserer Gesellschaft zunimmt und Massenvernichtungswaffen der Allgemeinheit zugänglich werden, bieten sich den gemeingefährlichen Randexistenzen zusehends neue Möglichkeiten, ihre Fantasien von Gewalt und Mord in die Tat umzusetzen.

7
Was + Warum = Wer

Als ich 1974 zur Abteilung für Verhaltensforschung stieß, durchlief ich zunächst eine Lehre in der Erstellung von Profilen. Meine Ausbilder waren das Gespann Howard Teten und Pat Mullany. Mullany widmete sich der Aufgabe seit 1972, und Teten war bis 1969 Spurenfahnder in San Leandro, Kalifornien, gewesen, ehe er sich in Quantico auf Täterprofile spezialisierte. Tetens Mentor war der New Yorker Psychiater James A. Brussel gewesen, der 1956 mit einer fast exakten Voraussage über Person und Aussehen des ›verrückten Bombenlegers‹ das ganze Land verblüfft hatte. Acht Jahre lang hatte George Metesky damals New York mit insgesamt zweiunddreißig Sprengstoffanschlägen in Angst und Schrecken versetzt, ohne daß man ihm auf die Spur gekommen wäre. Nach eingehender Analyse der Tatorte, Botschaften des Bombenlegers und noch anderer Hinweise hatte Brussel der Polizei erklärt, sie solle nach einem Mann osteuropäischer Herkunft über vierzig fahnden, der in einer Stadt in Connecticut bei seiner Mutter lebte. Seiner Auffassung nach war dieser Mann auf extreme Reinlichkeit bedacht. Das verrieten ihm seine oben runden Ws, die zugleich stark an einen Busen erinnerten, was auf abgöttische Liebe zur Mutter und Haß gegen den Vater hindeutete. Der Psychiater wagte sogar die Vermutung, daß der Bombenleger bei seiner Verhaftung einen Zweireiher tragen würde. Er sollte in fast allen Punkten recht behalten. Nur in einem hatte er sich getäuscht – George Metesky wohnte nicht bei seiner Mutter, sondern bei seinen zwei unverheirateten Schwestern.

In den sechziger Jahren gerieten die Täterprofile vorübergehend ins Zwielicht, als ein Team von Psychologen mit seinen Annahmen über die Identität des Würgers von Boston völlig daneben lag. Trotzdem war man in zunehmendem Maße auf Persönlichkeitsdiagramme angewiesen, weil die Zahl der Gewalttaten an Unbekannten – die Verbrechen, die

die Ermittler vor die größten Probleme stellen – ständig zunahm. In den sechziger Jahren hatte der Mörder fast immer in irgendeiner Beziehung zum Opfer gestanden. Zwanzig Jahre später wurde ein Viertel aller Morde an Unbekannten verübt. Die Tendenz ist weiter steigend. Die Ursache dafür vermuten die Soziologen im Wandel unserer Gesellschaft. Sie ist mobiler und in vieler Hinsicht anonymer geworden und wird mit Bildern von Gewalt und Sex in allen Variationen überschwemmt.

Pete Dunbar, ein FBI-Agent in der Außenstelle Bozeman, Montana, bat Teten und Mullany bei einer ungeklärten Entführung um ihre Mitarbeit. Im Juni 1973 hatte jemand der Familie Jaeger aus Farmington, Michigan, die sich auf Campingurlaub befand, die Zeltwand aufgeschlitzt und deren siebenjährige Tochter Susan entführt. In ihrem Profil vertraten Teten und Mullany die Auffassung, daß es sich bei dem Täter wahrscheinlich um einen aus der Gegend stammenden Weißen handelte, einen Einzelgänger, der bei einem Nachtspaziergang auf das Zelt gestoßen war. Obwohl man noch keine Leiche gefunden hatte, gingen sie davon aus, daß Susan nicht mehr lebte. Die Eltern freilich hatten die Hoffnung noch nicht aufgegeben.

Bald konnte Dunbar einen Verdächtigen präsentieren, einen dreiundzwanzigjährigen Vietnamveteranen namens David Meierhofer. Ein Informant hatte ihm den Tip gegeben. Zufälligerweise kannte Dunbar Meierhofer. Er bezeichnete ihn als ›gepflegt, charmant, überaus intelligent und höflich.‹ Meierhofer entsprach auch Tetens und Mullanys Profil, doch der Verdacht ließ sich nicht erhärten, so daß es zu keiner Anklage kam. Die Jaegers kehrten nach Michigan zurück, und auf Dunbar warteten andere Fälle.

Im Januar 1974 verschwand in derselben Gegend eine Achtzehnjährige, die kurz zuvor Meierhofer einen Korb gegeben hatte. Erneut fiel der Verdacht auf Meierhofer. Er stellte sich für einen Test am Lügendetektor zur Verfügung und ließ sich ein Wahrheitsserum spritzen – ohne Ergebnis, so daß sein Anwalt die vollständige Einstellung der Ermittlungen verlangte.

Nun erbrachte aber das zweite Verbrechen neue Ansatzpunkte für das Profil, und die Spezialisten – zu denen inzwischen ich als Lehrling gestoßen war – konnten ihre Methoden verfeinern. Alles deutete auf einen Täter, dessen Persönlichkeitsstruktur der Meierhofers entsprach. Der Umstand, daß er die Tests unbeschadet überstanden hatte, bedeutete in unseren Augen nichts. Die Öffentlichkeit glaubt vielleicht an ihre Zuverlässigkeit, was bei normalen Menschen auch weitgehend zutreffen mag, Psychopathen dagegen sind in der Lage, das Ich, das ihre Morde begangen hat, vorübergehend abzuschalten. Wenn sie sich einem Test unterziehen, hat das Ich, das sie besser unter Kontrolle haben, ihre Verbrechen verdrängt, und man findet nichts heraus. Es war also gut möglich, daß Meierhofer sich normalerweise im Griff hatte, bisweilen aber jede Kontrolle über sich verlor und dann mordete. Dunbar schloß sich unserer Meinung an und folgte unserem Rat, den Mann nicht aus den Augen zu lassen, auch wenn noch keine Beweise vorlagen.

Tetens und Mullanys Überzeugung nach gehörte der Mörder zu der Art von Tätern, die die Verwandten ihrer Opfer später anrufen, um das Verbrechen und ihre Erregung noch einmal zu erleben. Darum wurden die Jaegers gebeten, einen Kassettenrecorder neben ihrem Telefon bereit zu legen. Tatsächlich rief am ersten Jahrestag der Verschleppung ihrer Tochter ein Mann Mrs. Jaeger an und behauptete, er habe Susan in seiner Gewalt, und sie lebe. Er habe Susan in ein europäisches Land gezaubert, wo sie ein besseres Leben führe, als es ihr die Jaegers mit ihren beschränkten Mitteln je ermöglichen hätten können. »Dieser blasierte Affe wollte mich bloß verhöhnen«, erzählte Mrs. Jaeger einem Reporter. »Mit meiner Reaktion habe ich ihn total überrascht. Ich hatte ihm wirklich verziehen, und als ich ihm sagte, wie leid er mir tut, war er auf einmal hilflos. Er brach zusammen und heulte los.«

Der Mann legte auf, bevor man seinen Standort feststellen konnte. Ein Stimmenanalytiker des FBI hörte sich die Aufnahme an und legte sich auf David Meierhofer fest. Das reichte jedoch noch nicht für einen Durchsuchungsbefehl aus. Dunbar konzentrierte sich nun darauf, den Anruf zurückzuverfolgen. Allem Anschein nach hatte der Täter ihn im Freien getätigt. Dazu hätte er eine Telefonleitung in der Nähe einer Farm anzapfen müssen. Eine Einsichtnahme in Meierhofers Militärakte ergab, daß er das tatsächlich in Vietnam gelernt hatte. Aber auch das begründete noch keinen dringenden Verdacht.

Nun regte Mullany einen kühnen Schachzug an. »Ich hatte das Gefühl, daß Meierhofer ein Typ ist, der sich Frauen unterordnet«, erinnerte er sich später. »Darum schlug ich vor, Mrs. Jaeger solle ihm im Büro seines Anwalts gegenübergestellt werden.« Dazu kam es dann auch, aber Meierhofer blieb ruhig und gefaßt. Kurz nach ihrer Rückkehr rief ein ›Mr. Travis aus Salt Lake City‹ bei ihr an. Er wollte ihr erklären, daß er und kein anderer ihre Tochter entführt hatte. Bevor er fortfahren konnte fiel ihm Mrs. Jaeger eins Wort: »Ach, hallo, David!«

Nun hatte Dunbar die nötigen Indizien beisammen. Dank einer eidesstattlichen Erklärung von Mrs. Jaeger bekam er endlich den Durchsuchungsbefehl. Auf Meierhofers Grundstück wurden Überreste der zwei Opfer gefunden. Darüber hinaus gestand er den bis dahin ungeklärten Mord an einem Jungen aus der Gegend. Er wurde verhaftet und in eine Einzelzelle gesteckt. Am nächsten Tag erhängte er sich.

Wir zweifelten keinen Moment daran, daß das Profil aus Qantico bei der Lösung des Falls eine große Hilfe war. Ohne dieses Mittel hätte Dunbar keinen Grund gehabt, sich so stark für einen möglichen Verdächtigen zu interessieren, nur weil ein Informant ihm dessen Namen genannt hatte. Obwohl Meierhofer nach dem zweiten Mord die Wahrheitstests überstand, ließ Dunbar nicht locker, weil ihn das verfeinerte Profil in seiner Überzeugung, dem Täter auf der Spur zu sein, bestätigte. Und schließlich traf Mullany mit seiner Vermutung, Mrs. Jaeger könne Meierhofer aus der Reserve locken, ins Schwarze. Der Mann hatte tatsächlich ein zwiespältiges Verhältnis zu Frauen und ließ sich zu einem Fehler hinreißen.

Kein Verbrechen gleicht einem anderen aufs Haar. Wer sich mit Profilen befaßt, muß die Vorgehensmuster und die charakteristischen Eigenschaften des wahrscheinlichen Täters feststellen. Er geht von Fakten aus und setzt diese in seiner Analyse durch logische Überlegungen zueinander in Beziehung. Wir tragen alles zusammen, was sich über den Tathergang in Erfahrung bringen läßt, loten immer ausgehend von unseren Erfahrungen die wahrscheinlichen Gründe aus und zeichnen anhand all dieser Faktoren das Porträt des Verbrechers. Mit einem Wort: Was + Warum = Wer.

Die eigentliche Aufgabe besteht darin, die Menge möglicher Täter zu begrenzen und diejenigen zu eliminieren, die am wenigsten in Frage kommen, so daß die Ermittler sich auf einen konkreten Kreis von Zielpersonen konzentrieren können. Wenn wir sagen, daß es sich mit hoher Wahrscheinlichkeit um einen Täter männlichen Geschlechts handelt, haben wir bereits circa fünfzig Prozent der Bevölkerung ausgeschlossen. Gehen wir von ›Erwachsenen männlichen Geschlechts‹ aus, haben wir einen kleineren Ausschnitte; sagen wir ›alleinstehend, männlich, weiße Hautfarbe‹, ist die Zahl noch überschaubarer. Mit einer solchen Auswahl ziehen wir den Kreis um die möglichen Täter enger, und mit jeder neuen Kategorie wird das Spektrum schmäler. So können wir beispielsweise vermuten, daß der Gesuchte arbeitslos ist, kürzlich aus einer psychiatrischen Anstalt entlassen worden ist oder in unmittelbarer Nähe des Tatorts wohnt.

In Quantico und an den *road schools* habe ich zahllosen Klassen das Erstellen von Täterprofilen nahegebracht, doch egal wie intensiv wir den Kursteilnehmern unsere Prinzipien eintrichtern, sie wollen exakte Anweisungen haben. Als ob wir ein Handbuch hätten, mit dessen Hilfe sie am Schauplatz des Verbrechens die richtigen Fragen stellen könnten, die sie dann auch auf die entscheidenden Merkmale bringen würden! Polizeibeamte und sogar unsere eigenen Agenten wollen immer wieder eine Checkliste in die Hand gedrückt bekommen. Am liebsten wäre es ihnen, sie könnten die Merkmale abhaken, in einen Computer eingeben, auf einen Knopf drücken und schon würde er das ideale Täterprofil ausspucken. In der Tat hoffen wir, irgendwann ein solches Computerprogramm zu entwickeln. Daran arbeiten wir auch schon seit Jahren, aber vollkommen ist es noch lange nicht. An Täterprofile sollten am besten immer noch ausschließlich erfahrene Spezialisten herangelassen werden, im Idealfall Leute mit Psychologiestudium. Und auch in absehbarer Zukunft wird ein enormer Arbeitsaufwand dahinter stecken. Man muß eben sein Gehirn anstrengen, wenn man ein kompliziertes Puzzle vor Augen hat.

Zentrum des Puzzles ist der Tatort, der in der Regel die zunächst einzigen verfügbaren Spuren liefert. Diese versuchen wir so erschöpfend wie möglich zu analysieren. Nur so können wir das Verbrechen begreifen und davon ausgehend das Wesen des Menschen, der es verübt hat. Zur Erläuterung sei das Beispiel einer in der Bronx auf einem Hausdach ermordeten Lehrerin genannt. Praktisch alles, was am Tatort gefunden wurde, stammte vom Opfer – mit dem Riemen ihrer Handtasche war sie erwürgt worden, ihr Kamm war ihr ins Schamhaar gesteckt worden, und mit ihrem Filzstift hatte ihr der Mörder obszöne Worte auf die Haut geschrieben. Das alles erwies sich bei der Beurteilung der Person des Verbrechers als wertvoll. Wir nahmen an, daß er nicht methodisch, sondern einer Laune gehorchend gemordet hatte. Andere Mörder bringen ihr Klebepflaster, einen Strick und möglicherweise eine Pistole, also das Werkzeug, mit dem sie das Opfer zur vollständigen Wehrlosigkeit zwingen, selber mit.

Wie ich in einem vorangegangenen Kapitel schon angedeutet habe, diente mir das Fehlen einer solchen Vergewaltigungsausrüstung in einem anderen Fall als nützliches Indiz. Zurück zur jungen Lehrerin. Man sollte meinen, in einer Weltmetropole wie New York hätte man den Nutzen von Täterprofilen längst erkannt, aber damals war man dort noch nicht so weit. Erst mußten wir kommen und diesen besonders rätselhaften Mord auf dem Hausdach entwirren helfen.

An einem Oktobernachmittag wurde die Leiche dieser jungen Frau nackt auf dem Dach des Mietshauses gefunden, in dem sie zusammen mit ihren Eltern ein Apartment bewohnt hatte. Francine Elverson war sehr klein gewesen, nicht einmal 1,50 m, und hatte nur vierzig Kilo gewogen. Die Lehrerin für behinderte Kinder hatte sich am Morgen auf den Weg zu ihrer Schule gemacht und war seitdem nicht mehr gesehen worden.

Ihr Körper lag in einer sonderbaren, ja unnatürlichen Stellung, auf die die Spurenfahnder sich zunächst keinen Reim machen konnten. Erst als sie sie den Eltern beschrieben, erfuhren sie, daß sie dem Buchstaben chai aus dem hebräischen Alphabet ähnelte. Das wußten sie deshalb so genau, weil Francine diesen Buchstaben in einem Amulett an ihrer Halskette getragen hatte. Die freilich hatte der Täter anscheinend mitgenommen. Von einem antisemitischen Verbrechen ging die Polizei nicht aus, dafür waren die Anzeichen eines Sexualmordes zu eindeutig. Links und rechts neben den Kopf hatte der Mörder Francines Ohrringe gelegt, ihre Nylonstrümpfe hatte er ihr lose um die Handgelenke geschlungen, und das Höschen hatte er ihr über das Gesicht gezogen. Die übrigen Kleider lagen nicht weit von der Leiche. Der Täter hatte damit seinen Kot bedeckt. Er hatte der jungen Lehrerin das Gesicht zerschlagen, sie mit dem Riemen ihrer Handtasche erwürgt und sie nach dem Tod entsetzlich verstümmelt. Die Brustwarzen hatte er ihr abgeschnitten und auf den Brustkorb gelegt, ihr ganzer Körper war blutverschmiert, und die Oberschenkel wiesen an der Innenseite Bißwunden auf. In die Vagina hatte der Mörder einen Füllfederhalter und einen Regenschirm gerammt, und in das Schamhaar hatte er einen Kamm gesteckt. Auf ihren Unterleib hatte er mit Tinte ›Leckt mich am Arsch! Mich kann keiner stoppen!‹ geschrieben.

Spermien und ein einzelnes, von einem Schwarzen stammendes Schamhaar wurden ebenfalls an ihrem Körper gefunden. Von diesem Haar ließ sich die New Yorker Polizei eine Weile in die Irre führen. Als uns Thomas Foley von der New Yorker Mordkommission Berichte und Fotos vom Tatort schickte, hatte die Polizei bereits zweiundzwanzig Verdächtige abgeklappert. Die große Zahl ist nicht überraschend, denn in dieser riesigen Stadt leben überproportional viele seltsame und potentiell gefährliche Gestalten. Einer der Hauptverdächtigen – er wohnte im selben Haus – hatte wegen mehrerer Sexualdelikte im Gefängnis gesessen. Ein anderer, der dort Hausmeister gewesen war, hatte nach seiner Kündigung nie die Schlüssel abgegeben. Ein dritter, ein fünfzehnjähriger Junge, hatte am Morgen Francines Schlüssel im Treppenhaus gefunden, ihn aber erst am Abend seinem Vater gezeigt.

Ich sah mir die Fotos und Unterlagen an und kam zu dem Schluß, daß das Schamhaar nichts zu bedeuten hatte. Ein Kollege widersprach mir, aber ich ließ mich nicht davon abbringen. Für mich war der Mord das Werk eines Geistesgestörten. Das verriet mir allein schon das Ausmaß der Gewalt nach Francines Tod. Aus dem Fehlen von Stricken und Knebeln schloß ich, daß der Täter völlig willkürlich gehandelt hatte. Wenn Verbrecher eine bestimmte Frau verfolgen, planen sie alles im voraus und haben ihr Werkzeug, mit dem sie sie überwältigen, dabei. Hier hatte jemand sein Opfer bei einer zufälligen Begegnung spontan überfallen. Obwohl der Tatort hergerichtet war, als hätte sich eine ganze Bande an Francine vergangen, glaubte ich eher an einen Einzeltäter. Darum rieten wir Foley, er solle sich auf einen Weißen im Alter von fünfundzwanzig bis fünfunddreißig konzentrieren, der entweder im Haus selbst oder in der unmittelbaren Nähe lebte oder arbeitete. Das erschien mir ganz logisch, weil die wenigsten Verrückten in größerer Entfernung von ihrer Wohnstätte herumstreunen. Sie leben fast immer allein oder bei ihren Eltern. Daß es sich ähnlich wie bei Richard Chase um einen Geistesgestörten handelte, dessen Krankheit nun nach langem Gären endgültig ausgebrochen war, davon war ich fest überzeugt. Die Art und Weise, wie er die Leiche hingelegt hatte, verriet mir, daß dieser Mann nicht besonders gebildet war; wahrscheinlich hatte er nicht einmal einen Schulabschluß. Die Anregungen für seine Nachricht und die Verstümmelung der Leiche hatte er vermutlich aus seiner umfangreichen Pornosammlung bezogen. Da ich von einer schweren psychischen Erkrankung ausging, hielt ich es für wahrscheinlich, daß der Mann in jüngster Zeit aus einer Nervenklinik entlassen worden war und unmittelbar vor der Tat einer besonderen Belastung ausgesetzt gewesen sein mußte. Angesichts der Vielzahl von Verdächtigen nahmen wir in unserem Gutachten an, daß die Polizei den Mörder bereits verhört hatte.

Dieses Profil verhalf Foley und seinen Leuten zu einem Neuansatz. Den Hausmeister konnten sie vorläufig ad acta legen, weil wir von einem Täter weißer Hautfarbe ausgingen. Der ehemalige Sexualverbrecher schied nun ebenfalls aus, denn er war mittlerweile glücklich verheiratet und hatte seine Vergangenheit wohl bewältigt. Verstärkt richteten die New Yorker Polizisten nun ihr Augenmerk auf einen Mann, den sie bis dahin für harmlos gehalten hatten. Am Anfang ihrer Ermittlungen hatten sie einen Hausbewohner gesprochen, der mit seinem psychisch gestörten dreißigjährigen Sohn im dritten Stock (wie übrigens das Opfer auch) lebte. Die Mutter war seit elf Jahren tot. Beim Verhör hatte der Vater angegeben, Carmine sei zum Zeitpunkt des Mordes in einer Nervenklinik gewesen. Die Polizei war dem nicht weiter nachgegangen, doch nun wurde das Alibi um so genauer unter die Lupe genommen.

Carmine Calabro, ein Schulabbrecher, hatte nach seiner Entlassung aus der nahegelegenen Nervenklinik einen Job als Bühnenarbeiter gefunden, ihn inzwischen aber schon wieder verloren. Der Polizei gegenüber gab er sich als arbeitsloser Schauspieler aus. Daß das nicht stimmte, räumte er erst später ein. Als die Polizei sich nun mit den Sicherheitsvorkehrungen in der Nervenklinik befaßte, stellte sie schnell erhebliche Lücken fest. Carmine hätte sich also ohne weiteres davonstehlen, den Mord begehen und wieder unbemerkt zurückkehren können. In der fraglichen Zeit hatte er den Arm in Gips gehabt. Hatte er das Opfer mit dem Gips bewußtlos geschlagen? Glücklicherweise mußte die Polizei dieser Frage nicht weiter nachgehen. Der Beweis lag auch so vor – Francines Bißwunden. Drei Odontologen, darunter

Dr. Lowell Levine, stellten fest, daß die Abdrücke nur von Carmine Calabro stammen konnten. Damit war der Fall gelöst. Calabro wurde zu Lebenslänglich verurteilt.

Wie weitere Nachforschungen ergaben, war die Entwicklung des ehemaligen Bühnenarbeiters über Jahre hinweg von Gewalt sich selbst gegenüber geprägt. Dafür sprachen unter anderem mehrere Selbstmordversuche. Frauen gegenüber war er laut Zeugenaussagen extrem unsicher. Seine Unfähigkeit, mit Frauen Beziehungen einzugehen, scheint auch der ausschlaggebende Grund für dieses Verbrechen gewesen zu sein. Später stellte sich heraus, daß Francine Elversons Leiche in einem Plastiksack ins gerichtsmedizinische Institut gebracht worden war, in dem man zuvor einen toten Schwarzen transportiert hatte und der danach nicht gründlich genug gereinigt worden war. Damit war endlich die Herkunft des rätselhaften Schamhaars geklärt.

Nach dem erfolgreichen Abschluß des Falles sagte Lieutenant D'Amico, Foleys Vorgesetzter und zugleich ein ehemaliger Kursteilnehmer bei mir in Quantico, einem Zeitungsreporter: »Die sind ihm [dem Verdächtigen] mit ihrem Profil so schnell auf die Spur gekommen, daß ich danach vom FBI wissen wollte, warum sie uns nicht auch gleich die Telefonnummer gegeben haben.« Das Kompliment hat uns sehr gefreut, mit noch größerer Genugtuung nehmen wir allerdings zur Kenntnis, daß der Fall den New Yorker Polizisten endlich die Augen geöffnet hat für das Potential von Täterprofilen, bei komplizierten Verbrechen den Kreis der Verdächtigen erheblich einzugrenzen.

Vor Gericht legte Calabro kein Geständnis ab. Das holte er später indirekt nach. Als in einem Artikel der Zeitschrift *Pscholology Today* sein Mord (ohne daß sein Name oder der des Opfers genannt worden wäre) im Zusammenhang mit der Arbeit der BSU erwähnt wurde, schrieb Calabro uns einen Brief. Allein schon diese Tatsache – von seiner kurzen Zusammenfassung des Artikels ganz zu schweigen – werte ich als Eingeständnis seiner Schuld. Zu mehreren Punkten in unserem psychologischen Profil äußerte er sich so: »Ich persönlich glaube, daß das stimmt.«

Ich war in meinem Dienstwagen nach Richmond, Virginia, unterwegs, als mich das FBI per Funk zur Rückkehr nach Quantico aufforderte. Auf meinen Einwand hin, ich solle doch einen Vortrag vor wichtigen Leuten halten, wurde ich beschieden, auf Ronald Reagan sei ein Anschlag verübt worden, und meine Hilfe werde benötigt. Ich kehrte auf der Stelle um. Aus dem Autoradio erfuhr ich zu meiner Erleichterung, daß der Präsident überlebt hatte und sich wie die anderen Verwundeten wohl bald wieder erholen würde.

Wenn ich mich nicht gerade auf die jeweils neuesten Meldungen konzentrierte, versuchte ich die Ergebnisse meiner Interviews mit Attentätern wie Sirhan Sirhan, Arthur Bremer und Sara Jane Moore zu rekapitulieren. Mein Besuch bei Bremer war fast eine Kopie des Gesprächs mit Sirhan Sirhan. Beide waren extreme Fälle einer paranoiden Schizophrenie, wobei Bremer sich durch sein befremdliches Äußeres etwas abhob – wilde Mähne, wallender Bart, hin und her rollende Augen. In Freiheit hatte dieser Mann stets sein ganzes Hab und Gut in zwei Plastiktüten mit sich herumgetragen. Trotzdem scheint Bremer zum Zeitpunkt der Schüsse auf Gouverneur George Wallace genau gewußt zu haben, was er tat. Neben den drei Attentätern geisterte mir auf der Heimfahrt ständig David Berkowitz im Kopf herum. Seine Morde hatten zwar keinen politischen Hintergrund, aber in einigen Grundzügen waren Parallelen nicht zu übersehen. So hatte er sich an ganz bestimmte Opfer herangepirscht, wie es ja auch Bremer mit Wallace getan hatte.

In Quantico wurde ich schon von Vizedirektor McKenzie erwartet, der mich sogleich mit dem für den Fall zuständigen Agenten Frank W. Waikart in der Zentrale verband. Waikart teilte mir mit, daß sie John Hinckley bereits in Gewahrsam genommen hatten und nun jemanden brauchten, der ihnen erklärte, worauf sie bei der Durchsuchung seines Hotelzimmers zu achten hatten. Als erstes bat ich ihn um Einzelheiten über diesen Mann.

Das FBI hatte zügig gearbeitet. Meine Kollegen wußten schon, daß Hinckley ein Weißer und Mitte Zwanzig war, daß er allein lebte, am College von Denver studierte und aus einer recht wohlhabenden Familie stammte. Nach den Schüssen hatte er sich widerstandslos den Leuten vom Geheimdienst ergeben, wie er überhaupt sehr ruhig wirkte. Das FBI hatte den Schlüssel zu seinem Motelzimmer. Für Schwierigkeiten sorgte die Presse, weil sie inzwischen auch schon auf dem laufenden war, so daß die Beamten alle Hände voll damit zu tun hatten, die Reportermeute am Sturm auf die Unterkunft des Attentäters zu hindern.

Auch wenn Hinckley sich in Haft befand, konnte bei den weiteren Ermmittlungen noch sehr, sehr viel schiefgehen. Zunächst einmal stehen sich in Washington D.C. mehrere verschiedene Polizeibehörden gegenseitig im Weg, und jede erhebt Anspruch auf das Recht, die Indizien als erste zu sichern. Damit drohte aber bei unsachgemäßer Fahndung vor Ort der Verlust wertvollen Beweismaterials, was wiederum die Strafverfolgung in Frage gestellt hätte. Vorrangig brauchte man darum einen Durchsuchungsbefehl, auf dem genau aufgelistet war, worauf die Staatsanwaltschaft besonders zu achten hatte. Auf alle Fälle galt es eine willkürliche Durchsuchung zu vermeiden.

Hier war mehr als lediglich ein Täterprofil vonnöten. Jemand mußte sich auf eine Reise in die Denkweise des Attentäters begeben, mußte herausfinden, was für eine Art Mensch er war und welche relevanten Indizien er hinterlassen haben könnte. Ich erklärte Waikart, daß die Fakten auf einen Geistesgestörten hinwiesen, der allerdings noch wußte, was er tat und was mit ihm geschah. Für einen gedungenen Mörder oder ein Mitglied einer Verschwörerbande hielt ich ihn nicht, vielmehr sah ich in ihm einen introvertierten Einzelgänger. Er gehörte wohl zu den Studenten, die keine befriedigenden Beziehungen zu Frauen aufbauen können, kaum einmal mit Mädchen ausgehen und auch in Sportvereinen oder überhaupt in das gesellige Leben auf dem Campus wenig bis gar nicht eingebunden sind. Weil auch ihre akademischen Leistungen zu wünschen übrig lassen, suchen sie Zuflucht in ihren Fantasien. Ich erklärte Waikart, er solle bei der Durchsuchung des Motelzimmers – wie auch Hinckleys Wagen und Unterkunft in Denver – auf Sachen achten, die Rückschlüsse auf Einsamkeit und sexuelle Fantasievorstellungen erlaubten.

Die Fahnder sollten also in erster Linie Tagebücher, Schmierhefte und Druckerzeugnisse sicherstellen. Ich schärfte Waikart ein, er solle sämtliche Bücher, Zeitungen und Zeitschriften, egal wie unwichtig sie ihm erscheinen mochten, mitnehmen, denn überall konnte sich ein Hinweis auf Hinckleys Seelenleben finden. Das konnten beispielsweise Artikel sein oder Bücher, in denen er bestimmte Passagen unterstrichen hatte. Ganz oben auf meiner Liste standen Kassettenrecorder und Tonbänder. Wer einsam ist, spricht seine Gedanken oft auf Band, das ihm dann das Tagebuch ersetzt. Für wichtig erachtete ich auch Kreditkarten und Rechnungen, weil wir zurückverfolgen mußten, was er im Verlauf des letzten halben, wenn nicht ganzen Jahres gemacht hatte. Hier hatte der Gedanke an Attentäter vom Schlage Bremers Pate gestanden. Sie alle hatten ihr Opfer über einen längeren Zeitraum beobachtet, und das hielt ich auch in Hinckleys Fall für das Wahrscheinlichste. Auf Hotelrechnungen konnten Angaben zu Telefongesprächen stehen, und vielleicht verriet uns eine Telefonkreditkarte etwas über seine Unternehmungen und Interessen.

Ich listete ein gutes Dutzend Gesichtspunkte auf, die dann auch bei der Durchsuchung von Hinckleys Motelzimmer und aller anderen von ihm benutzten Räume berücksichtigt wurden. Fast jeder der von mir genannten Aspekte half den Fahndern weiter. So stießen sie auf Tonbandaufzeichnungen von Gesprächen mit Jodie Foster sowie eine Postkarte mit Ronald Reagans Porträt, die Hinckley an die Schauspielerin adressiert aber nicht abgeschickt hatte. Darauf hatte er geschrieben:

Liebe Jodie: Geben sie nicht ein entzückendes Paar ab? Nancy ist richtig sexy. Eines Tages werden wir zwei im Weißen Haus wohnen, und die Bauerntrampel werden vor Neid sabern. Sieh zu, daß Du bis dahin Deine Jungfräulichkeit nicht verlierst. Du bist doch noch eine Jungfrau, oder?
[Unterschrift:] John Hinckley

In einem zweiten Brief an Jodie Foster kündigte er das Attentat auf Ronald Reagan an und äußerte die Befürchtung, daß er möglicherweise nicht zurückkehren würde, doch sie solle wissen, daß er es für sie getan habe. (Mit anderen Worten: er wußte genau, daß sein Vorhaben gegen das Gesetz verstieß!) In Tagebuchaufzeichnungen und am Rand von Buchseiten fanden sich Anmerkungen wie diese: ›Alles wirbelt im Kreis / noch lachen und spotten / die Mädchen über mich.‹ Er hatte sogar das Drehbuch zum Film *Taxi Driver*, in dem Jodie Foster eine der Hauptrollen spielt. All das paßte zu meiner Einschätzung, bei John Hinckley handle es sich um einen Einzelgänger, der bei Frauen erfolglos geblieben war und sich in seine Fantasiewelt zurückgezogen hatte.

Für jeden von uns im Polizeidienst steht unumstößlich fest: Mord ist das entsetzlichste aller Verbrechen, das auch tiefste Wunden bei den Familienangehörigen, Freunden und Bekannten des Opfers hinterläßt. Darum fühle ich mich verpflichtet, stets mein Möglichstes zur Aufklärung solcher Verbrechen beizutragen. Das galt in besonderem Maße, als mich Dr. James Cavanaugh aus Chicago anrief und um meine Hilfe bat. Ich hatte ihn einige Jahre davor als externen Mitarbeiter für unser *Criminal Personality Research Project* gewonnen. Cavanaugh war damals medizinischer Direktor des Isaac Ray Center in Chicago, das sich mit Gerichtspsychiatrie befaßt. Eine seiner vielversprechendsten Studentinnen, Lori Roscetti, war ermordet neben einer nahe am Institut vorbei führenden Eisenbahnlinie aufgefunden worden. Lori hatte sich engagiert für die Wiedereinführung eines Mitfahrdienstes für Studentinnen, die nachts unterwegs waren, eingesetzt. Leider war ihr Kampf an Etatkürzungen gescheitert. Sie war allgemein beliebt gewesen. Am ganzen Institut herrschte Bestürzung über ihren Tod.

Offiziell forderte Tom Cronin, ein Chicagoer Polizeibeamter, den ich in Quantico ausgebildet hatte, meine Hilfe an. Mit seinem Gesuch übersandte er mir einen Stoß Unterlagen. In einem scherzhaft gemeinten Postscriptum erwähnte er, daß bereits 45000 Dollar für Hinweise ausgesetzt waren, die zur Ergreifung des Täters führten. Die Summe würde er gern mit mir teilen, wenn wir ein brauchbares Profil erstellten. (Mitten in den schwersten Fällen versuchen wir immer gerne unsere Spannung mit ein paar Witzchen abzubauen. Es erübrigt sich wohl zu sagen, daß Polizeibeamte keinerlei Belohnung annehmen dürfen.)

Den Unterlagen entnahm ich, daß die junge Studentin an einem Samstag im Oktober bis halb zwei Uhr morgens mit Kommilitonen zusammen gelernt hatte. Ein anderer Student begleitete sie dann zu ihrem Wagen in die Tiefgarage, ließ sich von ihr in die Parkebene fahren, in der sein Auto stand, und stieg um. Vermutlich nahm sie beim Weiterfahren an, sie habe die Tür verriegelt, denn ihre Kommilitonen versicherten den Ermittlern, daß Lori in solchen Dingen sehr gewissenhaft war. Das medizinische Institut lag in einer verrufenen Gegend, was Lori stets zu erhöhter Vorsicht veranlaßt hatte.

Um fünf Uhr dreißig wurde Loris Leiche eine halbe Meile vor dem Institut bei einem Bahnviadukt am Rande eines Schwarzenslums gefunden. Laut gerichtsmedizinischem Gutachten war sie brutal ins Gesicht geschlagen worden. Der Bereich um den Unterleib wies schwere Verletzungen auf, und sie war mehrfach vergewaltigt worden. Offensichtlich war auch jemand mit ihrem Wagen über sie hinweggefahren. Sämtliche Türen und der Kofferraum des Autos standen offen. Am Tatort lag noch ihr leerer Geldbeutel herum.

Die Polizei hatte noch keine Verdächtigen, interessierte sich aber für einen jungen Mann, der mit dem Opfer platonisch befreundet gewesen war. Er hatte mehr von ihr gewollt, doch dazu war sie nicht bereit gewesen. Einen Tag vor dem Mord war er unerwartet in der Stadt aufgetaucht. Daneben konzentrierten sich die Ermittlungen auf Loris Bekanntenkreis am Institut – darunter den Hausmeister, der jederzeit in die Garage konnte – und auch in ihrer Wohngegend. Es wurden ferner Lastwagenfahrer befragt, die die Strecke entlang der Bahngleise befuhren. Mit einem Wort: Jeder konnte es gewesen sein.

Für Leute, die sich mit Täterprofilen auskennen, war der Fall ein Kinderspiel. Nach dem Studium der Tatortfotos und Akten, gab ich Tom Cronin telefonisch ein erstes Profil durch.

Ich ging davon aus, daß Lori Roscetti irgendwann in dieser verrufenen Gegend bei Rot hatte halten müssen. Aus dem Dunkel waren Männer auf sie zu gekommen, einer hatte die Tür aufgerissen, und sie waren in den Wagen eingedrungen. Dann hatten sie sie gezwungen, an einen abgelegenen Ort zu fahren, um sie dort zu vergewaltigen, ermorden und auszurauben.

In meinen Augen handelte es sich nicht um einen geplanten Mord. Die Bande war zunächst auf einen Raubüberfall und in zweiter Linie auf eine Vergewaltigung aus gewesen. Wahrscheinlich hatten sie die Frau umgebracht, damit sie sie später nicht identifizieren konnte. Das Verbrechen war eindeutig von Psychopathen begangen worden. Die viele Spermienflüssigkeit im Körper der Toten nährte meinen Verdacht, daß es sich um mehrere Vergewaltiger handelte. Ich riet den Polizisten, nach drei bis sechs Schwarzen im Alter zwischen fünfzehn und zwanzig zu fahnden, die vor nicht allzu langer Zeit inhaftiert gewesen waren und in der Nähe des Tatorts lebten. In von der weißen Mittelschicht bevölkerten Wohngegenden treiben sich meistens Cliquen von Gleichaltrigen auf den Straßen herum, in Schwarzenslums dagegen sind die Altersgruppen oft bunt durcheinander gewürfelt. Da Lori auch anal vergewaltigt worden war, stand für mich fest, daß einige Bandenmitglieder bereits im Gefängnis gesessen hatten. Solche Praktiken sind dort nämlich gang und gäbe.

Lag dieses Profil nun auf der Hand? Ja und nein. Wie ich bereits erwähnt habe, stellte die Polizei intensive Nachforschungen in Lori Roscettis Bekanntenkreis an. Diese Spur hätte sie freilich immer weiter in die Irre geführt. Das Profil ermöglichte ihr einen Neuanfang und damit eine schnellere Klärung. Nun wurde in den umliegenden Slums für zweckdienliche Hinweise eine Belohnung ausgesetzt. Die Polizei suchte verschärft schwarze Jugendliche, die sich damit gebrüstet hatten, einer weißen Medizinstudentin Geld abgenommen oder ihr Gewalt angetan zu haben. Bereitwillig lieferten die Bewohner eine ganze Reihe von Spitznamen. Die jungen Männer wurden aufgespürt und zum Verhör ins Polizeirevier gebracht. Der jüngste war vierzehn Jahre alt. Im Verhör gab er seine Beteiligung am Verbrechen zu. Danach fielen auch ein Sechzehn- und ein Siebzehnjähriger um. Die zwei älteren Jungen hatten eine ganze Latte von Vorstrafen und kannten sich in Jugendstrafanstalten bestens aus. Nach dem vierten Bandenmitglied wurde noch gefahndet.

An jenem Samstag hatten die vier sich die ganze Nacht herumgetrieben. Als ihnen das Geld ausging, hielten sie mit der Absicht, die Fahrer auszurauben, nach Autos Ausschau. Nach einer Viertelstunde hielt eine Frau, die allein in ihrem Wagen saß, vor einer Ampel an. Zwei Jungen sprangen vor das Auto, ein dritter rüttelte an den Türen. Die Beifahrertür war nicht verriegelt. Er drang ein und öffnete seinen Kumpanen. Sie zwangen die Frau, zu dem Bahnviadukt zu fahren, wo sie sie ins Freie zerrten und mit einem spitzen Stock, den sie zu ihrer Verteidigung neben sich liegen hatte, auf sie einstachen. Anschließend drückten sie sie auf die Kofferhaube, vergingen sich nacheinander an ihr und schlugen sie bewußtlos. Als sie sich rührte, schlugen sie ihr mit einem Stück Beton den Schädel ein und fuhren mit ihrem Auto über sie hinweg. Danach kehrten sie zu Fuß in die Slums zurück.

Der vierte Hauptverdächtige, ein Achtzehnjähriger, wurde bei einem Fernsehreporter aufgegriffen. Er ließ sich widerstandslos abführen. Später versuchten ein paar Bandenmitglieder ihr Geständnis zu widerrufen. Sie seien von der Polizei dazu gezwungen worden, behaupteten sie. Die Geschworenen glaubten ihnen nicht. Alle vier wurden für schuldig befunden. Die drei älteren kamen ins Gefängnis, der jüngste landete in einer Jugendbesserungsanstalt. Der Mitfahrdienst, für den Lori vergeblich gekämpft hatte, wurde wieder eingeführt. Davon wurde Lori Roscetti zwar auch nicht mehr lebendig, doch die Vergeltung des Gesetzes und der Schutz zukünftiger potentieller Opfer bedeuten den einzigen noch möglichen Trost für Loris Familie und Freunde und auch Dr. Cavanaugh mit seinem Kollegenstab.

Oft hat sich das FBI mit Fällen auseinanderzusetzen, obwohl die örtlichen Polizeibehörden die Gesuchten bereits dingfest gemacht haben. Weil es sich aber um so ungewöhnliche Verbrechen handelt, daß sie allein nicht mehr weiterkommen, wenden sie sich an uns um Rat.

Eines Morgens kroch in der Woche nach dem Erntedankfest 1985 eine an Händen und Füßen gefesselte junge Frau über eine Straße in der Nähe von Malabar, Florida. Sie war nackt und infolge hohen Blutverlusts völlig entkräftet. Nachdem mehrere Laster vorbeigedonnert waren, hielt endlich ein Pkw an.

»Bitte bringen Sie mich nicht in dieses schreckliche Haus zurück!« flehte das total verstörte Mädchen.

Der Fahrer beruhigte sie und legte sie in seinen Wagen. Sie bat ihn, sich das Haus gut zu merken. Es stand auf einem großzügigen Grundstück mit vielen Bäumen, einem gepflegten Rasen und einem Swimmingpool. Nachdem der Fahrer sie heimgebracht hatte, alarmierte er die Polizei und forderte einen Krankenwagen an. Im Krankenhaus wurden ein Blutverlust von über vierzig Prozent sowie Abdrücke von Fesseln um den Hals und die Hand- und Fußgelenke festgestellt.

Sobald sie vernehmungsfähig war, berichtete die Neunzehnjährige, daß sie zu einer Freundin im Brevard County hatte trampen wollen. Ein elegant gekleideter Mann mit Mantel und Krawatte hielt an und bot ihr an, er könne sie in die Richtung mitnehmen, müsse allerdings zu Hause noch etwas holen. Dort bat er sie dann, mit ihm hineinzugehen. Sie lehnte ab. Daraufhin schlang er ihr ein Nylonseil um den Hals und würgte sie, bis sie das Bewußtsein verlor.

Als sie aufwachte, lag sie auf einem Küchentisch. Sie war an Händen und Füßen gefesselt und konnte sich nicht rühren. Genau über ihr war an der Decke eine Videokamera angebracht. Kaum sah der Mann, daß die junge Frau wieder bei Bewußtsein war, vergewaltigte er sie bei laufender Kamera. Danach stieß er ihr Nadeln in den Arm, entnahm ihr sehr sorgfältig Blut und trank es. Er sei ein Vampir, erklärte er ihr. Damit sie nicht fliehen konnte, legte er ihr Handschellen an und trug sie in die Badewanne. Am Abend kam es erneut zu Vergewaltigung und Blutentnahme. Nachdem der Mann sich am nächsten Morgen auf die gleiche Weise an der Frau vergangen hatte, ließ er sie im Badezimmer auf dem Boden liegen. Er müsse jetzt weg, sagte er, würde aber zurückkommen und ihr dasselbe wieder antun. Wenn sie einen Fluchtversuch wagte, würde sein Bruder das merken und sie umbringen. Trotzdem krabbelte sie durch das Badezimmerfenster aus dem Haus und schaffte es bis zur Straße. Nach Auffassung der Ärzte hätte sie eine vierte Blutentnahme nicht mehr überlebt.

In dem Haus, das sie der Polizei beschrieb, lebte der neununddreißigjährige Informatiker Brennan Crutchley. Seine Firma, die Harris Corporation, gehörte zu den Zulieferern der Nasa. Crutchley war verheiratet und hatte ein Kind. Seine Frau war mit dem Kind für eine Woche zu ihrer Familie nach Maryland gefahren. Ein Hausdurchsuchungsbefehl wurde ausgestellt, und um zwei Uhr dreißig am nächsten Morgen klingelten die Polizisten bei Crutchley. Sie beschlagnahmten auch einige Beweisstücke und fotografierten das gesamte Anwesen. Crutchley wurde im Laufe der Hausdurchsuchung verhaftet.

Die Tramperin wollte mittlerweile einen Rückzieher machen und auf eine Anzeige verzichten. Schließlich gelang es einer Beauftragten für Vergewaltigungsopfer, sie davon zu überzeugen, daß eine Gefängnisstrafe Crutchley an weiteren Verbrechen hindern würde. So erklärte sie sich zu einer Aussage am Lügendetektor bereit. Daraufhin kam es zur Anklage wegen Vergewaltigung, Entführung, schwerer körperlicher Mißhandlung sowie Besitzes von Marihuana und Drogenutensilien.

Die Polizisten hatten es gut gemeint und die auffälligsten Indizien mitgenommen, darunter auch die Videokamera, den Haken an der Decke über dem Küchentisch, Marihuana und einige von den Gegenständen, mit denen er das Mädchen mißhandelt hatte. Allerdings war die Videokassette bereits gelöscht worden, und gerade die Aufnahme von der Verwaltigung wäre das wichtigste Beweismittel gewesen.

Nach Beendigung der Durchsuchung war nicht ganz klar, was der Polizei alles entgangen war. Auch wußte niemand so recht, worauf man bei einer zweiten Razzia achten sollte. Das war der Grund, warum man sich an mich wandte. Da ich ohnehin nach Florida mußte, machte ich einen kleinen Umweg nach Titusville, wo das Verbrechen stattgefunden hatte.

Im nachhinein war ich darüber sehr froh. Die Polizisten wußten lediglich, daß sie einen äußerst gefährlichen Vergewaltiger gefaßt hatten, ich dagegen glaubte nach dem Studium der Materialien über Crutchley einem Serienmörder auf der Spur zu sein.

Eines der größten Probleme der heutigen Strafverfolgung ist die fehlende Erfahrung der meisten Polizisten im Umgang mit außergewöhnlichen Fällen. Insbesondere wissen sie nicht, wonach sie an einem Tatort überhaupt suchen sollen. Oft lassen sie wichtige Indizien außer acht, so daß dem Verdächtigen und seinen Helfern Zeit bleibt, belastendes Material zu verbergen oder zu vernichten. So sah ich meine Hauptaufgabe zunächst darin, den Beamten zu erklären, worauf sie bei der zweiten Durchsuchung zu achten hatten. Sie hatten beispielsweise einen dicken Stapel von Kreditkarten fotografiert, der dann bei der zweiten Razzia verschwunden war. Vermutlich waren sie vernichtet worden.

Diese Kreditkarten, ein gutes Dutzend Frauenhalsketten, die man in seinem Schrank gefunden hatte (und die meiner Meinung nach Trophäen waren), sowie die Ausweispapiere zweier Frauen veranlaßten mich zu dem Schluß, daß Crutchley noch andere Straftaten verübt hatte. Auf die Frage, wie er denn zu diesen Ausweisen gekommen sei, antwortete er, zwei Tramperinnen hätten sie vergessen, und er sei noch nicht dazu gekommen, sie ihnen zurückzuschicken. Eine davon habe zu Mansons ›Family‹ gehört und habe mit ihm schlafen wollen. Was die Halsketten betraf, so gehörten sie angeblich seiner Frau.

Im Jahr davor waren in Brevard County vier Frauenleichen aufgefunden worden. Die Polizei untersuchte nun, ob Crutchley für die Morde in Frage kam, doch nichts deutete auf seine Täterschaft hin. Bei der zweiten Durchsuchungsaktion wurden auf meine Anregung hin auch das Grundstück umgegraben und die Büros der Harris Corporation durchwühlt. Belastendes kam dabei insofern zutage, als Crutchley offensichtlich in den Besitz von geheimen Informationen über die Waffen und das Nachrichtenwesen der Marine gelangt war. Ein Teil davon war mit einem speziellen Code auf Disketten gespeichert, der von unseren Spezialisten schnell entschlüsselt werden konnte. Nun wurden gegen ihn Ermittlungen wegen Spionage eingeleitet. Für uns bedeutsamer war der Fund eines Stapels von Karteikarten mit den Vornamen und Telefonnummern von insgesamt zweiundsiebzig Frauen und Angaben über ihr Verhalten im Bett. Sie wurden natürlich umgehend angerufen. Einige sagten aus, sie seien gefesselt und vergewaltigt worden, die große Mehrheit deutete aber nur an, daß sie sich auf sonderbare Sexspiele mit Crutchley eingelassen hatten. Einiges sprach dafür, daß seine Frau sich ebenfalls daran beteiligt hatte.

Auf mein Drängen wurde nun auch Crutchleys Vergangenheit durchleuchtet. So brachten wir in Erfahrung, daß er der letzte gewesen war, der die seit 1978 verschollene Sekretärin Debbora Fitzjohn lebend gesehen hatte. Vor ihrem Verschwinden war sie in seinem Haus im County Fairfax, Virginia, gewesen. (Zwar leiteten die Behörden von Fairfax ein Verfahren gegen Crutchley ein, zur Anklageerhebung kam es allerdings nicht.) Wie wir weiter herausfanden, waren überall da, wo Crutchley sich länger aufgehalten hatte, in der fraglichen Zeit Frauenleichen an abgelegenen Orten entdeckt worden – bis heute konnte ihm keiner von diesen Morden nachgewiesen werden.

Im April 1986 kam es zum Verfahren. Crutchley bekannte sich gleich zu Anfang der Entführung und Vergewaltigung des Mädchens schuldig. Dafür wollte er nicht mehr wegen schwerer Körperverletzung (weil er das Blut des Opfers getrunken hatte) sowie Drogenmißbrauchs belangt werden. Vor der Presse spielte er seine Verbrechen herunter. Seine Frau stieß in dasselbe Horn und verkündete, er sei bei der Vergewaltigung doch ›ganz sachte und überhaupt nicht brutal‹ gewesen.

Der Staatsanwalt, Norman Wolfinger, bat mich um mein Gutachten, denn die Behörden wünschten eine härtere Bestrafung als die im Fall von Entführung und Vergewaltigung bei Ersttätern üblichen zwölf bis siebzehn Jahre. Wegen guter Führung und so weiter wird ihnen erfahrungsgemäß ein Teil der Strafe erlassen, so daß sie sich nach spätestens fünf Jahren schon wieder auf freiem Fuß befinden. Das konnte aber nicht im Interesse der Gesellschaft liegen. Ich stimmte dem Staatsanwalt voll und ganz zu und arbeitete für das Gericht eine Stellungnahme aus.

Crutchley stammte aus einer gebildeten Familie. Allerdings hatte es einige abnormale Vorkommnisse gegeben. Unter anderem hatte ihn seine Mutter im Alter zwischen fünf und sechs Jahren als Mädchen herausstaffiert. Einem Gerichtspsychiater erzählte Crutchley, daß er sich erinnern konnte, als Kind zu einem Therapeuten geschickt worden zu sein. Freunde und seine geschiedene Frau sagten aus, daß er andere gerne beherrsche, sie oft herumkommandiere und ein sexueller Sadist sei. Andere wußten von Gruppensex bei ihm im Haus zu berichten. Es gab eine Reihe von Hinweisen auf eine mögliche Bisexualität. Aus den Aussagen der auf den Karteikarten festgehaltenen Frauen ging eindeutig hervor, daß er unersättlich war und die aberwitzigsten sexuellen Experimente durchführte. Ein solches Verhalten wiederum hatte ich bei sehr vielen Serienmördern nachgewiesen.

Als im Juni die Plädoyers verlesen wurden, platzte der Gerichtssaal aus allen Nähten. Der eher schmächtige und intellektuell wirkende Crutchley hielt sein Plädoyer selbst. In einer zweistündigen rührseligen Ansprache erklärte er, daß er lediglich Versuche durchgeführt habe. Der Vorwurf, er habe das Blut des Opfers getrunken, stehe nicht mehr zur Debatte. Er hatte nur insofern recht, als dieser Anklagepunkt fallen gelassen worden war. Andererseits belegte gerade dieses Verhalten Crutchleys Bereitschaft zur äußersten Gewalt. Er versuchte es mit dem Argument abzutun, eine Krankenschwester habe es ihm als Teil eines sexuellen Rituals beigebracht. Im vorliegenden Fall könne man es aber wirklich nicht gegen ihn verwenden, denn er habe das Blut überhaupt nicht getrunken. Warum denn nicht? wurde er gefragt. Er habe es nicht heruntergebracht, weil es bereits klumpig gewesen sei. Mit solchen Antworten schadete er sich freilich selbst. Er gab wörtlich zu: »Ich brauche eine Therapie.« Das sei aber noch lange kein Grund für eine längere Gefängnisstrafe.

Seine Frau verfolgte den Prozeß von den Zuschauerbänken aus. Zu seiner Verteidigung sagte sie nicht aus. Nur danach erzählte sie Reportern, daß man nicht von einer richtigen Schuld sprechen könne. »Im Bett treibt er es vielleicht ein bißchen bunt, aber das ist auch schon alles.«

Als ich mich in den Zeugenstand begab, wurde als erstes meine Glaubwürdigkeit angezweifelt. Der Verteidiger wartete mit der Behauptung auf, dieser Fall sei so ungewöhnlich, daß hier auch die Experten mit ihrem Schulwissen nicht weiterkämen. Dann fragte er mich, wie viele Verbrechen, bei denen Blut getrunken worden war, ich überhaupt bearbeitet hatte. Den Blick starr auf die Decke gerichtet, zählte ich sie für mich kurz ab, ehe ich ihm antwortete: »Ach, ein halbes Dutzend.«

Die Leute schnappten nach Luft. Welche denn? bohrte der Verteidiger nach. Angefangen mit Richard Trenton Chase, ratterte ich sie alle herunter. Nach dieser Demonstration meiner Erfahrung hatte ich leichtes Spiel. In meiner Stellungnahme unterstrich ich die Notwendigkeit eines über das übliche Strafmaß weit hinausgehenden Urteils. Dafür brauchte die Staatsanwaltschaft natürlich handfeste Gründe. Ich nannte folgende Argumente: vorsätzliche körperliche und seelische Grausamkeit verbunden mit exzessiver Brutalität an einem hilflosen Opfer. Die Videokamera und andere Faktoren wie die Abwesenheit seiner Familie belegten ein hohes Maß an Planung. Die Tatsache, daß

Crutchley die junge Frau wiederholt vergewaltigt und ihr Blut abgenommen hatte, obwohl sie bereits völlig entkräftet war, sprach für seine besondere Grausamkeit. Schließlich hatte er ihr weitere Vergewaltigungen angekündigt, und das war eindeutig seelische Grausamkeit.

Meiner Überzeugung nach vereinigte Crutchley sämtliche Merkmale der Serienmörder in sich. Auch dafür nannte ich meine Gründe: der Stapel Kreditkarten sowie andere ›Trophäen‹, die, wie ich glaubte, von weiblichen Opfern stammten, die zügellosen sexuellen Experimente, der Umstand, daß die Tramperin gestorben wäre, hätte er ihr ein viertes Mal Blut abgenommen, der Fall Fitzwilliam, und so weiter. Schließlich zog ich eine Parallele zu Ted Bundy, dessen Manöver zum Aufschub seiner Hinrichtung zusammen mit dem Verfahren gegen Crutchley Schlagzeilen machten.

Der Richter ging über das übliche Strafmaß hinaus und verurteilte Crutchley zu fünfundzwanzig Jahren, was normalerweise ausreichen würde, diesen Mann für den Rest seines Lebens unter staatlicher Aufsicht zu behalten.

Norm Wolfinger schickte Direktor Casey ein Dankschreiben.

Mir vertraute er in einem persönlichen Gespräch an, daß es ohne mein Gutachten wohl nicht zu diesem strengen Urteil gekommen wäre. So etwas freut mich natürlich, zumal Crutchley meiner Meinung nach unbedingt hinter Gitter gehört, und zwar für immer. Allerdings frage ich mich manchmal, ob wir mit der Verfolgung gemeingefährlicher Verbrecher überhaupt noch zum Schutz der Gesellschaft beitragen können. Bei guter Führung wird Crutchley das Gefängnis 1998, wenn nicht noch früher verlassen dürfen. Im Strafrecht hat alles seine Bedeutung verloren. Lebenslänglich ist nicht mehr lebenslänglich, die Todesstrafe führt nicht mehr zum Tod, und fünfundzwanzig Jahre heißt zwölfeinhalb, wenn nicht gar sechs Jahre. Aber darüber will ich mich jetzt nicht aufregen!

Im Oktober 1989 bereitete ich mein Ausscheiden aus dem Bureau vor. Meinen Aufgabenbereich hatte ich schon vorher an andere abgegeben. Allerdings wandten sich Leute, mit denen ich in langen Jahren zusammengearbeitet oder die ich unterrichtet hatte, immer wieder an mich persönlich, wenn sie Rat brauchten. Ich sagte nie nein. So beteiligte ich mich auch an Ermittlungen in einem Fall, der in mehrerer Hinsicht Erinnerungen an die Vergangenheit weckte.

Am Tag vor Halloween verschwand mitten am Nachmittag die zwölfjährige Amy Mijalevic in einem kleinen Einkaufszentrum gegenüber dem Polizeirevier des nahe bei Cleveland gelegenen Bay Village, Ohio. (In derselben Straße war etwa dreißig Jahre davor in der osteopathischen Klinik von Dr. Sam Shephard ein Mord begangen worden, der die Bewohner von Cleveland in den fünfziger und sechziger Jahren in Atem hielt.)

Das Foto auf dem Vermißtenplakat hätte Tausende von zwölfjährigen Mädchen aus Amerikas Kernland zeigen können: blaue Augen, braune Haare, Sommersprossen, übergroße Ohrringe, türkisgrüner Trainingsanzug. Man sah sich das Porträt der kleinen Amy an und hoffte, das Ganze würde sich als Irrtum herausstellen und das Mädchen würde im nächsten Moment um die Ecke schlendern. Die Chance, daß sie noch lebte, war freilich winzig.

Da ich vor meiner Versetzung nach Quantico in der Außenstelle Cleveland Agent gewesen war, kannte ich die Leute dort noch gut. Der mit dem Fall beauftragte John Dunn war ein ehemaliger Kollege, und mit dem ebenfalls zum Einsatzteam gehörenden Dick Wrenn, hatte ich 1980 einmal in Genoa, Ohio, zusammengearbeitet. Beide baten mich, ich solle mir doch einmal die Beweismittel ansehen und meine Meinung dazu zu sagen. Da in dieser Woche gerade eine Konferenz der Gesellschaft für Gerichtsmedizin in Cincinatti stattfand, sagte ich mein Kommen für das Wochenende zu.

Das FBI hatte sich des Falls rasch angenommen und folgte in seiner Vorgehensweise den in der Sache Joubert gesetzten Maßstäben. In meinen Vorlesungen hatte ich oft genug die Zusammenarbeit der Behörden gerade bei Jouberts Morden gepriesen, mit der Folge, daß dieses Beispiel Schule machte. Bei meinem Eintreffen hatte Dunn bereits zwei Dutzend Einsatzbeamten ihre Aufgaben zugewiesen.

Fest stand bislang nur, daß Amy verschleppt worden war. Niemand hatte Lösegeld gefordert, eine Leiche war noch nicht gefunden worden, Anzeichen für einen Kampf lagen nicht vor. Der Hauptzeuge, Amys kleiner Bruder, hatte etwas von einer Serie von Anrufen erzählt. Ein fremder Mann hatte von Amy sinngemäß folgendes gewollt: »Ich bin ein Kollege von deiner Mama. Sie ist jetzt doch befördert worden, und da wollen wir ihr was schenken. Können wir uns nach dem Unterricht im Supermarkt treffen und zusammen was Schönes aussuchen? Aber sag keiner Menschenseele was davon. Das ist ein Geheimnis zwischen uns beiden. Es soll doch eine Überraschung für deine Mom werden.«

Amy wollte wissen, ob wenigstens ihr Bruder eingeweiht werden dürfe, doch der Mann riet ihr ab. Weil er ein ›schreckliches Plappermaul‹ war, zeigte Amy sich einverstanden. Kaum hatte sie aufgelegt, erzählte sie ihrem Bruder trotzdem alles brühwarm. So kam es, daß er den Behörden ein paar Anhaltspunkte geben konnte. Sie konzentrierten ihre Ermittlungen zunächst auf das Einkaufszentrum. Mehrere Leute hatten gesehen, wie Amy sich in einem dort abgestellten Wagen mit einem Mann unterhalten hatte. Ihre unvollständige Beschreibung floß in das Phantombild mit ein, das den unteren Teil des Fahndungsplakats ausmachte. Demnach handelte es sich um einen nicht weiter auffallenden jugendlich wirkenden Weißen mit oder ohne Brille.

Das Profil erstellte ich zusammen mit Dunn.

Hätte Joubert sich noch auf freiem Fuß befunden, wäre mein Verdacht auf ihn gefallen. Seine Vorgehensweise war frappierend ähnlich, auch wenn Joubert Jungen und nicht Mädchen ermordet hatte. Darum unterstellte ich einen unverheirateten introvertierten Einzelgänger um die dreißig, der im Leben wenig erreicht hatte und mit Sicherheit nicht dumm war, doch über keinen hohen Bildungsstand verfügte. Bei der Army hatte er wahrscheinlich nicht gedient. Ich konnte mir vorstellen, daß er viel Zeit mit Kindern verbrachte. Anscheinend verstand er sich gut auf Kinder und war vertraut mit ihrer Denkweise, denn sonst hätte er Amy kaum so problemlos in seinen Wagen locken können. Daß sich ein Mann, der sich in der Gesellschaft von Kindern wohl fühlt, freiwillig zum Militärdienst meldet, hielt ich für wenig wahrscheinlich. Ein sexuelles Interesse an Kindern beiderlei Geschlechts schloß ich nicht aus, aber wahrscheinlich hatte er es ausschließlich auf Mädchen abgesehen. Wie dem auch sei, in der Gesellschaft von Männern oder Frauen fühlte ein solcher Mensch sich unwohl. Ich war überzeugt davon, daß es sich bei Amys Verschleppung um sein erstes Verbrechen handelte. Erstens war in der Gegend kein vorangegangener Fall bekannt, und zweitens hätte er sich mit etwas mehr Erfahrung nicht der Gefahr der Entdeckung ausgesetzt. Dieser Mann hatte nicht nur angerufen, sondern sich mit dem Mädchen vor aller Öffentlichkeit gezeigt. Ich hielt es für möglich, daß er Amy unter dem Vorwand, er brauche noch Geld oder eine Glückwunschkarte, mit zu sich nach Hause genommen und sie mit Keksen und Milch bewirtet hatte. Vielleicht hatte er mit ihr gespielt, bis sie es mit der Angst zu tun bekam und sich wehrte, woraufhin er ihre Ermordung für unumgänglich hielt.

Abschließend wies ich die Polizisten an, sie sollten auf Leute achten, die sich irgendwie in die Untersuchung einschalteten. Viel war es nicht, aber wir hatten ja auch kaum Anhaltspunkte.

Im Januar kehrte ich nach Bay Village zurück. Mittlerweile gingen die Behörden Hinweisen auf vier, fünf Verdächtigen nach, die dem Profil mehr oder weniger entsprachen. Einer war Stallbursche auf dem Pferdehof, an dem Amy Reitstunden genommen hatte. Meiner Meinung war sein Intelligenzniveau zu niedrig, als daß er Amy in seinen Wagen hätte locken können. Trotzdem wurde er zum Verhör geführt. Vor der Aussage wurde ihm ein Wahrheitsserum gespritzt. Er überstand den Test problemlos. Zwei andere arbeiteten bei der Polizei beziehungsweise der Feuerwehr. Auch sie konnten es in meinen Augen nicht gewesen sein. Bei beiden Institutionen kommt es auf Disziplin,

Anpassungsfähigkeit und Kameradschaft an. Wer diese Eigenschaften nicht mitbringt, wird schnell ausgesiebt.

Ein vierter möglicher Kandidat, ein jugendlich wirkender Mann namens Strunack, war eine Zeitlang bei der Polizei gewesen und hatte freiwillig bei der Verteilung der Vermißtenplakate geholfen. Nun, das hatten sehr viele andere auch getan, aber bei diesem Burschen hatten Dunn und Wrenn Verdacht geschöpft. Er war Anfang Dreißig, alleinstehend und arbeitete in einem Supermarkt, wo er die Regale auffüllte. Nach seinem High-School-Abschluß hatte er weder studiert noch einen Beruf erlernt. Zur Army war er auch nicht gegangen. Er litt unter einer schweren Hautkrankheit. Häufig auftretende Eiterbläschen im ganzen Gesicht zwangen ihn zur Einnahme starker Medikamente. Dieses Problem, so vermuteten sie, verhinderte Liebesbeziehungen mit Frauen. Strunack hatte sich nicht nur als freiwilliger Helfer gemeldet, sondern auch Amys Mutter eine Beileidskarte geschickt. Unterschrieben hatte er mit seinem Namen und die Worte ›ein wohlmeinender Freund‹ hinzugefügt. In den Umschlag hatte er noch zwei Abzeichen gelegt und auf einem Zettel dazu erklärt, sie solle eins immer tragen und das andere Amy geben, wenn sie heimkam.

Ich stimmte mit Dunn und Wrenn überein. Dieser Mann konnte der Gesuchte sein. Wir interessierten uns nun für die Abzeichen und stellten fest, daß sie aus dem Supermarkt stammten, in dem Strunack arbeitete.

Unter dem Vorwand, wir wollten ihm für seine Dienste als freiwilliger Helfer danken, suchten Dunn und ich Strunack auf. Er lebte in einer billigen Sozialwohnung mit einem Zimmer, einer winzigen Küche und Bad. Nach ein paar lobenden Worten über seinen Einsatz als Helfer lenkten wir das Gespräch auf ihn selbst. Er gab an, eine Freundin zu haben. Später erfuhren wir, daß die Frau geschieden war und ein Kind hatte. Daß sie miteinander schliefen, konnte ich mir nicht vorstellen.

Nach einer Weile rückten wir ihm bewußt näher auf den Pelz. Warum interessierte er sich eigentlich so für die Untersuchungen? Hatte vielleicht er Amy mitgenommen? Ich versuchte, die Sache als eine Art Unfall hinzustellen. Ob es denn nicht möglich sei, daß Amy beim Spielen unglücklich gestürzt sei, sich am Kopf verletzt habe und ihn danach Panik gepackt habe? Strunack bestritt das alles leidenschaftlich. Nein, er habe mit Amys Verschwinden nicht das Geringste zu tun.

Einen Durchsuchungsbefehl hatten wir nicht, doch als Strunack aufs Klo mußte, sah ich mich kurz um. Mein Hauptaugenmerk galt irgendwelchen von Amy oder anderen Kindern stammenden Trophäen. Ich hielt es für das Wahrscheinlichste, daß er sie in seinem Apartment getötet und die Leiche später weggefahren hatte. Hätten wir das geringste Indiz gefunden, die Einsatzbeamten standen Gewehr bei Fuß. Sie wären sofort angerückt und hätten das oberste zuunterst gekehrt, doch mir fiel nichts auf. Vorläufig konnten wir Strunack nichts anhaben.

Dunn und ich waren uns danach einig, daß wir dem Richtigen auf den Fersen waren, doch ohne Beweise waren uns die Hände gebunden.

Drei Wochen später wurde Amys Leiche etwa fünfzig Meilen von Cleveland entfernt gefunden. Sie war noch immer mit dem türkisgrünen Trainingsanzug bekleidet, allerdings war er ihr erst ausgezogen und nach dem Tod wieder übergestreift worden. Der Täter hatte sie auf einem Feld fast unmittelbar neben einer Auffahrt zum Interstate 71, der Hauptstrecke zwischen Cleveland und Cincinnati, abgeladen. Die noch sehr gut erhaltene Leiche hatte dort vermutlich höchstens eine Woche lang gelegen. Der Gerichtsmedziner nahm an, daß Amy im Oktober gestorben war und die Kälte ihre Zersetzung verhindert hatte.

An dem Tag, an dem die Zeitungen die Entdeckung der toten Amy meldeten, trank Strunack ein Gemisch aus Coca-Cola und Trockengas – Selbstmord.

Sobald wir von Strunacks Tod erfuhren, regten Dunn und ich die Durchsuchung seiner Wohnung an. Ein mit einem Durchsuchungsbefehl bewaffneter Trupp rückte dort auch bald an – zu spät. Strunacks Familie hatte die

Wohnung bereits vollständig leergeräumt und seine Kleider einem Wohltätigkeitsverein gespendet.

Der Fall Amy Mijalevic gilt bis heute als ungelöst.

Wahrscheinlich werden wir die Wahrheit nie erfahren. Andererseits hat es seitdem in der Gegend um Cleveland keine ähnlichen Verbrechen mehr gegeben. Hoffentlich bleibt es dabei.

8
Täuschungsstrategien

In diesem Kapitel stelle ich Ihnen Fälle vor, bei denen die Verbrecher den Tatort so geschickt arrangiert haben, daß die Ermittler lange vor einem Rätsel standen. Unserer langjährigen Beschäftigung mit Täterprofilen und der Psyche inhaftierter Serienmörder verdanken wir das Wissen darüber, wie es einigen gelungen ist, die Polizei in die Irre zu führen. (Die Rede ist hier von methodisch vorgehenden Verbrechern, denn die unkontrollierten Gewalttäter scheren sich ja nicht um die Beseitigung ihrer Spuren.)

Aus Kriminalromanen oder aus den Medien kennen Sie vermutlich genügend Fälle von Männern, die ihre Frau in einem Tobsuchtsanfall umbringen und dann versuchen, einen Einbruch vorzutäuschen. So etwas durchschaut die Polizei immer sehr schnell. Die Verbrecher, auf die ich hier zu sprechen komme, verhalten sich im Prinzip ähnlich, nur gehen sie ungleich raffinierter zu Werke. Ja, sie haben die Ermittler bisweilen ganz schön an der Nase herumgeführt – eine Zeitlang zumindest.

Eines Februarabends 1978 ging es bei einem Kaffeekränzchen in Columbus, Georgia, hoch her. Einige Damen reiferen Alters diskutierten aufgeregt über eine geheimnisvolle Serie von Morden an sieben älteren Frauen. Um zu zeigen, wie sehr sie sich fürchteten, leerten sieben von ihnen den Inhalt ihrer Handtaschen auf den Teppich – sieben Pistolen purzelten zu Boden.

Die Mordserie war in der Tat angsterregend. Die Opfer waren zum Teil vergewaltigt und ausnahmslos mit ihren Nylonstrümpfen in ihrem Haus erwürgt worden. Der ›Strumpfmörder‹ versetzte die ganze Stadt in Angst und Schrecken. An den Tatorten hatten die Spurenfahnder Anhaltspunkte dafür gefunden, daß es sich um einen Schwarzen handeln mußte, doch enger hatten sie das Netz nicht ziehen können.

Die Polizei von Columbus geriet zunehmend unter den Druck der Öffentlichkeit. Zum Glück war ihr Chef kein Hinterwäldler mit Schießeisen, sondern ein hochqualifizierter Mann mit Universitätsabschluß. Der Aufforderung der Medien, er solle sich an die staatliche Polizeibehörde oder gleich an das FBI wenden, folgte er allerdings nicht. Er wollte seinen Fall nicht aus der Hand geben.

Schließlich erhielt er einen ungewöhnlichen, auf Papier der US-Army handgeschriebenen Brief. Ich will ihn in Auszügen wiedergeben, im Original sind die Groß- und Kleinbuchstaben ungefähr gleich groß.

WERTER HeRR,

wIR SIND EINE 7KÖPFIGE ORGANiSATION. iCH TEILE IHNEN MiT, DAß WIR EINE FRAU AUS COLUMBUS IN UNSERER GEWaLT HABEN. siE HEIßT gAIL JACKSON. wEiL DER GERICHTSMEDIZINER GESAGT HAT, DAß DER wÜRGER EIN sCHWARZER IST, HABEN WiR BESCHLOSSEN HIERHER ZU KOMMEN UND IHN SELBER ZU FANGEN ODER WENIGSTENS SIE MEHR UNTER dRUCK ZU SEtZEN. miR IST JETzT KLAR, DAß oHNE DRUcK GAR NICHTS GEHT. NoCh leBT gAIL jACkSON. aBER WENN siE DIeSEN wÜRGER BIS 1. jUNI IMMER NOCH NICHT HABEN, KÖNNEN SiE gaiL jACKSONS LEICHE IN DER WYNoNTON roaD ABHOLEN. WeNN SIE BIS ZUM 1. sEPTEMBER IMMER NOCH NichT WEITERGEKOMMEN SiND, WIRD ES NOCHMAL SO VIELE oPFER GEBEN... MIT iHRER aNTWORT HABEN SIE BIS SONNTAG ZEIT. gLAUBEN SIE JA NICHT, DAß WIR BLUFFEN... uNSeRE gRUPPE HEIßT ÜBRIGENS ›DIE MÄCHTE DES bÖSEN.‹

Der Verfasser machte noch darauf aufmerksam, daß die Behörden sich vom Briefpapier nicht täuschen lassen sollten; jeder komme inzwischen an die Bestände der Army heran. Seine Botschaft schien unmißverständlich zu sein: Eine Organisation weißer Männer hatte eine Gegenoffensive gestartet und wollte so lange Frauen schwarzer Hautfarbe töten, bis der Mörder der älteren Damen hinter Gittern saß. Es folgten noch weitere Briefe. Demnach stammten die ›Mächte des Bösen‹ aus Chicago. Sie verlangten, der Polizeichef solle sich über Radio oder Fernsehen an sie wenden. Unabhängig davon forderten sie zehntausend Dollar, wenn Gail Jackson nicht sterben sollte. Zunächst ging der Polizeichef nicht auf die Briefe ein, doch später ließ er sie in der Hoffnung, Hinweise aus der Bevölkerung zu bekommen, veröffentlichen. Auch zog er einen Teil seiner Leute von den Ermittlungen gegen den Strumpfmörder ab und bildete einen neuen Einsatzstab gegen sieben unbekannte Weiße. Er erkundigte sich sogar in Chicago, ob dort etwas von einer weißen Rassistenorganisation bekannt sei.

Schließlich traf Ende März 1978 bei der Militärpolizei von Fort Benning, Georgia, ein Anruf ein. Ein Mann, der sich als Mitglied der ›Mächte des Bösen‹ zu erkennen gab, kündigte die bevorstehende Ermordung von Gail Jackson an und wollte wissen, warum die Polzei nichts unternahm. Das Gespräch wurde auf Band aufgezeichnet.

Zwei Tage nach diesem Anruf weilte ich in Georgia, Atlanta. Eingeladen hatte mich mein alter Freund aus meiner Zeit bei der CID, Tom McGreevy, inzwischen Leiter der FBI-Außenstelle Georgia. In seinem Auftrag hielt ich an der dortigen Polizeiakademie Schulungen ab. Bei einem Dinner erzählte Tom mir auch von den zwei Fällen in Columbus. Sie waren frisch auf seinem Schreibtisch gelandet, nachdem der Polizeichef endlich eingesehen hatte, daß niemandem gedient war, wenn er die Bundesbehörden von den Ermittlungen ausschloß. Tom zeigte mir die Briefe und spielte mir den Mitschnitt des Telefongesprächs vor.

Mir war sofort klar, daß das Gerede von der siebenköpfigen Organisation und der Zusammenhang mit den Morden an den alten Damen ein Bluff waren. Die Beweismittel wiesen in die entgegengesetzte Richtung. Meiner Meinung nach handelte es sich um einen Schwarzen. Dafür sprach nicht nur sein Schreibstil, sondern vor allem sein Tonfall. Der Rest ergab sich dann fast von selbst. Die Briefe dienten eindeutig der Absicht, die Polizei vom Täter abzulenken, der höchstwahrscheinlich in Gail Jacksons Bekanntenkreis zu suchen war. Aus welchem anderen Grund konnte jemand solche Briefe schreiben? Ich nahm an, daß er die Frau längst ermordet hatte und die Polizei vor allem hinhalten wollte. Daß ich mit meinen Mutmaßungen nicht so falsch liegen konnte, bestätigte mir wenig später übrigens Dr. Murray Miron, ein Psycholinguist in den Diensten des FBI.

Am 3. April meldete der Mann sich wieder telefonisch bei der Militärpolizei von Fort Benning und teilte dem diensthabenden Beamten mit, daß Gail Jacksons Leiche ›hunnert Meter‹ vor dem Fort lag. Die Behörden leiteten sofort eine Suche ein. McCreevy und ich wurden kurz darauf über den Fund der Toten in Kenntnis gesetzt.

Gail Jackson war Prostituierte gewesen und hatte ihre Freier vornehmlich in den Bars in der Nähe der Kaserne kennengelernt. Nach Einschätzung des Gerichtsmediziners war sie bereits seit fünf Wochen tot. Ich hatte mich also nicht getäuscht. Sie war ermordet worden, noch bevor der erste Brief beim Polizeichef eintraf.

Die neuen Informationen ermöglichten mir endlich ein genaueres Täterprofil. Oft nähert man sich dem Verdächtigen am besten über das Opfer und dessen Lebensumstände an. War der Mörder ein hohes oder ein geringes Risiko mit ihm eingegangen? Wo hatte es sich bevorzugt aufgehalten? Wie hatte sein Tagesablauf ausgesehen? Was für eine Art Leben hatte es geführt? Mit was für Leuten hatte es verkehrt? Ich vermutete, daß der Mörder Gail Jackson so nahe gestanden hatte, daß man ihm unweigerlich auf die Spur gekommen wäre, hätte man sich sofort mit ihr und ihren Lebensumständen befaßt. Seine Briefe waren demnach ein Versuch, die Polizei in die Irre zu führen. Aus diesem Grund hatte er sie mit seiner Bande von sieben Weißen, noch dazu aus Chicago, genarrt.

Ich legte mich auf einen alleinstehenden Schwarzen Mitte Zwanzig bis Dreißig fest, der wahrscheinlich als Militärpolizist oder Artilleriesoldat auf dem Gelände des Forts diente. Soldat mußte er meiner Meinung nach sein, denn er hatte in seinem Anruf nicht von ›yards‹ oder ›cars‹ gesprochen, wie es jeder amerikanische Zivilist tun würde, sondern die vor allem bei der Army üblichen Ausdrücke ›meters‹ und ›vehicles‹ (Fahrzeuge) verwendet. Sein schlechtes Englisch sprach nicht unbedingt für einen hohen Bildungsstand, so daß er wohl in einem unteren oder mittleren Rang diente. Was sein Alter betrifft, so weiß der Leser bereits, daß die meisten Serienmörder zwischen zwanzig und vierzig Jahren alt sind. Auf einen Täter Ende Zwanzig legte ich mich deshalb fest, weil Leute mit bescheidenem Bildungsniveau etwa in diesem Alter in die mittleren Dienstgrade aufsteigen.

In den letzten Briefen der ›Mächte des Bösen‹ war ein neuer Name gefallen: Irene. Auch sie war Schwarze. Den Nachnamen kannte der Schreiber nicht; er kündigte ihren Tod an, falls nicht bald etwas geschah. Ich nahm an, daß die Frau bereits tot war und regte die Überwachung sämtlicher Telefonzellen auf dem Militärgelände an. Das geschah dann auch, doch als der erwartete Anruf kam und der Mann durchgab, wo die Leiche lag, vergaß der diensthabende Beamte vor Aufregung, den Kassettenrecorder einzuschalten. Der Verbrecher hatte nicht gelogen. Irene Thirkield, ebenfalls eine Prostituierte, wurde in Sichtweite von der Kaserne gefunden. Mit meinem Profil in der Hand befragten Drogenfahnder die Wirte der umliegenden Nachtclubs, in denen die schwarzen Soldaten aus Fort Benning verkehrten. Einige hatten beide Opfer gekannt und machten auch Angaben zu dem Zuhälter der beiden. Zwei Tage danach wurde William H. Hance, ein Artillerist aus der Kaserne, verhaftet. Als man ihn mit den Indizien – der Bandaufzeichnung seiner Stimme und Schuhabdrücken an den Fundorten – konfrontierte, gestand er. Die Briefe waren lediglich ein Ablenkungsmanöver gewesen. Neben den zwei Frauen, die für ihn auf den Strich gegangen waren und nebenbei mit Rauschgift gehandelt hatten, hatte er bereits im vorangegangenen September eine Schwarze umgebracht. Später konnte ihm ein weiterer etwas zurückliegender Mord nachgewiesen werden. Er hatte ihn in seiner Dienstzeit im Fort Benjamin Harrison in Indiana begangen.

In einem Schreiben an den FBI-Direktor meinte McGreevy, das Profil habe ›in jedem Punkt gestimmt‹. Im Namen seiner Zweigstelle und der Polizei von Columbus dankte er dem Bureau für den ›prompten und tatkräftigen Einsatz‹ seiner Spezialisten.

Zunächst hatte ich geglaubt, daß Hance auch die sieben alten Damen erdrosselt hatte. Dem widersprach allerdings der Laborbefund. Immerhin konnte sich die Polizei nun wieder voll auf den Würger konzentrieren, und ihr Einsatz sollte sich lohnen. An einem der Tatorte war eine Pistole gestohlen worden. Diese brach dem Verbrecher letztendlich das Genick. Auf einen Tip hin verfolgten die Beamten die Spur der Waffe über Michigan bis in eine Kleinstadt in Alabama. Dort gab der Besitzer an, er habe sie von seinem Neffen, Carlton Gary, aus Columbus bekommen. Es stellte sich heraus, daß Gary, ein Schwarzer, der in New York wegen mehrfachen Mordes eingesessen hatte, dort ausgebrochen und eine Weile in South Carolina untergetaucht war. Nach einigen Überfällen auf Restaurants war er an seinen Geburtsort zurückgekehrt. In vielen von den Häusern, die er heimgesucht hatte, war seine Mutter Bedienstete gewesen. Gary wurde gefaßt, überführt und zum Tode verurteilt. Zur Zeit sitzt er noch im Gefängnis, wie übrigens auch William Hance.

Kurz nach der Ergreifung ›der Mächte des Bösen‹ führte das FBI im Auftrag der Army Schulungen zum Verhalten bei Geiselnahmen durch. So kam es, daß ich für eine Weile wieder die Uniform anzog und in Deutschland amerikanische Soldaten unterrichtete.

Dazu könnte ich eine längere Geschichte erzählen, aber ich will mich kurz fassen. In den zwanzig Jahren beim FBI hatte ich stets meinen Rang als Offizier der Reserve behalten. Dergleichen war im Bureau eigentlich nicht erlaubt, aber dank einiger Mauscheleien war ich damit durchgekommen. Bei jeder anderen Bundesbehörde unterstützt man seine Reservesoldaten – die CIA hat in Langley ein eigenes Begegnungszentrum für sie eingerichtet –, aber das FBI duldet keinen zweiten Dienstherren neben sich. Dennoch stellte es der Army bisweilen erfahrene Lehrkräfte zur Verfügung. Und diesmal fiel die Wahl auf mich. Als Assistenten nahm ich John Douglas mit. John hatte nicht nur bei einer dramatischen Geiselnahme sein Verhandlungsgeschick erfolgreich unter Beweis gestellt, sondern hatte auch in Quantico meine Stelle als Dozent in diesem Fach übernommen.

Auf dem Rückweg nach Amerika legten wir in Bramshill, der britischen Polizeiakademie, einen Zwischenstop ein. Ich hoffte, dort Kontakte herzustellen und Interesse an einem Austauschprogramm mit uns zu wecken. Wir trafen uns auch mit dem Direktor des Instituts und einigen anderen hochrangingen Beamten, hielten Gastvorträge und hospitierten unsererseits im Unterricht.

Als wir erzählten, wie weit wir in Amerika durch das bloße Studium von Tatortfotos kamen, reagierten die Briten mit unverhohlener Skepsis. Unsere Methoden lieferten den Stoff für ein langes Gespräch in der Bar, in der die Dozenten sich nach Dienstschluß regelmäßig trafen. Dort erörterten Douglas und ich zusammen mit unserem englischen Kollegen John Domaille bei mehreren Gläsern Bier einen Fall, der in England wie kein anderer nach dem berüchtigten Jack the Ripper die Gemüter erregte. In Yorkshire hatte in den letzten vier Jahren ein Unbekannter, der bald der ›Yorkshire Ripper‹ genannt wurde, acht Frauen, die meisten von ihnen Prostituierte, ermordet. Drei Überlebende hatten nur sagen können, daß er weißer Hautfarbe und von mittlerer Statur war. Die Polizei tappte im dunkeln. Zum Alter des Mannes nahm man beispielsweise an, daß er irgendwann zwischen 1924 und 1959 geboren wurde. Es hätte also jeder zwischen zwanzig und fünfundfünfzig sein können.

Von Domaille erfuhren wir Näheres über die Verbrechen. Ähnlich wie Ted Bundy schlug der Täter die Frauen nieder, verging sich an ihnen, während sie im Sterben lagen, und zerstückelte dann die Leichen.

Im vorangegangenen Jahr hatte Chief Inspector George Oldfield per Post zwei Briefe sowie ein besprochenes Band von diesem ›Jack the Ripper‹ erhalten. Ein dritter Brief war bei einer Zeitung eingetroffen. Daraufhin hatte man die Fahndung verstärkt. Oldfield, der kurz vor der Pensionierung stand, geriet zunehmend ins Kreuzfeuer der Kritik. Viele meinten, sie könnten es besser machen, und bemängelten in Leserbriefen die Arbeit der Polizei. Schließlich ließ Oldfield das Band elektronisch auswerten. Man isolierte und verstärkte die Hintergrundgeräusche, anhand derer er sich die Identifzierung des Mörders versprach. Dann wandte er sich in einer aufwendigen Kampagne an die Öffentlichkeit. Jeder konnte unter einer eigens dafür eingerichteten Nummer bei der Polizei anrufen und das Band anhören. Als jemand meinte, dem Akzent nach müsse der Mann aus der Gegend von Geordie kommen, wurden Hunderte von Polizisten mit Kassettenrecordern dorthin geschickt und spielten den Leuten das Band vor. Sogar über Radio und Fernsehen wurde die Aufnahme ausgestrahlt.

Wir sagten, wir wollten uns nur mal die Tatortfotos ansehen und boten ein provisorisches Profil an, aber in Bramshill war nichts dergleichen aufzutreiben. Wenigstens hatten sie eine Kopie der Aufzeichnung da, und die spielte Domaille uns vor. Der Mann auf dem Band sprach sehr langsam und gleichmäßig.

Ich bin Jack. Sie haben mich immer noch nicht erwischt. Bei aller Hochachtung vor Ihnen, George, aber seit ich vor vier Jahren angefangen habe, sind Sie noch kein bißchen weiter gekommen. Ich fürchte, ihre Jungs lassen Sie im Stich. Na ja. So gut könnt ihr dann auch nicht sein. Vor vier Monaten wart ihr mal nahe dran: In Chapelton war das, da habt ihr mich doch ein bißchen gestört. Aber das war ein Bulle in Uniform und kein Inspektor. Im März habe ich Sie ja gewarnt, daß ich wieder zuschlagen will... aber das hat dann nicht geklappt. Das werde ich auf alle Fälle dieses Jahr noch nachholen, im September oder Oktober, denke ich, vielleicht auch früher, wenn's geht. Es laufen ja genug rum. Die lernen's nie, was, George?... Eine Weile werde ich noch weitermachen. Ich kann mir nicht vorstellen, daß ihr mich so schnell fangt.

Selbst wenn ihr mir in die Quere kommt, schlage ich euch schon noch ein Schnippchen. War nett, mal mit Ihnen zu plaudern, George ...

Zum Schluß forderte ›Jack‹ Oldfield auf, doch mal auf ›die hübsche Melodie‹ im Hintergrund zu achten. Sie stammte aus ›Thank you for being a friend‹.

Während wir uns das Band anhörten, scharten sich immer mehr Polizisten um unseren Tisch. Von den Briten zu einem Kommentar aufgefordert, fragte ich Domaille schließlich: »Ihnen ist doch klar, daß dieser Mann da nicht der Mörder ist?«

Er war wie vom Donner gerührt. John Douglas pflichtete mir spontan bei. Jemand hatte sich auf Kosten der Polizei lustig machen wollen. Wir ereiferten uns nun und erklärten unsere Gründe: Was der Sprecher da sagte, hatte doch mit den Verbrechen nicht das geringste zu tun. Nach allem, was wir von Domaille wußten, war der Mörder wohl nicht so extrovertiert, daß er mit der Polizei in Kontakt treten würde. Eher handelte es sich um einen stillen, zurückgezogen lebenden Burschen, der Frauen haßte. Hatten sie denn nicht begriffen, daß seine Vorgehensweise diesen Schluß zwingend nahe legte? Ein Mann, der Frauen schnell bewußtlos schlug und nach dem Tod zerstückelte, mußte doch von Haß zerfressen sein.

Die Stimmen um unseren Tisch herum nahmen einen herausfordernden Ton an. Wenn der Sprecher auf dem Band es nicht war, wer war es denn unserer Meinung nach? Wir wurden aufgefordert, nun auf der Stelle ein Profil zu erstellen, doch dazu waren wir wegen der fehlenden Unterlagen nicht bereit. Die Beamten gaben nun ein paar Einzelheiten preis und ließen nicht locker. Um nicht als Maulhelden dazustehen, gaben wir nach einer weiteren Runde Bier nach. Der Mörder, so erklärten wir, war mit Sicherheit um die dreißig. Wahrscheinlich hatte er die Schule vorzeitig verlassen und hatte kein allzu hohes Bildungsniveau. Wir nahmen an, daß seine Tätigkeit es ihm erlaubte, die Tatorte unauffällig zu betreten und zu verlassen. Er konnte Taxi- oder

Lastwagenfahrer sein, möglicherweise Briefträger oder gar Polizist. Total isoliert war er unserer Meinung nach nicht. Wahrscheinlich lebte er sogar mit einer Frau zusammen, aber da er seine Opfer nicht penetriert hatte, gingen wir von schwerwiegenden psychischen Problemen aus, die sich im Laufe der Jahre verschlimmert hatten.

Domaille schlug uns einen Besuch in Yorkshire vor, wo wir uns die Fotos ansehen sollten. Leider reichte unsere Zeit nicht mehr dafür, aber ich lud ihn ein, mit den Dokumentationen über die Tatorte so bald wie möglich zu uns nach Quantico zu kommen.

Er kam nicht, und die Fotos wurden uns auch nicht geschickt. Später erfuhr ich, daß Chief Inspector Oldfield von unserem Rumpfprofil nichts hielt und sich gegen eine Zusammenarbeit mit uns sperrte. Die Sache hatte ihm schwer auf den Magen geschlagen. Der Mann konnte es nicht verwinden, daß wir auf Anhieb herausgehört hatten, daß ihn jemand mit einem bösen Scherz ins Bockshorn gejagt hatte.

Einige Zeit – und Opfer – später, wurde Oldfield abgelöst. Die Jagd auf den Mörder hatte bis dahin zehn Millionen Pfund verschlungen. Insgesamt hatte die Polizei etwa 200000 Leute vernommen und 30000 Wohnungen sowie 180000 Fahrzeuge durchsucht. Gefaßt wurde der Yorkshire Ripper erst 1981. Bei einer Routineüberprüfung in einem Rotlichtbezirk wurde ein Mann mit aufs Revier genommen. Beweismaterialien brachten ihn mit dreizehn Morden und sieben weiteren Überfällen in Verbindung. Wie wir vorausgesagt hatten, handelte es sich bei Peter Sutcliffe um einen verheirateten Lastwagenfahrer von fünfunddreißig Jahren, der von Berufs wegen viel herumkam. Nach seiner Überführung kam man auch dem anonymen Anrufer auf die Schliche. Es war ein pensionierter Polizeibeamter, der Chief Inspector George Oldfield auf den Tod nicht ausstehen konnte und ihm unbedingt eins hatte auswischen wollen.

In der Kleinstadt Genoa, Ohio, verabschiedete sich an einem Februarabend 1980 die halbwüchsige Debra Sue Vine gegen acht Uhr von ihrer Freundin und machte sich auf den

Weg zur nahe gelegenen Wohnung ihrer Eltern. Sie kam dort nie an. Am nächsten Morgen erstattete ihr Vater, der stellvertretende Direktor der örtlichen Bank, eine Vermißtenanzeige. Bei einer sofort eingeleiteten Suche in der Gegend zwischen ihrer Wohnung und der ihrer Freundin wurde ein Handschuh von Debra gefunden. Am späten Vormittag nahm eine Tante, die bei den Vines wohnte, einen anonymen Anruf entgegen. Die Stimme, so meinte sie, hätte einem jungen Mann um die zwanzig gehört, der ihrer Meinung nach mit Südstaatenakzent sprach. Er sagte: »Wir haben Ihre Tochter. Wir fordern 80000 Dollar, wenn Sie sie lebendig wiedersehen wollen.« Als die Tante Debra sprechen wollte, legte er auf.

Wegen einiger für das Telefonnetz in Genoa typischen Besonderheiten, glaubte die Frau, daß der Anruf aus der Gegend gekommen war. Am Tag darauf meldete sich ein Mann telefonisch bei Debras Vater, der einen mexikanischen Einschlag zu erkennen glaubte. Der Mann behauptete, er habe Debra in seiner Gewalt, und verlangte 50000 Dollar. Auch Mr. Vine wollte seine Tocher sprechen, doch der Anrufer beschied ihn, er müsse ihm vertrauen. Die Anweisungen für die Geldübergabe würde er später erhalten. Diesmal wurde das Gespräch auf Band aufgezeichnet.

Weil Lösegeld gefordert wurde, konnte sich das FBI einschalten. Zuständig war die Zweigstelle Cleveland.

Am dritten Tag nach der Entführung glaubte man schon, ein großes Stück vorangekommen zu sein – ein Teil von Debras Kleidern wurde etwa zwei Meilen westlich von Genoa neben einer Landstraße gefunden, und einen Tag später stieß man in der Nähe auf den Rest. Unter dem Pullover lag eine zerknitterte Landkarte der Umgebung mit handgeschriebenen Anmerkungen. Kreuzchen verwiesen auf eine Brücke, die über einen nahe gelegenen Fluß führte. Die Fahnder rasten zur markierten Stelle und konnten dort tatsächlich Reifenabdrücke feststellen. Von dort führten Schleifspuren eindeutig zur Brücke. Ein Polizeihund, den die Polizisten an Debras Pullover schnuppern ließen, schnüffelte aufgeregt herum, aber sie konnten im Fluß nichts finden. Trotzdem waren die Beamten davon überzeugt, daß die Leiche hier liegen mußte, und sie konzentrierten sich weiter auf den Fluß – ohne Ergebnis. Bei den Eltern installierten sie einen Kassettenrecorder neben dem Telefon, aber der Entführer meldete sich nicht mehr.

Weil ich am Anfang meiner Karriere beim FBI in Cleveland gearbeitet hatte, stand ich noch in Kontakt zu einigen Leuten. Zufällig hielt ich gerade zu dieser Zeit eine Schulung in der Gegend ab, und so kam es, daß die Beamten der Zweigstelle mich um Mithilfe baten. Von den FBI-Agenten Dick Wrenn und George Steinbach erfuhr ich die bis dahin bekannten Einzelheiten. Ich sah mir die Karte an, hörte die Bandaufzeichnung mit der Lösegeldforderung an und sagte spontan, daß da jemand bewußt eine falsche Fährte gelegt hatte. Der Mann hatte die Polizisten mit seinen genauen Ortsangaben nur in dem Glauben wiegen wollen, daß er die Leiche von der Brücke in den Fluß geworfen hatte.

Wenn ich auf manipulierte Spuren stoße, gehe ich davon aus, daß der Täter mich in die entgegengesetzte Richtung locken will. Da nun der Anrufer Lösegeldforderungen stellte, sagte ich meinen Kollegen, daß Debra mit ziemlicher Sicherheit tot war. Ich nahm an, daß das Mädchen überfallen und vergewaltigt worden war. Geplant hatte die Tat meiner Meinung nach nicht. Über ihren Tod mußte der Mörder dann selbst überrascht gewesen sein. Wahrscheinlich hatte ihn Panik gepackt, als er sah, was er angerichtet hatte, und erst danach hatte er sich überlegt, wie er sich die Polizei vom Leib halten konnte. Ihn plagte wohl die Angst, die Polizei würde unweigerlich ihn verdächtigen, wenn sie nur in der richtigen Richtung nachforschte. Darum hatte er die Kleidungsstücke, die Karte und die Reifenspuren bewußt so arrangiert, daß die Ermittler ewig im dunkeln tappen würden, wenn sie den Trick nicht durchschauten.

Auch der Anruf, vor allem der spanische Akzent, kam mir verdächtig vor. Der Mann hörte sich an wie ein Komiker, der gern Stimmen imitiert, aber nie und nimmer wie ein echter Lateinamerikaner. Das Band wurde Dr. Murray Miron zur genaueren Analyse zugesandt, aber selbst wenn unser Psycholinguist mir widersprochen hätte, ich ging von einem Täuschungsmanöver aus. Ich sagte mir: In dem Ort wohnen gerade mal zweitausend Leute, da muß die Polizei ja über den Mörder stolpern, wenn er sie nicht mit allen Mitteln in die Irre führt.

Noch am selben Tag erstellte ich ein Persönlichkeitsprofil. Demnach suchten wir einen athletisch gebauten Weißen um die dreißig. Er mußte meiner Meinung nach groß und kräftig sein, allein schon weil er Debra von der Straße weg verschleppt hatte. Außerdem kompensieren Leute mit einem gestörten Verhältnis zur Sexualität ihre Probleme oft durch Bodybuilding und auffrisierte Autos. Ich hielt ihn für einen besonders aggressiven Macho, der auf sein Äußeres großen Wert legte und vielleicht sogar als Frauenheld galt. Da ich glaubte, daß er das Verbrechen spontan begangen hatte, war er zuvor wohl einer besonderen Belastungssituation ausgesetzt gewesen – mit Sicherheit hatte er Ärger mit einer Frau gehabt. Er hatte sich in seiner Ehre gekränkt gefühlt und sich einfach das erstbeste wehrlose Opfer geschnappt. Seine Anmerkungen auf der Karte und die professionell gelegten Spuren bei der Brücke ließen mich zu der Überzeugung kommen, daß er mit der Arbeit der Polizei vertraut war. So wagte ich die Vermutung, es müsse sich um einen Polizeibeamten, Privatdetektiv oder Sicherheitsbediensteten handeln, der seit sechs bis neun Monaten ohne Arbeit war. Wahrscheinlich hatte er sich bereits des öfteren etwas zuschulden kommen lassen, worauf ich auch den Verlust seiner Stelle und die Trennung von seiner letzten Lebensgefährtin zurückführte. Mit Sicherheit war er mindestens einmal geschieden. Als Arbeitsloser war er meiner Ansicht nach mit dem Gesetz in Konflikt geraten und vorübergehend hinter Gittern gelandet. Die meisten Menschen, die wegen ständigen Fehlverhaltens gefeuert werden, handeln sich gleich wegen mehrerer Sachen Ärger ein, und in der Regel werden sie dann noch aggressiver. In diesem Mann hatte sich so viel Wut angestaut, daß er sich nach dem Verlust der Arbeit oder einer Freundin gar nicht aus Schwierigkeiten hätte heraushalten können. Als Ex-Polizist fuhr er, wie ich annahm, einen Wagen, der den Polizeiautos zum Verwechseln ähnelte, eine dunkel getönte Limousine wahrscheinlich, mit Funkanlage und einer großen Antenne.

Der Leser weiß inzwischen, daß viele Mörder sich den Anstrich von Amtsmacht geben, um ein Opfer schneller in ihre Gewalt zu bringen. Bisweilen mißbrauchen auch einige Polizisten ihre Uniform – und beschmutzen den guten Ruf, den sich die überwältigende Mehrheit durch ihren Einsatz für das Wohl der Allgemeinheit erworben hat. Es kommt immer wieder vor, daß ein Beamter wegen solcher Verstöße bei einer Behörde entlassen wird, um kurz darauf bei einer anderen unterzuschlüpfen. Im Vorstellungsgespräch behauptet er ganz einfach, er sei mit seinem Vorgesetzten nicht zurechtgekommen, was im Berufsleben bekanntermaßen nicht selten der Fall ist und gerne geglaubt wird. Bei Gerald Schaefer, den ich im sechsten Kapitel besprochen habe, war es nicht anders.

In Genoa stieß man also dank meines Täterprofils auf zwei Hauptverdächtige, beide Ex-Beamte. Der eine, ein junger Mann von einunddreißig Jahren, hatte seinen Job erst jüngst verloren, weil er mit einer Minderjährigen zusammenlebte. Der andere war vom Polizeidienst in einem benachbarten Bezirk zur Bahnpolizei gewechselt, die ihn dann im Sommer des Vorjahres entlassen hatte. Der erste hatte sich verdächtig gemacht, weil er sich ständig in der Nähe der Ermittler herumgetrieben und sich übermäßig hilfsbereit gegeben hatte. Ein solches Verhalten wird bei Tätern häufig beobachtet. Sie wollen wissen, wie weit die Polizei gekommen ist, um dann ihren nächsten Schritt zu planen.

Weil Psychopathen sich in verschiedene Personen spalten können, halte ich in ihrem Fall Tests am Lügendektor für wenig sinnvoll. Trotzdem wandte man diese Verhörmethode gegen meinen Rat bei dem Einunddreißjährigen an. Das Gerät reagierte nicht. Als die Kollegen mir das am Telefon mitteilten, erkundigte ich mich, ob sie das Alibi überprüft hatten. »Wozu denn?« lautete die Antwort. »Er hat den Test ja überstanden.« Davon ließ ich mich freilich nicht beeindrucken. Ich forderte sie auf, das Versäumte schleunigst nachzuholen. Das geschah dann auch. Das Alibi erwies sich aber als hieb- und stichfest, und der Mann schied als Verdächtiger aus.

Der zweite, sein Name war Jack Gall, schien das Profil Punkt für Punkt zu erfüllen. Unter anderem hatte er Probleme mit seiner Ex-Frau, mit der zusammen er noch ein paar Ferienbungalows am Michigan-See besaß. Beim Versuch, diese zu verkaufen, hatten sie sich heillos zerstritten. Gall hatte sich nach seinem Rauswurf bei der Bahnpolizei strafbar gemacht. In Michigan war er wegen Einbruchs in einem Kaufhaus verhaftet worden. Auch einen mit Funkanlage ausgestatteten Monte Carlo besaß er. Die Beamten beschlossen, ihn diskret zu beschatten, in der Hoffnung, er würde sich von selbst verraten.

Wochen nach der Entführung meldete sich der Mann mit dem mexikanischen Akzent wieder beim Vater des Opfers. Er kündigte ihm an, er werde ihm in Kürze Anweisungen für die Übergabe des Lösegeldes erteilen. Beim Abhören des Mitschnitts glaubte ein Beamter eindeutig Jack Gall zu erkennen. In seiner Zeit im Polizeidienst hatte Gall seine Kollegen gern mit der Imitation von Mexikanern zum Lachen gebracht.

Am nächsten Tag, es war der 10. April, rief der Mann wieder an. Diesmal konnte man die Telefonzelle genau orten. Sie befand sich vor einem Großmarkt wenige Meilen außerhalb des Städtchens und wurde von da an rund um die Uhr bewacht, denn man hielt es für möglich, daß er sich noch einmal von dort aus melden würde. Ein simple, doch logische Maßnahme, die unmittelbar zur Lösung führte.

Am Tag darauf sahen FBI-Agenten Gall in seinem Wagen vorfahren und einen Anruf tätigen. Genau zur selben Zeit schrillte bei Mr. Vine das Telefon. »Heute abend ist es so weit«, teilte ihm der Erpresser mit und kündigte ihm genauere Anweisungen für den Abend an. Die Beamten dokumentierten den Anruf und die Uhrzeit mit Fotos. Vor dem Verlassen der Telefonzelle zog Gall einen zusammengefalteten Zettel aus seiner Brusttasche und klebte ihn unter das Ablagetischchen. Um nirgendwo Fingerabdrücke zu hinterlassen, hatte er Handschuhe übergestreift.

Danach brauste Gall davon. Nach kurzer Verfolgung ließen sich die Beamten zurückfallen. Sie wollten ihn nicht aufschrecken. Seine Adresse war ohnehin bekannt und er stand unter ständiger Beobachtung.

Wenig später erreichte Vine der nächste Anruf. Der Erpresser befahl ihm, sich seine weiteren Instruktionen in der Telefonzelle vor dem Einkaufszentrum abzuholen. Es sollte nur der erste Teil einer wahren Schnitzeljagd sein. Vine und mit ihm in seinem Auto verborgene FBI-Männer wurden mehrere Stunden lang von Telefonzelle zu Telefonzelle gehetzt, mußten sogar mehrmals das Fahrzeug wechseln, bis Vine schließlich die Anweisung erhielt, den Koffer mit dem Lösegeld an einer abgelegenen Stelle in der Nähe eines Flusses stehen zu lassen, wo er dann auch erfahren würde, wie er seine Tochter zurückbekäme. Auch dem leistete Vine Folge, allerdings wurde weder der Koffer abgeholt, noch tauchte das Mädchen wieder auf. Fünf Tage nach der vergeblichen Jagd nahm Vine den Koffer mit dem Geld wieder an sich. Niemand hatte ihn angerührt.

Die Beamten hatten diese grausame Farce geduldet, bestand doch noch ein Fünkchen Hoffnung, daß Debra lebte. Anscheinend hatte Gall sich nur ein Alibi verschaffen wollen. Während der gesamten Hetzjagd hatte sein Wagen vor seinem Haus gestanden. Freilich hätte es ihm nicht viel geholfen, denn er hätte die Instruktionen schon vorher anbringen und die Anrufe von zu Hause aus tätigen können.

Obwohl Debra Sue Vine verschollen blieb, reichten die Indizien nun für eine Anklage wegen Erpressung. Gall wurde verhaftet und verurteilt. Garry Truman, der Polizeichef von Genoa hat mir erst kürzlich gesagt, daß der Fall ohne mein Profil und die Mithilfe des FBI wohl nie gelöst worden wäre.

Nachdem schließlich Debras Leiche gefunden wurde, stellte man Gall auch wegen Mordes unter Anklage. Der Mörder hatte die Tote in einer verlassenen Gegend unweit von Genoa versteckt. Die Markierungen auf der Karte hatten genau in die entgegengesetzte Richtung gewiesen. Weil die Leiche in eine Heizdecke eingewickelt war, hofft man den Nachweis zu erbringen, daß sie aus dem Kaufhaus stammt, in dem Gall seinen Einbruch verübt hat. Während ich dieses Buch schreibe, sitzt er noch wegen Erpressung ein.

Nicht nur bei Vergewaltigungen und Morden streuen die Täter bewußt falsche Spuren, auch bei den weitaus häufigeren, doch weniger schlagzeilenträchtigen, da unblutigen Delikten, stehen die Ermittler oft genug vor Rätseln. 1991 wurde ich wenige Monate nach meinem Ausscheiden aus den Diensten des FBI mit einem solchen hochinteressanten Fall konfrontiert.

In einer Großstadt an der Westküste hatten anscheinend Vandalen ein Haus heimgesucht. An die Versicherung wurde daraufhin eine Schadensersatzforderung in Höhe von 270000 Dollar gestellt. Diese beauftragte einen Psychologen mit der Beurteilung des Falls. Da der Mann aus den Bildern vom Tatort nicht schlau wurde, bat er mich um eine Stellungnahme.

In dreißig Jahren Polizeidienst habe ich hunderte von Fällen mutwilliger Zerstörung an Militäreinrichtungen, Regierungsgebäuden, Privateigentum – praktisch alles, was von Randalierern heimgesucht werden kann –, erlebt. Der Psychologe hatte also mit mir eine gute Wahl getroffen. Zusammen mit den Fotos vom verwüsteten Haus und den Polizeiakten wollte er mir seine Einschätzung schicken. Ich war im Prinzip einverstanden, bat ihn aber, mit seiner Stellungnahme zu warten, bis ich mir ein eigenes Bild gemacht hatte. Das war auch unsere Prozedur beim FBI gewesen. Wenn es darum ging, zu einer unabhängigen Beurteilung zu finden, vermieden wir es bewußt, uns die Schlußfolgerungen anderer anzusehen. Darum forderten wir ausschließlich Fotos und Informationen aus erster Hand an. Wenn die Behörden unbedingt ihre Sicht der Dinge mitschicken wollten, baten wir sie, sie in einem gesonderten Umschlag beizufügen. Erst wenn wir fertig waren, wollten wir die jeweiligen Ergebnisse vergleichen.

Jede andere Vorgehensweise hätte unser Urteil verwässern können.

Wenige Tage nach unserem Gespräch erhielt ich von dem Psychologen die Unterlagen. Ich breitete sie alle auf meinem Schreibtisch aus und nahm sie in Augenschein. Dutzende von Fotos belegten das Ausmaß der Zerstörungen in der Villa – allem Anschein nach das Werk von Randalierern. Die meisten hätten nun wohl auf Anhieb gesagt, hier sei das totale Chaos angerichtet worden. Die Spur der Verwüstung zog sich durch sämtliche Zimmer, die Küche, das Treppenhaus, den Flur und das Bad. Wände, Möbel, Gemälde, Kleider, Geschirr – überall war etwas zerbrochen, zerrissen, verschmiert worden. Vorhänge hingen herunter. Die Glasrahmen von Kunstdrucken waren zertrümmert. Farbkleckse waren an manche Wände gesprayt worden, und Schimpfworte prangten an Wänden und Möbeln: ›Asshole‹, ›Ass‹, ›Cunt‹, ›Suck‹, ›Fuck me‹.

Vielleicht haben Sie dergleichen auch schon gesehen, aber bestimmt nicht im wirklichen Leben. In Filmen oder Dokumentationen wird so etwas gern gezeigt, wenn dargestellt werden soll, was geschehen kann, wenn Heranwachsende durchdrehen – angeblich mißverstandene Rebellen, die ihre Aggressionen gegen die Gesellschaft austoben. Es ist ein beliebtes Thema.

Das vermochte ich an den Fotos allerdings nicht zu erkennen. Hier steckte eine andere Wirklichkeit hinter dem äußeren Eindruck, der freilich allem widersprach, was ich über jugendliche Delinquenten wußte. Randalierer treten in Gruppen – in Horden genauer gesagt – auf, wobei sich die Schwächeren in allem einem starken Führer unterordnen. Nur selten zieht einer allein los. Es handelt sich fast ausnahmslos um einsame, haßzerfressene Heranwachsende, die die Gesellschaft als solche oder eine bestimmte Autoritätsperson treffen wollen. Zerschlagen wird meist wahllos, was ihnen zwischen die Finger kommt. Hinzu kommen Wandschmierereien und alle möglichen Obszönitäten. Die Graffiti zeugen meist von den Interessen dieser Jugendlichen. Sie beziehen sich auf Popgruppen oder stellen Symbole satanischer oder sonstwie mystischer Kulte dar. Beliebt sind Druidenfüße oder umgedrehte Kreuze – alles Elemente einer Subkultur, in der emotional verkümmerte Heranwachsende Ersatz und Zuflucht suchen. Neben solchen Symbolen finden wir oft auch Fäkalien und Spermien. Auch diese sprechen eine eindeutige Sprache. Der Randalierer meint, er habe das Recht, in die Unterwäsche einer Frau zu masturbieren oder auf den Teppich zu urinieren, wenn nicht gar seine Notdurft zu verrichten. Häufig werden Besitzgegenstände gestohlen. Die Alkoholika der Hauseigentümer schütten die Vandalen meist an Ort und Stelle in sich hinein. Der Schaden ist in der Regel total, und nur ganz wenig Wert- oder Erinnerungsgegenstände überleben.

Die Fotos auf meinem Schreibtisch dagegen dokumentierten ein ganz anderes Vorgehensmuster. Nur bestimmte ausgewählte Gegenstände waren betroffen. Einige Gemälde waren zwar beschädigt worden, aber die kunstvoll verzierten Rahmen waren intakt. Von wirklicher Zerstörung konnte man eigentlich nur bei den ganz offensichtlich weniger wertvollen Werken sprechen. Bei einigen Graphiken indianischer Künstler – und da kannte ich mich zufälligerweise aus – bemerkte ich etwas sehr Interessantes: Nur das Glas war zerbrochen, die Werke selbst waren aber verschont geblieben. Komischerweise war ein großes Ölgemälde mit dem Porträt eines Mädchens überhaupt nicht angerührt worden. Einige Vasen, Statuen und Skulpturen waren anscheinend sorgfältig auf den Boden gelegt worden, kaputt sah keine davon aus. Ein normaler jugendlicher Randalierer hätte sich da bestimmt nicht geziert. Besonders fiel mir auf, daß ein ganzes Regal voller Pflanzen anscheinend vergessen worden war.

Obwohl die Küche und das Badezimmer übel aussahen, ließ sich an den Geräten, Spiegeln, Armaturen so gut wie kein Schaden erkennen. Türgriffe waren zwar kaputt, aber die Türen selbst hatten nichts abbekommen. Von den Wandregalen war nichts heruntergefegt worden, doch gerade das tun jugendliche Randalierer mit Vorliebe, um die Gegenstände anschließend zu zertrampeln. Eine Vorhangstange war anscheinend vorsichtig abgenommen und auf den Boden gelegt worden. Der Stoff sah noch bügelfrisch aus. Einige Kleider waren zwar zerfetzt worden, aber nur solche, die ohnehin nicht besonders modisch oder wertvoll waren. Sollten die Randalierer wirklich rein zufällig sämtliche Gegenstände von hohem materiellem oder symbolischem Wert ausgelassen haben?

Auch die Farbkleckse des ›Sprühdosenkünstlers‹ paßten so ganz und gar nicht zu jugendlichen Randalierern. Ich hatte den Eindruck, daß nur die Wände oder Polstermöbel verschmiert waren, die man problemlos neu streichen oder beziehen konnte. Kunst- und Wertgegenstände waren nicht entstellt worden.

Genauso die Phrasen an den Wänden. Mit Schimpfwörtern geben sich die wenigsten jugendlichen Randalierer ab. Weitaus beliebter sind heutzutage Parolen und die Namen von Popgruppen wie ›Slayer‹, ›Motley Crue‹, ›Public Enemy‹ oder ›Terminator X‹. Das Wort *cunt* (Fotze) ist bei den Jugendlichen aus der Mode gekommen und durch *pussy* (Muschi) ersetzt worden. Nicht zuletzt stieß mir das *Fuck me* (Fick mich!) auf. *Fuck you* (Leck mich am Arsch!) wäre heute bei feindseligen, überheblichen Jungendlichen der üblichere Ausdruck. Aber ›Fuck me‹?

All diese Faktoren flossen in mein Täterprofil mit ein. Insbesondere die Theorie, es könne sich um eine Gruppe Heranwachsender gehandelt haben, verwarf ich. Hier hatte jemand sorgfältig darauf geachtet, daß die wirklich wertvollen Stücke keinen Schaden erlitten. Eine solche Vorgehensweise schrieb ich keinen jungen Männern, sondern eher einer vereinsamten Frau zwischen vierzig und fünfzig zu, die keine Erfahrung mit Teenagern hat. Ich hielt sie für extrem narzißtisch. Die unversehrten Kunstgegenstände schienen ihr sehr viel zu bedeuten. Ich nahm an, daß sie im zwischenmenschlichen Bereich Probleme hatte, wahrscheinlich hatte sie mehrere geschiedene Ehen hinter sich. Ich stellte die Überlegung an, daß sie zum Eigentümer oder Mieter des Hauses enge Kontakte pflegte und an den verschont gebliebenen Gegenständen ein persönliches Interesse hatte oder zumindest keinen irreparablen Schaden anrichten wollte.

Diese Frau hatte die Zerstörung meiner Einschätzung nach bewußt inszeniert, um den Verdacht auf Halbstarke zu lenken. Aber gerade mit ihren Versuchen, die Sprache der Jugendlichen nachzuahmen, gab sie sich als Erwachsene zu erkennen. Kein pubertierender Vandale würde ›Fuck me‹ schreiben. Wahrscheinlich waren ihr obszöne Wörter ohnehin ein Greuel, und die, die sie hingeschmiert hatte, sollten wohl ausdrücken, was sie mit aggressiven Jugendlichen assoziierte. Angesichts der heute in solchen Kreisen üblichen Ausdrücke waren die ihren fast schon kindlich.

Falls sie Kinder hatte, dann keine über zehn und vor allem keinen Jungen. Für das Wahrscheinlichste hielt ich, daß sie Mutter eines Mädchens war, das gegenwärtig nicht bei ihr lebte. Auf diesen Gedanken hatte mich (neben der Unkenntnis der Teenagersprache) das unbeschädigt gebliebene Ölgemälde von dem Mädchen gebracht. Normalerweise ist dergleichen ein Hinweis auf einen nahen Verwandten, von dem man getrennt ist.

Als Auslöser kam eine besondere Streßsituation in Frage. Wenige Tage oder höchstens Wochen zuvor hatte es wahrscheinlich Probleme mit einem Mann gegeben, oder die Frau sah ihre Zukunft wegen finanzieller Schwierigkeiten oder plötzlicher Arbeitslosigkeit bedroht.

Als Motiv konnte ich mir drei konkrete Faktoren oder eine Kombination der drei vorstellen: Eine aufgebrachte Frau hatte es einem Familienmitglied heimzahlen wollen. Um Zuwendung zu erhalten, hatte sie falsche Anschuldigungen erhoben. Vielleicht war sie auch nur auf Versicherungsbetrug aus, weil sie sich eine aufwendige Renovierung nicht leisten konnte.

Meine Schlußfolgerungen schickte ich dem Psychologen. Der rief mich dann gleich an und sagte mir, daß ich mit dem Profil fast Punkt für Punkt die Eigentümerin getroffen hatte. Sie war weiß und über vierzig, hatte sich von ihrem Freund getrennt, steckte finanziell in einer mißlichen Lage und hatte eine Tochter, die bei ihrem geschiedenen Mann lebte.

Mein Scharfsinn verblüffte den Psychologen. Mich nicht. Im Vergleich zu den Persönlichkeitsdiagrammen unbekannter gemeingefährlicher Gewaltverbrecher, die ich in meinen siebzehn Jahren beim FBI in mühevoller Kleinarbeit erstellt und immer wieder verbessert hatte, war das hier ein Kinderspiel.

9
Werden sie wieder morden?

Der Polizeibeamte Kilburn McCoy erinnerte ein bißchen an Clint Eastwood. Zusammen mit seiner Frau Janet, die ebenfalls Polizistin war, nahm er 1980 an einem Kurs von mir in Salem, Oregon, teil. Am Ende der Woche trat er mit einer Bitte an mich heran: Ich möchte mir in seinem Revier die Akten über einen Vietnamveteranen namens Duane Samples ansehen, der wegen Mordes im Gefängnis saß. McCoy glaubte, Samples könne eine Bereicherung für unser *Criminal Personality Research Project* darstellen, obwohl er kein Serienmörder war – er hatte ›nur‹ einmal getötet. Andererseits hatte der Mann, ein redegewandter Diplompsychologe, anscheinend Gewaltfantasien entwickelt, wie sie typisch für Serienverbrecher sind.

Den Mord hatte Samples am 9. Dezember 1975 in Silverton, Oregon, begangen. Am Abend hatte er eine gewisse Fran Steffens, die mit ihrer achtzehn Monate alten Tochter und ihrer Freundin Diane Ross ein Apartment bewohnte, auf ein paar Gläser Bier und einen Joint besucht. Samples, der Anfang Dreißig war, arbeitete in einer Suchtklinik als Drogenberater. Es war sein erster fester Job, denn nach seiner Rückkehr aus Vietnam war er eine Weile aus dem Gleichgewicht geraten. Immer wieder hatte Samples Beziehungen zu Frauen aus der Gegend unterhalten, aber keine war von Dauer gewesen. Auch an Fran hatte er Interesse, das sie allerdings nicht erwiderte. Je länger der Abend dauerte, desto langweiliger wurde es für die Frauen. Schließlich legte sich Fran in ihrem Zimmer schlafen. Diane ließ Samples' Storys über Vietnam weiter über sich ergehen, bis auch sie die Nase voll hatte und ihn zum Gehen aufforderte.

Samples leistete Folge, und Diane schlief auf der Wohnzimmercouch ein. Wenig später wachte sie wieder auf. Ihr Körper fühlte sich so sonderbar warm und klebrig an. Plötzlich begriff sie, daß jemand ihr üble Messerwunden beigebracht hatte: an der Kehle, quer über die Brust, unter dem

Busen und vom Nabel bis zum Zwerchfell. Teilweise hingen ihre Gedärme heraus. Dann merkte sie, daß es gar nicht die Schnitte waren, die sie geweckt hatten, sondern Frans Schreie. Sie sah, wie Samples ihre Freundin ins Bad zerrte. In einer Hand schwang er ein Messer. Irgendwie gelang Diane die Flucht aus der Wohnung. Da sie ihre Eingeweide mit beiden Händen festhalten mußte, ließ sie die ebenfalls zerschnittene Hose zu Boden rutschen. Sie taumelte aus dem Haus, drang bei einem Nachbarn durch die Hintertür ein und schrie: »Schnell! Einen Arzt! Ich sterbe!« Mit aller Kraft wehrte sie sich gegen die Müdigkeit. Sie glaubte, sie würde sterben, wenn sie einschlief. Als der Krankenwagen eintraf, hörte sie jemanden sagen: »Ihr braucht euch nicht so beeilen, die kommt sowieso nicht durch.«

Die Sanitäter beeilten sich trotzdem. Diane blieb am Leben und konnte den Polizisten sagen, daß Duane Samples im Begriff war, ihre Freundin zu ermorden. Die Beamten rannten hinüber, doch für Fran kam jede Hilfe zu spät. Der Mörder hatte ihr den Hals und den Unterleib aufgeschnitten. Ihre Gedärme waren über das Bett gequollen, in dem ihre kleine Tochter immer noch schlummerte. Das ganze Bett war in Blut getränkt. Wie der Leichenbeschauer später feststellte, hatte der Täter auch nach Frans Tod weiter auf sie eingestochen.

Verletzungen an ihren Händen belegten, daß Fran sich gewehrt hatte.

Die Polizisten der Gegend kannten Samples recht gut, einmal weil er in der Drogenberatung arbeitete, und zum anderen, weil er mit ein paar von ihnen Softball spielte. Die Fahndung wurde umgehend eingeleitet. Samples wurde noch in der gleichen Nacht festgenommen. Er leistete keinen Widerstand. In seiner Hosentasche fanden die Beamten einen Zettel mit dem Datum ›Montag, 8. Dez‹. Darin bat er die ›liebe Fran‹, sie solle diesen Brief zu ihrer Entlastung der Polizei geben, denn er habe sie ›gezwungen, mich auszunehmen und zu entmannen‹. Ansonsten hätte er ›Dich und die Kleine aufgeschnitten und zerstückelt‹. Mit seinem Tod wolle er sich ›einen zeit Lebens gehegten Traum endlich erfüllen‹. Ein Teil seiner selbst ›kann es gar nicht erwarten, bis die mörderische Klinge endlich in mich eindringt.‹

Samples will Fran die Drohung gezeigt haben, aber sie weigerte sich angeblich. Daraufhin soll es ihn überkommen haben. Ich werde später noch einmal auf diese hochinteressante Mitteilung eingehen.

Die Polizisten und Psychologen, die Samples noch in der Nacht verhörten, gaben an, daß er geistig auf der Höhe war und zwischen Gut und Böse sehr wohl unterscheiden konnte. Auch verlangte er sofort die Hinzuziehung eines Anwalts. Anzeichen einer Psychose lagen nicht vor. Er hatte eindeutig mit Vorsatz gemordet. Nach seinem Hinauswurf war er zu seinem Auto gegangen, hatte ein Filetiermesser herausgeholt und war mit der Absicht, die zwei Frauen umzubringen, zurückgekehrt. Diane glaubt sich sogar daran erinnern zu können, daß er ihr auf die Straße gefolgt war. Samples wurde wegen Mordes und Mordversuchs angeklagt.

Im Vorfeld des Verfahrens wägten Samples und sein Anwalt ihre Möglichkeiten sorgfältig gegeneinander ab. Samples verfertigte sogar eine mehrspaltige Tabelle. Erneut bewies er somit rationales Denken. Drei Optionen standen ihm zur Wahl. Er konnte auf unschuldig plädieren, mußte es dann aber auf den Prozeß ankommen lassen und riskieren, daß Diane Ross gegen ihn aussagte. Wenn er sich auf Schuldunfähigkeit wegen Geistesgestörtheit berief, konnte Diane immer noch in den Zeugenstand gerufen werden. Gegen ihre Aussage wäre er dann mit seinem Brief an das Opfer wohl kaum durchgekommen. Trotzdem zogen Samples und sein Anwalt diese Option ernsthaft im Erwägung und zauberten als Belege für eine langjährige krankhafte Beschäftigung mit Dingen wie Ausweidungen ein Tagebuch aus dem Hut. Der Brief an Fran sollte der Beweis dafür sein, daß er kaum mit Vorbedacht hätte handeln können, weil sein seelisches Gleichgewicht aus den Fugen geraten sei. (Meiner Meinung nach war die Mitteilung zu klar und verständlich, um von einem Geistesgestörten zu stammen; vielmehr sah ich darin das Werk eines halb ausgebildeten Psychologen, der sich ein Alibi zusammenschustern wollte.) Als dritte Möglichkeit, für die sich Samples schließlich auch entschied, blieb ihm das Schuldbekenntnis. Im Gegenzug wurde die Anklage wegen der versuchten Ermordung von Diane Ross fallen gelassen. Das hatte zur Folge, daß sie nicht gegen ihn aussagen durfte. Für den Mord an Fran Steffens erhielt er die höchste in Oregon mögliche Strafe von fünfzehn Jahren Gefängnis. Bei guter Führung und mit etwas Glück, so spekulierte er, würde man ihn nach sieben Jahren in die Freiheit entlassen.

Nach Samples' Verurteilung verloren die Medien ihr Interesse an dem Fall. Diane Ross genas und zog nach Kalifornien, und Frans Tochter wurde von Verwandten aufgenommen. Später sollte die Staatsanwaltschaft einräumen, daß man wegen Samples' Schuldbekenntnis auf eine gründliche Überprüfung seiner Vorgeschichte verzichtet hatte. Wenigstens hatte man einige Beweise zusammengetragen. Der Brief vom 8. Dezember verwies auf eine seit Samples' Kindheit bestehende Fantasie von der Ausweidung einer schönen Frau. In der Tat waren solche Bilder ein immer wiederkehrender Faktor in seinem Leben. Als Fünfjähriger schlief er zwischen seiner Mutter und seiner schwangeren Tante. Wegen Hämorrhoiden verlor die Tante wiederholt Blut, und schließlich ging der Fötus ab. Die Vorstellung von hervorquellenden Organen scheint demnach aus dieser Zeit herzurühren. Jahre später, als eine Ameise über seinen Bauch krabbelte, erregte ihn der Gedanke, dieses Tier könne ein Loch in ihn hineinbohren. Mit dreizehn spielte er einmal Russisches Roulette und schoß sich versehentlich in den Unterleib. In sein Tagebuch schrieb er nach seinen Erlebnissen im Vietnamkrieg, sein Kindheitstraum würde sich erfüllen, wenn sich ›Stahl in meine Gedärme bohrt‹. Ursprünglich hatte er sich vorgestellt, eine Amazone solle ihn mitten im Geschlechtsakt ›aufspießen‹. Fran Steffens war ziemlich groß und kräftig gewesen. Einem Psychiater erzählte er, daß er sich beim Ausspinnen seiner Fantasien ›mit Messer- und Nadelstichen zusätzlich erregt‹ hatte. Später baute er seine Tagträume aus und und weidete sich an der Vorstellung von der Ermordung seiner Partnerin. In einem realen Drohbrief an eine ehemalige Freundin hat er lange vor Frans Ermordung seine geplante Vorgehensweise ausgiebig beschrieben. Das Machwerk ähnelt stilistisch dem vom 8. Dezember. Darin heißt es, sollte sie je mit einem neuen Liebhaber im Bett landen, würde er ›aus den Gedärmen der Dunkelheit emporsteigen und dem Kerl mit scharfer Klinge die Kehle öffnen‹. Bis ins letzte grausige Detail führte er aus, wie er ihr und dem anderen den Bauch aufschlitzen, sie foltern und zum Schluß Geschlechtsverkehr mit ihnen zu dritt treiben würde, so daß sich Samen, Blut und andere Körperflüssigkeiten im Orgasmuns und Tod zugleich mischen würden. Es wäre ihr höchstes und letztes sexuelles Erlebnis. Ihm würde es nicht anders gehen als ihnen, denn danach würde er sich das Messer in den Bauch rammen. Sie sollten alle ›eines gemeinsamen Todes sterben‹.

Ein Blick in Samples Universitätslaufbahn bestätigt das Bild vom hochintelligenten jungen Mann. Er war Stipendiat an der Stanford University und ging 1964 nach dem erfolgreichen Abschluß im Fach Psychologie zur Army. In Vietnam will er als Aufklärer gedient haben. 1967 fand er bei seiner Rückkehr ein grundlegend verändertes Amerika vor. Er schaffte den Anschluß nicht mehr und bekam Probleme mit Alkohol und Drogen. Mal verdiente er sich sein Geld als Barmixer, mal als Sozialarbeiter, dann war er wieder längere Zeit arbeitslos. An ein und demselben Ort hielt er es nie lange aus. Schließlich fand er eine Lösung für seine Schwierigkeiten: Er redete einfach mit anderen Suchtkranken über deren Probleme und kam als Suchtberater für Jugendliche und Studenten in Salem unter. Er galt als sehr fähig und machte sich schnell bei den Kollegen beliebt. Angesichts seines Hintergrunds nahmen viele an, der Mord an Fran müsse ein einmaliger Unfall gewesen sein, den er nur in geistiger Verwirrung unter Drogeneinfluß begangen haben könne.

Allen, die ihn oberflächlich kannten, fehlte jedoch der Blick für sein komplexes Innenleben.

Anläßlich eines Oregonaufenthalts suchte ich Samples in

seinem Gefängnis auf. Er war ein schlanker Mann Ende Dreißig mit schütterem Haar, Nickelbrille, einem intelligenten Blick und guten Manieren. Der Gefängnispsychologe hatte ihn in sein Team aufgenommen, und er beteiligte sich an Versuchen, den Insassen beizubringen, wie man besser mit seinen Aggressionen umgehen kann.

Nachdem ich mich vorgestellt hatte, bat ich ihn um die Genehmigung zu einem Interview, das ich in unserem siebenundfünfzigseitigen Protokoll statistisch auswerten wollte. Er lehnte ab. Mit den Serien- oder Massenmördern aus meiner Interviewreihe wollte er sich nicht auf eine Stufe stellen. Aber zu einem inoffiziellen Gespräch zeigte er sich bereit. Eine Stunde lang erzählte er mir von seinen Tätigkeiten im Gefängnis. Er arbeitete nicht nur in der psychologischen Abteilung mit, sondern studierte auch nebenbei und beabsichtigte, nach seiner Entlassung den Doktortitel in Psychologie zu erwerben. Fast verschlug es mir die Sprache, als er wissen wollte, ob wir ihn dann in Quantico nehmen würden. Nein, erklärte ich ihm, das FBI würde wohl kaum Vorbestrafte einstellen. Mein Verdacht erhärtete sich, daß Samples nur mit mir redete, um seinem eigenen Ego zu schmeicheln und die Langeweile zu vertreiben. Weil das Gespräch nicht unter das offzielle Programm fiel, hatten wir keine Vertraulichkeit vereinbart. Auf Notizen und den Kassettenrecorder verzichtete ich.

Danach glaubte ich Samples abhaken zu können. Fotos vom Tatort, die Stellungnahmen von Experten und meine eigenen Eindrücke während unserer kurzen Begegnung bestätigten meinen Verdacht, daß es sich eindeutig um einen sadistischen Psychopathen handelte. Er hatte sich zwar geweigert, mit den anderen Mördern unseres Programms in einen Topf geworfen zu werden, andererseits vereinigte er sehr viele Eigenschaften solcher Verbrecher in sich. Genannt sei vor allem die langjährige Entwicklung der Fantasievorstellung, die schließlich zu diesem brutalen Mord führte. Nach unseren Begriffen mischten sich bei ihm die Merkmale sowohl des methodisch als auch des planlos vorgehenden Mörders. Die Spuren am Tatort sprachen eher für einen geistig verwirrten Verbrecher – die gräßlichen Messerwunden, die Verstümmelung der Leiche, Frans blutverschmierte Schenkel, die Tatsache, daß er nicht in sie eingedrungen war. Dann wiederum hatte er den Mord vorausgeplant, hatte nach seinem Hinauswurf das Filetiermesser aus dem Auto geholt und beide Frauen umzubringen versucht. Nach Frans Ermordung war er so geistesgegenwärtig gewesen und hatte einige Spuren beseitigt. Während des Verbrechens war er ein Gefangener seiner Fantasievorstellung gewesen. Unter dem Einfluß von Alkohol und Drogen hatte er jedwede Hemmungen verloren. Zudem war die Gelegenheit günstig gewesen, denn beide Frauen hatten geschlafen. Nach unserem Gespräch hielt ich es für noch wahrscheinlicher, daß Samples seinen Brief an Fran nicht vor dem Mord, sondern *danach* geschrieben hatte. Meiner Meinung nach gehörte es zu seiner Strategie, verminderte Schuldfähigkeit geltend zu machen. Dieser Mann mochte vielleicht nicht im Moment der Zerstörung vorausgedacht haben, sehr wohl aber in den Stunden danach, als er begriff, daß Diane überlebt hatte und ihn mit Sicherheit belasten würde.

Bis Anfang 1981 hörte ich nichts mehr über Duane Samples, doch dann setzte der Gouverneur von Oregon, Vic Atiyeh, den Rest seiner Haft zur Bewährung aus. Samples sollte das Zuchthaus in Bälde verlassen dürfen. Zu meiner Überraschung erfuhr ich, daß er die Umwandlung seiner Strafe bereits seit 1979 betrieb. Bei der Staatsanwaltschaft von Oregon wirbelte die Geschichte einigen Staub auf. Der Bezirksstaatsanwalt war über Samples' erstes Gesuch informiert worden, hatte aber nicht reagiert. Als der Häftling es dann im zweiten Anlauf schaffte, wurde die Staatsanwaltschaft außer acht gelassen. Mittlerweile war dort Chris Van Dyke, der Sohn des Schauspielers Dick Van Dyke, oberster Strafverfolger geworden. Ihn empörte, daß der Gouverneur seine Entscheidung getroffen hatte, ohne ihn zu Rate zu ziehen. Um zu retten, was zu retten war, vertiefte er sich zusammen mit seiner Stellvertreterin Sarah McMillen in die Akte. So stieß er unweigerlich auf McCoy, und der verwies ihn an mich. Den Kontakt zu mir nahm Sarah McMillen auf. Sie wollte wissen, ob ich bereit sei, Samples' vorzeitige Entlassung mit einem Gutachten verhindern zu helfen. Ich stimmte ihr voll und ganz zu, daß dieser Mann nie und nimmer das Gefängnis verlassen dürfe, und sagte ihr meine Unterstützung zu, vorausgesetzt, ich erhielt die erforderliche Genehmigung. Hätte Samples sich von mir im Rahmen meines *Criminal Personality Research Project* interviewen lassen, hätte ich mich nicht einschalten dürfen, so aber stand meiner Aussage höchstens das Bureau im Wege. Chris Van Dyke bat Direktor Webster schriftlich um dessen Einwilligung, und der schickte mich offiziell nach Oregon.

Für sein Gesuch führte Samples zwei Gründe an. Zum einen seine gelungene Rehabilitierung im Gefängnis und zum anderen die Erkenntnis, daß er zur Zeit des Verbrechens an einer Geisteskrankheit gelitten habe, die die Psychiatrie mit ihren damaligen Mitteln noch gar nicht richtig hätte begreifen können. Aus diesem Grund sei ihm eine faires Verfahren verwehrt gewesen. Was seine Resozialisierung betraf, so hätten ihm viele eine positive Entwicklung bescheinigt. Inzwischen habe er seine Vergangenheit verarbeitet und sei in jeder Hinsicht geläutert: Er breche in Tränen aus, wenn von seinem Verbrechen die Rede sei. Überhaupt verurteile er es nun und sei in der Lage, seine Aggressionen zu beherrschen. Noch einmal würde er nie eine solche Bluttat begehen. In den Vereinigten Staaten, so argumentierten seine Anwälte, würde man Menschen doch nicht wegen etwaiger zukünftiger Straftaten belangen. Deshalb solle man ihn auch nicht vorverurteilen, sondern ihm die Chance zu einem Neuanfang geben.

Diese Art der Argumentation ist nichts Ungewöhnliches. Neuland betrat er allerdings mit der Behauptung, für den Mord an Fran Steffens hätte er nicht zur Verantwortung gezogen werden dürfen, denn er sei die direkte Folge einer posttraumatischen Persönlichkeitsstörung, hervorgerufen durch die Erfahrungen im Vietnamkrieg. Diese Art der Geistesverwirrung sei der Psychiatrie 1975 noch nicht bekannt gewesen, und darum hätte er sich in seiner Verteidigung nicht darauf berufen können. Ein Teil davon entspricht tatsächlich der Wahrheit. Der Begriff fand erst 1980 Einlaß in die psychiatrischen Handbücher. In der 1975er Ausgabe des *Diagnostic and Statistical Manual of Mental Disorders,* auf das Samples sich bezog, stand nur etwas von bei Kriegsveteranen gelegentlich zu beobachtenden ›vorübergehenden Verhaltensstörungen‹. Diese sind unter anderem eine Folge der Belastungen durch das Kriegsgeschehen und äußern sich in Schlaflosigkeit, Irritierbarkeit, Impotenz und der Unfähigkeit, einen Beruf längere Zeit auszuüben. In der Ausgabe von 1980 klingt das alles ungleich dramatischer. Den posttraumatischen Persönlichkeitsstörungen widmen die Verfasser nun mehrere Absätze. Auf den Vietnamkrieg gehen sie nur nebenbei ein, doch die Definition lieferte Samples den Strohhalm, an den er sich zu klammern gedachte. Die schrecklichen Erlebnisse in Vietnam, so argumentierte er, hätten seine Persönlichkeit auf Jahre zerstört. Seine inneren Qualen hätten sich schließlich nicht mehr unterdrücken lassen und schließlich zum tragischen Mord an Fran Steffens geführt. Dank einer Therapie habe er sein Trauma im Gefängnis überwunden. Für den Mord könne man ihn nicht verantwortlich machen, doch nun sei er endgültig geheilt, die Resozialisierung sei erfolgreich verlaufen, und man solle ihn in die Freiheit entlassen.

Zwei Psychologen unterstützten Samples' Antrag. Einer führte eine Privatpraxis und suchte Samples regelmäßig im Gefängnis auf. Die Kosten dafür trug eine Vereinigung von Vietnamveteranen. Der zweite arbeitete ausschließlich in der Forschung. Sein Spezialgebiet waren Persönlichkeitsstörungen, hervorgerufen durch das Vietnamtrauma. Anwälte, die für Unternehmen arbeiten, sind so klug und mischen sich nicht in Strafprozesse ein. Obwohl sie theoretisch das Recht dazu hätten, wissen sie, daß sie dort unweigerlich ins Schwimmen kämen. An ihr Beispiel hätten sich offen gesagt auch diese zwei Psychologen halten sollen. Für Leute, die wegen ihrer schlimmen Kriegserfahrungen nicht schlafen können, ständig ihre Jobs verlieren und unter Potenzschwierigkeiten leiden – die große Mehrheit also – sind sie gewiß der richtige Ansprechpartner. Meines Wissens ist aber in den psychiatrischen Handbüchern nirgendwo von Mördern die Rede, die Frauen den Bauch aufschlitzen. Ich bezweifle keineswegs, daß Samples nach seinen Erfahrungen in Vietam unter Persönlichkeitsstörungen litt. Dennoch hatte er seine Fantasievorstellung, die ihn zu einem bestialischen Mord und einem Mordversuch trieb, lange vor seiner Zeit als Soldat entwickelt. Verhaltensstörungen nach einem traumatischen Erlebnis treten in der Regel binnen weniger Wochen oder Monate auf. Sein Verbrechen beging Samples zehn Jahre nach seiner Rückkehr aus Vietnam.

In seiner Argumentation berief sich Samples auch auf den gräßlichen Tod zweier Offiziere, den er hautnah miterlebt haben will. Er erinnerte sich auch an die Namen: Hugh Hanna und Randy Ingrahms. Bei beiden seien die Eingeweide hervorgequollen, und das habe ihn psychisch schwer geschädigt. Laut Gutachten des in der Forschung tätigen Psychologen mußte Samples mitansehen, wie mit Ingrahms ›ein enger Freund von einer Mine buchstäblich zerfetzt wurde‹. Ständig habe er vor Augen, ›wie ich die noch blutenden Körperteile in einen Korb legte, aus dem auch noch Blut troff, als ihn ein Sanitätshubschrauber abholte.‹ Weiter gab Samples an, er sei für seine Leistungen im Krieg ausgezeichnet worden, doch nehme der Orden in seinen Träumen ›die Farbe von getrocknetem Blut an‹.

Im Gefängnis hatte Samples geheiratet. Seine Frau arbeitete bei einer bekannten Werbefirma, die wiederum eng mit politischen Kreisen in Oregon verbunden war. Daß der Gouverneur dem Gnadengesuch im zweiten Anlauf entsprach, paßte meiner Meinung nach überhaupt nicht zu seiner sonstigen Art. Atiyeh, ein ehemaliger Geschäftsmann, galt an und für sich als Vertreter eines strengen Strafvollzugs. Unter anderem hatte der Sammler alter Gewehre für den Verband der Schußwaffenhersteller geworben und von sich gesagt: ›Als Gouverneur ist mir die Verhinderung von Verbrechen ein besonderes Anliegen. Darum trete ich für den verantwortungsbewußten Gebrauch von Schußwaffen ein. Ich halte strenge Strafen für den besten Schutz vor Verbrechen und Waffengewalt.‹ In seiner Zeit als Gouverneur waren gut hundert Gnadengesuche über seinen Schreibtisch gewandert. Bis auf vier hatte er sie alle abgelehnt. Bei dreien bedurfte es wirklich keiner langen Diskussion. Einer kam beispielsweise von einer Frau, die ihren Mann getötet hatte, nachdem sie zehn Jahre lang von ihm mißhandelt worden war. In Samples' Fall hatte der Gouverneur auf schlechte Ratgeber gehört, oder aber er hatte gegenüber den Vietnamveteranen guten Willen bekunden wollen. Lange hatten sie in der Öffentlichkeit nicht gerade gut dagestanden, doch mit Beginn der Reagan-Ära wurden sie nachgerade zu Helden verklärt.

Die Zeit vor der Reise nach Oregon nutzte ich für Recherchen. Da mir als FBI-Agent und Reserveoffizier sämtliche Archive der Army offen standen, erkundigte ich mich offiziell, ob zwei Soldaten namens Hanna und Ingrahm 1966 oder 1967 in Vietnam gefallen waren, und ließ mir eine Kopie von Samples' Entlassungsurkunde aushändigen. Jeder Soldat erhält bei seinem Ausscheiden aus dem Militärdienst ein Zeugnis, auf dem sämtliche Orden und Auszeichnungen vermerkt stehen. Auf Samples' Urkunde stand jedoch nichts dergleichen. Was Hanna und Ingrahms betrifft, so erfuhr ich, daß sie zwar verwundet worden waren, aber keineswegs den Tod gefunden hatten. Auch gab es keine gefallenen Offiziere mit ähnlich lautendem Namen.

Interessanterweise hatten die zwei Psychologen, die sich so vehement für Samples einsetzten, ihrem Patienten aufs Wort geglaubt. Daß Samples seine Unterlagen beim Verteidigungsministerium angefordert und auch bekommen hatte, hielt ich für wahrscheinlich. Immerhin unterstützte ihn die Vereinigung der Veteranen aufgrund seiner angeblichen Persönlichkeitsstörungen, und dazu wäre sie ohne Einsicht in seine Unterlagen wohl nicht bereit gewesen.

Weil sein Job im Gefängnis Samples den Zugang zu allen Arten von Dokumenten ermöglichte, wollte der Gerichtspsychologe John Cochran nicht ausschließen, daß er während seiner Arbeitszeit sein Führungszeugnis zu seinen Gunsten geändert und neu getippt hatte. Der Vorwurf des Betrugs konnte allerdings nie belegt werden, da einige von Samples' Unterlagen unwiederbringlich verschollen sind. Cochran, der viel mit Gefängnisinsassen zu tun hat, hält Samples für den klassischen sexuellen Sadisten. Wiederholt hat er vor Vertretern der Behörden und der Presse darauf aufmerksam gemacht, daß solche Krankheiten so gut wie unheilbar sind. Mit anderen Worten: Trotz aller äußeren Anzeichen der Besserung konnte man bei Samples nicht von Resozialierung sprechen, aus dem einfachen Grund, weil das medizinisch nicht möglich ist. Cochran befürchtete, daß Samples im Falle seiner Freilassung wieder morden würde. Sein Gutachten wurde von den verantwortlichen Stellen freilich nicht berücksichtigt.

Mein Termin beim Gouverneur von Oregon stand kurz bevor, da wurde meine Frau bei einem Verkehrsunfall schwer verletzt. Obwohl sie ins Krankenhaus mußte, drängte sie mich, an die Westküste zu fliegen und meine Pflicht zu erfüllen. Der Streit um Duane Samples' Entlassung hatte sich inzwischen zum Politikum ausgeweitet, denn die Abgeordneten des Staates Oregon erwogen ein Gesetz zur Beschneidung der Vollmachten des Gouverneurs in Sachen Begnadigung.

Entsprechend schlachteten die Medien das Thema aus. In ellenlangen Beiträgen wurde das Für und Wider diskutiert. Die einen meinten, Samples sei vollständig geheilt, und wenn unsere Gesellschaft wirklich an die Möglichkeit der psychischen Gesundung und Resozialisierung glaubte, dann müsse man ihm die Chance zu einem Neuanfang außerhalb der Gefängnismauern geben. Zu dieser Fraktion gehörten die Vietnamveteranen, viele Liberale und eine Reihe von Psychologen – von den letzteren arbeitete aber keiner regelmäßig in Gefängnissen. Eine solche Argumentationsweise hatte auch etwas für sich, glaubten ihre Verfechter doch an die Fähigkeit des Menschen zu Wandel und Wachstum und die Heilbarkeit von Geisteskrankheiten dank der Kunst der modernen Psychiatrie.

Die andere Seite vertrat die Ansicht, Samples sei ein sexueller Sadist, dessen Krankheit hinter Gittern zum Stillstand habe gebracht werden können, doch im Falle seiner Entlassung jederzeit neu ausbrechen könne. Das ist ein sehr pessimistischer Standpunkt, denn ihm liegt die Vorstellung zugrunde, daß die Psychiatrie bestimmte Geisteskrankheiten zwar begreifen, aber nicht heilen kann, was wiederum bedeutet, daß sehr viele Gefängnisinsassen rückfallgefährdet sind und in Freiheit bis zu ihrer erneuten Ergreifung weitere Morde begehen werden. In meinen Augen standen beide Theorien auf wackeligen Füßen. Ich gehe lieber von Fakten aus, und bei Samples deutete nun mal alles auf ein Verhaltensmuster, das ich bei so vielen Serienmördern entdeckt hatte. Der Mann hatte nicht nur seine Gewaltfantasie bis zur Eskalation in einem Mord entwickelt. Seine Aufzeichnungen, sein unstetes Leben, Drogen, seine Unfähigkeit, mit Frauen stabile Beziehung einzugehen, und die Tatsache, daß er bewußt falsche Angaben zu seinem Militärdienst gemacht hatte, das alles wertete ich als typische Symptome einer Psychopathie. In Oregon saßen mehrere Serienmörder mit ähnlichen Merkmalen ein. Zwei davon, Jerome Brudos und Richard Marquette, waren übereilt entlassen worden und hatten binnen kurzer Zeit wieder getötet, ehe man sie erneut fassen konnte. Im benachbarten Kalifornien war Ed Kemper wenige Jahre nach der Ermordung seiner Großeltern freigekommen. Die Folge: Er beging noch sehr viel mehr Bluttaten. All diese Verbrecher hatten Gewaltfantasien entwickelt, und selbst im Gefängnis hatten sie davon nicht lassen können. Solange sie hinter Gittern verwahrt waren, verhielten sie sich ruhig, aber das hieß nicht, daß sie in Freiheit ein Leben ohne Gewalttaten würden führen können.

Das Gespräch mit dem Gouverneur fand Ende Juni 1981 statt. Zusammen mit den Vertretern der Staatsanwaltschaft betrat ich am Morgen das Regierungsgebäude. Wie wir bei einer Besprechung am Abend zuvor vereinbart hatten, trug ich unsere Argumente vor. Als erstes wollte der Gouverneur, der ziemlich nervös wirkte, von mir wissen, ob ich für das örtliche FBI arbeitete. Nein, ich komme aus Quantico, erwiderte ich. Was denn das FBI mit einer Angelegenheit zu tun habe, die nicht in den Zuständigkeitsbereich des Bundes falle, lautete die nächste Frage. Ich erklärte ihm, daß ich Experte für die Verhaltensmuster von Gewaltverbrechern bin und auf ausdrückliche Bitte der hiesigen Staatsanwaltschaft und mit dem Segen des FBI-Direktors in Erscheinung trat.

Weil wir damit gerechnet hatten, daß er meine Kompetenz in Frage stellen würde, hatte ich meine Strategie mit unseren Juristen in Quantico und der FBI-Zentrale durchdiskutiert. Wir hatten uns darauf geeinigt, daß ich mich nicht zu sehr auf Samples konzentrieren sollte. Also bezog ich mich immer wieder auf sechs ähnlich gelagerte Fälle, die ich in allen Einzelheiten kannte. Vor allem betonte ich, daß Brudos und Marquette nach ihrer vorzeitigen Entlassung weiter gemordet hatten, weil ihre Gewaltfantasie das von ihnen verlangte. Für mein Referat hatte ich etwa zwanzig Minuten eingeplant. Nach der Hälfte der Zeit stand der Gouverneur abrupt auf und verließ den Raum. Als er nicht wieder kam, wurde uns etwas von einem unaufschiebbaren Meeting gesagt. Trotzdem hatte ich das Gefühl, daß meine Botschaft angekommen war. Der Gouverneur hatte wohl gemerkt, daß er bei seiner Zustimmung zur Aussetzung der Strafe von unvollständigen Informationen ausgegangen war. Nun wollte er anscheinend lieber als ein lediglich am Rande Beteiligter gelten und überließ das Feld seinen Mitarbeitern. Die hörten sich geduldig den Rest meines Vortrags an, machten sich aber keine Notizen. Danach kamen die von der Staatsanwaltschaft aufgebotenen Psychologen an die Reihe. Sie wiesen darauf hin, daß es sich bei Duane Samples trotz Gefängnis und Therapie weiterhin um ein gemeingefährliches Individuum handelte, woran sich ihrer Meinung auch in Zukunft nichts ändern würde.

In der Annahme, daß ich den Streit nun hinter mir hatte, flog ich nach Hause. Wir hatten den Gouverneur umfassend informiert, und alles weitere war nun seine Sache. Doch die Wogen sollten sich nicht glätten. Atiyeh hatte seine endgültige Entscheidung in Sachen Duane Samples noch nicht getroffen, da reichte Marquette einen ganz ähnlichen Antrag auf Straferlaß ein, erhielt aber umgehend einen Ablehnungsbescheid. Die mit Spannung erwartete Antwort auf Samples' Gesuch ließ weiter auf sich warten. Auf Drängen von Sarah McMillen spürte ich in der Zwischenzeit den angeblich gefallenen Randy Ingrahm auf, der jetzt als Versicherungsvertreter in Illinois arbeitete. Er gab an, in Vietnam als Gefreiter und nicht als Offizier gedient und dort eine Verletzung erlitten zu haben. Der Name Duane Samples war ihm kein Begriff, obwohl sie zur gleichen Einheit gehört hatten. Das teilte ich auch Mrs. McMillen mit, die es sogleich an die große Glocke hängte. Samples' Gegenschlag ließ nicht lange auf sich warten. Der Name des Gefallenen sei gar nicht Ingrahm – wie er ursprünglich behauptet hatte –, sondern Ingraham. Die Army bestätigte den Tod eines Gefreiten dieses Namens, allerdings hatte der Mann nichts mit Samples' Einheit zu tun gehabt.

Mit der Unterstellung, die Argumentation der Staatsanwaltschaft sei fehlerhaft, wandte Samples sich nun an die Öffentlichkeit. Sie ginge von einem Sexualverbrechen aus, doch er habe an seinem Opfer keinerlei sexuelle Handlungen vorgenommen. Wie könne man da von einem Sexualdelikt sprechen? Wie der Leser von anderen in diesem Buch behandelten Fällen weiß, muß der Täter sein Opfer nicht notwenigerweise penetrieren. Allein mit der Art und Weise des Tötens erfüllt er sich seine Fantasievorstellung, bei der sich eben Sexualität und Gewalt mischen. Die Erklärung eines solch komplexen Sachverhaltes bedarf allerdings einiger Ausführungen. Im Fernsehen ist das kaum möglich, denn dort zieht man bekömmliche, doch allzu vereinfachende Happen à la Samples' Phrasen vor.

So ›beschäftigte‹ sich das CBS in einem Sechzig-Minuten-Feature ›eingehend‹ mit dem Sachverhalt. Ich fand das Ganze ziemlich hohl. Aber das Vietnamtrauma war in dieser Zeit in aller Leute Munde, und Duane Samples war intelligent und redegewandt. Dieser Mischung konnte das Nachrichtenteam nicht widerstehen. Es schlug sich eindeutig auf Samples' Seite. Der Mann wußte auch genau, was er wann und wie zu sagen hatte, damit es ankam. Wer konnte einem so höflichen, aufrichtigen und geläuterten Mann noch mißtrauen? In den Vereinigten Staaten wollte man nun endlich den Vietnamkrieg ad acta legen, und da durften wir doch unsere letzten Opfer, die Soldaten, die da draußen gekämpft hatten, nicht im Stich lassen. Die Redakteure des CBS hatten anscheinend den Eindruck, daß sich die Staatsanwaltschaft mit ihrem Pochen auf Randy Ingrahms Überleben blamiert hatte.

Aber in der Sache war das letzte Wort noch lange nicht gefallen. Während eines Europaaufenthalts im Auftrag des Verteidigungsministeriums machte ich auch den anderen ›Gefallenen‹, Hugh ›Bud‹ Hanna, ausfindig. Er konnte sich lebhaft an Samples erinnern, denn er hätte sein Nachfolger als Aufklärer werden sollen, hatte dann aber für Schwierigkeiten gesorgt. Weil er den neuen Rekruten zur Kriegsdienstverweigerung geraten hatte, stufte man ihn als unzuverlässig ein und schickte lieber Hanna weiter an die vorderste Front. Im Einsatz bekam Hanna einen Treffer in den Mund ab und konnte eine Zeitlang nicht mehr reden. Seine Verletzung machte es ihm unmöglich, vor einer Disziplinarkammer gegen Samples auszusagen, und das Verfahren wurde eingestellt. Die Ergebnisse meines Gesprächs mit Hanna teilte ich der Staatsanwaltschaft mit, die sie wiederum an den Gouverneur weiterleitete. Der Sommer verstrich, und Atiyeh hatte immer noch keine Entscheidung getroffen.

Zum Schluß meldete sich Samples' damaliger Führungsoffizier zu Wort. Ende August 1981 erzählte Colonel Courtney Prisk einem Reporter, daß er Samples so gut gekannt hatte, ›wie ein Offizier seine Untergebenen eben kennt. Wahrscheinlich sogar noch besser, weil wir oft miteinander gesprochen haben.‹ In dem Artikel, der in der *Silverton Appeal Tribune* erschien, wird Prisk weiter wie folgt zitiert: ›Duane war stark von der Bewegung der Jugendkultur beeinflußt... Meiner Meinung nach mußte man ihm immer wieder Mut zusprechen. Er war ein bißchen komisch, nichts Schlimmes, aber komisch war er. Ihn warfen Sachen aus dem Gleichgewicht, die die anderen oft nicht wahrnahmen.‹ Prisk wies darauf hin, daß Ingrahm und Hanna lebten und wußte nur von einem Todesfall im Zusammenhang mit einer Tretmine zu berichten, der sich allerdings in einiger Entfernung von Samples' Standort ereignet hatte. Er konnte sich nicht vorstellen, daß Duane das überhaupt mitbekommen hatte, auch wenn man in der Truppe lange darüber diskutiert hatte. Zusammenfassend meinte Prisk: ›Ich glaube, daß Duane ein paar Sachen aufgeschnappt hat und sie zu etwas ganz Neuem miteinander vermengt hat... Keine Frage, Duane Samples war ein guter Soldat und hat sich in Vietnam bewährt. Darum ist das mit der Persönlichkeitsstörung einfach an den Haaren herbeigezogen.‹

Vielleicht hat die Stellungnahme des ehemaligen Offiziers den Ausschlag für Atiyehs Entscheidung gegeben, vielleicht haben ihn auch ich und die Mitarbeiter des Staatsanwalts überzeugen können, jedenfalls widerrief Atiyeh Ende 1981 den Gnadenerlaß. Samples sollte den Rest seiner Strafe im Gefängnis abbüßen.

Nach dem Gouverneurserlaß glaubte Samples in mir den Sündenbock ausfindig gemacht zu haben und inszenierte gegen mich eine Kampagne, die erst nach mehreren Jahren und einem aufwendigen Papierkrieg endete. Als Buhmann durfte da keiner wie John Cochran oder einer von den anderen Gefängnispsychologen herhalten, die ihn alle gut kannten und ebenfalls die Bedenken der Staatsanwaltschaft geteilt hatten, nein, das hatte ein von Washington gedungener Intrigant zu sein, und zwar ich, der ich mich seinerzeit vergeblich um ein Interview mit ihm bemüht hatte. Ich hätte ihn, so behauptete Samples, vor dem Gouverneur verleumdet. Abgesehen davon sei ich ohne akademischen Titel in Psychologie zu einer Beurteilung seines Verbrechens oder der Serienmorde anderer überhaupt nicht befugt. Für seine Zwecke spannte Samples mehrere Anwälte und sogar einen Senator ein, und tatsächlich wurde ein Dienstaufsichtsverfahren gegen mich eingeleitet. Glücklicherweise hatten Van Dyke und ich uns streng an die Vorschriften gehalten und konnten anhand eines aufwendigen Protokolls jeden unserer Schritte belegen. Der Höhepunkt war eine eidesstattliche Erklärung, die ich vor dem Disziplinarausschuß des FBI abgeben mußte. Letztendlich wurde entschieden, daß ich mir nichts zuschulden hatte kommen lassen.

Duane Samples wurde 1991 aus dem Gefängnis entlassen. Ich kann nur hoffen, daß seine Resozialisierung gelungen ist und er die Verbrechen, deretwegen man ihn verurteilt hat, nicht wiederholen wird. Sein weiteres Verhalten wird es zeigen.

10
Computer und Datenvernetzung

In den fünfziger Jahren wütete ein Vergewaltiger und Serienmörder in Los Angeles und Umgebung. Ein einziger Fahnder nur hegte damals den Verdacht, die scheinbar nicht miteinander zusammenhängenden Verbrechen an jungen Frauen könnten auf das Konto ein und desselben Mannes gehen. Aus der Fahndung nach diesem Täter entwickelte sich ein Vierteljahrhundert danach die landesweite Vernetzung der Ermittlungen gegen zukünftige Serienverbrecher.

Der Mörder Harvey Murray Glattman war seiner Zeit voraus. Per Zeitungsannoncen bot er Frauen Jobs als Models an. Es suchte keine professionellen Fotomodelle, sondern talentierte Anfängerinnen, die er trotzdem gut bezahlen wollte. Als sich dann junge Frauen bei ihm einfanden, stellte er ihnen ein zusätzliches Honorar in Aussicht, wenn sie sich für gewagte Aufnahmen zur Verfügung stellten. Diejenigen, die dazu bereit waren, ließen sich dazu überreden, ihm in eine abgeschiedene Wohnung zu folgen. Dort bat er sie darum, nach und nach sämtliche Hüllen vor der Kamera fallen zu lassen. Glattman konnte davon ausgehen, daß sie niemandem etwas von ihrem Vorhaben gesagt hatten und folglich nicht so schnell vermißt würden. Anscheinend redete er sich ein, wer sich vor einem Fremden ausziehe, fordere ihn zur Vergewaltigung geradezu heraus. Er verging sich an ihnen und danach ermordete er sie, damit sie ihn nicht anzeigen konnten. Sein Vorgehen hat später viele Nachahmer gefunden, Jerome Brudos in Oregon zum Beispiel.

Glattman war schon deswegen ›sehr modern‹, weil private Zeitungsinserate damals etwas Neuartiges darstellten. Heute liest man alle Arten von Kontaktannoncen in sämtlichen Szeneblättern und bisweilen sogar in seriösen Presseorganen. Wohl jeder kennt inzwischen Texte wie: Gutaussehender Junggeselle sucht Frau für gemeinsame Freizeitgestaltung; Hobbies: Skifahren und Tanzen. Daran ist nichts auszusetzen, und hinter den allerwenigsten verbirgt sich ein Serienmörder auf der Suche nach dem nächsten Opfer. Im Fall Glattman waren die Annoncen eine logische Folge seiner in fünfzehn Jahren gehegten Fantasie. Kontinuierlich hatte sich die Gewalt gesteigert. Angefangen hatte er mit kindlichen Sexexperimenten, war zu plumpen Anmachversuchen übergegangen, hatte dann Frauen sexuell belästigt und machte schließlich auch vor Vergewaltigung und Mord nicht mehr Halt.

Pierce Brooks, Detective bei der Mordkommission von Los Angeles, wurde damals mit der Untersuchung zweier anscheinend verschiedenartiger Morde an jungen Frauen beauftragt. Brooks war eine schillernde Gestalt. Vor seiner steilen Karriere bei der Polizei war er Marineoffizier und Pilot gewesen. Dieser Fall frustrierte ihn. Obwohl er das Gefühl hatte, daß ein Zusammenhang zwischen diesen beiden Morden und möglicherweise noch mehreren anderen bestand, fand er lange keinen systematischen Ansatz. In mühsamer Kleinarbeit durchkämmte er sämtliche Zeitungen und Polizeiakten von Los Angeles und den angrenzenden Countys nach ähnlichen Verbrechen. Langer Rede kurzer Sinn – sein Wühlen zahlte sich zu guter Letzt aus. Glattman wurde gefaßt und packte aus.

Glattmans umfassendes Geständnis ist eins unserer ersten Dokumente über das Seelenleben von Serienmördern. Es enthält viele von den Faktoren, die ich in diesem Buch beschrieben habe. Mit die interessantesten Aspekte sind seine Versuche der Selbstrechtfertigung und Berichte über Gespräche mit den Frauen nach der Vergewaltigung. Wie bei vielen anderen Mördern steigerte sich Glattmans Aggression zur Raserei, wenn er sich bedrängt fühlte. So brauchten seine Opfer ihm nur zu versprechen, daß sie niemandem etwas sagen würden, wenn er sie nur gehen ließe, und er brachte sie um. Freilich hätten sie auch so keine Chance gehabt, denn zu lange war er Gefangener seiner Fantasien gewesen, Fantasien, in denen sich Sexualität, Gewalt und Mord mischten. Glattman wurde schuldig gesprochen und 1957 hingerichtet. Seine Exekution erlebte Brooks als Zuschauer.

Falls Ihnen das bekannt vorkommt, so liegt das wohl daran, daß die Beziehung zwischen Mörder und Polizist in der Kriminalliteratur ein beliebtes Thema ist. Bei einem Seminar für Kriminalautoren präsentierte ich auch den Fall Glattman. Mary Higgins Clark wollte alles genau wissen, und ich lieferte ihr die gewünschten Details. Sie sollten die Grundlage für ihr *Schwesterlein komm tanz mit mir* werden. Schon vor ihr hatte Joseph Wambaugh in seinem viel gerühmten *Tod im Zwiebelfeld* Pierce Brooks verewigt, obwohl er sich darin von einem anderen Fall inspirieren ließ.

Nach seinen Erfahrungen mit der Informationsbeschaffung bei verschiedenen Polizeibezirken regte Brooks zur zukünftigen Erleichterung der Ermittlungen die Vernetzung aller kalifornischen Reviere an. Er sah schon damals in Computern die große Chance, weil Telegramme einfach zu umständlich waren. Seinerzeit waren elektronische Rechner freilich neuartige Ungetüme und viel zu teuer, als daß der Staat Kalifornien zu ihrer Anschaffung bereit gewesen wäre. Brooks' Idee wurde also fürs erste auf Eis gelegt, doch das sollte seine Karriere nicht bremsen. In Los Angeles wurde er Leiter der Mordkommission, und später ging er als Polizeichef erst nach Eugene, Oregon, und dann nach Lakewood in Colorado.

Als ich Mitte der siebziger Jahre anfing, mich mit der Lebensgeschichte von Serienmördern auseinanderzusetzen, beschäftigte ich mich auch eingehend mit dem Fall Glattman. Wie der Leser weiß, widmete ich mich Ende der siebziger Jahre dem Aufbau des *Criminal Personality Research Project,* in dessen Rahmen wir mit Zustimmung des FBI-Direktors und Geldern aus dem Justizministerium rechtskräftig verurteilte Serienmörder interviewten. In dieser Zeit bauten wir auch die *Behavioral Sciences Unit* in Quantico aus. Allmählich gelang es uns, einige meiner persönlichen Initiativen zu institutionalisieren. Als Teten und Mullany in Rente gingen und ich zum Hauptverantwortlichen für Kriminologie und Täterprofile aufstieg, hatte sich aus einem

Häufchen Interessierter ein ganzer Stab entwickelt, der bei Morden, Vergewaltigungen und Verschleppungen sämtlichen Polizeidienststellen des Landes zur Verfügung stand und in Gefängnissen Grundlagenforschung betrieb. Darüber hinaus hatte ich trotz einiger Quertreiber innerhalb des FBI einen eigenen Ausbildungsgang ins Leben gerufen, in dem erfahrenen Beamten die Erstellung von Täterprofilen vermittelt wurde. Hatte am Anfang das Element Kunst gegenüber der Wissenschaftlichkeit dominiert, so kehrte sich das Verhältnis im Laufe der Jahre um. Insgesamt fünfundfünfzig hervorragend ausgebildete Agenten kehrten als Experten für Täterprofile an ihre Wirkungsstätte zurück. Von dort aus unterstützten sie uns weiter bei unseren Forschungen und wandten sich an uns, sobald unsere Hilfe gebraucht wurde. Sie trugen dazu bei, daß sich die Informationen bei uns bündelten, und konnten im Gegenzug den örtlichen Polizeibehörden mit unseren Analysen weiterhelfen.

1981 kamen eines Abends Direktor Jim McKenzie und ich bei ein paar Gläsern Bier in einer Bar ins Sinnieren. Wir hatten mittlerweile das landes-, wenn nicht weltweit größte Ausbildungszentrum für Polizisten aufgebaut, und unsere Labortechniker und Spurenfahnder galten überall als vorbildlich. Doch das durfte für uns natürlich kein Grund sein, uns auf unseren Lorbeeren auszuruhen. Ich erinnerte Jim daran, daß mit der Änderung der Gesetzeslage der Kompetenzbereich des FBI bei Gewaltverbrechen ausgeweitet worden war, was die verstärkte Zusammenarbeit mit örtlichen Polizeidienststellen erforderte. Darum schlug ich den weiteren Ausbau von Quantico zu einer nationalen Zentrale für ›Gewaltverbrechen und ihre Analyse‹ vor. Unter seinem Dach könne das CPRP sich dann neben der Forschung damit befassen, die Ergebnisse sämtlichen lokalen Polizeidienststellen zukommen zu lassen. Das würde sie in die Lage versetzen, schon vor Hausdurchsuchungen oder Verhören die wahrscheinlichen Verhaltensweisen des Täters zu erkennen. Ohne eine Miene zu verziehen, erklärte sich McKenzie einverstanden, aber es müsse ›nationale Zentrale für die Analyse von Gewaltverbrechen‹ heißen; doch durch das bloße Vertauschen zweier Wörter sei freilich er der Urheber des Gedankens geworden. Wir mußen beide furchtbar lachen, denn mit seinem Witz über die Bürokratie des FBI und manche seiner Manager, die sich nur allzuoft mit fremden Federn schmücken, hatte er den Nagel auf den Kopf getroffen. McKenzie beglückwünschte mich dann jedoch spontan zu meiner Anregung. In den folgenden Jahren drückte er das *National Center for the Analysis of Violent Crime* (NCAVC – Nationale Zentrale für die Analyse von Gewaltverbrechen) durch. Ohne sein persönliches Engagement wäre es wohl bei einer bloßen Idee geblieben. Aber so ist das nun einmal bei Behörden: Nur durch den unermüdlichen Einsatz einzelner läßt sich etwas bewegen.

Unter dem Dach des NCAVC wurden schließlich sämtliche Forschungen und Ausbildungsgänge, an deren Entstehen ich mitgewirkt hatte, zusammengefaßt. Der Leser wird sich daran erinnern, daß Quantico 1972 als Ausbildungszentrum für FBI-Agenten und Polizeibeamte anfing. Die meisten Kurse für erfahrenere Beamte fielen nun in den Bereich des NCAVC, mit dessen Schaffung zusätzliche Formen der Informationsbeschaffung und -auswertung etabliert werden sollten. So entwickelten sich aus dem ursprünglichen *Criminal Personality Research Project* neue Spezialgebiete mit den Gegenständen Kindsmißbrauch, Brandstiftung, Vergewaltigung sowie der Psyche von Attentätern und Spionen. Aus dem NCAVC wurde das Forschungs- und Lehrzentrum von Quantico schlechthin. Die Abteilung für Verhaltensforschung hatte sich beträchtlich ausgeweitet.

Während wir noch die Gründung des NCAVC planten, erfuhr ich, daß das Justizministerium einem gewissen Pierce Brooks Geldmittel für die Erforschung der Durchführbarkeit eines *Violent Criminal Apprehension Program* (VICAP – Programm zur Ergreifung von Gewaltverbrechern) zur Verfügung stellte. Nach über zwanzig Jahren hatte er also seinen Traum aus den fünfziger Jahren aus der Versenkung geholt. Die Zeit dafür war auch mehr als reif, nachdem sich die elektronische Datenverarbeitung durchgesetzt hatte, und das zu erschwinglichen Preisen.

Zwischen den Morden eines Harvey Glattman und den Gewaltverbrechen in den frühen achtziger Jahren hatte sich in den USA eine bestürzende Entwicklung vollzogen. Bis in die sechziger Jahre hinein hatte man praktisch alle Morde binnen zwölf Monaten klären können. Das war möglich, weil die jährlich etwa zehntausend Bluttaten von Leuten begangen wurden, die das Opfer gut kannten, also Ehepartnern, nahen Verwandten, Nachbarn oder Arbeitskollegen. Ein verschwindend geringer Prozentsatz wurde von Fremden verübt und galt daher als unlösbar. In den siebziger Jahren sah das ganz anders aus. Nun wurden in den Vereinigten Staaten jedes Jahr circa zwanzigtausend Morde begangen, und fünftausend blieben ungesühnt. Diesen hohen Prozentsatz wollte Brooks mit seinem VICAP abbauen helfen. Seit den fünfziger Jahren hatte er privat ständig an seiner Idee weitergearbeitet. Nun versuchte er ein das ganze Land – und nicht nur Kalifornien – umfassendes System zu schaffen, in dem die Daten sämtlicher Polizeireviere gespeichert werden sollten, Daten, die jede einzelne Behörde ihrerseits abfragen konnte, wenn sie in einem ungelösten Fall allein nicht weiterkam.

Kaum hatte ich von dem Projekt gehört, lud ich Brooks zu uns nach Quantico ein. Als er sah, was wir alles leisteten, bat er meinen Vorgesetzten und mich um einen Gegenbesuch an die Sam Houston State University in Texas, wo er seine Ideen in Zusammenarbeit mit Professor Doug Moore in die Wirklichkeit umsetzen wollte.

Ich habe nie jemanden so sparsam mit Staatsgeldern umgehen sehen wie Pierce Brooks. Jeder, der sich mit Regierungsbehörden einigermaßen auskennt, hätte ein, zwei Millionen abzapfen können, nicht aber Pierce Brooks. Er hatte 35000 Dollar beantragt und erhalten, und davon drehte er jeden Cent zweimal um, ehe er ihn ausgab. So hatte er mit einem Minimum an Geld eine Konferenz mit hochkarätigen Kapazitäten auf die Beine gestellt. Allen Teilnehmern legte er nahe, die Flugscheine Monate im voraus zu buchen, weil dann der Flug viel billiger war. Aus Kostengründen schliefen wir in Schlafsälen, und zu den Mahlzeiten wurden wir mit Bussen in die billigsten Schnellimbisse gekarrt. Während ich seinen Umgang mit Staatsgeld bewunderte, wuchsen andererseits meine Zweifel an der Durchführbarkeit des Projekts in der Form, wie er sich das vorstellte.

Brooks dachte, das Hauptquartier der VICAP ließe sich in zwei Zimmern des Polizeipräsidiums von Lakewood unterbringen. Zehn bis fünfzehn Computerterminals sollten in den größten Städten aufgestellt werden, was freilich bedeutet hätte, daß eines jeweils zwei bis drei Staaten hätte bedienen müssen. Dafür hätte er die staatliche Unterstützung jedes Jahr aufs neue beantragen müssen.

Nachdem wir uns ein bißchen besser kennengelernt hatten, erklärte ich ihm meine Ansichten über Staatsgelder und Politiker. Bis zur nächsten Wahl konnte er sich der Unterstützung durch das Justizministerium sicher sein, aber sobald der Minister wechselte, würde sein Projekt wahrscheinlich schnell sterben. Wenn es aber Teil eines fest etablierten Programms wäre, könnte er unabhängig von der jeweiligen Regierung weiterarbeiten. Das hätte auch den Vorteil, daß er bestehende Kommunikationswege und Computeranlagen benützen und sein Geld für andere Zwecke einsetzen könnte. Theoretisch kämen natürlich das Post-, Arbeits-, oder Kultusministerium als Schirmherren in Frage, aber die logische Heimat war meiner Meinung nach das FBI. Auch wenn es nicht überall beliebt ist – erinnern sie sich noch? das Einbahnstraßensystem? –, so bot sich doch das FBI für VICAP geradezu an, zumal in Verbindung mit dem gerade entstehenden NCAVC.

Meine Argumente leuchteten Brooks auf Anhieb ein. Wir setzten sogleich alle Räder in Bewegung und beantragten Zuschüsse in Millionenhöhe für beide Projekte. Sobald wir die Bewilligung hatten, sollte Brooks nach Quantico kommen und VICAP als Teilbereich des NCAVC aufbauen.

Eigentlich war es ganz logisch, daß ich mich auf Anhieb für Brooks' Projekt erwärmte. In zu vielen Fällen hatte ich erlebt, wie Polizeibehörden bei Morden an ›Unbekannten‹ mit einem unglücklichen Ansatz an die Ermittlungen herangingen. David Berkowitz hatte bereits mehrere Menschen ermordet, ehe die New Yorker Polizei begriff, daß zwischen den Verbrechen ein Zusammenhang bestand. Wenn VICAP damals schon etabliert gewesen wäre, hätten die Polizisten die Parallelen eher erkennen und durch die rechtzeitige Verhaftung einige Morde verhindern können. Ganz ähnlich sah es in Atlanta aus, als Wayne Williams seine Morde beging und die Polizei ein Jahr lang nicht zur Kenntnis nahm, daß sie es mit einem Serienverbrecher zu tun hatte.

Es war also höchste Zeit für das VICAP-System. Auch andere Abteilungen konnten davon nur profitieren, die Fahnder in Sachen Vermißtenanzeigen zum Beispiel. Ich denke da an die Eltern des kleinen Johnny Gosch. Man hätte sie viel früher von der quälenden Ungewißheit erlösen können. Über den Tod eines Nahestehenden kann man hinwegkommen, auch den des eigenen Kindes, aber die Wunde wird nie verheilen, wenn man über sein Schicksal überhaupt nichts weiß; ob es vielleicht doch noch lebt, ob seine Überreste irgendwo gefunden wurden, ob der Mörder vielleicht wegen eines anderen Verbrechens gefaßt wurde. Irgendwann müssen solche Leute ihre Ruhe finden, und dafür sind mehr Informationen vonnöten. VICAP und NCAVC können das nötige Wissen bereitstellen.

Mit dem Aufbau von VICAP und NCAVC wurde einmal mehr die Regel bestätigt, daß Neuerungen in Behördenapparaten einige Zeit in Anspruch nehmen. Im Vorfeld wurde zunächst ein ganzes Jahr lang diskutiert. Einmal platzte ein neuer Agent, der zuvor für eine Zeitung gearbeitet hatte, in unsere Sitzung hinein und schrie, ein Henry Lee Lucas habe über hundert Morde in fast allen Bundesstaaten gestanden. Das sei doch der Aufhänger für die Öffentlichkeit.

Die in Mordsachen erfahreneren Ermittler unter uns reagierten etwas mißtrauisch, aber auch wir sahen, daß wir mit dem Fall Lucas die Notwendigkeit einer vernetzten Informationsbeschaffung demonstrieren konnten.

Henry Lee Lucas, ein einäugiger Landstreicher Ende Vierzig, wurde 1983 des Mordes an einer älteren Dame in einer texanischen Kleinstadt überführt. Vor Gericht bezeichnete er das Ganze als Lappalie. Seit seiner Entlassung aus dem Gefängnis im Jahr 1975 – er hatte wegen der Ermordung seiner Mutter eine langjährige Freiheitsstrafe verbüßt – hätte er im ganzen Land Hunderte von Menschen getötet, teils allein, teils zusammen mit einem anderen Landstreicher, Otis Toole, den er 1979 kennengelernt hatte. Mit einem umfassenden Geständnis entging Lucas fürs erste dem elektrischen Stuhl und beschäftigte auf Jahre ganze Legionen von Polizisten, die nun seine Angaben überprüfen mußten.

Als erste gingen ihm die Texas Rangers auf den Leim. Aus sämtlichen Bundesstaaten trafen in Texas Anfragen von Polizeidienststellen ein, ob Lucas nicht vielleicht in ihren ungelösten Mordfällen die Hände im Spiel gehabt haben könnte. Die Rangers hatten verlautbart, sie würden allen Hinweisen nachgehen und die Ermittler bei hinreichendem Verdacht nach Texas bitten, damit sie Lucas direkt verhören konnten.

Nehmen wir einmal an, im Süden von Illinois wurde hinter einem Supermarkt eine Frau erstochen und alles deutete auf einen Landstreicher, doch leider wurde die Polizei nie fündig. Dann wurde die Akte nach Texas geschickt, und die Rangers stellten Lucas konkrete Fragen, das heißt, sie wollten wissen, ob er zur fraglichen Zeit in Illinois war, ob er dort jemanden in der Nähe eine Supermarktes getötet hatte und ob das zufällig eine Frau gewesen war. Mit einem Verhör hatte das nichts mehr zu tun. Er brauchte nur noch ja oder nein zu sagen. Um seinem Gedächtnis auf die Sprünge zu helfen, zeigten die Beamten ihm manchmal sogar Tatortfotos. Lucas war gerissen und bejahte nur knapp die Hälfte der Anfragen. In diesem Fall kam ein Vertreter der betreffenden Dienststelle angereist und verhörte Lucas. Nicht selten wurde für den Verbrecher eine Reise in den jeweiligen Bundesstaat arrangiert, damit er den Tatort in Augenschein nehmen und vor Gericht aussagen konnte. Der Mann hatte praktisch Narrenfreiheit, denn fast nie konnte die Polizei auf Indizien oder Zeugenaussagen zurückgreifen. Es ist unglaublich, aber wahr – Polizeibehörden aus fünfunddreißig Bundesstaaten haben auf diese Weise in zweihundertzehn unerledigten Mordsachen die Akten zugeklappt.

Für Henry Lee Lucas brachte das nur Annehmlichkeiten mit sich. Er konnte seine unbequeme Zelle für längere Zeit mit Hotelzimmern vertauschen, durfte mit Flugzeugen oder Autos von Ort zu Ort reisen, wurde in Restaurants verköstigt und genoß überall eine Sonderbehandlung wie ein Prominenter. Gegen Anfang des Spielchens wurde einmal ein öffentliches Verhör abgehalten, zu dem Beamte aus ganz Amerika strömten. Ich nahm nicht teil, ließ mir aber sagen, daß dort das Chaos schlechthin herrschte. Es ging zu wie auf einem Basar. Alle schrien wild durcheinander, fuchtelten erregt herum und versuchten, Lucas' Behauptungen auf ihren Fall zu münzen. Schuld an dem Fiasko waren die Polizeibehörden, weil sie meinten, sie könnten so ihre unerledigten Fälle abschließen. Aber auch die Langeweile vieler Provinzbeamten war ein Faktor. Für eine bezahlte Dienstreise nach Texas nahmen sie die Warteschlange für eine Audienz bei Lucas gerne in Kauf.

Einer meiner Vorgesetzten wollte sich ebenfalls ins Getümmel stürzen – dabei ging es ihm gar nicht um Erkenntnisse, sondern nur um die Genugtuung, einen besonders abscheulichen Verbrecher interviewt zu haben. Da ich aber über die Zuschüsse und damit die Reisekasse verfügte, ließ ich ihn abblitzen. Trotzdem konnte einer unserer Agenten in Houston Lucas ein paar Fragen stellen. Ob er auch die Morde in Guyana begangen habe, wollte er wissen. »Klar«, entgegnete Lucas. Wie er denn dorthin gekommen sei? »Mit dem Auto.« Auf weiteres Nachbohren gab Lucas zu, daß er nicht genau wisse, wo Guyana liegt, aber es müsse irgendwo in Louisiana oder Texas sein. Kurz, Lucas gab locker vom Hocker bekannt, daß der von Jim Jones im tropischen Südamerika ausgelöste Massenselbstmord auf sein Konto gegangen sein soll. Bedarf es noch eines Beweises, daß die anderen ›Bekenntnisse‹ ebenso erlogen waren?

Schließlich kam man auf die Idee, Lucas' Behauptungen anhand von Kreditkarten und Lohnlisten zu überprüfen. Und was wurde festgestellt? Während er auf einer Cham-

Der mutmaßliche Serienmörder Gerard Schaefer wird von Polizisten aus dem Gerichtssaal geführt. Interessanterweise wirkt er als einziger locker und entspannt.

Mitte rechts: Überlebendes Opfer des zum Verbrecher gewordenen Polizisten Gerard Schaefer spielt die erlittenen Qualen für die Ermittler noch einmal nach.

Unten rechts: Herbert M. Mullin. Er ermordete bei Santa Cruz, Kalifornien, vierzehn Menschen.

Unten links: Opfer des Psychotikers Mullin.

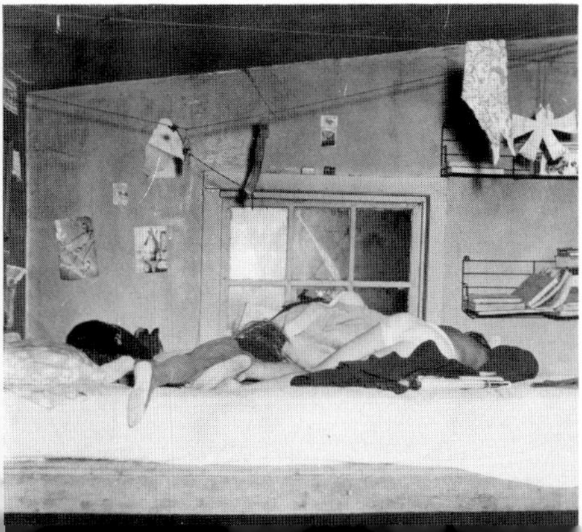

Von diesem Zelt schnitt David Meierhofer die Wand auf, um ein Mädchen zu entführen. Später ermordete er es.

In dieses Papier wickelte Meierhofer eine Hand und zwei Finger eines früheren Opfers. Die Initialen »SMDS« schrieb er selbst. Sie stehen für Sandra Marie Dykeman Smallegan.

John W. Hinckley vor dem Ford's Theater in Washington, in dem Präsident Abraham Lincoln erschossen wurde. Wenige Tage nach dieser Aufnahme unternahm er seinen Attentatsversuch auf Ronald Reagan.

Duane Samples nach seiner Verhaftung wegen Mordes und der Verstümmelung und Ausweidung zweier Frauen in Silverton, Oregon.

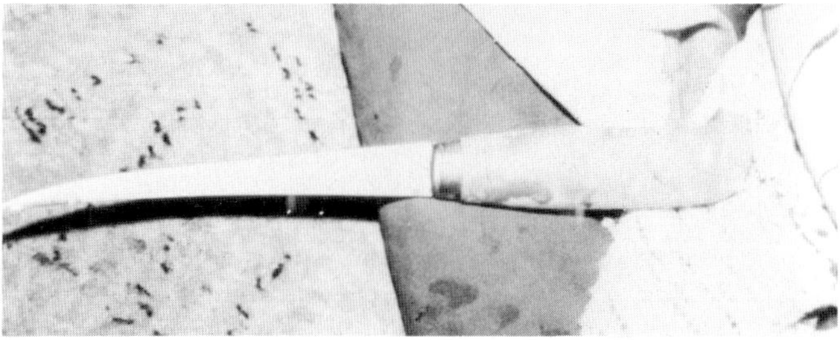

Das Fischfiletiermesser, mit dem Samples seine Opfer gräßlich zurichtete.

Die Polizei bei der Durchsuchung von Samples' Auto.

Robert Ressler (sitzend) mit Pierce Brooks, dem Begründer von VICAP.

Pierce Brooks (stehend) mit Mitgliedern des VICAP-Teams: Anna Boudee (hinten, stehend) sowie von links nach rechts Ken Handfland, Dr. David Icove und Jim Howlett.

Brooks (Mitte) als Leiter des Einsatzteams bei der Suche nach Opfern des Serienmörders Harvey Murray Glattman in der Wüste bei Los Angeles. Aufnahme: um 1960.

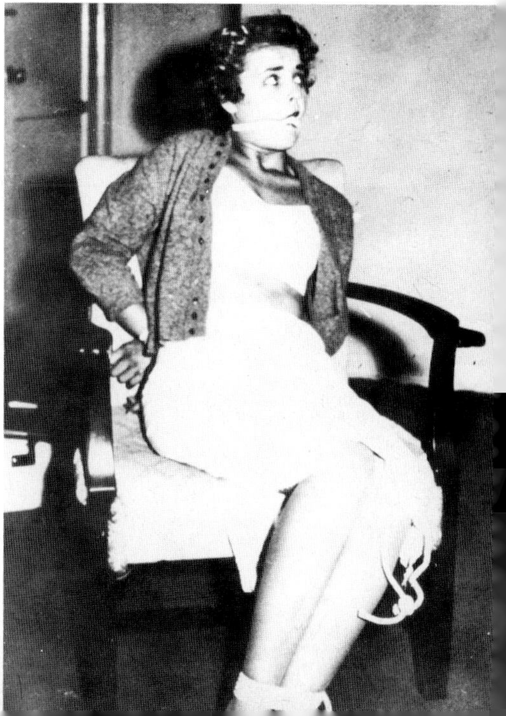

Glattman fotografierte diese Frau kurz vor ihrer Ermordung. Die Dokumentation ihrer Todesangst diente ihm zur Anregung seiner Gewaltphantasien.

Oben links: John Wayne Gacy nach seiner Verhaftung in Northbrook, Illinois. Drei Jahre danach ermordete er in Chicago dreiunddreißig junge Männer.

Oben rechts: Der Leichenbeschauer Dr. Robert Stein bei der Durchsuchung von Gacys Haus.

Mitte: Unter dieser Wand betonierte Gacy siebenundzwanzig Opfer zu. Die jeweiligen Fundstellen wurden von der Polizei gekennzeichnet. Zwei weitere Leichen wurden hinter dem Haus gefunden, und vier Opfer warf Gacy in einen Fluß.

Gacys Pornosammlung, die die Polizei bei der Hausdurchsuchung fand.

Edmund Kemper zeigt Beamten das Grab eines seiner Opfer in der Nähe von Santa Fe, Kalifornien.

Autor Ressler, damals noch Sonderbeamter des FBI, zusammen mit Serienmörder Edmund Kemper.

An dieser Stelle verscharrte Kemper den Schädel eines Opfers.

Monte Rissell nach seiner Verhaftung wegen der Ermordung mehrerer Frauen.

Leiche eines von Rissells Opfern, die in der Nähe seiner Wohnung in Alexandria, Virginia, gefunden wurde.

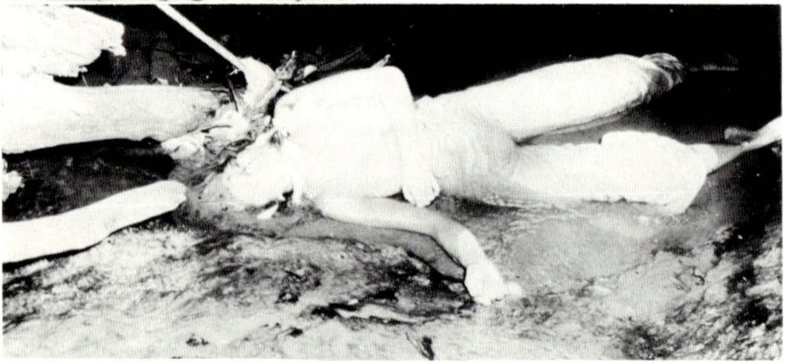

Unten links: Das Gesicht eines Ungeheuers: Jeffrey Dahmer.

Unten rechts: Zwei befreundete Experten, die im Fall Dahmer ausnahmsweise nicht auf derselben Seite stehen: Der Psychiater Dr. Park E. Dietz als Gutachter für die Staatsanwaltschaft, und Robert Ressler, der im Sinne der Verteidigung auf geistige Unzurechnungsfähigkeit plädiert.

pignonfarm in Texas gearbeitet hatte oder in Florida Schrott verkaufte, will er gleichzeitig an ganz anderen Orten Morde begangen haben.

Jahre nachdem sich der Staub um die Angelegenheit gelegt hatte, suchte ich Lucas in seinem Gefängnis auf. Er gestand mir, daß er zwar ein ›paar Leute um die Ecke gebracht‹ hatte, aber nur ›fünf oder allerhöchstens zehn‹, so genau wisse er das nicht mehr. Die Lügengeschichte hatte er sich ausgedacht, weil es ihm Spaß machte und er zeigen wollte, ›wie beschränkt die bei der Polizei sind.‹

Die Aufarbeitung dieses Fiaskos dauerte Jahre. In einem hatte sich unser vorschneller junger Mitarbeiter freilich nicht getäuscht. Hätten wir damals schon auf VICAP zurückgreifen können, so hätte man schnell zwischen Dichtung und Wahrheit unterscheiden können. Zuallererst hätten wir die einzelnen Dienststellen gebeten, ein Formular auszufüllen und die Einzelheiten ihres ungeklärten Mordfalls in den Computer einzugeben. Dann hätten wir anhand der Kriterien Tatzeit, -ort und Methode eine Analyse erstellt und hätten nachweisen können, daß einige Verbrechen zur selben Zeit an verschiedenen Orten begangen worden sind. Ein und derselbe Täter wäre also schon nicht mehr in Frage gekommen. Somit hätten wir eine Möglichkeit schon einmal ausgeschlossen. Durch ständiges Eliminieren abwegiger Behauptungen, hätten wir den Ermittlern dazu verholfen, sich auf das Wesentliche zu konzentrieren.

Wir arbeiteten noch an der Entwicklung der Prototypen unserer VICAP-Fragebögen, da ging in Los Angeles der sogenannte ›Nachtpirscher‹ um. Die Polizei war sich zunächst nicht sicher, nahm aber an, daß es sich um einen Einzeltäter handelte, der mit Vorliebe in den lateinamerikanischen Vierteln mordete. Wir schickten mehrere Mitarbeiter der VICAP-Abteilung dort hin. In erster Linie sollten sie den Spurenfahndern helfen und ihnen sagen, in welchen Fällen von einem Einzeltäter auszugehen war. Das meiste lag eigentlich auf der Hand, zumal die Kollegen in Los Angeles einen so erfahrenen Fahnder wie Frank Salerno hatten, der zuvor dem Würger von Hillside auf die Spur gekommen war. Aber wir wollten auch unseren neuen Fragebogen testen, ohne uns freilich in den Vordergrund zu drängen. Unser Ziel war es, den anderen Behörden zu zeigen, daß sie die Möglichkeiten des FBI nutzen konnten, ohne befürchten zu müssen, daß sie gleich an den Rand gedrängt würden. Richard Ramirez, der Nachtpirscher, wurde auch ohne unsere Hilfe gefaßt, aber wir merkten, daß unser Fragebogen zu umständlich war. Wie es so oft bei neuen Planungsstäben vorkommt, hatten wir zu viel auf einmal erreichen wollen. So entschlackten wir den Fragebogen, was freilich nicht heißen soll, daß wir ihn drastisch kürzten. Ein Polizist benötigt fürs Ausfüllen immer noch eine Stunde.

Die Zeit um die Mitte der achtziger Jahre, als wir mit Nachdruck um Zuschüsse für unsere Projekte VICAP und NCAVC warben, hat Philip Jenkins von der Pensilvania State University als die Periode der ›Serienmörderpanik‹ bezeichnet. In einem 1988 im *Criminal Justice Research Bulletin* erschienenen Artikel führte er eine ganze Reihe von Zeitungskommentaren aus dieser Zeit an, die alle darauf hinaus liefen, daß die Zahl der ungelösten Morde zunahm, daß sehr viele darunter Serienverbrechen waren und daß die Ermittler neuartige Methoden brauchten, um der dramatischen Entwicklung Herr zu werden. Als besonders drastisches Beispiel für das Versagen des Polizeiapparats wertete Jenkins den Fall Lucas. Man muß nicht mit allen seinen Thesen einverstanden sein, aber mit der Feststellung, daß die Berichterstattung Mitte der achtziger Jahre von Nervosität, wenn nicht Panik geprägt war, traf Jenkins den Nagel auf den Kopf. Und wir vom FBI und andere Befürworter des VICAP-Systems schürten noch die Aufregung, indem wir die dramatische Zunahme der Gewalt und die Notwendigkeit neuartiger Maßnahmen bei jeder Gelegenheit bestätigten. Wir traten nicht von selbst ins Rampenlicht, aber wenn ein Reporter bei uns anrief und wir die Möglichkeit hatten, zu mauern oder ihm alles zu sagen, gaben wir ihm eben die gewünschten Informationen. Wir benutzten also die in Politikerkreisen bewährte

Methode, ein Problem aufzubauschen, um auf höherer Regierungsebene Gehör zu finden.

Für Schwierigkeiten sorgten nur die Leute in unserer Behörde, die das Buhlen um Publicity zu weit trieben. Aus gutem Grund hatten Pierce Brooks und ich die Entwicklung der Programme NCAVC und VICAP vorangetrieben, doch stets in dem Bewußtsein, daß das ein langfristiges Ziel war und wir nicht gleich mit einem Erfolg rechnen konnten, wenn wir den Computer zum erstenmal einschalteten. Ich kann mich noch gut daran erinnern, wie ich Pierce Brooks 1985 am Tag der Einweihung sagte, so richtig funktionieren würde das Programm wohl erst 1995. Die Gründe für meine Skepsis lagen auf der Hand. Das Ausfüllen und Einsenden der VICAP-Fragebögen war eine rein freiwillige Angelegenheit. Es würde eine Weile dauern, bis man bei den örtlichen Polizeibehörden die Vorteile der zusätzlichen Arbeitsbelastung begriff, und schließlich mußten wir uns auch deshalb mit Geduld wappnen, weil kein Computerprogramm auf Anhieb fehlerfrei funktioniert.

Anläßlich der Zusammenkunft der *National Sheriffs' Association* in Hartford, Connecticut, verkündete Präsident Ronald Reagan am 21. Juni 1984 die Gründung des NCAVC. Es sollte, so erklärte der Präsident, vorrangig der Identifizierung und Aufspürung von Wiederholungsmördern dienen. Da wir nun auch mit Mitteln aus dem Justizministerium unterstützt wurden, kam Pierce Brooks für neun Monate nach Quantico. Ende Mai 1985 war es dann endlich so weit: Der erste VICAP-Fragebogen kam ausgefüllt zurück, und wir konnten echte Daten in den Computer eingeben. Nach siebenundzwanzig Jahren war Pierce Brooks' Traum in Erfüllung gegangen: Die Einzelheiten zu einem Gewaltverbrechen konnten mit den Daten zu einem anderen verglichen werden. Drei Tage danach kehrte Pierce nach Oregon zurück, und das Programm wurde mir offiziell unterstellt.

Nach der neuen Aufgabe hatte ich mich nun wirklich nicht gedrängt. VICAP ist etwas für Computerfreaks, doch mein Gebiet ist die Verhaltensforschung, ich will mich aktiv an aktuellen Ermittlungen beteiligen. Wir hatten auch einen hervorragend geeigneten Mann dafür vorgesehen, Robert O. Heck. Er hatte nicht nur die großzügige Unterstützung durch das Ministerium in die Wege geleitet, sondern sich auch am Aufbau des Projekts maßgeblich beteiligt. Folglich hatte er damit gerechnet, man würde ihm die Leitung anvertrauen, zumal ihm hohe Beamte des FBI das versprochen hatten. Sehr zu seiner – und auch meiner – Verärgerung wurde dann aber ich damit beauftragt. Trotzdem war das Projekt NCAVC nun endlich angelaufen. Im Oktober 1985 ging seine Finanzierung endgültig in den regelmäßigen FBI-Etat ein. Es umfaßte vier Teilbereiche: Forschung und Entwicklung (das war vor allem mein *Criminal Personality Research Project)*, Ausbildung (unserer Agenten sowie örtlicher Polizisten), Profilerstellung und VICAP.

Knüppel wurden der neuen Abteilung genügend zwischen die Beine geworfen. Ursprünglich waren für VICAP ein hauptverantwortlicher Manager und eine Vielzahl von Zuarbeitern vorgesehen gewesen. Letztere hätten die Aufgabe gehabt, Daten zu ungelösten Gewaltverbrechen in den Computer einzugeben und den örtlichen Behörden die Fragebögen schmackhaft zu machen. Das Geld für diese Stellen leiteten meine Vorgesetzten jedoch in den Erwerb neuer Rechneranlagen um. Darum bekamen wir zwar lauter hübsche Spielsachen, hatten aber niemanden, der sie nutzte, weil kein Geld mehr da war. Als nächstes kam das Management auf die Idee, die vorgesehenen Mittel statt für die Dateneingabe und Analyse durch junge, ehrgeizige Beamte für hochbezahlte Manager und Ermittler auszugeben. Die hatten freilich mangels Daten nicht viel zu analysieren. In den Chefetagen war man so naiv gewesen und hatte geglaubt, schon im ersten Jahr würden sämtliche ungelösten Fälle im Computer gespeichert. Da jedes Jahr etwa fünftausend Mordsachen unerledigt bleiben, hätte der Rechner bis 1989 zwanzigtausend Fälle bearbeiten sollen. Nach vier Jahren waren aber erst fünftausend Fragebögen zurückgekommen, so daß das Programm seine Möglichkeiten bei weitem nicht ausschöpfen konnte. Erst Ende der achtziger Jahre, als mein Abschied vom Bureau bevorstand, waren wir endlich so weit, daß Techniker des mittleren Dienstes für die Datenverarbeitung eingestellt wurden und genügend Polizeibehörden uns ihre unerledigten Mordfälle zusandten. Nach fünf Jahren bekam VICAP endlich die Chance, zu zeigen, was alles in ihm steckt.

Immer noch verweigern manche Staaten und Großstädte die Zusammenarbeit im Rahmen von VICAP. Damit mindern sie seine Erfolgsaussichten. Meiner Meinung nach sollten sämtliche Behörden per Regierungserlaß dazu verpflichtet werden, ihre ungeklärten Fälle durch VICAP zentral erfassen zu lassen. Wäre das gängige Praxis, so ließe sich der Anteil der ungelösten Morde von derzeit fünfundzwanzig Prozent mit Sicherheit auf zehn, wenn nicht gar fünf Prozent drücken.

Meine Argumente sind leicht nachzuvollziehen. Wir können Serienmörder aufspüren helfen, weil der Computer die Anordnung der Stichwunden bei einem Opfer A in Massachussetts dem bei einem Opfer B in New Hampshire festgestellten Muster zuordnet. Genauso günstig sind unsere Perspektiven bei sehr vielen anderen Verbrechen. Nehmen wir an, in New Jersey wird jemand erschossen. Die Kugel wird gefunden, nicht aber der Täter. Der Vorsicht halber gibt man seine Informationen in den VICAP-Computer ein. Nun wird zwei Jahre später in einer Bar in Texas ein Mann wegen versuchter Vergewaltigung verhaftet und seine Pistole beschlagnahmt. Die ballistischen Eigenschaften dieser Waffe werden durch das Programm gejagt und sie finden ihre Entsprechung in dem Mord in New Jersey. Der Polizei wäre es gelungen, den Mann mit dem ungelösten Verbrechen in Verbindung zu bringen.

Noch sind wir nicht so weit, aber der Zeitpunkt ist nicht mehr fern. Gott sei Dank, denn ein effizientes VICAP-System ist nötiger denn je. Im Sommer 1991 wurde in Gulfport, Louisiana, der Mörder eines zehnjährigen Mädchens gefaßt. Donald Leroy Evans gestand den Ermittlern zum Schrecken der ganzen Nation, daß er seit 1977 in zwanzig Staaten über sechzig Morde begangen hat. Da zwei davon mittlerweile überprüft werden konnten, handelt es sich bei

Evans möglicherweise tatsächlich um einen gemeingefährlichen Serienmörder. Noch ist das freilich nicht sicher, und die Affäre könnte in einer ähnlichen Groteske enden, wie die Farce um Henry Lee Lucas. Will man seine Angaben im Detail überprüfen, sollte man jede Behauptung in den VICAP-Computer eingeben und mit den Einzelheiten bei bis heute Vermißten sowie nicht identifizierten Leichen vergleichen. Stellt man dann noch die zeitliche Reihenfolge der Verbrechen seinen Reiserouten gegenüber, findet man schnell heraus, ob er die Wahrheit gesagt hat. Die Anwendung dieser Systeme ist mittlerweile möglich, auch wenn sie noch nicht vollständig miteinander verknüpft sind. Obwohl bestimmte Städte und Bundesstaaten die Zusammenarbeit mit uns ablehnen, zeigen die Polizeibehörden in England, Australien, Neuseeland, Korea, um nur einige Länder zu nennen, großes Interesse an VICAP. Seit meinem Ausscheiden aus dem Dienst des FBI habe ich in einigen von diesen Ländern Seminare über VICAP und die Erstellung von Täterprofilen abgehalten. Sie setzen alles daran, ihre Kräfte zu bündeln und sämtliche Erkenntnisse zentral zu speichern, weil das die Hoffnung schürt, daß Gewaltverbrecher auf diese Weise schneller gestellt werden können.

Im nachhinein erweist sich meine damalige Annahme, VICAP würde sich erst 1995 voll etablieren, als zutreffend, auch wenn sie mir damals beim FBI viel Ärger eingebracht hat.

11
Neue Wege in der Verbrechensbekämpfung

Am 20. Juni 1988 war ich anläßlich unseres ersten internationalen Symposions über Gewaltverbrechen der Zeremonienmeister einer ungewöhnlichen Videoshow mit zwei der berüchtigsten und gefährlichsten Serienmörder unseres Landes. Im Brennpunkt der Veranstaltung stand unser Bemühen, die von Land zu Land verschiedenen Ermittlungsstrategien zu vereinheitlichen. Jedes Land – und in Amerika sogar jede einzelne Jurisdiktion – hat jeweils eigene Verfahren für die Ermittlungen am Tatort, die Verhöre von Verdächtigen und die Fahndung. In meiner Eigenschaft als Direktor des VICAP wollte ich unseren Gästen die Vorzüge unseres nationalen Programms zur Aufspürung von Mördern nahebringen. Wir beabsichtigten, ihnen ein Erlebnis zu verschaffen, das sie auch nach ihrer Abfahrt noch lange beschäftigen sollte – die Liveübertragung von Interviews mit John Wayne Gacy und Edmund Kemper. Weil ich beide in insgesamt zehn Jahren ausführlich befragt hatte und sie mir vertrauten, konnte ich sie zu diesen ›Besuchen‹ in ihren Gefängnissen in Illinois und Kalifornien überreden. Hätte ein anderer sie darum gebeten, wären sie wohl kaum zu diesem einzigartigen Versuch bereit gewesen. Nachdem ich die ganzen Vorbereitungen getroffen hatte, wollte ein Bürohengst aus Quantico den Ruhm einheimsen und die Moderation an sich reißen. Ich hielt ihm entgegen, daß sowohl Gacy als auch Kemper mich gewohnt waren und sofort mauern würden, wenn sie plötzlich ein Fremder all den Leuten präsentieren würde. Glücklicherweise begnügte sich der Mann daraufhin mit ein paar einführenden Worten und der Rolle, die man gemeinhin von einem guten Zuhörer erwartet – er überließ die Präsentation mir.

Schon einmal war ein Fernsehsender mit der Bitte um die Liveübertragung eines Interviews mit einem Mörder an mich herangtetreten. Ich hatte abgelehnt, weil ein FBI-Beamter sich meiner Überzeugung nach nicht auf kommerzielle Veranstaltungen einlassen sollte. Der Sender suchte daraufhin bei der Gefängnisverwaltung von Kalifornien um die Genehmigung für ein Fernsehgespräch mit Charles Manson nach. Das gelang ihm zwar nicht, aber immerhin durfte ein Reporter ein längeres Interview mit Manson auf Band aufzeichnen. Das wurde dann auch in mehreren Folgen mit mir als Kommentator gesendet.

Unsere Veranstaltung beruhte auf einem grundsätzlich anderen Konzept: Sie war ›interaktiv‹. Die zwei Männer saßen vor Videokameras, deren Bilder per Satellit nach Quantico übertragen und dort auf gigantischen Bildschirmen ausgestrahlt wurden. Zunächst stellte ich die Mörder und ihre Fälle anhand von Dias vor, danach richtete ich die Fragen an sie, die die Zuhörer zuvor bei mir eingereicht hatten. Wir konnten die Mörder sehen, sie aber hörten uns nur. Jeweils neunzig Minuten lang standen sie Rede und Antwort. Die ›Show‹ war ein voller Erfolg, denn Gacy und Kemper sind beide hochintelligent, und was sie sagen, ist interessant.

Ende 1978 war ich mit meiner Familie zum Weihnachtsurlaub nach Chicago unterwegs, als mich eine Radiomeldung aufschreckte. In Des Plaines, einem Vorort von Chicago, in dessen Nähe ich aufgewachsen bin, hatte man in einem Garten Leichen gefunden. Die Polizei war noch mit den Ausgrabungen beschäftigt und rechnete mit noch mehr Toten.

Ob Urlaub oder nicht, wer sich von Berufs wegen mit Serienmördern beschäftigt, kann sich eine solche Gelegenheit unmöglich entgehen lassen. Also lud ich meine Familie bei unseren Verwandten ab, tauschte noch ein paar Grußworte aus, entschuldigte mich und raste los zum Ort der Verbrechen. Dort wimmelte es von Menschen. Viele Familienangehörige von Vermißten hatten sich unter die Polizisten gemischt und suchten nach Hinweisen auf Verschollene. Ich wandte mich gleich an den zuständigen FBI-Beamten, der mich an den Einsatzleiter, Detective Joe Kozenczack, verwies. Mittlerweile hatten der Sheriff des Cook County und seine Leute die Exhumierung der Opfer übernommen, so daß ich deren Ermittler auch gleich kennenlernte. Zufällig gehörte auch Howard Vanick, ein ehemaliger Schüler von mir, dem Team an. Er setzte mich rasch über die Hintergründe der Verbrechen in Kenntnis.

Am 11. Dezember 1978 war die Lawine ins Rollen gekommen. Elizabeth Piest, die an diesem Tag Geburtstag hatte, wartete auf ihren fünfzehnjährigen Sohn Robert, um mit ihm zur Party nach Hause zu fahren. Robert wollte nur noch mit einem Bauunternehmer ein wichtiges Gespräch führen und dann gleich kommen. Der Mann hatte ihm einen Job in Aussicht gestellt, bei dem er doppelt so viel verdienen würde wie in der Drogerie, in der er jobbte. Da der Junge nicht kam, wurde die Frau unruhig. Sie fuhr heim und alarmierte die Polizei. Die Beamten meinten, sie solle sich nicht aufregen, es sei ganz normal, daß Jugendliche nicht gleich heimgingen. Als sie um Mitternacht immer noch kein Lebenszeichen von Robert hatte, ließ Mrs. Piest sich nicht mehr beschwichtigen. Sie bestand auf einer sofortigen Fahndung.

In Chicago und Umgebung werden jährlich etwa zwanzigtausend Menschen als vermißt gemeldet. Über neunzehntausend tauchen binnen weniger Stunden oder Tage wieder auf. Darum läßt die Polizei vor der Einleitung von Suchaktionen meistens etwas Zeit verstreichen. In diesem Fall machte der Chief of Detectives Joe Kozenczack eine Ausnahme. Sein Sohn war ein Schulkamerad von Robert, und darum kannte er Robert als zuverlässigen Jungen, der sich nicht ohne weiteres von zu Hause absetzte. Es mußte etwas geschehen sein. Von den Angestellten der Drogerie erfuhr Kozenczack, daß ein Bauunternehmer namens John Wayne Gacy am 11. Dezember im Geschäft gewesen war. Weil er im Haus Renovierungsarbeiten durchführen sollte, hatte er die Räume vermessen und Fotos gemacht.

Kozenczak versuchte Kontakt mit dem Mann aufzunehmen, traf ihn aber nicht an. So ließ er ihn auf Vorstrafen hin überprüfen, fürs erste ohne Ergebnis. Am 13. Dezember spazierte Gacy zu ihm ins Büro. Er hatte gehört, daß die Polizei ihn sprechen wollte. Gacy war ein untersetzter Mann von sechsunddreißig Jahren mit Doppelkinn und Schnauzer. Er trat auf wie ein unbescholtener Geschäftsmann. Sein Unternehmen, das sich auf Innenarchitekur und Reparaturarbeiten spezialisert hatte, genoß einen guten Ruf. Als Lokalpolitiker hatte sich Gacy auch schon versucht. Er hatte sogar einen Umzug mit Rosalynn Carter als Teilnehmerin veranstaltet und hatte es sich nicht nehmen lassen, zusammen mit der damaligen First Lady für ein Pressefoto zu posieren. Bei Wohltätigkeitsveranstaltungen hatte er gerne für die Kinder den Clown gespielt. In seinem Haus wohnte er seit 1972.

Kozenczak gegenüber stritt er ab, Robert Piest je gekannt zu haben. Auf den Vorhalt, daß man ihn zusammen mit dem Jungen auf dem Parkplatz gesehen hatte, änderte er seine Strategie geringfügig und räumte ein, daß er vielleicht kurz mit ihm ins Gespräch gekommen sei, aber das sei auch schon alles. Wie Kozenczak mir später erzählte, hatte er von Anfang an gespürt, daß Gacy log. Seine Art, bestimmte Sachverhalte zu leugnen, erschien ihm zu glatt und darum verdächtig. Kozenczaks Männer erwirkten die Erlaubnis, Gacys Haus zu betreten, und sahen sich flüchtig um. Sie fanden Kleidungsstücke von Heranwachsenden und eine Quittung für einen Film, die allerdings nicht auf Gacys Namen ausgestellt war. Später fanden die Ermittler heraus, daß Robert Piest seine Jacke einem Mädchen geliehen hatte, das in derselben Drogerie arbeitete. Sie hatte den Film zum Entwickeln gebracht, dann aber vergessen, die Quittung aus der Tasche zu nehmen, als sie ihm die Jacke zurückgab.

All diese Verdachtsmomente reichten für eine Verhaftung noch nicht aus; offiziell galt Robert Piest ja nur als ›vermißt‹. Untätig mußte Kozenczak deswegen nicht bleiben. Er ließ Gacy offen beschatten und vernahm seine Freunde, Geschäftspartner und Bekannten. Die Beamten wichen Gacy nicht von den Fersen. Sie folgten ihm auf der Straße, und wenn er mit dem Auto unterwegs war, fuhren sie oft Stoßstange an Stoßstange hinter ihm her. Ihr Ziel war es, den Mann zu einer unbedachten Reaktion zu provozieren. Am Anfang gab Gacy sich keine Blößen. Seinen Beschattern sagte er, er sei ihnen nicht böse, denn schuld seien ja nur ihre dämlichen Vorgesetzten. Für den Fall, daß sie ihn aus den Augen verlieren sollten, nannte er ihnen sein nächstes Ziel. Wiederholt lud er sie zum Essen ein. Nach fünf Tagen ließ er sich aber immer mehr gehen. Er rasierte sich nicht mehr, fing an zu trinken, nahm Tabletten und schrie Leute grundlos an. Das alles hinderte ihn nicht daran, sein Haus wie jedes Jahr weihnachtlich zu schmücken.

Schließlich beauftragte Gacy zwei Anwälte mit einer Klage gegen die Polizei wegen geschäftsschädigenden Verhaltens. Der Prozeß begann am 18. Dezember. Einen Tag später erhielt Kozenczak endlich Auskunft über eine Vorstrafe. 1968 war Gacy in Iowa wegen sexuellen Mißbrauchs eines Jugendlichen zu einer zehnjährigen Haftstrafe verurteilt worden. Aufgrund guter Führung hatte man ihn aber schon nach zwei Jahren auf Bewährung entlassen. Danach war Gacy nach Illinois gezogen, wo er Mitte 1972 vorübergehend im Gefängnis landete. Ein junger Mann zeigte ihn wegen Körperverletzung bei ihm im Haus an, nachdem er ihn in einem Homosexuellenviertel angesprochen hatte. Von der Gefängniszelle aus antwortete Gacy mit einer Gegenklage auf versuchte Erpressung. Der Mann soll bereit gewesen sein, gegen eine gewisse Summe auf gerichtliche Schritte zu verzichten. Beide Verfahren verliefen im Sand, weil der junge Mann am Tag des Prozesses nicht vor Gericht erschien.

Diese Information begründete endlich den Durchsuchungsbefehl für das Haus mitsamt dem Grundstück. Zusammen mit den Sheriffs des Cook County stellten Kozenczak und seine Leute in Anwesenheit Gacys das ganze Haus auf den Kopf. Die Polizisten beschuldigten ihn, er habe Robert Piest ermordet und die Leiche irgendwo im Haus versteckt. Gacy leugnete zunächst. Allerdings gab er an, daß unter dem Betonboden in der Garage die Leiche eines homosexuellen Freundes lag. Er habe ihn 1972 in Notwehr getötet. Mit Farbe aus einer Sprühdose kennzeichnete er die betreffende Stelle. Im Haus selbst wurde unter einer Falltür ein Hohlraum entdeckt, in dem drei halb verweste Leichen und Körperbestandteile anderer Toter lagen. Gacy wurde auf der Stelle verhaftet. In Anwesenheit von sechs Polizisten gestand er den Mord an Robert Piest und siebenundzwanzig weiteren jungen Männern. Die meisten Leichen hatte er auf seinem Grundstück verscharrt, ein paar aber, darunter auch Robert Piest, hatte er in den Fluß geworfen. Die mit der Durchsuchung beauftragten Polizisten leisteten so gründliche Arbeit, daß zum Schluß außer den Außenwänden, Stützbalken und dem Dach nichts mehr übrig blieb. Wie der Gerichtsmediziner der Presse später mitteilte, suchten sie nach ›Gürtelschnallen, Ringen, Knöpfen, eigentlich nach jedem Schrott, wenn er nur die Identifzierug der Toten ermöglicht‹. Es blieb ihnen auch nichts anderes übrig, weil Gacy sich nur an wenige Namen erinnern konnte. Insgesamt wurden dreiunddreißig Opfer gefunden, neunundzwanzig in und unter dem Haus und vier im Des Plaines River. Nie zuvor waren in der amerikanischen Kriminalgeschichte so viele Menschen von ein und demselben Täter umgebracht worden. Die meisten waren junge Männer zwischen fünfzehn und zwanzig Jahren. Möglicherweise hat Ted Bundy noch mehr Menschenleben auf dem Gewissen, doch nicht alle Leichen konnten gefunden oder eindeutig ihm zugeschrieben werden. Offiziell galt John Gacy als der gefährlichste Mörder des zwanzigsten Jahrhunderts.

Nach seinem Geständnis hüllte Gacy sich auf Rat seines Anwalts in Schweigen. Andererseits hatten die Ermittler schon genug von ihm erfahren. Angefangen hatte die Mordserie 1972 in einer Januarnacht. Am Busbahnhof in der Innenstadt hatte er nach Sexpartnern Ausschau gehalten und einen jungen Mann abgeschleppt. Er soll ihn am nächsten Morgen mit einem Messer bedroht haben. In einem Handgemenge tötete Gacy den Mann angeblich mit einem Stich in die Brust. Er beerdigte ihn in dem Hohlraum unter der Falltür. Im gleichen Jahr heiratete Gacy zum zweitenmal. (Die erste Ehe, aus der zwei Kinder hervorgingen, war während seines Gefängnisaufenthalts geschieden worden.) Einmal stellte ihm seine zweite Frau Fragen zu den Brieftaschen junger Männer, die er im Haus verwahrte. Darauf schrie er sie an, das gehe sie nichts an. Sie ließ die Sache auf sich beruhen, störte sich aber zunehmend an dem seltsamen Geruch im Haus. Als sie einmal für ein paar Tage wegfuhr, trug er über der Leiche des ersten Opfers eine frische Schicht Beton auf. Das änderte freilich nichts an dem Gestank. Gacys Schwiegermutter und die Kinder aus der ersten Ehe seiner Frau beklagten sich wiederholt über ›einen Mief wie von toten Ratten‹. Kein Wunder, er mordete weiter.

Wann er den zweiten Mord begangen hatte, konnte er nicht mehr genau sagen. Er wußte nur, daß es irgendwann zwischen 1972 und 1975 gewesen sein mußte, was dann auch vom Gerichtsmediziner bestätigt wurde. Einmal erwürgte er einen jungen Mann und verbarg ihn fürs erste im Kämmerchen hinter seinem Schlafzimmer. Zu seinem Verdruß gab es einen Fleck auf dem Teppich, weil aus dem Mund Körperflüssigkeit floß. Er lernte daraus und stopfte von da an seinen Opfern immer etwas in den Mund.

Laut seinem ersten Geständnis kam Mitte 1975 der zwanzigjährige John Butkovich, einer seiner Maurer, zusammen mit anderen Angestellten zu ihm und forderte noch ausstehende Löhne ein. Nach ergebnislosem Debattieren stapfte Butkovich aus dem Haus. Als Gacy am Abend mit seinem Wagen ›die Gegend abklapperte‹, begegnete er Butkovich wieder und nahm ihn mit zu sich nach Hause. Nach ein paar Drinks wollte er ihm seinen ›Trick mit den Handschellen‹ zeigen. Butkovich ließ es mit sich geschehen. Als er begriff, was mit ihm gespielt wurde, beschimpfte er Gacy und drohte ihm, er werde ihn umbringen, wenn er da je rauskäme. Statt einer Antwort zeigte Gacy ihm sein zweites tödliches Spiel, den ›Trick mit dem Strick‹. Er legte dem jungen Mann eine Schlinge um den Hals, steckte einen Stock hindurch und zog langsam zu.

Junge Männer, die mit Gacy mitgegangen waren, sich aber zu ihrem Glück auf seine ›Zaubertricks‹ nicht eingelassen hatten, bestätigten, daß er es auch mit ihnen versucht hatte. Butkovich ließ sich von ihm täuschen und wurde zwischen dem Geräteschuppen und der Garage unter einer Schicht Beton begraben.

Die Familie des Maurers verdächtigte Gacy damals, doch die Polizei ging den Hinweisen nicht nach. ›Wenn die uns nur ein bißchen ernst genommen hätten, dann wären viele junge Männer jetzt noch am Leben‹, erklärte Butkovich senior später den Journalisten. Die Beamten reagierten deshalb nicht, weil sie annahmen, der junge Mann sei wie Tausende andere einfach von zu Hause weggelaufen. Abgesehen davon hätte der bloße Verdacht für eine Hausdurchsuchung nicht ausgereicht. Später kam noch mehr über Gacys Foltertechniken und extremen Sadismus zutage. Auf der Suche nach Opfern durchstreifte er die Homosexuellenviertel von Chicago und schleppte in der Regel Reisende ab, die niemand so schnell vermissen würde. Gelegentlich gelang es ihm auch, Arbeiter seiner Firma in sein Haus zu locken. Dort machte er sie sich mit Drogen und Alkohol gefügig. Mit heterosexueller Pornographie fing er an, um später zu Schwulenfilmen überzuwechseln. Wenn die jungen Männer sich nicht dagegen verwahrten, holte er zum Schluß seine Handschellen und Stricke heraus. Sobald er sie in seine Gewalt gebracht hatte, verging er sich an ihnen. Danach legte er seine Opfer, denen er bisweilen eine Plastiktüte über den Kopf zog, in die Badewanne und tauchte sie bis zur Bewußtlosigkeit unter. Das war aber noch nicht das Ende ihrer Qualen. Er holte sie noch einmal zurück und vergewaltigte und folterte sie erneut.

Gacy war ein gerissener Bursche mit einem hohen IQ, der es auf das trefflichste verstand, andere mit seiner Redegewandtheit zu manipulieren und zu beschwichtigen, wenn sie Verdacht schöpften oder es mit der Angst zu tun bekamen. Der Mann war eine Spinne. Seine Opfer mußten in der Mitte des Netzes sitzen, erst dann konnte er sie umbringen. Während Bundy Frauen mit einem Brecheisen das Gesicht einschlug, benutzte Gacy nie so etwas wie Pistolen, Messer oder stumpfe Gegenstände. Er brachte seine Opfer durch Heimtücke in seine Gewalt.

Je mehr Verbrechen ihm gelangen, um so ausgefeilter

wurden seine Folterrituale. Gacy wurde zu einem raffinierten Mörder, der auf sich die größten Stücke hielt und die Polizei und alle anderen verachtete.

Als im Februar 1976 seine zweite Frau mit ihrer Familie auszog, eskalierten die Morde. Jeden Monat brachte Gacy im Schnitt einen jungen Mann um. Und niemand ahnte auch nur das Geringste. Gacy muß sich mit der Zeit für unbezwingbar gehalten haben. Er wurde immer verwegener und suchte kaum noch in der Anonymität der Homosexuellenviertel Zuflucht. Statt dessen sprach er seine Opfer auf offener Straße an. Einer war auf dem Heimweg von seiner Reitschule, andere arbeiteten in seiner Firma. Es waren ausnahmslos junge Männer im Alter zwischen fünfzehn und zwanzig Jahren. In fast allen Fällen nahm die Polizei an, sie seien von zu Hause weggelaufen. Von seinem Doppelleben bekam niemand etwas mit. Im Gegenteil! Gacys Geschäfte florierten und seine Popularität nahm zu. In seiner selbstgeschneiderten Clownverkleidung besuchte er Kinder im Krankenhaus und gab jedes Jahr Partys für vierhundert Leute aus der Nachbarschaft. »Wenn Not am Mann war, konnte man sich stets auf ihn verlassen«, meinte ein Politiker über ihn. »Zur Not putzte er unsere Fenster selber, er besorgte die Stühle für unsere Versammlungen und reparierte auf die Schnelle einen tropfenden Wasserhahn. Ich kenne niemanden, der ihn nicht gemocht hätte.«

In ihren ersten Reportagen ritten die Zeitungen auf der Jekyll-und-Hyde-Theorie herum. Ich habe es in diesem Buch schon einmal erwähnt: Die Geschichte von Jekyll und Hyde erklärt das Phänomen Serienmörder in keinster Weise. Der Teil von ihnen, der die Morde begeht, ist jederzeit präsent. Nur bekommt die Außenwelt von ihrem Doppelleben nichts mit, weil sie sich verstellen. Als man Gacys Entwicklung zurückverfolgte, mußte man feststellen, daß der Mörder in ihm fünfzehn Jahre lang unterschwellig vorhanden gewesen war. In den sechziger Jahren hatte er in Iowa für seinen ersten Schwiegervater drei Schnellimbisse geführt. Bereits damals benutzte er seine Stellung dazu, um junge männliche Angestellte sexuell zu mißbrauchen. In einer Akte, die

die dortigen Behörden der Staatsanwaltschaft des Cook County zur Verfügung stellten, heißt es: ›Er versprach Heranwachsenden eine Nacht mit seiner Frau, wenn sie ihm als Gegenleistung mit oralem Sex dienten.‹ Das war noch längst nicht alles: ›Kam es zu einer Anzeige, so wurde der junge Mann in Gacys Auftrag zusammengeschlagen und so lange eingeschüchtert, bis er auf eine Klage verzichtete.‹ Einmal nützten Gacy all seine brutalen Methoden nichts. Er wurde angeklagt und kam wegen Mißbrauchs eines Minderjährigen ins Gefängnis.

In Gacys Haus wurden alle möglichen Besitzgegenstände seiner Opfer gefunden. In einem Fall hat er den Wagen des Toten einem seiner Angestellten verkauft. Fast von jedem Opfer bewahrte er eine Trophäe auf. Anfang 1978 fürchtete er, niemanden auf seinem Anwesen mehr begraben zu können und ging dazu über, seine Opfer in den Fluß zu werfen.

Als Kozenczak und seine Leute Gacy zum erstenmal vernahmen, befand sich Robert Piests Leiche noch auf dem Dachstuhl. Trotz der intensiven Bewachung durch die Polizei, gelang es ihm, den Toten unbemerkt aus dem Haus zu schaffen und im Des Plaines River zu versenken. Die Leiche wurde erst nach dem Prozeß entdeckt. Zu diesem Zeitpunkt hatte man erst die Hälfte der Opfer eindeutig identifzieren können.

Vor Gericht versuchten Gacys Anwälte eine schlimme Form der Persönlichkeitsspaltung geltend zu machen. Nicht Gacy habe die Morde begangen, sondern ›Jack Handley‹. Gacy gab an, ›Jack‹ und ›John‹ seien zwei gegensätzliche Persönlichkeiten. (Es gab in Chicago einen Polizeibeamten namens Jack Handley – Gacy hatte sich seinen Namen angeeignet.) Etwas später behauptete Gacy, mindestens ein Dutzend Männer hätte den Schlüssel zu seinem Haus gehabt, von denen einige zeitweise mit ihm zusammengelebt hätten. Sie müsse man ebenfalls belangen. Er habe nämlich höchstens eine Handvoll Männer umgebracht, aber nie dreiunddreißig. Außerdem habe er nicht jeden jungen Mann umgebracht, der mit ihm geschlafen hatte. Solche Theorien verbreitete er auf Tonbandaufnahmen von insgesamt sechzig Stunden Dauer, auf denen er sich allerdings einer ganzen Reihe von Morden schuldig bekannte.

Die Staatsanwaltschaft verfolgte auch weiterhin ausschließlich die Sache Gacy, unabhängig davon, ob er möglicherweise Mittäter gehabt hatte. Bei großen Prozessen wird oft so verfahren. Mögliche andere Verdächtige fallen unter den Tisch, denn ihre Miteinbeziehung würde die Strafverfolgung erschweren. Vorrang wird einer zügigen Abwicklung des Prozesses und Verurteilung eines ganz offensichtlich Schuldigen eingeräumt.

Wie dem auch sei, Gacy berief sich auf Schuldunfähigkeit wegen Wahnsinns. Im Gegenzug belegte die Staatsanwaltschaft, mit welch ausgetüftelten Methoden er seine Opfer angelockt, überwältigt, getötet und spurlos beseitigt hatte. Ihrer Überzeugung nach hatte Gacy seine Morde sorgfältig geplant und war sich jederzeit der Verwerflichkeit seines Tuns bewußt gewesen. Nach einem Prozeß von fast sechs Wochen Dauer befanden die Geschworenen Gacy in dreiunddreißig Morden für schuldig. Er wurde zum Tod auf dem elektrischen Stuhl verurteilt.

Nach dem Schuldspruch durfte ich Gacy zusammen mit einem Kollegen von der BSU interviewen. Er sagte mir, er kenne mich von Kindheit an. Wir hatten in seiner Nähe gewohnt, und er erinnerte sich noch gut daran, uns Lebensmittel geliefert zu haben. Sogar an ein paar ausgefallene Blumentöpfe vor unserem Haus konnte er sich erinnern. Also unterhielten wir uns zunächst über Chicago und brachen so das Eis. Aus vielen Gesprächen mit Gewaltverbrechern hatte ich gelernt, mich ihnen auf einer objektiven Ebene anzunähern, ohne ihnen meine Abscheu vor ihren Taten zu zeigen. Gacy gab sich überzeugt davon, daß es bei der Polizei, den Psychiatern und am Gericht von Vollidioten wimmele, von denen keiner ihm das Wasser reichen könne. Bei mir dagegen hatte er angeblich das Gefühl, er könne mit mir offen über sein Leben sprechen. Er blieb bei seiner Behauptung, daß zwei oder drei seiner ehemaligen Angestellten an einigen Verbrechen beteiligt waren. Ich gab ihm insofern recht, als ich bedauerte, daß die Polizei die Sache nicht weiter verfolgte. Auch heute noch bin ich der festen Überzeugung, daß in diesem Fall einiges im dunkeln liegt. Möglicherweise hat es wirklich Mittäter gegeben.

Mit Medienvertretern verweigerte Gacy das Gespräch. Auch für Geld gab er keine Interviews. Eines Tages, so erklärte er mir, würde er mit seiner Geschichte an die Öffentlichkeit treten. Ich ermunterte ihn dazu, riet ihm jedoch, er solle die Behauptung, er habe keine dreiunddreißig Morde begangen, unterlassen. Ich ging sogar noch weiter: Da er viel in Amerika herumgekommen war, hatte er in anderen Bundesstaaten wahrscheinlich ebenfalls in Homosexuellenvierteln Opfer gefunden. Gacy wollte meine Anschuldigung weder bestätigen noch leugnen.

In den folgenden Jahren hielt ich den Kontakt mit Gacy aufrecht. Immer wieder setzte er seine Opfer als ›nutzlose kleine Perverse‹ herab. Das ließ ich ihm nicht unkommentiert durchgehen. Warum zog er über diese Menschen her? War er denn etwas besseres? Gacy entgegnete, sie seien allesamt Herumtreiber und gescheiterte Existenzen gewesen. Er dagegen sei zu erfolgreich und beschäftigt gewesen, um seine wertvolle Zeit mit Flirts zu vergeuden. Schnelle Nummern mit Männern hätten ihm mehr gebracht als Romanzen mit Frauen bei Candlelight Dinners. Einverstanden war ich mit dergleichen natürlich nicht, aber um das Gespräch nicht zu gefährden, verkniff ich mir einen Kommentar.

Einmal schickte mir Gacy ein von ihm selbst gemaltes Bild. Es zeigt einen Clown in einem Wäldchen aus immergrünen Bäumen und inmitten von Luftballons. Darunter schrieb er: ›Wer das Feld nicht bestellt hat, kann auch auf keine Ernte hoffen.‹ Ich habe das Bild, das wahrscheinlich ihn selbst darstellt, allen möglichen Leuten gezeigt. Ein Teil von ihnen sieht in der Inschrift ein Kompliment für mich, eine Anspielung darauf, wie nahe ich ihm gekommen bin. Andere werten sie als verklausulierten Hinweis auf noch mehr, bislang unentdeckt gebliebene Opfer. Gacy selbst hat jeden Kommentar dazu abgelehnt.

Menschen, die ihrer Verbrechen wegen einen gewissen

Bekanntheitsgrad erlangen, ziehen oft Außenseiter an. So auch Gacy. 1986 besuchte ihn eine zweifach geschiedene Mutter von acht Kindern im Gefängnis. Danach kam ein reger Briefwechsel in Gang. Zwei Jahre beziehungsweise einundvierzig Briefe später, wurden Auszüge daraus in der *Chicago Sun-Times* veröffentlicht. Eine für Gacy bezeichnende Stelle will ich wiedergeben:

Ich bin ein leichtgläubiger Mensch, wie du übrigens auch. Aber du kannst eher damit fertig werden. Mit Bildung hat das nichts zu tun. Ich habe drei Studienabschlüsse – tolle Sache. Ohne gesunden Menschenverstand ist so etwas freilich gar nichts wert. Sieh dir die Leute nur an, dann weißt du, was ich meine. Aber man muß sich vor Trickbetrügern in acht nehmen. Ich beziehe mich auf das, was der [unkenntlich gemacht], der Staatsanwalt über mich gesagt hat, ich würde die Leute manipulieren. Menschenskinder, klar doch! Aber wäre ich's nicht gewesen, hätte es ein anderer getan. In seinem geheimen Bereich hat man nie Erfolg, wenn man nicht hin und wieder die Leute manipuliert.

Der Gerichtspsychiater Dr. Marvin Ziporyn, der in Gacys Gefängnis die psychiatrische Abteilung leitete, hat diese Korrespondenz ausführlich analysiert. In seinem Kommentar stellt er fest, daß in jedem Brief, ja fast jedem Absatz Gacys zwei Hauptthemen durchscheinen. Das erste ist sein Bild von sich selbst als netter – will sagen heterosexueller –, hilfsbereiter, freundlicher, liebevoller, männlicher und mutiger Kerl. Dem steht – laut Ziporyn – ein ›Böses Ich‹ gegenüber, ein Schwächling, Feigling und vor allem Homosexueller. Dieses ›Böse Ich‹ beging die Morde. Wenn es Gacy gelang, sein Böses Ich zu verdrängen, konnte er sich als guten Menschen sehen. Das sind in Ziporyns Augen die klassischen Merkmale eines Soziopathen, eines Menschen, ›dessen Ego ausschließlich zur Befriedigung seiner Gelüste existiert. Auf die Frage ›Was darf ich?‹ gibt er sich die Antwort: ›Alles, solange ich nicht erwischt werde.‹ Und für die Frage ›Was ist gut?‹ hat er die Replik ›Alles was mir guttut‹, parat.‹ Auch in seinen Briefen, so führt Ziporyn aus, versuchte

Gacy, seine neue Freundin geistig zu beherrschen, ihr vorzuschreiben, ›was sie zu tun und zu denken hat, wie sie ihre Familien- und Geschäftsangelegenheiten regeln soll.‹ Das beweist Ziporyns Auffassung nach einmal mehr Gacys Drang nach Kontrolle und Macht, der auch in seinen Folterritualen und Morden deutlich zutage tritt.

Später glaubte Gacy, seine Schwierigkeiten wurzelten allesamt in seiner Kindheit. Der Sohn von Einwanderern (seine Eltern stammen aus Polen und Dänemark) wuchs in einem Haus auf, in dem streng auf Disziplin geachtet wurde. Sein Vater war Alkoholiker und terrorisierte oft die ganze Familie. Angeblich wurde Gacy im Alter von fünf von einem halbwüchsigen Mädchen und als achtjähriger von einem Bauunternehmer sexuell belästigt. Von seinem elften Lebensjahr an litt er unter epileptischen Anfällen. Deswegen konnte er am Sportunterricht nicht teilnehmen. Als er zu arbeiten anfing, fiel er im Schnitt jeden dritten Tag aus. Daß Alkohol und Zigaretten seinem Verstand geschadet hätten, behauptet er schon länger. Neuerdings erklärt er, er hätte damals gar nicht in seinem Haus gelebt, als die Leichen entdeckt wurden. Folglich komme er auch nicht als Mörder in Betracht.

Ende 1972 schien Santa Cruz in Kalifornien so etwas wie die Hauptstadt der Morde zu sein. Jeden Monat wurde ein neues grauenhaftes Verbrechen gemeldet. Mal wurde eine Leiche gefunden, mal verschwand eine Tramperin. Im Verhältnis zur Einwohnerzahl wurden mehr Gewalttaten verübt als in jeder anderen amerikanischen Stadt. Die aufgeschreckten Bürger sorgten für Rekordumsätze in den Waffengeschäften, und auf dem Universitätscampus wurden nach dem spurlosen Verschwinden mehrerer Studentinnen verstärkte Sicherheitsvorkehrungen getroffen. Später stellte sich heraus, daß zur gleichen Zeit drei Serienmörder in der Gegend ihr Unwesen getrieben hatten. Ihre Namen: John Linley Frazier, Herbert Mullin und Edmund Kemper.

Frazier und Mullin wurden gefaßt, doch die Mordserie riß bis Ostern 1973 nicht ab. Am Dienstag, den 24. April 1973, schrillte um drei Uhr morgens im Polizeirevier von Santa Cruz das Telefon. Der Anrufer, der sich als Edmund Kemper zu erkennen gab, war bei den Polizisten kein Unbekannter, denn der Angestellte der Highwaybehörde verkehrte in ihrer Stammkneipe. Kemper überraschte die Beamten mit dem Geständnis, daß er mehrere Studentinnen sowie seine Mutter und ihre Freundin ermordet hätte. Wenn sie ihn von der Telefonzelle in Pueblo, von der aus er anrief, abholten, würde er ihnen die Verstecke der Leichen zeigen.

Auf dem Revier herrschte zunächst ungläubiges Staunen, doch dann gab Kemper Einzelheiten preis, die außer dem Mörder niemand hätte wissen können. Noch während Kemper redete, wurde die Polizei von Pueblo in Kenntnis gesetzt. Nun ging es nur noch darum, den Mann am Apparat zu halten, bis die Kollegen bei der Telefonzelle eintrafen. Als die Beamten dort vorfuhren, meinten sie im ersten Moment, sie hätten es mit zwei Männern zu tun. Bei Kempers gewaltigen Ausmaßen – gut zwei Meter und zweieinhalb Zentner – kann man sich schon einmal täuschen.

Als ich fünf Jahre später mein erstes Interview mit Kemper führte, war ich zwar vorgewarnt, trotzdem erschrak ich angesichts seiner bulligen Gestalt. Solche Leute fallen auf. Gleich beim Händeschütteln fragte er mich, ob ich ihm als Gegenleistung für seine Bereitschaft zur Kooperation ein paar Privilegien und Briefmarken für seine Korrespondenz verschaffen könne. Die Briefmarken wollte ich ihm gern besorgen, aber mehr konnte er nicht von mir erwarten. Obwohl ich ihm das deutlich zu verstehen gab, sprach Kemper sehr freimütig mit mir. Zu seinen Morden äußerte er einige sehr kluge Einsichten. Offensichtlich hatte die Psychotherapie im Gefängnis gut angeschlagen. Kemper glaubte, daß seine Aggressionen seiner Mutter gegenüber die Ursache seiner Verbrechen waren. Sie hätte ihn immer unterdrückt, und mit ihrer Ermordung hätte er gleichzeitig die Wurzel seiner Probleme abgetötet – eine so schlichte wie treffende Erklärung für einen hochkomplexen Sachverhalt. Als nächstes fragte ich Kemper, ob das Handbuch für die Diagnose von Geisteskrankheiten, das damals in der zweiten Auflage erschienen war, seiner Meinung nach Leute wie ihn richtig beschreibe. Er meinte, die dort aufgestellten Kategorien seien ihm ein Begriff, aber er würde sich darin nicht wiedererkennen. Das würde sich wohl erst ändern, wenn die Psychiatrie Fälle wie den seinen besser verstanden hätte. Vor der sechsten oder siebten Auflage, also irgendwann im nächsten Jahrhundert, rechnete er freilich nicht damit.

Mit Antworten wie dieser wollte Kemper zum Ausdruck bringen, wie einzigartig er doch sei. Auf dieser Linie hat auch ein Psychiater argumentiert, der sich eingehend mit ihm befaßt und ein Buch über ihn geschrieben hat. Darin versteigt er sich zu der Behauptung, Verbrecher von Kempers Art gebe es vielleicht alle zweihundert Jahre einmal. Das sehe ich anders. Ed Kemper mag eine außergewöhnliche Erscheinung sein, aber ein so seltenes Exemplar ist er nun wirklich nicht. Von seiner Sorte gibt es noch genügend andere Mörder. Er unterscheidet sich von ihnen allenfalls, was das Ausmaß der Gewalt und die Traumata in der Kindheit betrifft.

Seine Größe war schon immer sein besonderes Problem. Er hatte nie ein richtiges Kind sein dürfen, weil man ihn wegen seiner enormen Ausmaße immer für älter gehalten hatte. So etwas wie gleichaltrige Freunde hatte er nie gekannt, auch deswegen, weil die Kinder aus dem gleichen Jahrgang ihm in ihrer geistigen Entwicklung weit voraus waren. An und für sich hätte seine Größe ihn nicht behindern müssen. Genügend Schwerathleten, die auch als Kinder den Rahmen des Üblichen gesprengt haben, beweisen das. Und keiner von ihnen ist zum Serienmörder geworden. Bei Kemper kam jedoch ein erschwerender Faktor hinzu – er stammte aus einer disfunktionalen Familie. Die alkoholkranke Mutter bevorzugte eindeutig seine Schwestern, eine Vaterfigur gab es nicht, und die Großmutter war in vieler Hinsicht noch schlimmer als die Mutter. Ständig setzte die Mutter den kleinen Ed herab und hielt ihm vor, er sei schuld an ihren Problemen. Das in meinen Augen schlimmste Trauma erlebte Kemper im Alter von zehn Jahren. In seiner Abwesenheit schaffte seine Mutter zusammen mit den Mädchen seine ganzen Habseligkeiten vom ersten Stock in ein dunkles Kellerzimmer direkt neben dem Heizkessel. Angeblich war es seinen Schwestern nicht zumutbar, wenn er in ihrer unmittelbaren Nähe lebte; sie fühlten sich sexuell bedroht. Erst dieser Schock brachte Kemper auf das Thema Sexualität. Seine in Ansätzen bereits vorhandenen Fantasien wurden nun brutaler, und er bezog bizarre und letztendlich tödliche sexuelle Experimente mit seiner Mutter und den zwei Schwestern mit ein. Hin und wieder schlüpfte Ed, mit Hammer und Messer bewaffnet, in das Zimmer seiner Mutter und stellte sich vor, wie das wäre, wenn er sie umbrächte.

Die Verbannung in den Keller fiel zeitlich mit der ersten Scheidung seiner Mutter zusammen. In den nächsten vier Jahren sollte sie sich noch zweimal neu verheiraten und scheiden lassen. Immer wenn eine Ehe in die Brüche ging, schickte sie ihn zu seinen Großeltern auf die Farm. Das Leben dort war ihm zutiefst verhaßt. Allein beim Schießen hatte er Freude. Einer seiner Stiefväter, ein Waffenexperte, hatte es ihm beigebracht. Wie ich im zweiten Kapitel ausgeführt habe, nahmen die Großeltern Kemper ihm das Gewehr einmal weg, weil er sinnlos Tiere getötet hatte. Mit dem Argument, er müsse üben, hatte ihn sein Stiefvater jedoch gerade dazu angehalten. Kempers Jugend ist gekennzeichnet von solch widersprüchlichen Signalen.

Als seine Mutter sich 1965 wieder einmal verliebte, wurde der Fünfzehnjährige kurzerhand zu den Großeltern geschickt. Ed war todunglücklich. Von der Großmutter fühlte er sich wie ein Aussätziger behandelt, und die anderen Kinder hänselten ihn ständig. Eines Tages schlich er sich von hinten an seine Großmutter heran, als sie gerade einen Brief abtippte. Sie hatte ihm befohlen, ihr im Haus zu helfen, während er viel lieber mit seinem Großvater, mit dem er besser auskam, auf die Felder hinausgegangen wäre. Er schoß die Frau nieder und stach danach mit einem Messer auf sie ein. Als er sah, was er da angerichtet hatte, beschloß er, seinem Großvater den gräßlichen Anblick zu ersparen. Er wartete bis zu seiner Rückkehr und erschoß ihn ebenfalls, noch bevor er das Haus betreten konnte. Als wolle er den Zusammenhang zwischen dem Doppelmord und der Wurzel seiner Probleme deutlich zu verstehen geben, rief er seine Mutter in ihrem Ferienhäuschen an und teilte ihr mit, daß sie ihre Flitterwochen wohl abbrechen mußte, weil er soeben ihre Eltern umgebracht hatte.

Die nächsten vier Jahre verbrachte Kemper in einer psychiatrischen Anstalt. Dort unterzog er sich mit bestem Erfolg zig Psychotests. Er wußte, was die Psychologen hören wollten. Später gab er an, daß er achtundzwanzig Tests mitsamt den richtigen Antworten auswendig gelernt hatte. 1969 wurde er für geistig normal befunden und – gegen den Protest des zuständigen Staatsanwalts – für ein Jahr in ein Jugendlager des Staates Kalifornien geschickt. Danach durfte er – trotz Widerspruchs der Jugendbehörde und einiger Psychiater – auf Betreiben seiner Mutter nach Hause zurückkehren.

Im Rückblick erscheint mir die Entscheidung, den Jungen wieder in die Obhut gerade dieser Frau zu geben, äußerst befremdlich. Er lebte also bei ihr und arbeitete in einer Konservenfabrik. Seine Mutter ließ nichts unversucht, um seine Vorstrafe zu tilgen. Andererseits hielt sie ihm sein Verbrechen bei jeder Gelegenheit vor. »Du bist schuld daran«, klagte sie, »daß seit fünf Jahren kein Mann mehr aus Angst vor dir mit mir schlafen will.«

Kemper selbst war noch jungfräulich. Das änderte sich auch in den nächsten Jahren nicht. In der Zeit, in der Jungen und Mädchen die ersten Sexspiele ausprobieren, war er eingesperrt gewesen. Eine zunehmende Fixierung auf sich und seine Fantasien war die Folge. Als er seine erste eigene Wohnung bezog, besorgte er sich Pornohefte und Kriminalzeitschriften, weil ihn die Darstellungen von Erotik und Gewalt erregten. Das Element der Gewalt wurde in seinen Tagträumen nun immer dominanter. Später sollte er den Strafverfolgern erzählen, daß er in der Anstalt insgeheim Pläne ausgearbeitet hatte, wie er Menschen, die er ermordet hatte, am besten verstecken würde. Keiner von den Psychologen dort hatte je etwas bemerkt. Ich bin davon überzeugt, daß

Kemper seine Fantasien bewußt für sich behalten hatte, denn hätte er sie preisgegeben, so hätte man ihn nicht so schnell entlassen.

1971 wurde Kemper als Arbeiter beim Highwayamt eingestellt. Er bewarb sich auch bei allen möglichen Polizeidienststellen, wurde aber von keiner genommen – er war ihnen einfach zu groß. So tröstete er sich mit der Bekanntschaft einiger Polizisten, die er in seiner Stammkneipe regelmäßig traf. Einer schenkte ihm ein Abzeichen seiner Ausbildungsstätte und ein Paar Handschellen. Von einem anderen borgte er sich eine Pistole. Sein mit Funkanlage und Antenne ausgestatteter Wagen erinnerte an Polizeiautos. Daneben besaß er ein schweres Motorrad. Naive Zeitgenossen konnten ihn auf den ersten Blick für einen Polizisten in Zivil halten. Im Februar 1971 erlitt er bei einem Motorradunfall schwere Verletzungen am Arm. Weil er lange Gips tragen mußte und arbeitsunfähig war, ließ er sich in einem außergerichtlichen Vergleich mit fünfzehntausend Dollar abfinden. Nun hatte er jede Menge Zeit und Geld.

Seine Mutter, die inzwischen in der Universitätsverwaltung arbeitete und dort überaus beliebt war, besorgte ihm einen Aufkleber für seinen Wagen, so daß er jederzeit auf den Campus fahren durfte. In der Arbeit half sie den Studenten bei jeder Gelegenheit, zu Hause reagierte sie ihre ganze Verbitterung an Kemper ab. Ihre Beziehung wurde von Tag zu Tag schlimmer. Nach einem heftigen Streit im Frühling 1972 knallte Kemper die Tür hinter sich zu und nahm sich vor, die erste schöne Frau, die ihm über den Weg lief, umzubringen.

Das Opfer wurde nie gefunden, und Kemper wurde wegen dieses Mordes auch nie angeklagt, aber er gab Einzelheiten preis. Identifziert wurden zwei junge Frauen, die er am 7. Mai 1972 ermordete. Beide waren Studentinnen am Fresno State College. Sie wollten nach Palo Alto trampen, als Kemper sie mitnahm. Wie er mir im Gefängnis erzählte, entschied er sich für sie, ›weil sie Hippies waren und noch zig andere am Straßenrand standen‹. Mit anderen Worten: Sie eigneten sich als Opfer, da man ihr Verschwinden nicht so schnell bemerken würde.

Im gleichen Sommer führte die Soziologin Cameron Smith unter Tramperinnen eine Umfrage durch. Sie kam zu dem Ergebnis, daß vierundzwanzig Prozent von den Fahrern vergewaltigt und achtzehn Prozent belästigt worden waren. Siebenundzwanzig Prozent gaben an, die Fahrer hätten wiederholt versucht, sie zu vergewaltigen oder zu anderen perversen Dingen zu zwingen. Nur ein Drittel hatte nichts Abschreckendes erlebt. Obwohl sie sich damit großen Gefahren aussetzten, fuhren sehr viele Studentinnen aus der Gegend um Berkely weiter per Anhalter. So kam es, daß Ed Kemper zwei mit Rucksack reisende Bluejeansträgerinnen mitnehmen konnte. Dabei hatte er die Handschellen, das Polizeiabzeichen, ein Messer und die Pistole, die er sich von dem Polizisten geliehen hatte. Mit vorgehaltener Pistole erklärte er den Mädchen, daß er sie nun vergewaltigen würde und bog auf den nächsten Feldweg ab. Im Glauben, er würde sie am Leben lassen, wenn sie sich nicht wehrten, ließ sich eine in den Kofferraum sperren. Die andere fesselte er mit den Handschellen, um sie danach zu erwürgen und auf sie einzustechen. Die Pistole benutzte er deshalb nicht, weil die Schüsse hätten gehört werden können. Als das erste Mädchen tot war, öffnete er den Kofferraum und erstach ihre Freundin. Die Leichen schaffte er in seine Wohnung, wo er sie enthauptete und ihnen die Hände abschnitt.

Anschließend reinigte er sich, soweit es ihm noch möglich war. Das Blut auf dem Gips ließ sich allerdings nicht mehr wegwaschen. Er kam auf die Idee, weiße Schuhcreme darauf zu verschmieren, und überredete seinen Arzt, ihm einen neuen anzulegen. Angesichts der vielen unvorhergesehen Schwierigkeiten schwor er sich, in Zukunft Blutbäder zu vermeiden. In der Nacht entkleidete er die Torsos vollständig und verging sich an ihnen. Am Tag darauf beseitigte er sie so, wie er sich das bereits in der psychiatrischen Anstalt vorgestellt hatte. An jeweils vier voneinander entfernten Stellen verscharrte er die Torsos, Köpfe und Hände. Sollte jemals ein Rumpf gefunden werden, würde niemand ihn identifzieren können, weil kein Gesicht wiedererkannt und weder Finger- noch Gebißabdrücke abgenommen werden konnten. Die Kleider seiner Opfer ließ Kemper in einer Schlucht in den Bergen hinter Santa Cruz verschwinden. Trotz aufwendiger Suche nach den Vermißten entdeckte man erst Monate später den Kopf einer der Frauen. Zwar konnte ihre Identität ermittelt werden, doch fand man keine Anhaltspunkte darüber, wie sie gestorben war.

Kempers Mutter setzte sich in dieser Zeit für die Tilgung der Ermordung seiner Großeltern aus dem Vorstrafenregister ein. Der Bezirksstaatsanwalt beharrte indes darauf, daß die Akten noch mindestens zehn Jahre offen bleiben sollten. Schließlich einigten sich die Parteien darauf, Mitte September mit Kemper einen psychologischen Test durchzuführen. Vier Tage davor ging Kemper wieder mit dem Auto auf Menschenjagd. Vor einer attraktive Tramperin und ihrem zwölfjähriger Sohn hielt er an. Beim Wiederanfahren bemerkte er, daß der Mann, der die zwei zum Highway begleitet hatte, seine Nummer aufschrieb. So blieb ihm nichts anderes übrig, als die zwei am gewünschten Ort aussteigen zu lassen. Frustriert kehrte er an die Peripherie von Berkeley zurück. Sein Verhalten werte ich als typisch für den methodisch vorgehenden Mörder: Er hat sich so weit unter Kontrolle, daß er seinen Trieb unterdrückt, wenn die Situation es erfordert.

Später nahm er doch noch jemanden mit, ein fünfzehnjähriges Mädchen asiatischer Herkunft. Als er ihr sagte, daß er sie entführen werde, bekam sie einen Schreikrampf, verstummte aber beim Anblick seiner Pistole. Es gelang ihm, das völlig verschreckte Mädchen einigermaßen zu beruhigen, indem er ihm erzählte, daß er Probleme habe und mit ihr darüber reden wolle. Kurz vor Santa Cruz hielt er an und drückte ihr die Luft bis zur Bewußlosigkeit ab. In diesem Zustand vergewaltigte er sie. Danach erwürgte er sie mit ihrem Schal und verging sich an der Leiche. Mit der Toten im Kofferraum fuhr er anschließend bei seiner Mutter vor. Es bereitete ihm ein diabolisches Vergnügen, sich gerade jetzt mit ihr zu unterhalten.

An seinem Verhalten läßt sich deutlich erkennen, daß Kemper weiter an seiner Fantasie arbeitete. Das Wissen um die Tote nur wenige Meter vor dem Haus seiner Mutter bedeutete eine Verlängerung seiner Ekstase. Im Gefängnis sollte er mir anvertrauen, daß die Realität nie an seine Träume heranreichte, doch bemühte er sich ständig um eine Verbesserung seines Rituals.

Am Abend fuhr Kemper mit der Leiche heim. Er legte sie auf sein Bett und verging sich noch einmal an ihr. Den nächsten Morgen verbrachte er damit, die Tote säuberlich zu zerstückeln. Immer wieder spülte er mit Wasser und Chemikalien nach, damit auch nirgendwo Blutreste zurückblieben. Danach fuhr er los. Die Hände begrub er in einem County, den Torso in einem anderen. Nur den Kopf ließ er im Kofferraum liegen. Er befand sich auch noch dort, als Kemper zum Psychotest vorfuhr. Das muß ihn zusätzlich erregt haben. Die mit der Untersuchung beauftragten Psychiater kamen übereinstimmend zu dem Urteil, daß er seit seiner Entlassung aus der Nervenklinik gute Fortschritte mache. Einer schrieb in seinem Gutachten:

Hätte ich diesen Patienten ohne das Wissen um seine Vergangenheit untersucht, so hätte ich ihn für einen intelligenten, unternehmungslustigen und von keiner Neurose geschädigten jungen Mann gehalten... Tatsächlich müssen wir uns zwei grundverschiedene Menschen vorstellen, wenn wir den Fünfzehnjährigen, der die Morde beging, mit dem Dreiundzwanzigjährigen, der heute vor uns steht, vergleichen... Die Therapie hat sehr gut angeschlagen. Aus der Sicht des Psychiaters besteht kein Grund mehr, eine Gefährdung für den Patienten selbst oder die Gesellschaft anzunehmen.

Dem fügte sein Kollege hinzu:

Offensichtlich hat er sich von dem tragischen Bruch in seiner Entwicklung gut erholt. Er hat es gelernt, seine Gefühle durch Verbalisierung sowie sportliche Betätigung und die Ausübung eines Berufs angemessen zu kanalisieren. Die Gefahr eines neurotischen

Gefühlsstaus ist somit nicht mehr gegeben. Da er nun als Erwachsener sein Potential voll entwickeln kann, halte ich die dauerhafte Tilgung seiner Vorstrafe aus den Akten für angebracht. Zu meiner Erleichterung hat er nach seinem Unfall das Motorrad aus seinem Wunschdenken ›getilgt‹. Hoffentlich verzichtet er fortan permanent auf solche Maschinen, denn ich halte sie für gefährlicher als diesen jungen Mann.

Auf das Gutachten der zwei Psychiater hin wurde der Doppelmord an seinen Großeltern aus Kempers Akte gestrichen. Mit Wirkung vom 29. November 1972 galt Kemper offiziell als unbescholtener Mann.

In den nächsten Monaten konnte Kemper seinen Drang zu morden im Zaum halten. Dafür machte sich sein Trieb um die Jahreswende um so stärker bemerkbar. Er gab die Pistole dem befreundeten Polizisten zurück und besorgte sich nun selbst eine. Da sein Vorstrafenregister gelöscht war, konnte ihm das Gesetz den Erwerb einer Schußwaffe nicht mehr verwehren. In der Nähe seiner ersten Arbeitsstätte, der Konservenfabrik, kaufte er sich eine Pistole mit langem Lauf und eine Packung Hohlspitzkugeln, die bei der Berührung mit dem Ziel explodieren. Am gleichen Tag noch nahm er eine Tramperin mit, ein ziemlich dickes Mädchen. Er sagte ihr, er brauche jemanden zum Reden. Obwohl sie verständnisvoll reagierte, tötete er sie mit einem Schuß. Anschließend fuhr er zu seiner Mutter. Da sie nicht zu Hause war, schleppte er die Leiche in ihre Wohnung und verstaute sie im Kämmerchen hinter seinem ehemaligen Zimmer. Nachdem seine Mutter am nächsten Morgen in die Arbeit gegangen war, zerstückelte er die Tote. Den Kopf trennte er unter anderem auch deshalb vom Rumpf, weil er die Kugel herausnehmen wollte. Er fürchtete, die Ballistiker könnten ihn sonst mit dem Mord in Verbindung bringen. Den Rumpf und die Gliedmaßen warf er von einer Klippe ins Meer. Den Kopf beerdigte er unter dem Schlafzimmerfenster seiner Mutter.

Knapp einen Monat später brauste Kemper nach einem

heftigen Streit mit seiner Mutter zum Campus, lud dort zwei junge Frauen zum Mitfahren ein und erschoß sie noch auf dem Universitätsgelände. Die Studentinnen waren nicht sofort tot. Sie stöhnten noch, als Kemper vor den Wachtposten am Tor anhielt. Die zwei Männer warfen zwar einen Blick in den Wagen, doch entweder sahen sie die sterbenden Frauen nicht, oder sie dachten sich nichts dabei. Das Wageninnere war ohnehin schwarz. Die auf dem Beifahrersitz im Gurt hängende Frau trug ein schwarzes Kleid, und die hinten lag unter einer Decke, die Kemper eigens für solche Anlässe mitnahm. Vielleicht beeindruckte die Wachtposten auch der Aufkleber der Universität, jedenfalls achteten sie nicht auf das Stöhnen und ließen Kemper passieren. Für Ed war das natürlich ein besonderer Triumph.

Danach wurde er noch verwegener. Die Möglichkeit, daß seine Mutter ihn ertappen konnte, erregte ihn so sehr, daß er die Leichen direkt vor ihrem Haus im Kofferraum enthauptete. Die Köpfe nahm er mit in sein Zimmer hinauf. Sie dienten ihm als besonderes Stimulans bei seinem Masturbationsritual. Am nächsten Morgen legte er sie in den Kofferraum zurück. Den ganzen Tag fuhr er mit den Leichen herum. Den Abend verbrachte er bei Freunden, und erst spät in der Nacht lud er die Toten an verschiedenen Stellen ab, nicht ohne vorher die Kugeln aus den Köpfen zu puhlen.

Diesmal hatte allerdings sein Wagen eine Kugel abbekommen, und das viele Blut im Kofferraum ließ sich nie mehr ganz wegwaschen. Obwohl Kemper sich dessen bewußt war, daß er Spuren hinterließ, wurde er nun leichtsinniger. Anfang April erwarb er eine neue Pistole. Wie üblich, wurde der Kauf dem Sheriff gemeldet. Der erinnerte sich an Kempers Vorstrafe und beschloß, der Sache nachzugehen. Zwar mußte er feststellen, daß der Eintrag ins Strafregister mittlerweile gelöscht war, trotzdem suchte er Kemper auf und erklärte ihm, daß er die Pistole beschlagnahmen würde, bis ein Gericht über die Rechtmäßigkeit des Kaufs entschieden hatte. Widerspruchslos öffnete Kemper den Kofferraum und überreichte dem Sheriff die Waffe. Für den Beamten war der Fall damit erledigt. Er verzichtete auf eine Untersuchung des Wagens und fuhr wieder. Sonst hätte er noch die andere Pistole unter dem Fahrersitz entdeckt.

Der Sheriff merkte nichts, doch Kemper schwitzte Blut und Wasser. Was wäre gewesen, wenn der Sheriff Blut und Frauenhaare im Kofferraum entdeckt hätte? Was wäre gewesen, wenn er auch die Pistole gesehen hätte. Was wäre, wenn die Polizisten zurückkämen und den Wagen, seine Wohnung und das Haus seiner Mutter durchsuchten? In seinem Geständnis erklärte Kemper, daß er sich in diesem Moment entschlossen hatte, seine Mutter zu ermorden und sich danach zu stellen.

Am Karfreitag suchte er seine Mutter auf. Wegen einer Konferenz kam sie erst spät nach Hause. Sie unterhielten sich kurz, und wie immer ging es nicht ohne sarkastische Bemerkungen über ihn ab. Als seine Mutter längst schlief, schlich sich Kemper um fünf Uhr mit einem Hammer in der Hand in ihr Zimmer. Genau so hatte er es sich ja in seiner Kindheit vorgestellt. Diesmal ließ er den Hammer mit aller Kraft auf ihre Schläfe niedersausen. Danach schnitt er ihr mit seinem Taschenmesser die Kehle auf. Ihr Blut spritzte noch in alle Richtungen, da beschloß er, ihr wie den anderen Opfern auch den Kopf abzuhacken. Zunächst entfernte er den Kehlkopf. Für ihn dachte er sich etwas Besonderes aus. Er warf ihn in die Spüle und wollte ihn einfach wegwaschen, doch für das Rohr war er zu sperrig. Kemper tröstete sich mit dem Gedanken, daß das poetische Gerechtigkeit sein mußte. Er hüllte die Leiche in die blutverschmierte Bettwäsche und stopfte sie in das Kämmerchen.

Am Morgen ging er in die Stammkneipe der Polizisten und unterhielt sich in aller Seelenruhe mit seinen Freunden. Er versuchte sich wieder eine Pistole zu leihen, doch keiner wollte ihm eine geben. Am Nachmittag fiel ihm siedend heiß ein, daß die Osterfeiertage bevorstanden. Da würden sicher Familienmitglieder oder die eine oder andere Freundin vorbeikommen. Also rief er bei Sara Hallett, einer Kollegin und engen Freundin seiner Mutter an. Er erzählte ihr etwas von einer Überraschungsparty, bei der sie ihm helfen müsse. Sie war noch nicht ganz eingetreten, da brach er ihr das Genick. Er warf die Leiche auf sein Bett und verbrachte die Nacht im Schlafzimmer seiner Mutter. Am Morgen des Ostersonntag schaffte er die tote Freundin in ein anderes Kämmerchen, nahm seine Pistole und die Kreditkarten der zwei Frauen mit und begab sich mit Mrs. Halletts Wagen auf seine letzte Fahrt. Den Polizisten gegenüber zeigte Kemper sich überaus kooperativ. Er war überzeugt davon, daß sie ohne seine Hilfe nie auf die Beweismittel gestoßen wären, und rechnete wohl auch mit einer Strafmilderung. So erklärte er ihnen, wo genau sie die Toten im Haus seiner Mutter finden würden, und noch bevor die Öffentlichkeit von der Aufklärung des Falls erfuhr, führte er die Beamten zu den Stellen, an denen er Teile seiner Opfer verscharrt hatte. Weitere Besitzgegenstände der toten Mädchen – ein Schal, ein Lehrbuch und so weiter –, wurden in seiner Wohnung, im Haus seiner Mutter und in seinem Wagen gefunden. Einen Teil der Beweismittel erlangten die Polizisten durch geschicktes Fragen. Ständig beglückwünschten sie ihn zu seiner Intelligenz und seinem sagenhaften Erinnerungsvermögen. Solcherart angestachelt, kramte er immer neue Indizien hervor. Eine blutgetränkte Decke zeigte er ihnen mit der verächtlichen Bemerkung: »Da habt ihr noch ein Beweismittel für euren Fall.«

Vor dem Prozeß beging Kemper zwei Selbstmordversuche und wurde schließlich in eine Einzelzelle verlegt. Das Verfahren selbst war verhältnismäßig kurz. Die Beweise lagen ja alle vor. Und daß er vorsätzlich gemordet hatte, wurde von niemandem bestritten. Die Psychiater stellten in ihren Gutachten übereinstimmend fest, daß Kemper zum Zeitpunkt der Verbrechen geistig zurechnungsfähig gewesen war. Einmal wurde er nach dem Grund für die Morde an den Tramperinnen gefragt. »Damit sie mir gehören«, lautete die Antwort. »So bekam ich ihre Seele, und ich habe sie noch heute.« Wegen Mordes in sieben Fällen wurde er zum Tode verurteilt. Auf die Frage, was er denn für die angemessenste Strafe hielte, erwiderte er: »Folter.«

Hinrichtung und Folter blieben ihm erspart. Theoretisch gab es in Kalifornien die Todesstrafe noch, doch wurde sie damals nicht mehr vollstreckt. Statt dessen kam Kemper für den Rest seines Lebens hinter Gitter. Im Gefängnis wandelte er sich zum Musterhäftling. Schrittweise konnte man ihm deshalb mehr Privilegien zugestehen. Seine Entlassung stand freilich nie zur Debatte.

Mein erstes Interview mit ihm führte ich fünf Jahre nach seiner Verurteilung. Zunächst konzentrierten wir uns auf seine Vorgehensweise. Ich erfuhr einiges für die Arbeit der Polizei höchst Interessantes. So hatte er bewußt ein Auto gefahren, das den Einsatzwagen der Polizei ähnelte. Damit sie nicht anhand eines Gebißabdrucks identifiziert werden konnten, hatte er seinen Opfern die Zähne ausgeschlagen. Die Morde schilderte er mir fast beiläufig. Damit wollte er mich allerdings nicht schockieren, vielmehr hörte er sich an, als habe er in seinen Gedanken die Schwelle zur Gewalt Tausende von Malen überschritten und sehe keine Verbindung zu seinem Alltags-Ich. Außer vielleicht einem Pathologen, so behauptete er, wüßte niemand so gut über Leichen bescheid wie er. Immer wieder belustige ihn die Auffassung mancher Mediziner, die Tatsache, daß er den Opfern die Achillessehne durchgeschnitten hatte, sei wohl Teil eines sonderbaren Rituals gewesen. Tatsächlich habe er damit nur das Eintreten der Totenstarre hinausschieben wollen, weil er die Leichen für seine Sexspiele brauchte.

Wenn er von seiner Kindheit erzählte, versuchte er nie die Verantwortung für seine Morde auf andere zu schieben. Seine Erlebnisse schienen ihn im nachhinein eher zu erstaunen. Erst in der psychiatrischen Anstalt hatte ihm gedämmert, daß das Klima im Haus seiner Mutter abnormal gewesen sein mußte. Als die Behörden ihn in diesen Dampfkessel zurückwarfen, hatte er gerade angefangen, seine Traumata aufzuarbeiten. Ich wollte von Kemper wissen, ob er auch mit der Leiche seiner Mutter sexuelle Akte vorgenommen hatte. Er stierte mich an und brummelte, er habe ›ihre Leiche erniedrigt‹. Ihm war klar, daß er vielleicht die Wurzel seiner Probleme zerstört haben mochte, sie sich damit aber nicht vom Hals geschafft hatte und für ein Leben draußen in Freiheit nie geeignet sein würde.

Genauso wichtig ist das, was er mir über seine Fantasien erzählte. Sie waren die Antriebsfeder seiner Morde, und er hatte sie, was Technik und Intensität betrifft, kontinuierlich weiterentwickelt. Dennoch klappte es nie ganz so, wie er es sich vorgenommen hatte. Stets hatte er das Gefühl, er könne es besser machen. Diese Unzufriedenheit mit sich selbst trieb ihn zum nächsten Verbrechen. Ein Mord, so lautete Kempers Schlußfolgerung, konnte nie so gut wie die Fantasie sein.

Bei unserer Satellitenübertragung verhielten sich Kemper und Gacy so, wie ich es erwartet hatte. Kemper sprach freimütig über seine Verbrechen, gab alles zu, erging sich in die grausigsten Einzelheiten und gab zu verstehen, daß er sich mit der Rolle seiner Gewaltfantasien durchaus auseinandergesetzt hatte. Seine Einlassungen waren für die Zuhörer größtenteils sehr erhellend. In gewisser Hinsicht bestätigt sein Fall, wie nötig es ist, solche Menschen trotz ihrer verabscheuungswürdigen Taten nicht hinzurichten. Von ihnen können wir vieles über das Werden eines Serienmörders lernen. Vielleicht versetzt uns unser neues Wissen in die Lage, in Zukunft potentielle Gewaltverbrecher rechtzeitig zu stoppen. Der Gesellschaft nützen Hinrichtungen ohnehin nichts. Auch schrecken sie potentielle Serienmörder keineswegs ab. Sie sind zu sehr Gefangene ihrer Fantasievorstellung, als daß die Möglichkeit ihrer Verhaftung oder Tötung sie von ihren Verbrechen abhalten könnte. Von Geldersparnis kann übrigens auch nicht die Rede sein. Die Vollstrekkung eines einzigen Todesurteils erfordert einen Verwaltungsaufwand in Höhe von mehreren Millionen Dollar. Wir haben mehr davon, wenn wir Leute wie Ed Kemper am Leben lassen und von ihnen lernen.

John Gacy versuchte die ganzen neunzig Minuten über, seine Zuhörer von seiner Unschuld zu überzeugen. Er forderte sie dazu auf, gefälligst dafür zu sorgen, daß die vernachlässigten Zeugen endlich verhört würden. Dann nämlich müßte man das Urteil widerrufen und ihn in die Freiheit entlassen.

Einige Teilnehmer nahmen es mir übel, daß ich Gacy während der Veranstaltung weder in seine Schranken gewiesen noch zu einem Geständnis gezwungen hatte. Ich versuchte ihnen zu erklären, daß das nichts genützt hätte. Meine Absicht war es gewesen, die beiden Mörder ihre Persönlichkeit vor dem Publikum entfalten zu lassen. Die Zuhörer sollten sich ein eigenes Bild über die jeweiligen Perspektiven machen. Und aus Gacys beharrlichem Leugnen konnten sie eben ersehen, wie geschickt er andere zu manipulieren wußte. Meine Argumente leuchteten nicht allen ein. Aus diesem Grund benötigen wir wohl noch mehr Seminare und Schulungen. Unser Wissen über Gewaltverbrechen und die Psyche von Serienmördern ist noch längst nicht vollkommen.

12
Perspektiven für die Zukunft

Von Anfang an war die Öffentlichkeitsarbeit der BSU ein zweischneidiges Schwert, aber ich habe es nach Möglichkeit eifrig geschwungen. So richtig ging es los, als ich die Stelle von Teten und Mullany antrat und mich als Hauptverantwortlicher um die Täterprofile kümmerte. Einmal hielt ich in Chicago ein Seminar über Verhandlungstechniken bei Geiselnahmen ab, an dem auch die Polizeireporterin Patricia Leeds teilnahm. Sie wollte etwas über das Thema schreiben. Wir kamen ins Gespräch, und ich erzählte ihr von meinem Interesse an William Heirens, mit dessen Geschichte sie bestens vertraut war. Da sie eine Reportage über Täterprofile plante, fragte sie mich, ob sie uns in Quantico aufsuchen könne. So einfach geht so etwas beim FBI freilich nicht. Erst mußten mein Vorgesetzter und die Abteilung für Öffentlichkeitsarbeit ihr Einverständnis erklären. Was ich bekam, war so eine Art Zustimmung.

Pat verbrachte dann auch einen Tag in Quantico, führte ihre Interviews und beschloß, noch einen Tag dranzuhängen. Die Agenten von Quantico haben das Recht, Gästen den Aufenthalt über Nacht zu erlauben, dürfen sie aber nicht unbegleitet über das Gelände laufen lassen. Ich buchte ihr also ein Gästezimmer. So weit so gut. Am Abend plauderten wir bei ein paar Gläsern Bier im Foyer. Zu uns gesellten sich auch einige Kursteilnehmer aus Chicago. Weil es schon spät war und ich nach Hause wollte, bat ich die Chicagoer, Pat auf ihr Zimmer zu eskortieren, wenn die Runde sich auflöste. Wie es das Schicksal – oder das Pech, das ich manchmal anscheinend magisch anziehe – wollte, wurde Pat ohne ihren offiziellen Betreuer von einem Bekannten, noch dazu einem hohen Tier, gesehen. Es war kein geringerer als John Otto, Vizedirektor des Bureau. Ausgerechnet in dieser Nacht mußte er in Begleitung von Direktor Webster und meinem Vorgesetzten Ken Joseph durch die Akademie spazieren. Joseph war alles andere als begeistert darüber, daß eine Besucherin ohne ihren Kontakt-Agenten unbeaufsichtigt in unseren heiligen Hallen herumgeisterte.

Am nächsten Morgen sprach er den Chef der Abteilung für Öffentlichkeitsarbeit an. Der war total ahnungslos. Bis zu meinem Eintreffen hatte Joseph sich längst in eine Panik hineingesteigert. Was die nur wieder über die Zustände in Quantico schreiben würde! Und wenn sie hinausposaunte, daß auf dem FBI-Gelände Bier getrunken wurde? Oder daß die Hemden der Agenten nicht richtig gebügelt waren?

Er solle jetzt mal nicht den Teufel an die Wand malen, beschwichtigte ich Joseph. Wir hatten uns gut mit der Reporterin verstanden, und ich war sicher, daß sie einen positiven Artikel schreiben würde. Sollte sie uns wider Erwarten doch kritisieren, konnte man mich immer noch in die Pfanne hauen. Bis dahin hielt ich aber jede Panik für fehl am Platze. Weil wir gute Freunde sind, ließ Joseph sich überzeugen, doch mir war klar, daß ich ihm nun einen Gefallen schuldete.

Pat Leeds' Reportage erschien am 15. Februar 1980 auf der ersten Seite der Chicago Tribune. Der Titel: ›Sie analysieren die bizarrsten Morde.‹ Und darunter stand: ›Die neuen Methoden des FBI – schlechte Zeiten für Triebmörder‹. Korrekter und schmeichelhafter hätten wir uns ihren Beitrag nicht wünschen können. Darüber hinaus wurde er von Radiosendern besprochen und führte zu einer Flut von anderen Artikeln in *Psychology Today, People* und der *New York Times*, um nur die wichtigsten Organe zu nennen. Danach regnete es Einladungen zu Radio- und Fernsehsendungen, bei denen ich unsere Arbeit erläutern sollte. Das Interesse war schon deshalb so groß, weil die BSU für damalige Verhältnisse völlig neue Wege beschritt. Bei der Polizei von Los Angeles und New York arbeiteten zwar schon Psychologen, aber im Gegensatz zu uns befaßten diese sich wenig mit Täterprofilen.

Mein Pioniergeist beschränkte sich nicht auf die Öffentlichkeitsarbeit. Weitaus hartnäckiger noch betrieb ich die Zusammenarbeit mit Psychologen und Psychiatern. Mich störte einfach, daß das FBI zu sehr mit sich selbst beschäftigt war und sich zu wenig um die Leistungen in fachfremden Wissenschaften kümmerte. Ich fing 1975 mit meiner Kontaktpflege an und betreibe sie bis zum heutigen Tag. Mir wurde früh klar, daß es von Psychologen, Gerichtsmedizinern und Sozialarbeitern in Gefängnissen viel zu lernen gibt, und sie freuten sich, daß einer vom FBI an ihren Veranstaltungen teilnahm. Stets sorgte mein Name auf der Vortragsliste für ein volles Haus. Es ist ein Unterschied, ob ich vor Polizisten oder vor Psychiatern referiere. Die Polizeibeamten sitzen meist mit verschränkten Armen da und lauschen einfach. Nach dem Motto: Ihnen kann man sowieso nichts Neues sagen. Ganz anders die Psychiater. Vielleicht liegt es daran, daß sie permanent forschen, jedenfalls schreiben sie eifrig mit.

Zu einer Art Schlüsselerlebnis wurde für mich eine Psychiatriekonferenz, bei der ich über Monte Rissell berichtete. Dieser Fall faszinierte mich schon deswegen, weil ich ein in jeder Hinsicht falsches Profil erstellt hätte, wenn man mich damals um eines gebeten hätte. Aus der Anzahl und Brutalität der Verbrechen glaubte ich auf einen Täter um die dreißig schließen zu können. Damit hätte ich freilich die Polizisten von Alexandria, Virginia, auf eine falsche Fährte angesetzt. Nach allem, was ich damals wußte, hätte ich nie angenommen, daß ein Minderjähriger zwölf Frauen vergewaltigt und fünf davon ermordet hatte.

Wie so viele Serienverbrecher kommt Rissell aus einer dysfunktionalen Familie. Seine Probleme gingen in jungen Jahren los, doch anders als die meisten anderen entwickelte er sich nicht langsam und stetig zum Mörder – es ging in einem rasenden Tempo. Mit vierzehn fing er an, Frauen zu vergewaltigen. Er wurde gefaßt und in eine psychiatrische Anstalt für Jugendliche gesteckt. Obwohl er dort eigentlich in Gewahrsam war, verübte er fünf weitere Vergewaltigungen; einmal während eines Freigangs, einmal auf der Flucht, und drei Frauen überfiel er auf dem Gelände der Anstalt. Drei Wochen nach seiner Entlassung nach Hause wurde er bei einem bewaffneten Überfall geschnappt. Was man nicht wußte: Auch hier hatte er eine Frau vergewaltigen wollen. Die Gerichtsverhandlung fand erst ein Jahr danach statt. Bis dahin machte ihm der Richter zur Auflage, sich regelmäßig bei einem Psychiater einzufinden. Leider hatte dieser keine Erfahrung mit jugendlichen Gewalttätern.

Rissell ging fleißig zu den vereinbarten Sprechstunden, und sein Psychiater bescheinigte ihm gute Fortschritte. Eine Illusion, wie es sich zeigen sollte. In diesem Jahr ermordete Rissell zum erstenmal ein Vergewaltigungsopfer, und zwar in der Nähe des Wohnblocks, in dem er lebte. Als er wegen des bewaffneten Überfalls vor Gericht mußte, wurde er zu einer Bewährungsstrafe und der Fortführung der Therapie verurteilt. Das andere Verbrechen hätte ihm niemand zugetraut.

Während seiner Bewährungsfrist vergewaltigte und ermordete er vier weitere Frauen. Die Auflage mit der Therapie hielt er gleichwohl ein. Ein bestimmtes Tatmuster schien nicht gegeben. Seine Opfer waren teils jung, teils über dreißig, teils weiß, teils schwarz, teils verheiratet, teils ledig. Die Polizisten tappten lange im dunkeln, und seine Verhaftung resultierte aus einer zufälligen Durchsuchung seines Autos. Rissell gestand die Morde und wurde zu fünf mal Lebenslänglich verurteilt. Erst nach zwei Jahren Gefängnis gestand er die während seiner Zeit in der psychiatrischen Anstalt verübten Vergewaltigungen.

Bei meinem Interview machte Rissell einen recht offenen Eindruck auf mich. Er äußerte sich freimütig über seine Motive und war bereit, mit mir die Wurzeln seiner Verbrechen bis in seine Kindheit zurückzuverfolgen. Für unser *Criminal Personality Research Project* lieferte er uns einige wertvolle Daten. Unter anderem erfuhren wir, daß er ein Vergewaltigungsopfer hatte laufen lassen. Sie hatte ihn angefleht, er möge sie verschonen, weil sie ein krebskrankes Familienmitglied pflegen mußte. Rissell ließ sie leben, weil in seiner Familie auch jemand Krebs hatte. Mit unseren Worten: Er hatte sich so weit auf die Frau eingelassen, daß er sie nicht mehr zum Objekt degradieren und umbringen konnte.

All diese Erkenntnisse trug ich in den frühen achtziger Jahren einer Gruppe von circa achtzig Psychiatern vor. Weil sich mein Rednerpult gegenüber der offen stehenden Tür befand, registrierte ich immer wieder aus den Augenwinkeln, was sich auf dem Korridor tat. Mitten im Vortrag fiel mir etwas sehr Merkwürdiges auf: Ein Mann lugte im Vorbeigehen zu uns herein und verschwand aus meinem Blickfeld. Langsam schob er dann den Kopf wieder in den Türrahmen, und schließlich folgte der Rest des Körpers. Er trat ganz ein und setzte sich vorne hin. Gebannt folgte er dem Rest meines Vortrags. Ich behandelte Rissells Besuche bei dem Psychiater in der Zeit, in der er seine fünf Morde beging, und führte aus, wie er das Blaue vom Himmel herunter gelogen hatte, nur um Fortschritte bescheinigt zu bekommen. Das, so erklärte ich, lag an der besonderen Fähigkeit vieler methodisch vorgehender Serienmörder, andere zu manipulieren. Zu den Opfern seiner Verstellungskunst gehörten – das betonte ich vor meiner Zuhörerschaft – auch die Psychologen, denn sie verlassen sich traditionell auf die Angaben ihrer Patienten, die in der Regel geheilt werden wollen. Die Gefängnispsychiatrie dagegen hat es gelernt, auch die Aussagen dritter oder Gerichtsakten in ihr Urteil mit einzubeziehen und konsequent die Zuverlässigkeit des Kriminellen zu hinterfragen.

Der Mann der neu hereingekommen war, fing an zu schwitzen und wurde aschfahl. Als die Lichter angingen und die Leute nach und nach den Saal verließen, blieb er allein zurück. Etwas mühselig erhob er sich und bat mich um ein Gespräch.

»Ich bin Psychiater«, sagte er.

»Sie sehen aus, als würden Sie einen brauchen«, entgegnete ich.

»Ich bin Dr. Richard Ratner, der Bursche, der Monte Rissell auf den Leim gegangen ist. Sie können sich nicht vorstellen, wie mich das belastet. Können wir darüber sprechen?«

Ich will mich kurz fassen. Wir sprachen darüber und wurden Freunde. Ich setzte ihm auseinander, daß er sich von Rissell auf ähnliche Weise hatte täuschen lassen wie dessen Opfer und sich darum auch nicht mit Selbstvorwürfen quälen sollte. Aber ich riet ihm, er solle sich in Zukunft nicht ausschließlich auf die Behauptungen straffälliger Patienten verlassen.

Seitdem hat Dr. Ratner sich zu einem engagierten Verfechter dieser These entwickelt. Obwohl – oder weil – er sich immer noch vorwirft, aufgrund seiner Gutgläubigkeit Mitschuld am Tod von fünf Frauen zu tragen, hält er Vorträge über das Thema Manipulation und illustriert es anhand seines eigenen Beispiels. Mich hat er zu mehreren Präsentationen von Psychiatriefällen eingeladen, und ich wiederum habe ihn als Gastdozent nach Quantico geholt. Inzwischen arbeitet er als externer Gutachter am *Criminal Personality Research Project* mit. Wir hoffen, daß solche Partnerschaften unser Verständnis der Verbrecherpsyche fördern.

Ein interessanter Zwischenfall ereignete sich, nachdem ich schon jahrelang Erfahrungen mit Referaten vor Psychiatern gesammelt hatte. Es ging um das Thema ›regressive Nekrophilie‹. Zur Erläuterung diente mir ein Dia von einer Toten, der ein Ast in die Vagina gerammt worden war. Ich erklärte, daß wir mit regressiver Nekrophilie die Verhaltensweisen von Leuten definieren, die Gegenstände in die Vagina oder den Anus stecken, ein Phänomen, wie wir es bei schwer geistesgestörten (und zum Planen nicht mehr fähigen) Tätern beobachtet haben. Wir sehen darin einen Ausdruck extremen Frauenhasses und der Unfähigkeit zu einer auf Gegenseitigkeit beruhenden Sexualität. Solche Akte sind oft als Verstümmelung gewertet worden, unserer Auffassung nach handelt es sich jedoch um eine sexuelle Ersatzhandlung.

Als ich meinen Standpunkt erklärte, sprang ein Psychiater erregt auf und protestierte auf das heftigste gegen die Art meiner Präsentation. Er warf mir vor, ich wolle das Publikum nur schockieren, und beharrte darauf, daß Fälle wie dieser ohne Beispiel und darum die absolute Ausnahme seien. Da er sich gar nicht mehr beruhigen wollte, sprach ich ihn persönlich an. Wie viele Tatorte er denn analysiert hätte, wollte ich wissen.

»Keinen. Ich bin Psychiater und nicht Polizist.«

Ich ließ nicht locker und erklärte, daß wir ein ähnliches Verhalten in einem Dutzend Fälle festgestellt hatten, doch er blieb bei seinem Urteil: Absurd.

Ein anderer Zuhörer bat den Mann, sich doch wieder zu setzen und sich den Rest anzuhören. Vielleicht könne es ihm ja doch noch etwas bringen. Doch dazu war er nicht mehr bereit. Er stürmte aus dem Saal. Als ich fertig war, erzählten mir seine Kollegen, dieser Mann sei zu festgefahren, um noch neue Methoden anzuerkennen. Sie hingegen hätten den Vortrag sehr erhellend gefunden. Überhaupt muß ich sagen, daß die meisten Fachleute, vor denen ich in fünfzehn Jahren gesprochen habe, positiv reagiert haben.

Im Herbst 1991 wurden meine Versuche, Brücken zur Psychiatrie zu schlagen, mit der Amicus-Auszeichnung der *American Academy of Psychiatry and the Law* belohnt. Jedes Jahr wird sie an eine fachfremde Person verliehen, die der Forschung auf dem Gebiet der Psychiatrie neue Impulse gegeben hat. Nie zuvor ist ein FBI-Mann für diesen Preis vorgeschlagen worden.

Seit meinem Dienstantritt in Quantico war ich bestrebt, das traditionelle Einbahnstraßendenken beim FBI aufzubrechen. Darum suchte ich ständig zusätzliche Anregungen durch neue Leute. Pat Mullany hatte bereits Dr. Murray Miron als psycholinguistischen Gutachter geholt. Zusammen mit Teten hatte er auch Kontakte zu Hypnoseexperten aufgebaut, mit deren Hilfe sich manche Zeugen an bestimmte Einzelheiten erinnern konnten, die ihnen im Wachzustand nie gegenwärtig gewesen wären. Ich selbst konnte für das FBI namhafte Psychiater wie Park Dietz, James Cavanaugh, Richard Ratner oder Robert Simon gewinnen. Im Rahmen des *Criminal Personality Research Project* arbeitete ich unter anderem mit Dr. Ann Burgess und Dr. Marvin Wolfgang von der University of Pennsylvania zusammen, der in der Forschung über Gewalttäter Pionierarbeit geleistet hat.

Einen Großteil meiner Zeit nahm der Unterricht in Anspruch, aber auch hier bemühte ich mich um Gastdozenten. Neben den oben erwähnten Kapazitäten ist auch Captain

Frank Bolz vom New York City Police Department gekommen, der die Techniken der Verhandlungsführung mit Geiselnehmern praktisch erfunden hat. Egal wie lebhaft wir festen Dozenten unseren Unterricht gestalteten, an die Fachleute von außerhalb konnten sich unsere Teilnehmer in der Regel am besten erinnern, und über sie berichteten sie ihren Vorgesetzten am häufigsten.

Auf der Suche nach interessanten Gästen bemühte ich mich nicht nur um Polizeifachleute und Psychiater. Ein Freund hatte mir einmal von Chris Sizemor erzählt, der Patientin in dem Fall, der unter dem Namen ›Evas drei Gesichter‹ in die Kriminalgeschichte eingegangen ist. Das Thema war später auch in einem Buch und in einem Film mit Joanne Woodward aufgegriffen worden. Mrs. Sizemore konnte von ihrer Persönlichkeitssspaltung geheilt werden und arbeitete nun als Dozentin. Ich stellte den Kontakt zu ihr her, mit dem Ziel, sie für unsere Akademie zu gewinnen. Beim Bureau gibt es ein ungeschriebenes, doch nichtsdestoweniger bindendes Gesetz, daß alles etwas Ausgefallene, also auch Vorträge von umstrittenen Personen vom Vorgesetzten abgesegnet werden muß. Der Chef ist unweigerlich einverstanden, klärt den Agenten aber darüber auf, daß er auf eigene Verantwortung handelt und den Ärger gegebenenfalls allein auszubaden hat. Diesen Standardsatz mußte ich mir also anhören und noch ein bißchen mehr: War diese Frau denn nicht selbst ein Fall für die Psychiatrie? Ich klärte ihn darüber auf, daß sie geheilt war und keine Bedrohung mehr darstellte. Mein Boß wiederholte, daß ich die Verantwortung trüge, woraufhin ich erwiderte, ich würde ein ganz anderes Problem sehen: Wenn sie sich in drei Personen aufspalten konnte, würden wir ihr wohl das dreifache Honorar zahlen müssen. Er kapierte den Witz nicht.

Chris schlug voll ein. An ihrem eigenen Fall demonstrierte sie, was Persönlichkeitsspaltung alles bedeuten kann, und wie sie davon geheilt worden war. Einige Verbrecher, die sich auf diese Krankheit beriefen, standen damals gerade in den Schlagzeilen. Chris arbeitete deutlich heraus, daß bei einem unter Persönlichkeitsspaltung leidenden Täter jede einzelne Person zum Mord fähig ist, auch wenn nur eine davon ihn begeht. Ihr Fazit: Persönlichkeitsspaltung begründet noch keine Schuldunfähigkeit.

Jeder von unseren Gastdozenten trug das Seine zur Mehrung unserer Kenntnisse bei. Zu den eher ungewöhnlichen Erscheinungen unter ihnen zählten Frank Bender – seine Spezialgebiet sind Skulpturen, die den Täter darstellen, wie er in zwanzig Jahren aussehen könnte – und die Parapsychologin Noreen Renier. Sie hatte bereits einigen Polizeibehörden die Leichen Vermißter aufspüren helfen können und war uns wärmstens empfohlen worden. Mein Chef legte mir nahe, ich solle unseren Kursteilnehmern sagen, wir wollten ihnen nur einmal etwas Besonderes bieten, und auf keinen Fall den Eindruck erwecken, wir würden solche Methoden ernst nehmen.

Noreen Renier kam Anfang 1981 nach Quantico. Zu einer Vorführung ihrer übersinnlichen Kräfte kam es nicht. Wie sie erklärte, hatte sie sie nicht nach Belieben unter Kontrolle. Manchmal konnte sie sie aktivieren und manchmal eben nicht. Doch sie sagte einen Anschlag auf Präsident Reagan noch im selben Monat voraus. Eine Kugel würde ihn in der linken Brust treffen, aber er würde sich bald wieder davon erholen und sich die Bewunderung der Bevölkerung verdienen. In den kommenden Jahren würde er noch sehr viel erreichen.

Nach dem Attentat bat ich sie noch einmal nach Quantico. Diesmal sagte sie den Tod des Präsidenten für Ende November voraus. Uniformierte aus dem Ausland würden ihn mit Maschinengewehren niedermähen. Daraufhin alarmierte ich den Geheimdienst. Dort fragte man mich aufgeregt, warum ich nicht schon ihre erste Voraussage gemeldet hatte. Ich erklärte, daß ich sie für eine bloße Spekulation gehalten hatte. Noreen Renier hatte recht und unrecht zugleich. Fremde Uniformierte mit Maschinengewehren erschossen einen Staatsmann, allerdings bereits im Oktober, und nicht Reagan, sondern den ägyptischen Präsidenten Sadat.

Einmal half sie ein verschollenes Flugzeug aufspüren, in

dem sich die Leiche eines Verwandten eines FBI-Agenten befand. Auch mir hat sie etwas vorausgesagt. Kurz vor meinem Abflug zu einem sechswöchigen Deutschlandaufenthalt prophezeite sie mir, daß ich wegen einer dunkelhaarigen Frau bald wieder zurückkommen müsse. Drei Tage nach der Ankunft in Deutschland erhielt ich die Nachricht, daß meine Frau, die dunkle Haare hat, bei einem Verkehrsunfall schwer verletzt worden war.

Mittlerweile hatten die Medien spitzgekriegt, daß Mrs. Renier bei uns Vorlesungen gehalten hatte. Sogleich wurde unter Verdrehung aller Tatsachen verkündet, das FBI habe nun auch Hellseherinnen auf seiner Lohnliste stehen. In einem besonders abwegigen Artikel stand zu lesen, das FBI lasse sich in Zukunft alle Attentatsversuche von dieser Parapsychologin voraussagen. Auf der höheren Verwaltungsebene war man so erzürnt, daß mir die Einladung solcher Leute ein für allemal untersagt wurde.

Ein, zwei Jahre danach wurde auf dem Gelände von Quantico die Frau eines DEA-Beamten ermordet. Wir standen vor einem Rätsel. Da einfach nichts weiter ging, bat mich mein Vorgesetzter, ein Neuling bei der BSU, es doch noch einmal mit der Wahrsagerin zu versuchen. Auf meinen Einwand, daß es mir von oben verboten worden war, erklärte er, er würde für alles geradestehen, wenn die Sache aufflöge. Nun, wir holten sie, und sie legte die Hand auf die Beweismittel. Allerdings brachte uns ihre Prophezeiung auch nicht weiter. Der Fall ist bis heute ungeklärt.

Obwohl wir wegen unserer Kontakte zu Noreen Renier nicht unbedingt die beste Presse hatten, stand die Arbeit der BSU weiterhin im Blickpunkt des öffentlichen Interesses. Anfang der achtziger Jahre fingen nach den Journalisten Romanautoren damit an, sich mit uns auseinanderzusetzen. Insbesondere die Täterprofile hatten es ihnen angetan. Oft werden in Artikeln oder Romanen wahre Wunderdinge über unsere psychologischen Diagramme verbreitet. Profile werden als eine Art Zauberstab dargestellt, mit dem die Polizei ihre Fälle im Null Komma nichts lösen kann. Der Leser weiß inzwischen, daß unsere Arbeit nichts mit Magie zu tun hat. Dahinter stecken die Anwendung wissenschaftlicher Metoden und jahrelange Erfahrung in der Analyse von Tatorten und Beweismitteln sowie der Beschäftigung mit inhaftierten Verbrechern. Unser Ziel war es immer, die wahrscheinlichste Kategorie von Verdächtigen herauszuarbeiten. Fassen können unsere Profile einen Verbrecher nicht. Das tun immer noch die örtlichen Polizeibehörden.

Egal wie deutlich wir das immer wieder hervorheben, die Autoren von Kriminalromanen dichten uns die unwahrscheinlichsten Fähigkeiten an. Anfang der achtziger Jahre wurde ich von unserer Abteilung für Öffentlichkeitsarbeit gebeten, einen gewissen Tom Harris durch Quantico zu führen. Er war Autor des inzwischen auch verfilmten Bestsellers *Schwarzer Sonntag*. Harris erklärte mir, daß er an einem neuen Roman schrieb, in dem ein Serienmörder die Hauptrolle spielen sollte. Von mir wollte er Informationen über die Arbeitsweise des FBI, die Erstellung von Täterprofilen und die Art der Hilfe, die wir den örtlichen Polizeirevieren leisteten. Anhand von Dias erläuterte ich ihm mehrere Stunden lang einige interessante Fälle, darunter Kemper und Chase. Harris war wie ein Schwamm – er sagte wenig und sog alles auf. Auch von meinen Interviews erzählte ich ihm. So erfuhr er, daß seit neuestem auch Psychiater und Wissenschaftler mit uns zusammenarbeiteten.

Meine Idee von Interviews in Gefängnissen regte Harris zu seinem Roman *Der rote Drache* an, in dem der FBI-Beamte sich an den wegen Serienmorden einsitzenden Psychiater Hannibal Lecter wendet und von ihm wertvolle Hinweise zur Ergreifung des Täters erhält. Die Handlung und die Hauptfigur entspringen ausschließlich Harris' Fantasie, doch bin ich stolz darauf, ihm die Fakten geliefert zu haben, auf denen er aufbauen und etwas Eigenes schaffen konnte.

Nach Erscheinen des Buchs fragte ich Harris, warum sein Held Zivilist und nicht Agent des FBI ist. Er erklärte mir, daß es seine Absicht war, den Mann als psychisch belastet darzustellen. Die Interviews mit Lecter hätten ihn so mitgenommen, daß er als Agent nicht mehr in Frage komme. Mich belustigte das angesichts der Gewichtsverluste,

Scheinherzattacken und sonstigen psychosomatischen Erkrankungen, unter denen wir von der BSU zeitweise gelitten haben.

Bei seinem zweiten Besuch arbeiteten wir noch intensiver zusammen. Ich zeigte Harris andere Fälle, darunter auch den von Ed Gein, der das Vorbild für den Verbrecher in *Das Schweigen der Lämmer* wurde. Auch auf die Idee mit der im Alleingang nach dem Täter fahndenden Beamtin brachte ich ihn, denn damals unterrichtete auch eine Frau für die BSU.

Als Fiktion sind Harris' Romane Meisterwerke, eine realistische Darstellung von Serienmördern oder der Arbeitsweise des FBI findet man darin freilich nicht. Der Mörder im ersten Buch zum Beispiel, Francis Dolarhyde, ist eine Kombination verschiedener Verbrechertypen, wie sie kaum je in einer Person zusammen auftreten. Außerdem heften sich FBI-Agenten nie allein auf die Ferse solcher Mörder. Wir beurteilen Tatorte, erstellen Persönlichkeitsprofile und reichen unsere Erkenntnisse an die örtlichen Behörden weiter. Sie ermitteln selbständig weiter und nehmen letztendlich auch die Verhaftung vor.

Nach Harris habe ich noch einer Reihe anderer namhafter Roman- und Sachbuchautoren als Informationsquelle gedient. Zu den bekanntesten zählen Mary Higgins Clark, deren *Schwesterlein, komm tanz mit mir* auf einer Präsentation über den Fall Harvey Glattman beruht, und Ann Rule. Ann arbeitet mit mir im im VICAP-Team zusammen. In Quantico hielt sie einmal einen Vortrag über Ted Bundy, der Gegenstand eins ihrer Bücher war. Später ging sie auf meine Anregung hin nach Oregon, um sich dort eingehend mit Jerome Brudos und seinen Verbrechen zu beschäftigen. Das Ergebnis ist das Buch *Lustkiller*.

Seit einigen Jahren entfachen die Medien einen gewaltigen Wirbel um die Täterprofile. Es entsteht dabei oft ein falscher Eindruck von den Methoden des FBI. Die Leute von der *Behavioral Sciences Unit* werden als Supercops hingestellt, die die örtlichen Polizisten beschämen, indem sie Fälle im Handumdrehen lösen, an denen andere sich die Zähne ausgebissen haben.

Zu meinem Bedauern ist das FBI auf diesen Zug aufgesprungen. Nur zu deutlich gezeigt hat sich das bei den Dreharbeiten zu *Das Schweigen der Lämmer*. Das Drehbuch dazu ist einer der letzten Vorgänge, die vor meinem Ausscheiden aus dem Bureau auf meinem Schreibtisch gelandet sind. Ich hatte einige Bedenken. Wenn das FBI das Filmteam schon auf dem Gelände von Quantico drehen ließ, hätte es auf mehr Realismus bestehen sollen. Beispielsweise steckt die Heldin alias Jodie Foster noch mitten in der Ausbildung. Einen solch verantwortungsvollen und gefährlichen Auftrag wie in diesem Film hätten wir nie und nimmer einer blutigen Anfängerin erteilt. Einzelheiten wie diese hätten sich problemlos und ohne Auswirkung auf das Gesamtwerk ändern lassen. Dutzende solcher Korrekturen wären angebracht gewesen. Sie wurden nicht vorgenommen. Beim FBI nahm man wohl an, der Film würde für so viel Publicity sorgen, daß man die unrichtige Darstellung nicht weiter bemängelte. Geholfen haben mag dabei der Umstand, daß mehrere Beamte in Nebenrollen auftauchen.

Der Erfolg von *Das Schweigen der Lämmer* als Buch und Film hat eine erschreckende Nebenwirkung mit sich gebracht: Die kommerzielle Ausbeutung von Profilspezialisten und Serienverbrechern ist richtiggehend zur Mode geworden. Besonders im Fernsehen fällt das auf. Die seriösen Reportagen über Serienmörder vom Anfang der achtziger Jahre sind einem marktschreierischen Sensationsjournalismus gewichen. Meist ist er auch noch schlampig recherchiert. Ich denke da an die für die Ermittlungen der Polizei sehr oft hilfreiche Fernsehsendung *America's Most Wanted*. Da hat man in aller Eile ein Porträt des in New York einsitzenden Joe Fisher zusammengestellt und ungeprüft seine Behauptung, er habe einhundertfünfzig Menschen umgebracht, weiterverbreitet. In Wirklichkeit hat er ›nur‹ seine Frau und ein paar andere Menschen ermordet. Bei einer etwas sorgfältigeren Recherche wäre dieser Fehler nicht passiert. Wie Henry Lee Lucas war Fisher ein Landstreicher und Alkoholiker, der sich in dem plötzlichen Rummel um ihn herum sonnte.

Das gewaltige öffentliche Echo hat noch eine Lawine einer anderen Art ausgelöst. Bei Serienmördern häufen sich im Gefängnis die Briefe von Leuten, die ihnen gestehen, daß sie ihnen gern nacheifern würden. Und immer wieder bekomme ich von ganz normalen Bürgern zu hören, daß sie es interessent fänden, bei einer Cocktailparty mit Ted Bundy oder anderen Serienverbrechern zu plaudern. Ich sehe eine Tendenz zur Verharmlosung. Diese Leute sind und bleiben jedoch abstoßende, grausame Mörder.

Einige Leute in der BSU bilden sich ein, sie seien das Modell für die FBI-Gestalten in *Das Schweigen der Lämmer*, obwohl Harris wiederholt betont hat, daß sämtliche Romanfiguren seiner Fantasie entspringen. Probleme gibt es freilich nicht nur mit einigen alten Hasen bei der BSU. Neue Bewerber haben sich Jodie Fosters Rolle zum Vorbild erkoren – auch sie wollen Supercops sein. Ein anderes Beispiel ist ›Dirty Harry‹ Callahan. Wenn sich unser Nachwuchs jedoch allzusehr mit Leuten wie ihm identifizierte, hätten wir bald einen Haufen schießwütiger, gewalttätiger und gefährlicher Bullen. Wir brauchen weder sie noch die Supercops. Unsere Gesellschaft spielt mit dem Feuer. Aus Langeweile suchen wir immer neue Anregungen in der Fantasie, weil uns die Wirklichkeit nicht mehr genug bietet. So laufen wir Gefahr, in den Abgrund zu stürzen, vor dem Nietzsche uns gewarnt hat.

Seit meinem Abschied vom FBI bin ich freiberuflich als Gutachter und Dozent tätig. Jüngst wurde ich um eine Stellungnahme im Prozeß gegen Ricky Greene gebeten, der in Texas mehrere Morde begangen hat. Weil er seine Opfer rein willkürlich ausgesucht hat, halte ich ihn für noch gefährlicher als Ted Bundy. Im Gegensatz zu Bundy, der immer nur nach einem ganz bestimmten Typ Ausschau hielt, hätte Greene so gut wie jeden umgebracht. Ob mein Gutachten die Geschworenen beeinflußt hat, vermag ich nicht zu sagen, doch wurde Greene am Ende zum Tode verurteilt.

Noch mehr Staub hat der Fall Arthur J. Shawcross in Rochester, New York, aufgewirbelt. Shawcross hat dort elf

Frauen, die meisten davon Prostituierte, ermordet. Zuvor hatte er eine mehrjährige Freiheitsstrafe wegen Vergewaltigung und Strangulierung eines achtjährigen Mädchens verbüßt. Damals hatte er auch den Mord an einem kleinen Jungen gestanden, doch dieser Tatbestand war wegen des Schuldbekenntnisses in der anderen Mordsache fallen gelassen worden. Nach vierzehn Jahren hatte man ihn wieder in Freiheit entlassen, und er hatte weiter gemordet.

Nach seiner Ergreifung in Rochester plädierte Shawcross auf schuldunfähig wegen geistiger Unzurechnungsfähigkeit. Seine Verteidigung verfolgte drei Strategien. Zum einen berief sie sich darauf, daß er als Kind sexuell, psychisch und physisch mißbraucht worden sei. Dann behauptete er, er leide unter ›Bewußtseinsveränderungen‹, die der Persönlichkeitsspaltung sehr ähnlich seien, und zum dritten gab er an, von seinen Erfahrungen im Vietnamkrieg rühre eine posttraumatische Persönlichkeitsstörung her.

Während mein langjähriger Freund, der Psychiater Dr. Park E. Dietz im Auftrag der Staatsanwaltschaft die angeblichen Mißhandlungen in der Kindheit unter die Lupe nahm, setzte ich mich mit dem Vietnamsyndrom auseinander. Aufgrund meiner Erfahrungen in fünfunddreißig Jahren Dienstzeit als aktiver Soldat und Offizier der Reserve, konnte ich Shawcross' Strategie so gründlich als dreiste Lüge demaskieren, daß seine Verteidigung sie nicht weiter verfolgte. Ähnlich gelang es Dr. Dietz, die anderen Argumente zu widerlegen. Shawcross wurde in zehn Mordfällen für schuldig befunden und zu jeweils Lebenslänglich und in einem zu fünfundzwanzig Jahren Haft verurteilt. Es ist höchst unwahrscheinlich, daß er je das Gefängnis lebend verlassen wird.

Mit dem Rest der Welt verfolgte ich im Sommer 1991 die Schlagzeilen über Jeffrey Dahmers Verhaftung wegen siebzehn Morden in Milwaukee, Wisconsin. Bei seinen Gewalttaten scheint Dahmer die grauenhaftesten Merkmale der Sexualmorde der letzten fünfundzwanzig Jahre zu einem neuen erschreckenden Ganzen miteinander vermengt zu haben. Der Mann befriedigte sich mit Vergewaltigung, Zerstückelung, Kannibalismus und Nekrophilie. Seinen ersten Mord beging er 1978 im Alter von achtzehn Jahren an einem Tramper. Allem Anschein nach war es eine ganz spontane Tat. In den folgenden neun Jahren entwickelte er seine bizarren Fantasien immer weiter, bis sie sich in neuen Morden entluden – einem 1987, zweien 1988, einem 1989, vier 1990 und acht 1991. Die letzten lagen nur wenige Tage auseinander.

Auch als Außenstehendem war mir klar, daß Dahmer dem Muster der Serienmörder folgte. Sie fangen vorsichtig an. Zuerst erschrecken sie über sich selbst, doch dann töten sie weiter. Die Zeitabstände werden immer kürzer, und ihr Geschick nimmt von Mal zu Mal zu. Am Ende sind sie wahre Mordmaschinen. Nun werden sie verwegen und leichtsinnig, denn sie glauben, kein Sterblicher könne ihnen noch etwas anhaben; Macht über Leben und Tod hätten allein sie.

Wie der Leser weiß, habe ich im Laufe der Jahre Hunderte von ›road shows‹ über Täterphänomenologie und die Erstellung von psychologischen Profilen abgehalten, darunter auch eine ganze Reihe in der Gegend von Milwaukee. So bin ich mit vielen dort ansässigen Polizisten, Anwälten und Psychologen in Berührung gekommen. Insofern war ich nicht allzu überrascht, als ich im August 1991 einen Brief von einem Beamten erhielt, der an einem meiner Kurse teilgenommen hatte und nun zum Einsatzteam in der Sache Dahmer gehörte. Er schrieb: ›Ich kann Ihnen gar nicht sagen, wie viel ich von ihrem Unterricht profitiert habe, gerade bei den jüngsten Ereignissen. Bei Ihnen habe ich gelernt, worauf ich am Tatort achten muß, und das hat mir und den Kollegen sehr geholfen.‹

Einerseits freute ich mich über das positive Echo, andererseits stimmte mich die Handlungsweise bestimmter Beamter traurig. Sie duldeten, daß ein Vierzehnjähriger weiter bei Dahmer blieb, obwohl sie den Mann bereits verhört und verdächtige Vorgänge in seiner Wohnung beobachtet hatten. Sie wurden entlassen, doch ich wünschte, sie hätten so wie ihr Kollege die Möglichkeit gehabt, einen meiner Kurse zu besuchen. Hätte man mehr über Serienmörder gewußt, wäre das erste Verhör wahrscheinlich ganz anders verlaufen, und die Katastrophen danach hätten verhindert werden können. So aber ermordete Dahmer diesen Jungen, und in den folgenden zwei Monaten bis zu seiner Ergreifung vier weitere Halbwüchsige. Realistischerweise darf ich der Polizei von Milwaukee keinen Vorwurf machen. Sehr wenige Polizisten in unserem Land sind dank ihrer Ausbildung imstande, die Vorgehensweise von Serienverbrechern zu erkennen. Solche Mißstände bestätigen mich in meiner Auffassung, daß wir noch sehr viel mehr für die Ausbildung unserer Polizisten tun müssen.

Im Herbst 1991 traten sowohl die Staatsanwaltschaft als auch Dahmers Verteidiger mit der Bitte um ein Gutachten an mich heran. Obwohl mein Freund Park Dietz dem Staatsanwalt zuarbeitete, entschloß ich mich, im Sinne der Verteidigung auszusagen.

Daß ein ehemaliger FBI-Agent sich zu so einem Schritt entschließt, ist höchst ungewöhnlich und mag neben seinen Ex-Kollegen auch der Mehrheit der Laien unverständlich erscheinen. Doch ich bin zu der Überzeugung gelangt, daß es bei einem wirklichen Experten nichts zu besagen hat, auf wessen Seite er steht. Er hat nun einmal seine unabhängige Meinung, die auf Fakten und seiner Erfahrung beruht, und läßt sich weder für die eine noch die andere Partei einspannen. Auf dieser Grundlage erklärte ich mich zu einer Zusammenarbeit mit Jeffrey Dahmers Verteidiger Gerald P. Boyle bereit. Dahmers Taten und Verhaltensweisen hätte ich nie verteidigen können – und auf keinen Fall würde ich ihm seine siebzehn schrecklichen Morde verzeihen –, aber ich verstehe ihre Logik und Dahmers Geisteszustand. Ich beziehe weder für noch gegen Dahmer Stellung. Vielmehr sehe ich meine Aufgabe darin, den Prozeßbeteiligten das zum Verständnis des Falls nötige Wissen zu vermitteln. Ich setze mich dafür ein, daß unser Justizsystem so komplizierte Sachverhalte wie Dahmers Morde gerecht beurteilen kann.

Am 13. Januar 1992 verkündete Verteidiger Boyle, daß Jeffrey Dahmer nicht mehr auf unschuldig wegen Geisteskrankheit plädieren, sondern sich für schuldig trotz Geisteskrankheit bekennen wollte. Das Bekenntnis auf ›schuldig trotz Geisteskrankheit‹, ist eine juristische Besonderheit und nur in Wisconsin und wenigen anderen Bundesstaaten möglich. Ich stimmte diesem Schritt zu. Da Dahmers Schuld außer Frage steht, wird das Verfahren erheblich verkürzt. In der zweiten Phase wird es dann ausschließlich um seinen Geisteszustand gehen. Schon jetzt steht fest, daß Dahmer den Rest seines Lebens in Sicherheitsgewahrsam verbringen wird, sei es in einer psychiatrischen Anstalt, sei es in einem staatlichen Zuchthaus. Mit diesem Schritt hat Boyles dem Gerichtshof von Milwaukee Wochen, wenn nicht Monate langwieriger Zeugenvernehmungen erspart, ganz zu schweigen von Millionen von Dollar, die sonst verplempert worden wären. Welchen von den beiden möglichen Ausgängen der Prozeß auch nimmt, er wird im Sinne der Allgemeinheit sein.

Als von der Verteidigung beauftragter Experte führte ich ein zweitägiges Interview mit Dahmer durch. Zuvor vertiefte ich mich freilich in die Einzelheiten. Als erstes kam mir Richard Trenton Chase in den Sinn, der Vampir, den ich im ersten Kapitel besprochen habe. Auch Dahmer nahm menschliches Blut und Fleisch zu sich, doch ging er im Gegensatz zu ihm wenigstens teilweise planmäßig vor. In den Schwulenbars von Milwaukee suchte er sich seine Opfer aus und nahm sie mit zu sich nach Hause. Dabei war er sich sehr wohl dessen bewußt, daß die Polizei ihm so eher auf die Spur kommen konnte. In dieser Hinsicht erinnerte er mich an John Gacy. Dahmer bewahrte Körperbestandteile wie Knochen oder Schädel bei sich auf – auch hier war ihm klar, daß sie im Falle ihrer Entdeckung gegen ihn verwendet werden konnten. Von Ted Bundy und Ed Kemper hatte er ebenfalls etwas, denn er zerstückelte die Leichen seiner Opfer und verging sich wiederholt an ihnen.

Ein Umstand erstaunte mich über alle Maßen: Als sein letztes Opfer entkommen konnte, wartete Dahmer das Eintreffen der Polizei ab und machte keinerlei Anstalten, die vielen Beweismittel in seiner Wohnung zu vernichten oder zu verbergen. Er hatte eine Unmenge gesammelt – Hunderte von Fotos von Opfern teils vor, teils nach ihrem Tod, Schädel und sonstige Körperbestandteile im Kühlschrank und in allen möglichen Behältern. Werkzeug, mit dem er seine Opfer gefesselt und umgebracht hatte, lag überall verstreut herum. Ich war entsetzt, als ich las, daß Dahmer Fremde, auch seinen Vermieter und Polizisten, in die Wohnung ließ. Man hätte doch sehen müssen, daß hier ein Mörder lebte, aber keiner achtete auf die Indizien.

Dahmer vereinigte Merkmale beider Tätergruppen in sich. Für methodisches Vorgehen sprach die Tatsache, daß er seine Opfer aufspürte, sie mit Geld und allen möglichen Versprechungen in seine Wohnung lockte und die Leichen verbarg. Andererseits verging er sich an den Toten, aß teilweise ihr Fleisch und bewahrte Souvenirs auf. In unserer Terminologie war Dahmer also ein ›Tätermix‹. Dahmers Verhalten ist in seiner Dynamik so untypisch, daß er möglicherweise in eine völlig neue Kategorie fällt.

Ist Dahmer nun zurechnungsfähig oder wahnsinnig? Nach dem zweitägigen Interview hatte ich nur noch Mitleid mit diesem innerlich total zerrissenen Menschen. Er war so offen und kooperativ wie kaum einer vor ihm, und doch kam er nicht dahinter, warum und wie er diese schrecklichen Morde hatte begehen können. Was er begriff, das war das Ausmaß, in dem seine Zwangsvorstellungen und Fantasien von ihm Besitz ergriffen und ihn von Mord zu Mord getrieben hatten. Im Gespräch mit mir zündete er sich eine Zigarette nach der anderen an. Vielleicht, so meinte er, wäre Lungenkrebs die Lösung seiner Probleme. Für mich stand fest, daß dieser Mann, der sich das Leben selbst zur Hölle macht, zum Zeitpunkt der Verbrechen auf keinen Fall zurechnungsfähig gewesen sein kann. Zum Glück wird er unabhängig vom weiteren Prozeßverlauf den Rest seines Lebens in strenger Sicherheitsverwahrung verbringen.

In Wisconsin gibt es keine Todesstrafe. Das ist auch gut so, denn niemandem wäre mit Dahmers Tod gedient. Ted Bundys Hinrichtung hat den Staat Florida acht Millionen Dollar gekostet. Das Geld wäre sinnvoller angelegt gewesen, hätte man damit die Forschungen von Kriminologen und Psychiatern über Verbrecher wie eben Bundy, Kemper, Gacy, Berkowitz und Dahmer finanziert. Die Fachleute sind sich längst einig, daß die Todesstrafe Gewaltverbrecher nicht abschreckt. Sie kann höchstens den Hinterbliebenen der Opfer eine gewisse Genugtuung bringen und den allgemeinen Wunsch nach Rache befriedigen. Wenn wir andererseits dafür sorgen, daß diese Ungeheuer nicht nach ein paar Jahren Freiheitsstrafe erneut auf die Menschheit losgelassen werden, sondern den Rest ihres Lebens hinter Schloß und Riegel verbringen, dann haben wir echte Fortschritte erzielt. Uns sollte die Frage beschäftigen, wo und wie wir sie zum Schutz der Gesellschaft verwahren können.

Die Existenz eines Jeffrey Dahmer spornt mich zur Fortführung meiner Forschungen an. Immer noch sitzen über das ganze Land verstreut Mörder ein, mit denen ich noch nicht gesprochen habe. Nach wie vor bin ich im Auftrag des Justizministeriums tätig und befasse mich mit Fällen vermißter, verschleppter, ermordeter und mißbrauchter Kinder. Ich pflege enge Kontakte zur Wissenschaft und erfülle Lehraufträge an verschiedenen Universitäten. Obwohl ich demnächst aus der Army und der CID ausscheiden werde, beabsichtige ich, auch weiterhin Militärpolizisten auszubilden, wo auch immer die Army mich hinschickt.

Es wäre zu schön, wenn mein Einsatz zum Verschwinden der Gewaltverbrecher beigetragen hätte, doch leider bleibt es wohl beim Wunsch. In allen Landesteilen vermelden täglich Schlagzeilen und Routineberichte in den Abendnachrichten neue grauenvolle Morde. Sie untermauern stets aufs neue, daß der Kampf gegen Ungeheuer ewig weiter geht – und ich auch in Zukunft an vorderster Front meinen Mann stehen muß.

Danksagung

Ich möchte all denen danken, die mir beim Zustandekommen dieses Buches wertvolle Hilfe geleistet haben. An erster Stelle sei Mary Higgins Clark genannt, die mich 1987 bat, in New York auf der alljährlichen Versammlung der Kriminalschriftsteller der USA eine Rede zu halten. Dort lernte ich das Verbandsmitglied Priscilla Ridgway kennen, die mich zum Beitritt in ihre Organisation ermunterte. Später machte sie mich mit der Cheflektorin des Verlags St. Martins Press, Ruth Cavin, bekannt, und Ruth drängte mich, mein Buch über Serienmörder zu schreiben. Alle drei, Ruth, Mary und Priscilla, ließen nicht locker, bis ich das Projekt nach meinem Ausscheiden aus dem Dienst des FBI im August 1990 tatsächlich in Angriff nahm.

Innerhalb des Bureau hatten nicht alle den Weitblick, meine Bemühungen um die Schaffung einer völlig neuen Abteilung zu unterstützen. Sehr geholfen haben mir stets Larry Monroe, Dr. Ken Joseph, James McKenzie und James O'Connor. Sie ließen mich nie im Stich, wenn es galt, gegen die ›Ungeheuer‹ innerhalb der verkrusteten Bürokratie anzukämpfen.

Howard Teten und Pat Mullany haben sich als erste auf psychologische Profile spezialisiert. Sie waren meine Lehrmeister an der FBI-Akademie und zugleich die Wegbereiter für dieses richtungsweisende Konzept der Verbrechensbekämpfung. Mein Dank gilt allen Kollegen und Freunden, von der *Behavioral Sciences Unit* und dem VICAP Programm, mit denen ich in den vergangenen Jahren so eng zusammengearbeitet habe. Zu nennen sind: Abteilungsleiter John Henry Campbell, Dick Ault, Al Brantley, Kathy Bryan, Bernadette Cloniger, Joe Conley, Connie Dodd, Terry Green, Joe Harpold, Roy Hazelwood, Jim Horn, Dave Icove, Ken Lanning, Cindy Lent, Ellen Maynard, Joyce McCloud, Winn Norman, Roland Rebossin, Jim Reese, Ed Sulzbach und Art Westveer. Dank auch an die auf der Straße tätigen Agenten John Conway, John W. Mindermann, John Dunn, Dick

Wrenn, Jim Harrington, Neill Purtell, Charlie Boyle, Byron MacDonald, Laroy Cornett, Ralph Gardner, Karl Schaefer, Mary Ellen Beekman, Don Kyte, Dick Artin, Rich Mathers, Bob Scigalski, Dan Kentala, Candice DeLong, Don Zembiec Joe Hardy, Hank Hanburger, Larry Sylvester, Pete Welsch, Tom DenOuden, Tom Barrett, Tom Diskin, Jane Turner, Max Thiel, Mel DeGraw, Bill Cheek, Chuck Lewis, Jim McDermott, Mickey Mott, Stan Jacobson und Bill Haggerty. Die meisten von ihnen arbeiten noch für das FBI, einige haben sich zur Ruhe gesetzt. Viele habe ich hier nicht genannt, doch auch sie waren mir eine große Hilfe bei der Erforschung des Seelenlebens und der Verbrechen von Ungeheuern.

Auf keinen Fall möchte ich folgende Personen von meinem Dank ausnehmen: Bob Heck vom Justizministerium der Vereinigten Staaten, John Rabun vom Zentrum für vermißte und mißhandelte Kinder und den Washingtoner Anwalt Roger Adelman, mit dem ich in den Ermittlungen gegen John Hinckley nach dessen versuchtem Attentat auf Ronald Reagan zusammengearbeitet habe. Herzlichen Dank auch an Ray Pierce vom New York City Police Department, Eddie Grant von der New York State Police sowie Joseph Kozenczak, vom Chicago Police Department.

Zu den Wissenschaftlern und Praktikern aus den Bereichen Psychiatrie und Häftlingsbetreuung, die mir in den vergangenen siebzehn Jahren immmer wieder wichtige Impulse gegeben haben, zählen Dr. Ann W. Burgess, Dr. Allen Burgess, James Cavanaugh, Park E. Dietz, Richard Goldberg, Derrick Pounder, Richard Ratner, Robert Simon, Dr. Robert Trojanowicz und Richard Walter. Zu tiefem Dank bin ich den inzwischen verstorbenen Dr. Paul Embert und Dr. Marvin Homzie verpflichtet.

Nicht vergessen will ich meine Freunde und Kollegen von der Militärpolizei und der CID, denn mit ihnen verbinden mich fünfunddreißig Jahre Dienstzeit bei der Army. Genannt seien allen voran: die Generäle Pul Timmerberg, Eugene Cromartie (beide im Ruhestand), Major General Pete Berry, Brigadegeneral Tom Jones, Colonel Harlan Lenius,

Colonel Thomas McHugh, Lieutenant John F. Jackson (im Ruhestand), Major Ray Kangas, um nur einige zu nennen.

Und schließlich möchte ich mich bei meiner Frau Helen und meinen Kindern Allison, Betsy und Aaron bedanken. Sie haben in all den Jahren immer zu mir gestanden, auch wenn ich so selten für sie da sein konnte, weil ich für das FBI und die Army Ermittlungen und Forschungen durchzuführen hatte.